上海文化发展基金重大文艺创作资助项目

凌耕 著

崧塘纪事

上海人民出版社

目 录

第一章　褪色的光环

第一章 绪论与光

1. 长长的乡路

那天早晨，他去食堂草草吃了早餐，怀里揣了两个馒头，从生活区走过那座四年来天天走过的木桥。走至桥栏处，他的脚步不由得停住了，他看到小河两岸一丛丛芦苇蓬勃地长着，河水急湍地从桥下流过，河面上有一片落叶随着水流，很快地流向了远处。他想，自己就是这一片落叶，也要流走了。走过木桥，走过教学大楼，走过大楼前那一片晚自习前常常驻足聊天的温馨草地，就走到了校园大门前。他知道跨出校门意味着什么，但他没有多想，头也不回地径自跨出去了，他像逃离一块沼泽地似地向外面走去。

四年的学习已经结束，作为 H 学校的毕业生，文谷不能得到正常的分配！看着同学们欢天喜地告别母校，走向未来的生活，他的身心受到了前所未有的打击！作为一个待分配生，他形影相吊地待在空荡荡的校园里，一切都变得寡然无味。"文革"期间，人人自危，他们这些待分配生，没人关心，没人顾问。和文谷一样的待分配生，一个个无声无息从人们的视线中消失了，他也想到了回家。

快回到家了，农村秋天的景色很美，一眼望去，田野里一片青涩茂盛的稻子，远远看去，像一幅油画上的碧绿的色块，微风吹过，那色块魔幻似的泛起一阵连绵不绝的涟漪。正是青稻等待成熟的季节，空气中弥漫着乳香。往年这时候，行走在长长的乡路上，置身于这一片丰收景色中，文谷心里会涌起一种亲切而又豪迈的感觉。在外游子，对家乡有一种魂牵梦萦的思念，踏上家乡的这块土地，亲切之感油然而生。城里高楼大厦密布，总不如农村天高地阔，一眼望不到边的青稻映入眼帘时，一种陶醉的感觉会情不自禁地浮起来，回家的步子也不由变得轻快起来。然而，今天行走在乡路上，他的脚步沉重得像被一块石头绊住了！

　　四年前，文谷在家乡的西虹初级中学毕业。这一年，经历了三年"困难时期"，班级中有十六位同学熬到了毕业，中考时，大家发挥了很好的水平，班级中几个成绩名列前茅的同学，全都考入了县重点中学。然而文谷的名单却不在其中，大家都有点奇怪。在班级里，他是老师认可的品学兼优者之一。正在疑惑，却传出了消息，他被保送去上海一所中专学校了！三年"困难时期"后，国家对中专的招生数紧缩，较少的中专生名额就变得十分紧俏，文谷被保送的 H 学校是国家三机部所属的一个保密单位，挑选学生条件严苛，除了学习成绩优异、思想品德优良外，政治条件也要过硬。文谷成绩没有问题，还是学校两个学生团员之一。至于家庭出身，他家世代务农，家境贫困，可谓"三代贫农"。虽然符合上述这些条件，但他还是几乎不被录取，因为招生老师发现文谷身高不够。学校听到消息，忙向招生老师解释，说农村孩子生活条件差，营养不良，发育晚，以后会慢慢长高的。或为学校的苦口婆心所感动，或是冥冥中有神灵护佑，经过一段默默等待后，文谷幸运地被 H 学校录取了！

　　那天，他被通知去学校。班主任老师见了他，笑眯眯地说："文谷，恭喜你呵！"

　　从班主任老师的神色中，文谷猜测有好事降临身上了。果然，班主任老师不无兴奋地说："你被 H 学校录取了！"

　　好消息像爆炸似的，震动了全公社上上下下。那时，文谷像中了状元似的，人们都用一种艳羡的目光看他，对着他指指点点。

录取 H 学校，文谷不但从乡下走向城市，户口也由农村转为城市居民，这一变化预示着他的人生将发生巨大变化。从班主任老师手中接过大红录取通知书，回家的路上，文谷有点心花怒放。

每天上学经过的蟠龙古镇，有许多同学住在这个镇上。文谷从南街走进古镇，就有人指着文谷说："哎，就是他呀！"还有人说："哎哟，书包翻身了！"人们丝毫不吝啬自己赞扬的话，文谷像蟾宫折桂，心里灌了蜜，甜滋滋的。

走过古镇，又是一大片农田。乡间的路都是土路，秋天，长长的乡路被阳光晒得白白的，路边长着丛丛绿草，葳蕤在一片庄稼的绿海中。走在乡路上，闻着浓郁的青稻灌浆的气息，时有夹杂其中高地上甜萝粟风中摇曳发出的飒飒声……彼时彼刻，文谷的心境与周围的景色完全契合，荡漾着一片青色的喜悦。

四年后，走在往昔走过的乡路上，文谷的心情别说有多沮丧了！

一步一步向前走着，脚步越来越沉重，心情也越来越沉重。

文谷的生身之地姜家村就在前面。它浮现在一片青稻的海洋里，像一条水牛似的蹲伏在北面的那条崧塘边。崧塘是江南水乡密如蛛网似的水流中的一条，文谷家就在崧塘边的这个小村里，它是一个不起眼的小村庄，在青稻海洋的不远处，它像一个墨点，翠绿的竹林和黛色的青瓦，与大片的青稻相映一起时，几乎融化其中了。但文谷心中，它不是可以忽略不计的，村里住着二十多户人家，一百多口人，他出生在这里，父亲、母亲和许多亲人都生活在这里。每年回家，文谷总有荣归故里的感觉，而村人们也将他视为村里的骄傲。

离小村越来越近的时候，惶惑的心情不期而至，文谷不知道将面对一种什么样的尴尬，不知道能不能编织一种合适的说辞，为自己的尴尬解围？

　　文谷首先想到的是母亲。年迈的母亲在家里，独自一人过着贫困的生活，儿子的前途在她的眼里，或许就是她的一切，她会经得起这个打击吗？所幸母亲是一个没有文化的农妇，识不了几个斗大的字，荣辱对她而言并不重要。文谷相信母亲经得起各种挫折和曲折，生活在农村最底层的人，他们的生活充满种种磨难，经历了各种磨难的人，一些曲折和挫折对他们来说也就无所谓了。

　　文谷还想到了父亲，想到了哥哥文麦，堂哥永泉……

　　一个待分配生，不知道自己的前途怎样，以后的生活会怎样，一概不知道，心中只有一片茫然——但文谷知道，对于他来说，荣耀已成过去，光环已经褪色，阴霾已经像无法挣脱的网笼罩在他的身上！

　　一步步走近姜家村，走近那一片熟悉的绿竹林，以及绿竹林掩映的那一片白墙黛瓦的农家老屋……怀着忐忑不安的心情向村子走去，离村场还有一段距离，一片青稻之间的一条田埂上，有一个姑娘正在割草，这时她站起身来，背着草篮从田埂上走过来。她正豆蔻年华，剪着齐耳短发，穿着农村的土布衣服，脸上汗涔涔的，文谷看着有些面熟，却一时想不起她是谁。由于长期在外，与村人毕竟生分，文谷一时叫不出她的名字。再说姑娘十八变，十八九岁的姑娘更是天天在变。姑娘见了文谷，开始愣了一愣，随即认出了文谷，马上大声地说："哎呀，文谷哥，你回来啦！"她说话时露出一口雪白的牙齿，大眼睛水灵灵地朝文谷望着。文谷顿时想起来了，这不是队长女儿许雪娥吗？她已经出落成一个大姑娘了。文谷忙应她："在割草呀？"换在以前，文谷一定会神采飞扬地笑对她，然而此刻，他却有点害怕与村人相遇，好像村人都知道了他是落魄回来似的，文谷知道自己见人的表情一定很难堪。

在村人的眼中，过去的光环还在文谷头上闪耀。

雪娥热情地说："文谷哥，好长时间不回来了，这次多住些时间呀！"雪娥的话仿佛在文谷心上戳了一下，文谷尴尬地笑了笑，但这笑或许比哭更难看。文谷想，她怎么专挑他的软肋说话呀。说实话，这次回来，文谷不知道什么时候才走，不知道还走不走！

雪娥一定感受到了文谷不置可否的冷漠表情。她不知道何以她的笑容换来的是文谷木然的表情，她惊愕地朝他看了看。

她会不会将他的冷漠解读为一种傲慢。

文谷不想解释，也无法解释。就这样，文谷与雪娥之间无形中生成了一种误解。人生的许多误解是无法避免的，或许正是这种误解，让人与人之间产生了许多故事，产生了许多始料未及的情感纠葛。村口的一次撞见，文谷落寞的心绪，无意中伤害到了一个无辜的姑娘。而她的惊愕一瞥，像闪电一样刺入了文谷的心。

2. 难忘的一夜

　　所谓的待分配，在 H 学校并不是一个新事物，历届的毕业生中，如果求学的四年中家庭成员发生了问题，就不能分配去军工厂，只能降格分配进民用厂，而分配民用厂的总是滞后于分配去军工厂的学生，这些学生就须待一些时间，他们被称为待分配生。文谷在 H 学校读书时，正是一个动荡的年代，毕业来临时，更多的家庭受到了政治牵连，不少家庭甚至发生了"朝是座上客，夕成阶下囚"的变化，这些学生于是随之受到株连，成了 H 学校这一年的待分配生。由于全国山河一片红，这一届初高中毕业生全部上山下乡，走向农村，走向边疆。H 学校的毕业生还是分配进三机部所属军工厂的，但这一届的待分配生就很尴尬了，他们既不能去军工厂，又不能去民用厂（这一年民用厂全部冻结，一个不进），上面又迟迟没有政策，于是他们的待分配就变得旷日持久。

　　回到家里待分配，文谷就一直猫在家里，似乎与外界隔绝了。村人每天去队里出工，母亲也一天不拉地出工，文谷成了村里的一个闲人。文谷没有把事情的"真相"告诉母亲，文谷怕那样会让母亲伤心——他尽可能让这个伤心的时刻晚一点到来，甚至幻想着待分配或许会有一个好的结果，怀着这样的侥幸心理，文谷小心翼翼地隐瞒着待分配的真相。

　　那些天，文谷待在家里无所事事。

　　嗜书如命的文谷，此时怎么也静不下心来。在人生的低落点，一种焦躁的情绪盘绕在心头，才翻了几页书，就满心烦恼地看不下去了。

出门去访访友，或许可以排解心头的闷气。

他想起了初中好友王家骥。

文谷与王家骥既是同学，又是亲戚，王家骥的母亲是文谷的表姐，论辈分文谷比王家骥长一辈。但他们是同龄人，又是同学，所以互相以名字相称。王家骥住在三里路外的蟠龙古镇，反正没什么事，文谷就一个人步行去蟠龙镇。王家骥的家在东街，一个木门后面，有一条长弄堂，从弄堂里走进去，有一方天井，右边的木结构楼上，是王家骥的卧处。找到王家骥家，却不见人影儿。邻居说："家骥在队里做生活。"又热心指引说："过了东边的矮墩桥，再往东走一点，有一排草屋，就在那里。"文谷谢了邻居，向东走过被称为矮墩桥的石桥，在一条土路上向东走去，一会儿就走到了一排草屋前。探头朝里一看，只见里面是一片蘑菇架，原来王家骥在队里从事蘑菇种植。

文谷叫了几声王家骥的名字，王家骥就从密密匝匝的蘑菇架后面钻了出来。

王家骥人瘦瘦的，眼睛很有神采，看到文谷来了，感到有点意外。

王家骥高中毕业后，就回到蟠龙镇务农了。

王家骥停了生活要陪文谷，文谷感到不好意思。王家骥笑笑说："做一天才几个工分，不要紧的。老同学多长时间没来了，好不容易来一趟，还不好好聊聊啊？"他毕竟是街上人，有街上人的做派，他们对工分看得很淡。

于是随了王家骥回到镇上家里。

王家骥烧了茶水，泡了一壶茶，两个人就在家里天南地北聊起来。

聊天中，王家骥说及另一位同学，问文谷："你还记得郁小青吗？"

文谷说："记得，是个爱开玩笑的人——他现在怎样了？"

王家骥忽然显得很忧郁："他很落魄的。"

"他怎么了？"在文谷的印象里，郁小青是一个乐天派，他的脸上永远开着一朵花。但从王家骥的话语里，感到郁小青肯定有了不寻常的际遇。中国的政治运动像阵头雨一样，一阵刚过一阵接着又来了，想逃也逃不掉，十家之中总有几家会受到冲击。

王家骥说："你不知道，郁小青的父亲成了'反革命'，在队里受管制了。郁小青生活在这样的家庭里，还有什么前途啊。"

郁小青在学校读书时，成绩在班级中总是名列前茅。

文谷惊讶地说："他也回乡种田了？"

王家骥说："他不回乡能去哪儿啊？"

文谷和王家骥都很牵记郁小青的，于是决定看看郁小青去。

天已经有点晚了，郁小青家就在镇东北一个名叫陶家宅的村子里，路并不远。文谷和王家骥沿着蟠龙江向东朝北走去，一条泥路被阳光晒得白白的，依着江岸起伏地蜿蜒向前。江里的水清清的，傍晚时的江风吹来，给人一种惬意的感觉。在田野里一片庄稼浓浓的绿色掩映中，陶家宅仿佛隐伏在世外的桃花源。

文谷和王家骥一路走去，走进陶家宅村口时，天有点暗下来了。

郁小青刚从田里劳作回来，铁搭还扛在肩上呢，看到王家骥来，高兴得不得了，他近乎有点夸张地说："啥格风把你吹来了？"

发现王家骥身旁还有一个人，郁小青仔细一看，看清是文谷时，他有点揶揄地说："咦，大红人怎么也来了？"

郁小青比文谷低一届，文谷考入 H 学校后，成了母校的新闻人物，老师将文谷作为榜样，要后来的学生学习，故有郁小青的"大红人"之说。

王家骥对郁小青说："你不要翻老皇历了，都是过去的事了——他正待分配呢!"

"待分配?"郁小青不知"待分配"为何物,一脸惘然。

王家骥说:"回家里去,等下给你说。"

三人走进郁小青家,郁小青放下铁搭,忙里忙外地忙开了,一忽儿淘米,一忽儿去屋后园子里挑菜,一忽儿去灶前烧火煮饭了。

王家骥走到灶前去:"我来烧火吧,你去忙其他。"

郁小青拍拍身上的柴屑,从灶前走出来,王家骥就填了他的位置。王家骥坐在灶前的一只树根做的凳上,将一把一把柴火塞进灶肚里去,于是灶肚里的火就旺了起来,灶火映在王家骥的脸上,脸一红一红的。

郁小青忙着拌猪食了,他说他家养着两只猪。

农村人家一般都养猪。文谷发现多年不见,郁小青真的成了一个地道的农民了。心想,郁小青的今天,就是他的明天。看着郁小青,文谷不由得暗生怜悯,其实也是为自己的遭遇怜悯了。

郁小青的父亲一直未回来,吃夜饭的时候,还没有回来。

郁小青说:"我们先吃吧。"

于是三人先吃起夜饭了。

郁小青问:"文谷,你这待分配是怎么回事?"

文谷就介绍了 H 学校特有的待分配情况。文谷说,国家军工企业对职工的政治要求很严,出身不好或家庭成员中有人出了问题都是不能去的,只能等待另外分配。

郁小青疑惑地问:"你家不是三代贫农吗?"

文谷苦笑笑说:"去 H 学校时,三代贫农出身成了我的金字招牌,而现在——这金字招牌不灵了……"

郁小青问:"出了什么事啊?"

文谷惘然地说:"你问我我问谁啊?我也说不清。"

王家骥说:"现在,说不清的事本身就是一件事了。"

郁小青见文谷满脸愁容,劝慰说:"文谷,你比我好多了,我父亲是有帽子的。"

所谓帽子,在农村一般指地主、富农、反革命分子、坏分子四种人,简称"地富反坏",又称四类分子。戴了帽子,就要受管制,行动失去了自由,还要担负较重的惩罚性劳动。文谷不知道郁小青父亲为什么戴了"反革命"帽子,但戴了帽子,他在政治上算是遭了厄运了,还会给子女带来"株连"的厄运。

吃夜饭的过程中,文谷留心着郁小青的父亲,却一直没有看到郁小青父亲的人影。文谷猜测,郁小青父亲或许有意在回避他们吧。作为父亲,他是郁小青最亲的人;作为队里的四类分子,他受着政治上的歧视和管制,人们一般看到他们都会敬而远之的。在儿子的同学面前,他是不是在有意回避?

晚饭吃好时,仍没有看到郁小青父亲回来。

于是,文谷和王家骥到郁小青房间里去,灶间里的灯暗了下来。

一会,文谷听到灶间那边有了声响,但灯没有打开,那里一片黑暗。

凭直觉,感觉郁小青父亲是在暗洞里独自吃夜饭。

文谷恍然地感觉,郁小青父亲仿佛是一个害怕阳光的人。

郁小青床前小桌上放着一盏油灯,油灯旁有一本绘图教本。

文谷好奇地问:"小青,你在学画画?"

郁小青笑嘻嘻地说:"我喜欢呀,瞎画画。"

王家骥说:"郁小青喜欢画画,村里原来叫他去墙上画毛主席头像,因为他父亲的事,群众一反映,上面就不让他画了。"

文谷问王家骥："小青父亲原来做什么的?"

王家骥说："他父亲原是个老师,喜欢中文,对唐诗宋词能倒背如流的。"

文谷惊奇地说："怪不得小青的记忆也这么好——像他父亲!"

郁小青说："父亲现在还背,他背唐诗宋词上瘾了。"

文谷忍不住问："你父亲为什么……戴了帽子?"

郁小青叹了口气："这个一言难尽了。"

王家骥说："听他父亲说,他还参加过地下党的。"

郁小青说："他自己这样说,现在谁会相信啊?"

文谷感觉郁小青父亲身上,似有一种冤屈之气,这股气弥漫在周围的空气中,让整间屋子有着一种压抑和沉重。

由于父亲的事,郁小青受到了严重的影响。作为四类分子子女,他的前程被扭曲了。初中毕业,他曾经学过一段时间裁缝,被指责逃避体力劳动,后来被迫回村里劳动了。王家骥说郁小青学一样像一样,手艺学得很好,郁小青曾经给他做过一件青年装呢。

当晚,文谷和王家骥住在郁小青家里。

第二天醒来的时候,东方天有点微亮,文谷听到有人挑着家什出门去了。

文谷说："郁小青,是你父亲吗?"

郁小青已经起床了,他正在绘图,对着东方熹微的晨光,他正在一张白纸上画着一幅名为黎明的图画。郁小青边画边说："父亲每天一早出去,为队里倒马桶,等社员出工时,他要和大家一起出工的。"

这么说,郁小青父亲一早倒马桶,是一种额外的劳动。四类分子倒马桶,当时许多村都这样做的,这是一种带有惩罚性的劳动。

郁小青说，他父亲一早去倒马桶，他听到响声就起来画图了。

文谷没有问这是为什么？或许父亲的被监督劳动，在郁小青眼里这是一种耻辱，他还能安心地睡觉吗？

草草早饭后，文谷和王家骥离开了郁小青家。离开时，郁小青的父亲还没有回来。走到村口时，文谷看到一片竹林边，远远有一个人影正挑着马桶在忙碌着，他知道这就是郁小青的父亲。

这一晚对文谷的印象太深刻了！郁小青一家尽管身处人生的最低点，但他们以一种阿Q的方式，让自己灰暗的生活透进了一缕阳光。郁小青对文谷说，在人生的舞台上，他爸现在扮演着一个反角，他则是一个反角父亲的儿子。是的，他们不承认自己是这个社会的反角，他们只是一个演员，只是此时导演分配他们扮演着一个反角而已！

郁小青的自信在那个特殊的年代里几乎是荒谬的，是一种建立在沙滩上的楼阁，或是一种海市蜃楼般的虚幻，然而人总要有一种对于未来的希望，这种希望无疑会支撑起一个人的脊梁！

3. 知青顾尔尔

还在 H 学校的时候，文谷接到哥哥文麦来信，说村里来了一位名叫顾尔尔的知识青年。文谷对这个名叫顾尔尔的知青充满了想象，不知他长得怎么样，是什么脾气，爱好什么，一连串的疑问在心中出现。怎么也想不到，待分配回乡，文谷就与这个名叫顾尔尔的知青在一起了。

那天，顾尔尔突然出现在家门口，他说："你就是文谷呀。"

文谷说："你是——顾尔尔?"

顾尔尔笑着说："是呀，我是插队在村里的知青顾尔尔。"

顾尔尔听说文谷回来，露出一脸兴奋，偏居乡下，他希望有一个知识青年做伴，文谷的待分配回乡，无疑给他送来了一个伴。

顾尔尔中等身材，圆圆的脸，操一口县城地区方言。顾尔尔说，他就住在村西，让文谷抽时间去他"家"里玩。

过几天，文谷就去顾尔尔家里看看。

顾尔尔住在生产队安排的一间小屋里，这小屋并非生产队特意造的，而是一个绞圈房的西厢房。江南地区的绞圈房不似豪门大族的居宅，不似浙江东阳的卢宅和陕西泾阳的吴家东院那样拥有"十棵九亭心"的豪华气派，绞圈房仅仅体现一种富足，它是小地主和富农身价的象征。姜家村是个只有二十多户人家的小村，这里不可能产生大地主大官僚。顾尔尔所住的绞圈房原是姜家村一家富农的居宅，它的主人养了二儿一女，小儿子许耀武曾经做过汪伪军队的一个连长，一个小连长在地方上足以"威震"一方，解放那一年他劫数难逃，被逮捕判刑关押在白茆岭农场，他的居宅大部分被没收为集体所有，成为生产队集体资产。文谷很小的时候，大人们在其中一间学文化扫文盲，那是一间地搁板房。村里的住宅一般都没有地搁板，屋内的地皮都是泥地，脚踩在泥地上，按中医说很接"地气"的。文谷家门口的地皮常常会隆起来，天晴带进泥尘，雨天带进泥块，日积月累，门口的泥地就不知不觉中隆起来，文谷就用插刀把隆起部分扦去。地搁板房都是好房子，干净而清爽。后来这间地搁板房被拆了，造了生产队的仓库和大学校，当年地搁板房的地方就露出一个空间，当年的绞圈房也支离破碎的不成绞圈房了。

顾尔尔住的是绞圈房的西厢房，已经有了年代了。这里环境很好，村里有一南一北两个池，西厢房西边是北池，北池有暗渠与南池相通，南北二池的曲折池岸上种着柳树和杉树。春天的时候，树荫依稀，池水清冽，池中养着白鱼及青鱼，池水里偶见鱼群游动。每到旧历年底，村里就会车干池塘，将鱼捉起来，分给每家每户。捉了鱼后清池塘，把池里的污泥挖起来，那污泥黑黑的，很肥，队里将其作为盖麦的肥料。顾尔尔的西厢房在北池边，门口朝南，出门几步就到池边了。很快地，文谷和顾尔尔成了好朋友，文谷常常去西厢房，有时晚上住在顾尔尔家里。

那时文谷待在家里无所事事，母亲天天忙着出工。农村老人即使年龄很大了，只要身体允许，他们都去队里出工的。他们做的是老人活，挣的也是老人工分。一个成年人一天挣十二个工分，老人只有五或六个工分。尽管工分很少，但老人们在家闲不住，都去队里出工。由于天天出工，如同天天在锻炼，他们的身子骨就很硬朗，疾病上不了身。他们一起出工，有说有话，精神上也很愉快。而队里的有些活，还真的只适合老人去做，青年人做没有耐心，如同杀鸡用牛刀，浪费了，效果也未见得好。

文谷母亲已经七十岁了，看着母亲出出进进的身影，文谷心里很内疚。想到母亲辛苦一辈子，想到自己落魄待分配，母亲晚年的幸福看来也没有指望了，文谷心里产生了一种深深的愧疚。但一切都是无法改变，在命运面前渺小的个人是无能为力的。为让年迈的母亲稍得休息一下也好，文谷向队长徐忠德提出代母亲出工的请求。队长有些惊奇地朝文谷望了望，他从文谷的请求中看到了文谷的孝心，更感觉到了一种不祥的预兆。但这种惊愕在他脸上转瞬即逝，他马上堆起笑脸，爽快地同意文谷做个编外队员。文谷对队长的"恩准"感激万分，不由千恩万谢。

于是，文谷天天代母亲出工了。队长派文谷与女工组一起，女工组的活不重不轻，对文谷很合适。顾尔尔是知青，农村的重体力活他也不行，也被照顾在女工组，文谷和顾尔尔就成了女工组的男劳力。

女工组农忙时风风火火，是生产队的主力军，农闲时农活相对悠闲，她们就喜欢嚼东家长西家短的故事。七十年代还是人民公社制，劳动是集体化的，村人出工记分（大寨式记分）。村里豆蔻年华的姑娘们年轻而富有魅力，青春勃发，身上洋溢着一股朝气，她们是女工组的生力军。文谷和顾尔尔周围全是一群女孩子，他们好像红楼梦中贾宝玉似的。他们和她们一起天天出工，在崧塘边的高亢地上播种玉米，水田里散肥，在稻田里耘稻，在村场上脱粒……渐渐地，文谷对村上的这一潮姑娘，一个个熟悉了起来。

十月的稻子收割后，就整理田块种麦子和油菜。秋天的气温是不低的，秋老虎发威时热得人汗流浃背。由于农活闲下来了，大家都有了闲时光。晚饭后，几个青年约了一起去亚勤家玩。亚勤家处在姜家村的中间，大家来去方便。顾尔尔喜欢集体活动，起劲地叫这个叫那个，他反复叮嘱文谷："晚上一起来啊！"吃罢夜饭，文谷就散步去亚勤家。姜家村有东场和西场二块场地，东场以姜姓为主，西场以许姓为主。一条小路蜿蜒贯通东、西二场，亚勤家恰在东场和西场之间，一幢三开间的瓦屋，背靠小路，路与屋之间有一片狭长的竹园。姜家村的村居坐北朝南，屋后一般都有竹园，这是一种约定俗成的规矩。从东场出去，拐上村中小路，没几步就是亚勤家了，夜幕下，婆娑的竹枝掩映着亚勤的家屋，一切都显得格外静谧。绕过竹园，低矮的小屋里有一片灯光从窗户里透出来，听到几个熟悉的声音。文谷从亚勤家灶间屋门进去，只见一张八仙桌那儿已经围了一群人，正七嘴八舌议论什么。

凤娣看见文谷来了，高兴地叫起来："哟，文谷来了！"

姑娘们看到文谷，纷纷说："城里人来了。"这是村人给文谷的一个绰号，因为文谷去上海市读书后，户口转市里了。时过境迁，听到"城里人"的称呼，文谷似乎感觉到了一种揶揄的味道。姑娘们不知底细，她们这样称呼文谷，丝毫没有揶揄嘲笑的意思。

文谷说："还城里人啊，我不是回乡来了吗？"

亚勤笑笑："你回乡是暂时的，过一腔又去城里了。"

村里的姑娘们出生后没有离开过姜家村，由于"文革"，她们在该读书的年华放弃了读书，早早地回村里，随着母亲学女红，随着村人学农活，她们幸福地长在红旗下，却与旧式的女人没有太多的差别。生而为人，没有文化就如鸟没有翅膀，终究是不能飞向高远的。即使由于某种机缘而飞向高远的，也终究飞不长远。所以她们大抵比较现实，但这并不说明她们没有进取的欲望。人往高处走，水往低处流，这是大自然的法则。这里的姑娘们都喜欢嫁到东面去，那里靠近城市，靠近优裕的生活，哪怕往东一步也好，这样他们的下一代再往东一步，他们就在不断地靠近城市的文明，就像水流向大海一样。她们对于文谷和顾尔尔——来自城里的人，流露出更多的希冀和探求的眼光，这是长期生活在闭塞的乡村的姑娘们对外面世界的稀奇。一句"城里人来了"，正是这种稀奇心理的展露。

文谷接亚勤的话说："我是姜家村人啊，我不回城里去了。"

文谷这样说，其实是一种暗示，一种铺垫，文谷在为自己落魄的命运寻找一个体面的台阶。

姐妹中，雪娥是长得最标致的，瓜子脸，大眼睛，皮肤白皙，又是队长女儿，大家都对她很"宠"。雪娥却不恃宠而骄，她显然很聪明，她的低调平和的性格，让她很得人心。在村口的那一次撞见，或许是冥冥中的有意安排。那天，她充满善意的问候，遇到了心态处在极差状态的文谷的冷淡，其实这冷淡是一个落魄者自我保护的一副铠甲，不知内里的雪娥却将其解读为一种傲慢，这样错位的思维让他们很久一直处在误解之中。听到文谷说"不回城里去了"的话，雪娥就不无嘲讽地说："哎唷，说风凉话了，天凉了，我们要着凉的啊！"

文谷笑笑："谁说风凉话啦，我说不定真会回来的。"

雪娥堂妹雪花说："文谷，你要真回来就更好了。"

文谷说："为什么？"

雪花说："我也不知道为什么，我是瞎说说啊，反正你是不会回来的。"

文谷很无语，心里在想："待分配，谁知道结果会怎样啊？"

凤娣对雪花说："不管回来不回来，反正文谷是我们姜家村人。"

凤娣是文谷堂哥姜永泉女儿，她一米七零个头，在人群中有点鹤立鸡群了。圆圆的脸蛋，说话时总是笑眯眯的，那笑容显得特别的亲切和诚恳。由于很早就在队里参加劳动，农活上她是一把好手。她在女青年中有威信，她说什么，大家都会听她的。

顾尔尔说："文谷是姜家村的人，我算半个。"

凤娣批评顾尔尔："你思想不扎根啊？"

亚勤附和说："就是嘛，来了就是一个，怎么算半个？"

顾尔尔被戴了高帽子，有点脸红："我说得不对，说得不对。"

惠莲、惠容、品香等女青年群起而攻之说："检讨！检讨！"

凤娣说："顾尔尔认错就算了。罚他教唱一支歌，大家说好不好？"

女青年们起哄："好，好！"

顾尔尔认罚地说："好吧，教大家一支歌，将功抵过。"顾尔尔回过头来问文谷："教个什么歌？"

文谷说："要不教个革命人永远是年轻。"

在 H 学校时，学校广播里一直放这首歌，文谷感觉这歌很好听，也很励志。

顾尔尔说："也好，就教革命人永远是年轻吧。"

这天晚上，顾尔尔教得很卖力，大家学得也很认真，结束时，大家都会唱了。

4. 没有温度的微笑

在亚勤家学唱了一段时间，顾尔尔提出去"大学校"排演节目。

顾尔尔是大队文艺宣传队成员，排演节目胸有成竹，他拍拍胸脯说："我包教包会。"大家开始还有点犹豫，听顾尔尔这么一说，一群人就同意了。

"大学校"在南面村场上。姜家村在村南一块高地上，建了一排仓库房，囤放生产队的集体农具和物资。仓库房前浇了一块水泥场，大约有两个篮球场那样大，收获季节在场上脱粒，平时是一块晒场，也是村人聚会的地方。"文革"时，村人将仓库房东边一间腾出来，这里被称为"大学校"。

青年男女来到"大学校"，顾尔尔分配雪娥与他排演一个节目。雪娥笑笑说："我不来事的呀。""不来事"是不能胜任的意思，话说得很谦虚。顾尔尔说："不要怕，学学就会了。"雪娥想，姐妹中总要有人带头的，于是答应与顾尔尔排演。顾尔尔与雪娥排演的这个节目是从大队文艺宣传队搬过来的，顾尔尔很熟悉，于是他一招一式教雪娥。一个教得认真，一个学得上心，两个人配合得很默契，一个晚上教下来，节目竟然有点眉目了。

顾尔尔和雪娥排节目时，大家都围在边上看，看着看着，有人看出明堂了，他们从顾尔尔细微的动作里，发现顾尔尔对雪娥有点意思。顾尔尔对雪娥教得认真不假，但认真过了头，让雪娥有点反感了。明明雪娥已经会了，他还要喋喋不休地说，这样雪娥会说："累了，休息一会。"说罢，顾自站到一边去。

大家怂恿文谷也参加排演。文谷不擅表演，把头摇得像拨浪鼓："不行不行！"顾尔尔说："文谷，你演个简单一点的。"说罢不由分说将文谷拉进圈子中央，又点名雪花，让她与文谷排演"逛新城"。这个节目诙谐活泼，顾尔尔让文谷演爷爷，让雪花演孙女。雪花比雪娥小几岁，与文谷表演爷女俩蛮合适。文谷推脱不掉，只得在顾尔尔指导下，亦步亦趋地学了起来。

农村的传统观念毕竟根深蒂固，一男一女表演节目，难免会引起一些流言蜚语。顾尔尔和雪娥的节目，尽管表演很成功，还是引来了一些闲话在村里飞短流长了。

文谷以为顾尔尔听到这些闲话会恼怒，不料他一点反感也没有，笑笑说："让人家去说吧。"那口气，不但没有澄清的想法，倒是这些闲话让他很受用似的。文谷与雪花表演"逛新城"，拙于表演的他演得很放开，似乎进入了角色，这在表演中或许是很重要的。"逛新城"节目借用了现成的曲调，文谷后来将唱词调了新的内容，所以老节目有了新趣味。大家对文谷和雪花的表演也反应热烈，掌声笑声不绝。后来两个节目被大队干部吴其峰选去公社参加演出，竟然大获成功，产生了很大的反响。

吴其峰是个回乡青年。他是北星大队当地人，初中毕业后，学习邢燕子和董加耕，回乡当起了新农民。他回乡当新农民时，文谷还在西虹公社中学读书，看见他大热天戴一顶草编凉帽，脖颈里围着一条白毛巾。大热天围白毛巾，江南农村没有这样的习俗，这是吴其峰刻意模仿北方知青的结果。那时，这种装束确是"新农民"的一种时代标记，如果拍照片，这样显得英姿勃勃。吴其峰回乡后，一边参加劳动，一边参加社会活动，轰动一时。他也曾被西虹中学请来作报告，讲他回乡务农的先进事迹。几年过去，他已是大队支部委员了。

一天晚上，吴其峰来到姜家村"大学校"，他表扬姜家村青年活动开展得出色，要求姜家村带头成立村宣传队。顾尔尔心情很激动，因为吴其峰表扬姜家村青年，显然主要在表扬他。关于成立村宣传队的事，也正合他的心意，这是他长袖善舞的一面。他向吴其峰表态说："一定不辜负大队支部的期望，我们把村宣传队成立起来！"但农村的事是受制于农事的，农闲时弹弹唱唱还可以，开春后农事一忙，所谓的村宣传队就消亡了，因为农事是压倒一切的，顾尔尔的浪漫主义想法只能退避三舍了。

代出工的生活，让文谷融入了农村生活之中，他和村人一起出工，一起参与劳动，农村的劳动紧张而充满欢愉，特别是与姑娘们在一起，她们爽朗欢快的情绪，驱散了笼罩在文谷心头的暗淡的阴霾，让文谷的情绪也随之像秋日阳光一样明亮起来，许多不愉快的记忆渐渐淡去。这是一段让体力亢奋让精神暂时休息的日子。这样的日子或许渐渐改变了文谷的性情，本来难以排解的忧愁和苦闷在汗水和姑娘们的笑声中被淡化。

在姑娘们的心目中，文谷是待一段时间仍然会回城里去的，他头上的光环依然，身上的荣耀还在，往昔的光环还像霓虹般绚丽地让文谷成为村里姑娘们崇拜的对象，姑娘们毫不吝啬她们艳羡的目光，文谷感觉这是一种无法说明的误导。让他感到不安的是，一段时间接触后，雪娥对他的态度有了明显的变化，她有意无意地喜欢与他说话。她感觉文谷不是一个傲慢的人，他的冷漠显然有另外的因素，尽管这种因素她一时难以知道。村人从文谷长时间的代出工中产生了一个疑问："什么时候再回学校去？"文谷总是模棱两可地说"等通知"。雪娥是个聪慧的人，她隐隐发现文谷身上有着一个不为人知的秘密。她感到开始时文谷身上时时有一种拒人于千里之外的冷漠，这种冷漠或许是他身上隐藏着秘密的一种掩护。但随着时间的推移，这种冷漠像冬天河面的冰块在被慢慢消融。她感觉文谷从开始的自我疏远，渐渐地与她们变得接近了，他的话也多了。不知为什么，雪娥愿意与文谷搭话，与文谷说话的时候，她听得很认真。她对顾尔尔的话不怎么上心，似听非听。一次在排练节目时，顾尔尔说了半天，她竟然心不在焉，不知所云，这让顾尔尔很恼火。见顾尔尔恼了，雪娥嫣然一笑说："晓得哉——侬再讲一遍，我一定记牢格。"雪娥的笑有一种天然的妩媚，面对妩媚，顾尔尔的火气也就烟消云散了。农村姑娘大都很矜持，雪娥的矜持中却有一种大胆而聪慧的神采。她与文谷说话时，水汪汪的眼睛看着他，让文谷有点不敢对视，然而文谷却特别期盼与她说话，与她交谈。不知道顾尔尔有没有这样的感觉，反正雪娥在与文谷说话时，文谷发现她的眼睛也在说话，文谷感受到了一个青春期姑娘对于一个异性的那种别样的眼神。

对于这种眼神，他并未感觉到这是雪娥的一种轻浮，也不是功利。如果文谷拥有着过去那样的光环和荣耀，他对冲着这种光环和荣耀而来的青睐会不屑一顾。然而他感觉雪娥的青睐不属于这一种。尽管如此，处在待分配中的文谷，对来自异性的青睐眼神——包括雪娥的——依然还是排斥，因为文谷知道这种眼神不属于自己！一旦落魄坐实、真相大白，他不能忍受让青睐的目光遭受实实在在伤害。与其让其遭受无谓的伤害，不如将这种伤害消弭于未形成之时，最好的办法就是用冷漠筑起一道情感的藩篱。

是的，雪娥屡屡感知到他的一种很复杂的微笑。

他的微笑冷冷的，没有温度。

5. 被耽搁的急件

待分配的消息终于姗姗来迟！

本届待分配生四个去向，甘肃、黑龙江、安徽、云南，政策是插队不落户，劳动锻炼半年后，分期分批进工矿。上天却与文谷开了一个玩笑，学校毕工组通知开会的信函，邮差只将其送到了北星大队部，大队部送至各村没有邮路，一般由去大队部开会或办事的人顺带的。如果没有会议或没有前来大队办事的人，信函往往会被耽搁。如果是急件，大队部往往会派人递送的。但不幸的是，来自 H 学校毕工组的急件遭遇了耽搁，这封关于分配的急件没有及时送到文谷手里。这封急件对文谷而言事关重大：毕工组通知返校开会，宣示政策，填报志愿，但文谷接到"通知"时，学校的分配会议已经匆匆忙忙地开过了。待分配生注定是不被重视的，由于待分配的日子已经旷日持久，分配于是出奇的迅速，好像一幅失去了耐心的画，有点草草了事，到会的学生匆匆填好志愿，第二天就让出发前往所在地了。都是一些被遗弃的人，半个世纪后当文谷他们都已垂垂老矣，步履蹒跚地返回 H 学校相聚时，说及当年手攥通知前往插队不落户的边地，从繁华的大上海千里迢迢一身雨水地走进荒无人烟的窑洞，放下背包相互抱头痛哭的情景，犹然感叹唏嘘。而一封被耽搁的急件却让文谷滞留在了农村乡下！当文谷拿着迟到的急件惶惑地赶到学校时，毕工组老师说你怎么才来呀，都分配走了呀。老师建议文谷投亲靠友插队。老师说，上海郊区社队企业办得很好，你学有本事，会派上用场的。

待分配的日子，文谷一直待在乡下，朝夕相处中，村上的姑娘们一个个那么淳朴可爱，如果一旦乍然离去，或许会有许多的依依不舍。尤其雪娥给予文谷的那个眼神，虽然在文谷的心湖并没有引起太大的波澜，然而那微风般拂起的涟漪，还是久久的荡漾在文谷枯燥的人生旅途中。正是这种美好的情愫，悄悄吸引着文谷，将文谷引向这一片广袤而神秘的田野，让文谷在最后选择人生道路时有了一个磁力的指引。古往今来的书籍中，作家笔下那种浩然正气，那种在苦难和变故面前傲然不屈的精神，不但一直以来深深地影响着文谷，无疑也左右着文谷的人生选择。落魄的命运，对文谷固然是一种不幸。但事物总有二重性，"福兮祸所伏，祸兮福所倚"，好事会变成坏事，坏事一定条件下也会变成好事。从小听父亲讲过不少历史故事，崧塘河两岸这片神奇的土地，已经发生和正在发生着的这些故事，也足以吸引文谷回归到它宽阔的胸怀中。

于是，文谷义无反顾地选择了回乡务农。毕工组老师很快去青浦县城，给文谷办理了手续。那天，老师们从县城来到姜家村，让文谷陪同一起去见了队长许忠德。二位老师将文谷的情况给队长许忠德做了介绍，并为文谷说了不少好话，诸如说文谷学习认真，人聪明等等，在文谷听来，这些话都是多余的了。队长许忠德听了，露出了惊愕的目光，但他没有说话，只是听。文谷的平淡的目光和他惊愕的目光，永远地留在了那个雨雾蒙蒙的下午。后来，二位老师终于走了，他们踏上了二十世纪六十年代姜家村前面那条长长的泥泞乡路，他们渐渐远去的身影好像在电影镜头中渐渐淡出……

一切终于尘埃落定。对于文谷来说，回乡投亲插队只是一种冠冕的说法，谁都知道，这是一种株连，这是一种惩罚。哥哥文麦脸上没有丝毫表情，这是他预料中的事，他知道文谷在劫难逃，厄运果然如期而至。堂哥永泉黑黑的脸上没有表情，没有表情其实就是表情。他们知道，他们家族多了一个真正意义上的农民，崧塘河畔少了一个充满期望的游子。永泉哥默默走近文谷，平静而充满安慰地说："回来也一样的。"是的，老子庄子式的豁达是人们对于命运的最后抵御。走出乡野是一种出息，但崧塘河两岸生活着数不清的各色人等，他们的生活也是一种生活。人生就像一次旅行，你可以走这一条路，也可以走另一条路，你见到了这一路的风景，就见不到另一路的风景，不能说那一条路的风景更好。巢林一枝，聊自足耳，永泉哥的话给了文谷随遇而安的人生智慧。

文谷回乡的事像风一样传遍了姜家村每一户人家，人们心中久存的疑团终于解开了：文谷受到了"株连"！是的，一片阴霾笼罩在了姜氏家族的头上，那一件并未远去的往事被重新挂在了人们的嘴边……

第二章　投亲插队

1. 崧塘边上

文谷终于以投亲插队的名义，回到了姜家村，成了一名真正意义上的农民。这是 1969 年的春天，那个春天与其他春天没有什么两样，在春风的吹拂下，田野里的庄稼在茂盛地生长着，在冬天凛冽的寒风里，代出工的文谷与姑娘们一起栽种的油菜这时一片青绿，一场春雨后愈见的杆壮叶阔了。

文谷不再代出工了，表面看起来他的出工与之前的代出工没有什么两样，但谁都知道，今天的他已经是一个在册的农民了。母亲也不再待在家里，她和之前一样回到了老人们的出工队伍里。1969 年的这个春天，对于文谷来说是人生的一个转折点，世俗的"株连"以回乡当农民的形式在他身上兑现了。

姜家村是一个只有二十多户人家的小村。与江南大多数村庄一样，它傍水而居。村后有一条颇有名气的崧塘河，它受淀浦河之水，由南向北，一路蜿蜿蛇行，经张家角，过沙家村，越嵩子庙，在卫家巷调头向东，过小石桥、田螺浜、过姜家村、马家浪、西横泾……然后向北与充满豪迈之气的吴淞江会合，向东直向大海而去。崧塘河两岸土地肥沃，庄稼丰盛，村庄鳞次栉比。崧塘河水像母亲的乳汁一样灌溉着这一片土地，养育着两岸一代又一代子民。两岸的子民过着日出而作、日落而息的生活，繁衍着自己的子孙，创造着独特的风俗和文化。他们如草一样生长繁茂，又如草一样枯萎凋谢，在这块土地上留下了他们的骨殖和肥力，呵护和护佑着新一代生命的成长和蓬勃。

　　姜家村往东半里许，崧塘河与南北向的虹江交叉，形成一个宽阔的"十"字形四河洋。颇为奇异的是，四河洋西南地块高高隆起，有一座坟墓，三个坟尖依次相连，远远看去，像个笔架，村人将这里称为坟园。坟坡上长满了芊芊青草。童年时候，文谷经常和村里的孩子们一起到坟园挑草，挑好草就在坟园里玩。那时比他小几岁的雪娥已在学校里读书，雪娥的成绩很好，她是班级中的班长，左臂上三条红杠杠的少先队大队长标志十分耀眼，放学后他们时常去坟园里，无数次爬上坟顶去，坐在坟顶上可以看得很远，有居高临下"鸟瞰"的感觉。坟园北临崧塘，东依虹江，南面有一条人工开挖的小河，河里种着荷花，于是坟园颇似一座小岛，一个世外的世界，他们常常经那条小坝过河去坟园。

　　坝南一片开阔地上建有一座祠堂，是祭祀和看护坟园的。祠堂砖石结构，坐东朝西，大门走进去是一方天井，迎面三间正屋，气宇轩昂，两侧是厢房。祠堂前面有一块水泥场地，这也是他们喜欢玩耍的地方，他们常在水泥场地上玩捉麻子和造房子的游戏。解放初期，政府将祠堂作为粮仓，囤积不少粮食，村上轮流派男人前来值夜。祠堂南侧有二间小屋，是看祠人阿炳一家的住所。由于年代久远，姜家村人都不知道坟园里占着好风水的墓主是何许人，看祠人阿炳是一介文盲，更不知道墓主为谁。

　　一次，文谷随父亲去祠堂值夜。他们值夜在祠堂外的草棚里，父亲将马灯挂到草棚的梁上，地上铺了稻草，再把被子摊在稻草上，就是睡觉的地铺了。值夜有三四个男人，他们或者打扑克，或者聊天，因为文谷父亲会讲故事，他们就围着文谷父亲让他讲故事。一次，文谷父亲讲了个与崧塘河有关的故事。他说崧塘河源远流长，两岸形成了许多集镇，其中有一个集镇名叫方家窑，集镇所以叫方家窑，因为集镇靠崧塘河的地方有一座窑，这座窑是一个姓方的人所建的。姓方人的祖父是明朝的一个大文人。却说明朝的开国皇帝朱元璋去世后，他的四子朱棣与侄子朱允炆争夺皇位。文谷父亲说，朱棣在燕京拥有重兵，他以"清君侧"为名带兵杀到南京，夺取了皇位。为安抚人心，也为掩盖自己篡权的行为，他找到明朝一个姓方的学问家，要这位学问家为他起草诏书。学问家看不惯朱棣暴行，拒绝了他的要求。朱棣随即恼羞成怒，威胁说："汝若不为，诛汝九族！"诛九族是斩草除根的酷刑。学问家听了，却毫无惧色，冷冷地说："杀我十族也无妨！"朱棣听了，竟残暴地将他的老师一家也算在内，作为"十族"一起诛了，一共杀了873人！大屠杀中，学问家的老家奴带了主人的一位孙子逃出了虎口，在崧塘河一个偏僻地方隐姓埋名躲避追杀，他们后来以烧窑为生，延续了方家的香火。多少年后，时过境迁，学问家的子孙才敢恢复方姓，他们以烧窑为生的地方，被称为方家窑。

　　父亲一说方家窑，文谷十分吃惊了。文谷随父亲沿着崧塘河摇船去过方家窑，这是一个江南古镇，父亲与古镇上的人熟悉，想不到父亲故事里的人物离文谷这么近！文谷不由猜想，那坟园里埋葬的，是不是就是这位学问家呢？如果不是这位学问家，显然也是一位与这位学问家相似的高士贤人。姜家村人因此在坟园耕稼，从不损毁坟园的一草一木。大跃进年代，不少地方的文物古迹被毁了，石头被拿去造桥，木料被拿去大炼钢铁，坟园和祠堂却没有被毁坏。直至"文革"大劫来临时，坟园和祠堂才最后难逃一劫，坟墓最终被掘了，巍然的祠堂也被拆了，听说这是来自公社的一批造反派所为……1969年春天，文谷随村人去坟园劳作时，只见这里一片狼藉，祠堂也荡然无存了。

姜家村有姜、许二大家族。

姜氏家族是一个纯粹的草根。他们没有家谱，也没有任何关于家族成员零星文字记载。在东西两个客堂里，各设有安放祖宗牌位的神龛，它在客堂的二梁下，高高在上。逢上祭拜祖宗时，姜氏族人在客堂里放一张八仙桌，桌上放上各种菜肴，桌子四周放满酒盅和筷子，点上蜡烛燃上香，八仙桌前放一只破旧的铁镬子，老人们祭拜前会在铁镬里火化锡箔。举行这样仪式的时候，孩子们只知道玩，不太关心祭拜的是哪一位祖先。如果家族中那一位后辈找上了对象，一般也会拜祖先，以告祖先在天之灵。一个冬日，文谷堂哥福海找了对象，女朋友第一次上门来，那天刚好有个"周年"，八仙桌前的破铁镬里刚化完锡箔，铁镬被烧得发烫。这时，福海的女朋友来了，大家都涌上去看稀奇，文谷好奇心也大，一脚跨进客堂门槛，却不小心绊了一下，人失去平衡，身体向屋里倾斜摔了过去，直接摔到那口发烫的铁镬上。文谷的右眼睑撞到铁镬口子上，血一下子涌出来了。大人们见了，急叫起来，文谷母亲忙找些门角灰搽在了他的出血处（他们相信这可以止血），后来血是止住了，而文谷的眼睑一侧却留下了一道黑色的疤痕。

姜姓家族聚居在姜家村东面，东西一长溜连梁瓦屋南面有一块泥场，称东场。东场东有一条浜，称东浜，从北面崧塘河伸过来，给姜氏家族送来生活起居的水源。东场西侧有三间朝东屋，它与连梁屋直角相交，构成了一个"L"形，它也起到一种隔的作用，使东场的姜姓家族形成了一个独立的世界。

文谷的祖父养了父亲姜小弟，伯父姜大弟，还有两个女儿。由于贫穷，伯父娶不起老婆，祖父采用民间弟换亲的办法，将文谷的大嬷嬷嫁给陆家宅一户诸姓人家，作为交换，诸姓人家的女儿嫁给了伯父。文谷小时候常去陆家宅，曾见到出嫁在那里的大嬷嬷，那时她已寡居多年，生有一子，孙女福妹和文谷差不多年龄。陆家宅位处吴淞江边，文谷和福妹常去吴淞江边玩。文谷第一次见到上海的这条母亲河，它宽阔雄伟，江中有许多的帆船，江水湍急、一泻千里的气势让人产生豪迈的感觉；文谷看到江南岸是一条长长的牵道，纤夫们天天在江边走，因而路面光光的，道旁的土墩上，牵绳勒出一条深深的凹槽……高高的岸坡上，种着一望无边的玉米，夏秋时节，玉米茂盛的长着，放眼望去，一片很壮观的景色。文谷的小嬷嬷嫁在三里外的诸翟镇，小嬷嬷的家境比大嬷嬷好一点。小嬷嬷的女儿就是文谷的表姐，养的儿子就是文谷初中同学王家骥。

弟换亲成家的伯父养了二儿一女，由于家境贫困，小儿从小送人，女儿长大后出嫁了，大儿子就是堂哥永泉。文谷父亲排行老四，个子又小，大家都叫他"小阿弟"，晚辈则称他小阿叔。他有个姜守仁的雅号，但文谷父亲是个俗人，名字太雅不太相配，所以很少有人称呼。

追溯起来，文谷的曾祖父可能养有两个儿子，文谷的祖父是弟，堂祖父为哥，所以堂祖父的子女都住在东客堂，福桂、福海都是他们的后辈。曾祖父的后代——文谷的伯父则住在西客堂，文谷父亲一家就住朝东屋了。

聚居在姜家村西场的是许姓家族，他们一族中以许耀武和许耀文为代表。许耀武在青浦县城读书，恰逢抗战爆发，乱世中知道应该有一支队伍才能保护自己家族的利益，于是跟随好友许连生拉起了队伍。许连生和顾复生走了两条路，顾复生投了红旗，跟定共产党打日本人。许连生却投靠日本人做了伪军，许连生说，日本人这么强大，与日本人硬拼是鸡蛋碰石头，自取灭亡。好汉不吃眼前亏，中国人打不过日本人，就顺着日本人，以柔克刚。还说留得青山在，不怕没柴烧。如果人死了，还有什么用，只要人在，总可以东山再起的。许耀武觉得许连生说得有道理，就跟了许连生一起搞曲线救国，做日本人的顺民，为虎作伥。许连生让许耀武带了一连伪军驻守在蟠龙古镇，帮日本人收军粮，维持秩序。他的弟弟许耀文是个鸦片鬼，好吃懒做，娶了大小老婆，家里一半家当被他败光了。幸亏有许耀武撑着，一家子才维持着有门有脸的大户人家样子。许耀文的女儿许润玉倒是生得眉清目秀，聪明伶俐，许耀文将其视作掌上明珠。后来，许耀文由于沉湎女色和烟枪，得了恶疾去世了。解放后，他的小老婆另嫁了他人。

　　许姓家族除了富户许耀武一支外，还有与姜姓一样贫穷的许宝国一支，队长许忠德一支。

2. 牧场陌客

一天，队长许忠德找到文谷。他从衣袋里摸出一包劳动牌香烟，抽出一支递给文谷。队长给敬烟，文谷有点受宠若惊，文谷笑笑说："我不会。"

文谷知道队长有事找他。

果然，队长点燃一支烟，深深地吸了一口，然后眼睛朝文谷望了望。

队长吐口烟，斟酌着说："文谷，有个事想与你商量。"

文谷说："队长——你尽管说吧，什么事？"

原来生产队与上海市第十牧场有个协议，队里派人去牧场帮助打扫奶牛棚，打扫下来的牛屎归生产队所有，这是以劳力换肥料的合作。去十牧场干活必须住宿在牧场，家里的事就要做不成，所以外派劳务工的事，对队里有好处，对个人来说，尽管队里会给一点补贴，因吃住在外面，开销大，也就没有多少好处了。往年队长许忠德对派谁去十牧场很伤脑筋的，这次可好了，许忠德一下想到了文谷这个新劳力。于是找文谷商量，让去十牧场劳力输出。文谷刚刚回队里，作为一个正式工，应该听从队长安排，再说队长也说得在理，他是单身，走得出啊。于是对队长说："队长，我去吧！"队长见文谷一口答应了，立刻轻松起来，夸奖说："就知道你不会有问题的！"

于是，文谷打好铺盖，队长派一辆手扶拖拉机，送他去十牧场。

十牧场在市区定西路，属于静安区，它闹中取静，圈了好大的一块地。队长告诉文谷，在十牧场扫牛屎的还有一个人，是邻村林家桥生产队的，他已经扫了一段时间了，有经验，让文谷向林家桥生产队的人学习。记着队长的话，来到十牧场一问，果然有林家桥生产队的人在这里。文谷找到此人，见面后不禁喜出望外，原来林家桥扫牛屎的人，竟是文谷的舅表兄程桂华！一见面，程桂华也大感意外，他想不到会在这里遇上文谷，想不到文谷会来这里扫牛屎！程桂华似乎知道了文谷回乡的事，他没有多说什么，帮文谷一起安排住宿，并告诉文谷应该做些什么事。

次日，文谷随着程桂华走进牛舍，开始一个棚一个棚地扫牛屎了。

程桂华推着一辆铁皮翻斗车，走到奶牛的栅栏外，将车停住，人走进栅栏里去，用铁铲将牛屎铲进翻斗车里，然后将一根皮管接了水龙头，顺手将水龙头一拧，自来水就哗哗地从皮管子里冲了出来。程桂华手捏皮管子，将皮管子里喷出的水柱，朝着栅栏里的水泥地移来划去地冲洗。水柱子哗哗地像一把刷子，将水泥地上牛屎的污痕一一冲刷。冲不掉的地方，拿过一柄竹扫帚扫一扫，再用水冲，水泥地上残存的污痕就土崩瓦解了，随着水流流进了污水沟去。一个棚子做好，程桂华穿着高统套鞋的脚就跨进相邻的牛栅栏去，去做下一个棚子。

文谷照着程桂华的样子，依样画葫芦地铲牛屎、冲水泥地，这样一个棚子一个棚子接着做，翻斗车里牛屎满了时，就推去存放牛屎的一个坑那儿，将牛屎倒进坑里。将负责的二十多个棚子做好时，一上午的时间也就差不多了。

程桂华年纪比文谷大许多，二人一老一少，相伴着天天在牛棚里打扫牛屎。这是一种简单而枯燥的劳作，但你绝不会感到轻松，那一长串牛栅栏首尾相接，一个紧挨一个，远远望去，仿佛是一座规模庞大的监狱。作为一个外来人，文谷在牧场中一切都是陌生的。牧场是个事业单位，职工待遇好，他们上班时都穿着白大褂，好像医院里的医生。太阳从东边升起后，他们一簇一簇地来上班了，太阳从西边下山时，他们就一簇一簇地下班了。文谷不认识他们，他们也不认识文谷，或者说他们也不愿认识文谷。在他们眼中，一个扫牛屎的人，不如他们场里的一条奶牛。是的，一头头奶牛是十牧场的"在编成员"，是他们的"正式工"，它们在场里担负着重要的工作，它们负责将各种精粗饲料吃进肚里，经过器官消化，生成美味的牛奶，然后由挤奶员将奶挤出来，由牛奶公司加工后，送到千家万户市民家里。它们的健康与否，它们的饮食起居，是被时刻关注的。文谷和程桂华只是以劳力换牛屎的苦力，不要说被场里的人看不起，就是场里的牛也不把文谷们放在眼里。

是的，人不如牛，文谷第一次感受到了自己地位的低微。

每天吃了夜饭，之后就没有事了。

简单重复，枯燥乏味，这是文谷在十牧场劳作的最大特点。白天一个牛棚接一个牛棚地冲扫，一车牛屎接一车牛屎的推运，常常累得满头大汗、身心俱疲。傍晚去食堂吃了夜饭，回宿舍洗了澡，才有了属于自己的时间。在十牧场，举目无亲，一切都是陌生的。随着时间的推移，与一头头奶牛倒是熟悉了起来，但他们不会说话，无法交流，对牛弹琴，它们也不懂得你的琴音心韵。日复一日与奶牛待在一起，纵有千歌万曲，也没有一个半个知音啊。

程桂华很早失学，文化不高，似乎习惯这种令人麻木的生活。夜饭后，他没事就在宿舍里枯坐。文谷带着几本书，这些书成了文谷的救命恩人，如果没有书籍，文谷不知道如何打发这孤寂的时光。有时，会突然想起生产队里的伙伴——顾尔尔，还有雪娥她们，与他们在一起，充满笑声和欢乐，回想起亚勤家学歌和大学校排演，文谷越加感觉十牧场的日子度日如年。

在十牧场，周围一切对文谷是冷冰冰的关系，文谷是一个孤独的存在。文谷只是为让生产队得到牛屎而在这里劳作着，他感觉自己变得微如芥粒！平淡无奇的生活，没有激情和诗意，人生似乎变得一开始就可以结束了。生活渐渐地向文谷露出了它的真面目，他第一次品尝到了体制外农民的滋味。

一天夜晚，文谷和程桂华一起去场内兜兜。他们在十牧场白亮的水泥路上走着，位于城市中心区的十牧场，占着一大片地，宽大的绿茵场，一幢幢排列有序的奶牛房，豪华的奶制品研究所，食堂，职工宿舍……静谧而优雅，与远处喧闹的灯火闪烁的高楼和厂房相比，这里充满了城市农庄的意味。慢悠悠地往前走着，一会儿来到了十牧场门房间。程桂华来过门房间，他说："去看看老周。"

程桂华走进门房间，回头对文谷说："今晚老周值班。"

文谷随之走进门房间。看门人老周从里间端出两只凳子，热情地说："坐，坐。"他给每人泡了一杯茶。

看门人老周是个和善的老人。

程桂华与老周熟悉，告诉文谷说，老周老家是江苏盐城的。

文谷发现老周有点眼熟，似乎在哪儿见过。

程桂华说，老周是十牧场的正式工，原来在部队上的，退伍时被安排在十牧场看门房间。他工作勤快，平时不回家，以牧场为家，年年被评为先进的。

闲谈时，发现老周不时用眼睛瞟文谷，莫非他也认识文谷？

一会儿，老周终于探询似的问："你是姜家村派来的？"

文谷说："是呀是呀，我是姜家村派来的劳务工。"

老周笑笑说："你是姜小弟儿子吧？"

文谷不由惊奇了："你……你认识我父亲？"

老周没有回答文谷的问题，却说："你刚从学校回农村？"

文谷愈加惊奇了："是呀，你怎么知道的？"

老周不紧不缓地说："我也是姜家村人啊。"

文谷更吃惊了，记忆中从来没有老周这个人，他怎么是姜家村人呢？

见文谷一脸惶然，老周问文谷："许雪花你认识吗？"

"许雪花？认识啊。"

老周说："我是许雪花的阿爸。"

许雪花有个继父在市区工作，没想到老周就是许雪花的继父！文谷在H学校读书很少回家，许雪花继父也很少回姜家村，同为姜家村人，文谷和老周却相互不认识。

闲聊中，得知老周名叫周勇，从部队退役后，分配在十牧场工作，领导上安排他做门房间，他不但没有意见，还十分乐意，他以牧场为家，难得回乡下。

文谷心生好奇地问："老周，你是盐城人，怎么'嫁'到我们姜家村的啊？"

老周说："我有个哥哥叫周奋，曾在青浦县抗日打鬼子。我在那时来过青浦县，与那里的人熟悉。后来哥哥牺牲了，清明节时我常常去青浦县烈士陵园凭吊，陵园的看门人熟悉，在他介绍下，我就'嫁'过来了。"

青浦县的烈士陵园就在观音堂附近，很多牺牲的烈士都安息在这里。许雪花的父亲也是抗战时牺牲的烈士，也安息在那里。文谷心想，这个看门人倒是做了一件好事。

回到宿舍后，文谷对程桂华说："这个盐城人蛮好的。"

程桂华说："在国营企业看门房间，他蛮开心的。"

文谷说："他哥哥参加过抗日牺牲，有功劳的。"

程桂华笑笑："前人种树，后人乘凉。"

文谷说："老周的哥哥在观音堂参加抗日斗争，看来是顾复生部队的人。"

程桂华说："周奋在烈士陵园，一定是顾复生部队的，否则进不了烈士陵园的。"

文谷好奇地问，"哥，你知道顾复生的故事吗?"

程桂华说："听老辈人说过。"

文谷小时候听父亲说起观音堂这个地方。父亲说观音堂出了个了不得的人物，他的名字叫顾复生。父亲口中，顾复生是一个形象高大的农民领袖，他的威信之高，足以让父亲他们这一辈人将其视为英雄，父亲对顾复生他们所做的事敬佩之情是显而易见的。日本鬼子打进来后，顾复生就拉起一支抗日武装，与日本鬼子周旋，他们神出鬼没，打得鬼子寝食不安。鬼子把他当作眼中钉肉中刺，必欲除之而后快。顾复生是当地人，他队伍里的人大都也是当地人，他们在老百姓的掩护下，如鱼得水，声东击西，打得鬼子晕头转向。鬼子恼羞成怒，抓不到顾复生就调集大部队进行围剿。父亲说，当年日本鬼子在地图上将顾复生活动的区域用红笔划了一个红圈，红圈内鬼子见人就抓了杀，见屋就放火烧，进行空前的大屠杀。说起那一场血腥的大屠杀，父亲还心有余悸。

文谷说："历史上的事，亲历的人越来越少，很多事都湮没了。"

程桂华叹口气说："老百姓只管柴米油盐，不去管那么多事。"

程桂华的话没错，老百姓没有精力去管那么多事。文谷忽然想起了自己的农民身份，自己现在只是为了温饱在日复一日地忙碌，学生时代那种胸怀天下的豪情只能是昨天的一种奢侈品。

但那天晚上，文谷一时睡不着了，脑子里杂乱无章地浮现了父亲曾经讲过的故事碎片。他看过《烈火金刚》、看过《红旗谱》等抗日长篇小说，他发现活跃在崧塘地区的顾复生的抗日故事并不亚于这些故事，有的甚至更艰巨更英勇更惨烈！这个晚上，他胡思乱想了许多，观音堂、顾复生仿佛成了一个巨大的谜，吸引他去寻找其中的答案，这个谜后面一定隐藏着许多精彩的故事，正如一个勘察队员对一座矿藏富有的山头充满期望一样，文谷对寻找这个谜的答案充满了热切的期望。不知道老周弟弟周奋是怎么从盐城来到观音堂的，他后来参加了哪些战斗，又是怎样牺牲的？父亲说过，顾复生部队里大多数都是本地的一些热血青年，但也有不少外地人，他们有的操着宁波口音、有的操着苏北口音，他们为什么不约而同地来到了崧塘河边？一连串的为什么，一连串的疑问，吸引着文谷去寻找答案！文谷是个文学爱好者，他想如果有一天能将这些故事一一形诸笔下，将家乡有可能湮没的故事发掘出来，就无疑做了一件有意义的事！他忽然热血澎湃地觉得，他的投亲插队回乡，或许是上天赋予他的一个特殊使命！

滋生于十牧场的这些想法，似乎有些不切实际，如同郁小青父亲身为四类分子却仍在背诵唐诗宋词一样，理想与生活南辕而北辙，文谷只能将这个美好的愿望暂时深深地埋在心底。

文谷后来知道，生产队与十牧场以劳力换牛屎的劳务输出，是老周牵线做的好事。做了一段时间，坑里的牛屎已快溢出来了，他通知队长许忠德来运牛屎。队长带了几个男劳力，摇了一条水泥船来运牛屎了。船到十牧场时，天已经晚了，文谷陪他们一起食堂里吃了晚餐，就在夜色里装运牛屎。从牛屎坑将牛屎运到船上，有五百多米的一段路，他们带着粪箕和扁担，就一担一担地挑。正是夏天，天热得人汗流浃背，牛屎坑边蚊子成群结队，人走上去，蚊子会扑面而来，不是一只两只，而是许许多多。闻着牛屎的臭味，冒着蚊阵的攻击，直到月亮很高了，文谷他们才将牛屎全部运到了水泥船上。

十牧场的生活，让文谷品尝到了在高贵者面前，卑微者会加倍感觉到自己的卑微。文谷产生了逃离的念头，他心里想念队里的青年伙伴，想念顾尔尔和雪娥他们。文谷向队长提出调人，对此，队长许忠德虽然面露难色，最后还是同意了文谷的要求。之后，队里再也没有人去十牧场做劳务输出。

3. 青空飞翠

为增加生产队经济收入，队长许忠德对劳务输出的机会总是抓住不放的。每年青玉米其长成一片青纱帐的时候，十牧场总要到农村收购青玉米其。十牧场将收购青玉米其的地点选在林家桥。林家桥是架在虹江上的一座石桥，桥东有个村，就叫林家桥村。南北流向的虹江是一条界河，河东是长水县，河西是青浦县。石桥是一座老桥，不知造于何年何月了。石桥南侧现建有一座新桥，新桥是水泥桥，连通著名的北青公路，向东三里是诸翟镇，向西三里是观音堂镇，而沿虹江水路向南三里即是蟠龙镇，林家桥的位置显然很独特。

十牧场在林家桥南边的空旷地，挖了好几个贮藏青饲料的坑。然后，他们请各队的队长一起开会，公布了收购价格，让附近生产队将青玉米其运到林家桥。

十牧场就地招募农村劳动力，队长许忠德与十牧场签了协议，输出劳务帮助轧青玉米其。姜家村生产队离林家桥近，队里每年都承揽轧青玉米其的劳务，队里抽出精壮劳力，分成几个组，同时在几台轧机上劳作。附近生产队将青玉米其割下来，装在水泥船上，一船一船地汇聚到林家桥来。那时候，虹江河面上满是一船一船的青玉米其，一船紧挨一船，船与船挤在一起，望去像一片片浮动的青毡。轧青玉米其的劳务很辛苦，参加劳务输出的农民工将靠岸最近的船拴好缆绳，然后上船将一层层叠起的青玉米其一捆一捆拖下船，过了磅，然后前面的传给后面的，接力赛似的将青玉米其送上岸去。拖到轧机边，然后将青玉米其"喂"进轧机的大口，轧机空转的声音是轻的，吃进青玉米其后，声音变得轰隆隆的沉闷有力起来。一部轧机上四个人，一般两男两女，两个男的负责拖玉米其，两个女的负责喂玉米其。由于玉米其是青的，分量很重，从船上拖上岸时，有的落在了河里，浑身湿透，分量更重了。做劳务时，大家都穿白色塑料衣，因为水湿的玉米其一会就让你的衣服沾湿了。由于轧玉米其的活吃力，衣服不被玉米其沾湿，也很快由自己的汗水濡湿了。

青玉米其从轧机里吃进去，从另一个嘴里飘飞出来时，已经变成了一片片碎片，那碎片一片片翡翠似的，成群结队，浩浩荡荡，连接着像一条绿色的飞龙，在空中形成一条弧线，飞向远处预先挖好的坑里。五六座轧机同时作业，五六条飞龙在空中竞相舞动，情景十分壮观。青玉米其的碎片在坑里一层层堆叠起来，每一层由工人洒入催发酵的粉末，当坑被青玉米片填满时，就由工人用土在上面进行封存。封存的青玉米片经过一段时间发酵，就成了营养丰富的奶牛饲料了。

生产队以劳务输出为集体增加收益，林家桥附近许多生产队都给十牧场输出劳力。林家桥桥堍两侧成了轧青玉米其的大战场，江岸边一字长蛇似的排列着一座座轧机，为了遮蔽夏日暴晒，每座轧机都搭有一座凉棚，队员们就在凉棚里的轧机上劳作。活很累，农村人习惯了重体力劳动，大家都不怕累和苦，虽然劳务收入归生产队所有，每人只是像队里出工一样记上工分，但为生产队增加了收入，还是感到很高兴的，因为大家都懂"大河有水小河满"呀。

对于处在青春期的农村青年，这些又苦又累的劳作，在他们这里变成了一个愉快的过程。男女搭配，干活不累，青年男女在一起，大家有的是力气，他们干活时生龙活虎，休息时叽叽喳喳，让整个阵地变得年轻而充满活力。

顾尔尔总希望与雪娥排在一个班上，当真排在一个班上的时候，他就仿佛有使不完的劲。顾尔尔对雪娥有意思，对此他在村人面前不隐瞒，自从他与雪娥排节目引起村人的议论，也点燃了他对雪娥追求的欲望。他不避讳自己对雪娥的喜欢，甚至在雪娥父母面前也是如此。顾尔尔直性子，喉咙粗，听到什么怕放在肚子里会烂掉肠子似的，急于说出来，村人说他"得着风，就扯篷"，给他起个绰号叫"喇叭"，这表明了他是个没有城府的人，不够老成，为人处事也不老练。作为知青，顾尔尔有表演天赋，这一点在农村却成了他的弱项，因为农村人看不起太张扬的人，认为不实在，不稳重。这样顾尔尔就有点吃亏了，雪娥也不太喜欢这样的性格，所以她对顾尔尔的种种青睐之举，怕一口拒绝太伤到他心，就装聋作哑当作不知道。这样，顾尔尔就有点单相思的样子。恋爱中的人是很笨的，顾尔尔似乎并不在乎雪娥对他的不冷不热，他以为这只是雪娥的一种矜持，这种矜持反而让顾尔尔更加喜欢她了。雪娥对顾尔尔赤裸裸的追求有点害怕起来，她对顾尔尔近乎做作的殷勤，由开始的不在乎，渐渐变得"冷漠"了。

顾尔尔感觉到了雪娥的这种变化，他对雪娥的一片痴心，始终得不到热情回应。顾尔尔发现，雪娥与文谷似乎在渐渐走近，一次，他看到了雪娥与文谷说话时眼中露出的那一种妩媚的目光，是不是雪娥对文谷情有独钟了？顾尔尔想探探文谷的心，于是他将文谷叫到自己的知青屋里，他对文谷显得特别客气，顾尔尔说，文谷你是大秀才，我要向吴其峰推荐你参加大队文艺宣传队。他的话有点讨好文谷的意思，但他后来话锋一转突然说，雪娥对你好像有点意思？文谷一怔，仿佛被顾尔尔窥见了自己的一个隐私似的。其实文谷对雪娥的接近是很矛盾的，待分配时雪娥对他有好感，那是因为她还没有知道文谷遭遇被沦落的命运；而今头上的光环已经黯然褪去，投亲靠友回农村，坐实了"株连"。作为一个另类知青，他已经成为一个徒有满腹诗书的农民。这种落魄的命运除了赢得同情和可怜之外，还会赢来什么呢？文谷感觉到，偏偏雪娥对他并不嫌弃。他们在一个村长大，从小青梅竹马，或许雪娥的纯洁让她更少受到利益偏见的影响，她依然故我地对文谷保持着那一份本色好感。文谷认为这只表明了一个农村姑娘阅世不深的淳朴，她不知道人间世事的险恶。文谷虽然年轻，却仿佛饱尝世态炎凉，对于雪娥的好意，文谷自然不会贸然地认可。

对于顾尔尔的疑问，文谷只能给予否定的回答。他笑笑说："你看走眼了，我这样的人会有人看上吗？"

顾尔尔可能不相信文谷的话，但他相信雪娥对文谷的好意是不现实的。

与文谷的另类知青身份相比，顾尔尔的知青身份远远优裕得多。文谷像被人扔进山沟沟里的一个弃儿，像一只失群的落寞孤雁，他没有插队知青的荣耀，更没有组织上的联系和关照。而作为城镇知青，顾尔尔有很多有利条件，他在政治上是响当当的，他在县城有个家，母亲是一个单位的职工，他还有一个漂亮的妹妹。母亲正在想办法让儿子早一点招工回县城，所以当她得知儿子想在农村谈对象时，警告说她是不会同意的。

顾尔尔与文谷，同为知青，却是条件殊异，选择文谷而不选择顾尔尔，在世俗的人看来，这个姑娘不是瞎子就是糊涂虫了。顾尔尔所以与文谷聊这样的话题，是因为他隐隐发觉，雪娥或许真是太幼稚的缘故，竟然对文谷有那么一点意思。而文谷的"自知之明"，终于让顾尔尔放了心，他知道即使雪娥有这样的想法，文谷肯定不会有这样的想法；即使文谷有这样的想法，雪娥的父母肯定不会有这样的想法。他料定雪娥与文谷之间，不可能有故事。

4. 一杯冷饮

　　青玉米长得最茂盛的时候，正是农村大忙的夏收季节，一群市区的学生在老师的带领下，排着长长的队伍下乡来，他们歪歪扭扭的队伍从林家桥上走过时，虹江的江面上倒映出一张张稚嫩兴奋的脸和一面面红色的队旗。他们来到农村是象征性地来参加农忙劳动。看到他们，文谷霭时想起了在H学校时，也曾和同学们一起下乡去，那时他是一个城里的学生，他对农村也充满了新奇之感，农村在他眼里充满了诗情画意。麦收时节，农村的丰收情景让班里的一个同学诗兴大发，他写道："农历五月，小麦熟了／无风，大地铺条黄地毯／有风，奔涌着万顷金浪／豌豆花开了／绿叶，嫩翠欲滴／百花，淡淡清香／大地像一幅拼图，斑斓辉煌／布谷鸟叫了，叫得喜庆悠扬／……开镰了／农家宅院舒心的微笑，漂起一弯月亮／……"浪漫的情绪洋溢在年轻的同学们心间。眼下，他已经是一个真正的农民，农村给予他的却是另一种感觉，诗情画意已经荡然无存，景色依然，心情早已大异其趣。一个政治上受到株连而落魄的人，回忆起往昔的日子，重温那遥远的温馨感觉，受伤的心灵会刺激得再次战栗起来，一种强烈的挫折感从心灵的伤口突然不可抑制地再次喷涌而出！

　　在十牧场时，他因形单影只而感到孤单；而现在，在热闹的人群中，他同样感到孤单。他像被流放在荒无人烟的沙漠之中，寂寞孤苦，无处诉说，像戴着精神重铐的苦役犯，丰硕的麦穗和青青的玉米其，初夏美丽的风景，仿佛变成了冷漠的高墙，将他围堵了起来。此时，他真像囚犯一样，一身邋遢地躺在玉米捆上，身上沾满了青玉米其的碎屑，斑斑点点，像个大花脸。

轧青玉米其的工地上，为了珍惜时间，大家都不回家吃饭，都带饭到工地。一早起来，平时早晨都煮粥，现在就煮饭了。轧青玉米其是重体力活，吃粥不消一个时辰肚子就饿了，肚子饿了就撑不下去。为应付这样的重体力活，大家改早晨吃粥为吃饭，早晨煮饭时多做一点，留一部分用竹篮（又称饭篮）盛着，就是中午饭。带饭的菜一般都简单，或胡萝卜干，或酱黄瓜。文谷的菜就是这样的。雪娥母亲往往还带有咸鸭蛋，午饭时，她手捏着咸鸭蛋，将鸭蛋在轧机上"笃笃"敲二下，那蛋壳就碎了，她用手剥去碎壳，那白嫩的蛋白就露出来了。她用筷子将蛋白揭破，于是咸鸭蛋最精华的部分——黄黄的蛋黄流出了蛋油。那蛋油挟着一股扑鼻的香气，让人闻着几乎要流出口水的。雪娥母亲王月芬是个能干的角色，她没有文化，但在妇女群里威信很高，不但队里活是一把手，回到家里又养猪，又养鸡鸭鹅，门前屋后拾掇得干干净净，不见鸡屎鸭污。闻着雪娥母女咸鸭蛋的香味，感觉她们是农村中会生活的人，人们的生活，就被一只咸鸭蛋拉开了档次。

午饭后，工地上有一段休息时间。这时，疲惫的人们就会找一捆青玉米其，或躺或坐，年龄大些的男人会抽一支烟，眯着眼睛睡一会，手脚闲不住的妇女，拿出针线活做。十牧场的工人的待遇是很好的，天热，民工们都吃自带的大麦茶，他们却吃一种冷饮，那时这种冷饮还是很稀罕的东西。十牧场的工人讨好地送一桶冷饮给农民工们吃，这既是一种关爱，也是一种炫耀。农民工们见了冷饮，一哄而上，围着冷饮桶用各种盛器去舀了吃。

文谷躺在青玉米其上懒得纹丝不动，他觉得一桶冷饮体现的不是一种友谊，而是一种体制的差距，一种逆反的情绪让他神经质地萌生出一种朱自清不吃嗟来之食的傲骨。

这时，一个熟悉的声音传来："在想啥啊？"

原来是雪娥，她舀了一杯冷饮，端着走过来。她笑着说："给你抢来的。"

文谷忙推却："哦……你吃吧。"

雪娥笑笑："我吃过了呀……"她把杯子送到文谷手里。

如果是其他人送来的冷饮，文谷一定不会接受的。但不知为什么，他对雪娥送来的冷饮，不忍违逆她的好意，原本瘫倒在一边的青玉米其堆上，也慢慢地坐了起来，接过杯子说："谢谢！"

雪娥说："秀才，想啥心思啊，看你——戆大似的？"

雪娥给文谷送冷饮，她的行为很随意，然而文谷感受到她是颇有深意的。没有人注意到一个形迹邋遢的青年此刻内心潮涌般的失意，雪娥却冷眼里看到了，一杯冷饮，蕴含着她对一个落魄者的同情和慰藉，这就是雪娥与其他人的不同之处。

雪娥给文谷送冷饮的这一情景，被顾尔尔发现了。雪娥对文谷的关心，不由让他心生忌妒。雪娥心里的天平显然在向文谷这一边倾斜。让他感到不可思议的是，她竟然在大庭广众之下给文谷送冷饮！村上人都知道顾尔尔在追求她，她这样做，不是明明白白告诉村人，她心中没有顾尔尔吗！近来，雪娥对顾尔尔的种种青睐之举表现出一种不屑和嫌弃，顾尔尔对雪娥的百般献媚，雪娥却冷美人似的疏远着。顾尔尔在心里自我检讨，他在什么地方得罪或怠慢了她？雪娥对文谷送冷饮，这是不是在有意气他。

当初在大学校排演节目时，顾尔尔向雪娥示好，雪娥不扫他的兴，只是装作不谙世事，装作不懂顾尔尔的意思。然而她的心里，已然悄悄地对一个人有了感觉，这是发生在大学校里的一个秘密。当时，没有人发现这个秘密，只有文谷发现了，并不是因为文谷的眼睛有特别灵敏之处，而是因为一个青春期女性眼睛中含有的那一种特别的波光，那种波光像一支箭一样慢慢地飞向了文谷。尽管文谷不动声色，但他的内心已然察觉了。是的，天空没有痕迹，鸟儿已经飞过。但文谷一直处在一种自我否定之中。他提醒自己是一个处在落魄中的人，雪娥对他的种种，只是她纯朴的天性之树长出的怜悯之花。

顾尔尔却一意孤行，他坚定不移地讨好雪娥，包括这些天里他设法让自己与雪娥排在一个作业班上。或许为了让顾尔尔知道他的行为的不可取，雪娥用给文谷送冷饮的方式暗示顾尔尔"知难而退"。

雪娥母亲王月芬并不像女儿雪娥一样嫌弃顾尔尔。女儿的心思瞒不过母亲的，顾尔尔与雪娥之间的事，村人有许多流言蜚语，雪娥母亲在公开场合说了顾尔尔的许多不是，有些话显然是能打击顾尔尔自信心的。然而她和队长许忠德私下里却另有一番议论。他们觉得，顾尔尔是县城来的知青，他追求他们的女儿，某种意义上还是他们的一种骄傲，这至少说明，雪娥在村里姑娘中是头翘的，否则怎么县城来的知青不追求其他姑娘而单单追求他们女儿呢？当然，顾尔尔在他们眼中，有这样那样的缺陷，但他也有不少优势，城里人就是很大的优势，退一万步说，雪娥嫁给顾尔尔，做一个城里人的媳妇，如有机会在城里找个哪怕临时的工作也好，这对农村姑娘来说也是很好的归宿啊。再说国家现在对知青很重视，顾尔尔虽然有点傻乎乎的，但历来傻人有傻福，说不定有朝一日国家对知青有政策了，提个干或分配个工作，完全是可能的。所以，雪娥父母对于顾尔尔的追求，明里是反对的，暗里却是抱着走一步看一步的态度。但他们终于发现女儿的心并不在顾尔尔身上，倒是对文谷这个落魄青年有点想入非非，这让他们惊慌失措了！雪娥给文谷送冷饮的事，雪娥母亲也看在了眼里，细心的母亲从小处看出了危险的预兆，她不能不引起警觉。是的，婚姻关乎女儿一辈子，在这样的关键点上，女儿年轻不懂事，他们必须要为女儿把关。然而女大十八变，以前百依百顺的女儿，现在有了自己的主张了，母亲王月芬几次暗示雪娥，不要与文谷走得太近，她却是似懂非懂，不见有所改变。当天晚上，雪娥父母在床头悄悄议论了许多，种种迹象表明，女儿雪娥其实心寄文谷。怎么办？商量半天，队长许忠德叹了口气说，文谷人老实，脑子聪明，能吃苦，但人强强不过天。他命不好，当年出生时就因时辰不好遭到父亲遗弃，现从市区回到乡下，将来难有出头之日。许忠德说："这社会，政治上有了污点，前途就完了。"妻子王月芬急了，说："那怎么办，女儿要一心跟文谷的话，拦也拦不住。这样的例子前后三村不是没有啊！"邻村有个姑娘看中了家境贫困的青年，那青年住的草屋，家徒四壁，父母哭天抢地反对，女儿说自己的婚事自己作主，拿了几件随身衣服径自去了那个穷青年家，后来生了孩子，生米煮成了熟饭，父母只得认了女儿女婿。王月芬说："如果这样的事发生在雪娥身上，我们的脸往哪儿搁？"

队长许忠德一支接一支抽着烟思量了半天，床头柜的烟缸快被烟灰填满了，他忽然眼睛一亮说："有了！"

妻子愕然问："有什么了？"

许忠德想起了大队长说过的一件事。

大队长曾说，大队饲养场正准备增加一个养鸡场，他去给大队长说说，让女儿雪娥去养鸡场养鸡。生产队的劳动，闲时还轻松些，到了三夏、双抢和三秋这样的季节，那都是真刀真枪的活。女儿去养鸡场养鸡，既可脱离繁重的体力劳动，也可避免与文谷的接触了。青年人不在一起，距离自然就会慢慢地远起来。

不久，雪娥去大队饲养场报到了。

对雪娥突然去大队饲养场，队里青年都感到很惊愕。他们不知道雪娥为什么突然去大队饲养场了。大家一起在生产队劳动，嘻嘻哈哈，雪娥一走，大家都感到身边少了点什么。有人不免发出些牢骚，人家是队长女儿呀，去挣省力工分了。那时，大呼隆生产，大寨式评分，一个生产队的人，大家有力出力，有智出智，忙时一起拼命，闲时不免说说笑笑，每天的劳动通过记工员记入工分帐，年终根据工分进行分配。当然这种记工是粗线条、大概式的，相互间发扬大寨精神，战天斗地，不会斤斤计较。当然社会总是有三六九等的人，有的人私心重，通过种种关系去做轻生活，这样去挣省力工分就会被人鄙视和不屑。雪娥的去大队饲养场养鸡，劳动强度轻了，显然也有一点享受特权的味道了。其实雪娥是不想离开大家的，多年在生产队劳动，生产队就是她的家，与大家在一起劳动，相互间有很深的感情，一旦离开，心里也是依依不舍的。她当然不是为贪图省力而去养鸡，大队饲养场在大家眼里是一个很神秘的地方，不是一般人能够进去，雪娥对外面世界还是渴望了解的，大队饲养场对她也有很大魅力。当然，她只知道这是父亲对她的关爱，而不知道这是父母对她施加的影响。

雪娥调去大队养鸡场后，最受打击的是顾尔尔。雪娥的调走，让他掉了魂似的。村人都知道顾尔尔在追求雪娥，大家暗暗地在看顾尔尔的好戏。

这回村人看走眼了，连聪明的文麦也没有看清楚，雪娥父母忌讳的其实不是顾尔尔。雪娥的调走，让文谷感觉到了自己在队长许忠德心中的位置。

自从文谷回乡后，村人总是表示出对文谷善意的同情和怜悯。姜家村及其周边散居于崧塘两岸的老百姓，他们都是被称之为芸芸众生的小人物，在政治暴风雨来临时，他们往往为了自身的利益而采取各种各样的应对方式，当暴风雨过后，对遭受其害的人则表示出他们的同情和怜悯，这是出于一种道德的天性。当受害者有可能牵连或祸及自己时，他们世俗的做法就是躲避。队长许忠德对文谷的遭遇也极表同情和怜悯，但他害怕文谷会牵连或祸及他们，作为队长，他参加过各种会议，多少知道政治风云的不可预测。他调雪娥去养鸡场的做法，作为一个父亲，是对女儿爱的表现。对于文谷来说，则是让他再次体会到了人间的世态炎凉，以及窥见了世人心中那一块隐秘区域里的真实想法。

第三章　学艺始末

1. 拜师

文麦建议文谷去学一门手艺。

读了这么多年书，堪称满腹诗书了，与普通农民一样做"爬泥虫"（这是村人对务农的自嘲）不值得。看到文谷去饲养场收牛屎，在轧机边做苦力，作为兄长，他觉得有责任帮文谷摆脱这样难堪的处境。村上有一个老裁缝，他想让文谷拜老裁缝为师，学一门手艺。

在农村，五匠是比较吃香的。所谓五匠，就是指裁缝匠、泥水匠、木匠、漆匠、竹匠。五匠因有一技在身，平时走村串乡出门做手艺，农忙时回村里帮助生产队做农活。他们是一些自由职业者，见多识广，生活相对自由，经济上比一般社员也要宽裕。当五匠的人玲珑乖巧，灵活智慧，村人对五匠是很敬重的。五匠靠技艺立身，他们手中的技术往往一般不肯传授给外人。姜氏家族与老裁缝无亲无眷，他是未必肯收文谷为徒的。再说，学艺是个很艰苦的过程，文谷吃得了这个苦吗？以前有学三年帮三年的说法，徒弟向师傅学艺，学习三年，满师后还要帮师傅三年，所以农村里学手艺总是八九岁就拜师了。文谷已经二十多岁，早已不是学艺的年龄。这些文麦都想到了，为了改变文谷的处境，他感到还是去尝试一下。于是他就悄悄地找老裁缝，向他提出恳求。

老裁缝姓陆，大家叫他陆师傅。他文化不高，但一直走乡串村，阅历多，懂事理。他早就听说文谷回村的事，当初文谷"鲤鱼跳龙门"，他以村里出了个"状元郎"而感到高兴，外出做手艺时，闲谈中也以文谷的故事作炫耀，让人家听得津津有味。他以为文谷从此一帆风顺，飞黄腾达，没料到六月里落雪——真正想不着。

文麦找到陆师傅，向他提出让文谷拜他为师，对此陆师傅是没有思想准备的。听了文麦的要求，陆师傅脑子里翻腾开了。他觉得，一则江湖上有规矩，手艺是不传外人的；二则文谷是个大学生，做自己徒弟，他这个师傅受不了；三则学艺是一针一线开始的，不吃三年萝卜干饭成不了气候，文谷已经二十多岁，能有耐心吗？想到这里，他对文麦说："不是我勿肯收啊，文谷年龄不小了，学手艺是不是太晚了？"

文麦知道陆师傅在推脱，解释："陆师傅，晚一点不要紧，他会认真学的。再说人大了，会学得快一点。"

陆师傅说："他是大学生，吃不了这个苦。"

文麦说："他现在落难，你伸只金手拎一把，好人有好报的。"

陆师傅同情文谷，听文麦这样说，就松了口："不知道他自己有决心吗？"

文麦满脸笑容地说："陆师傅你放心，知弟莫若兄，他有决心的。我代文谷先谢师傅了！"

说动陆师傅，文麦可谓立了一功。文麦觉得，以文谷的文化和智力，学一手裁缝技术应该是小菜一碟。如果有了一手裁缝技术，姜氏家族就开始有"五匠"了，姜氏家族的其他子女可以向文谷学习裁缝技术，这样一传二，二传三，姜氏家族就会走出"纯农户"格局。这样一来，文谷的落魄回乡，就坏事变成好事了。

找到文谷，文麦很兴奋地将找陆师傅的事说给文谷听。

文谷听了愣了一愣。

手艺人是一种自由职业者，文谷所受的教育，让他知道自由职业者在这个社会是受限制和批判的，他们是资本主义的尾巴，人们在说农村五匠的时候，比喻它"像臭豆腐，闻闻是臭的，吃吃是香的"，意思在社会上名声不好，但在经济上是实惠的。文谷小学加入少先队，初中加入共青团，追求和接受主流社会的思想，他不能为了个人的利益而去做违背主流社会倡导的事。虽然主流社会遗弃了他，他却并没有将主流社会的思想抛弃。

文谷对文麦的热心表示感谢，对学艺的事却婉言谢绝了。

文麦满心不悦，但耐住性子，劝导说："在农村，要学手艺也是难的，传内不传外，陆师傅答应收你为徒，是格外开恩了。不好失去这个机会啊！"

文麦的声音有点哀求了。他完全为文谷好，文谷的一口拒绝显然让文麦有点伤心。文谷感到自己处在一种矛盾之中，不知道怎么才好。为让文麦不至于太失望，文谷答应考虑考虑。

文麦这才又恢复了脸上的笑意，说："对对，你考虑一下——这毕竟是一件大事情。"

文谷知道，文麦一心希望他学艺，如果拒绝文麦的好意，他不但将失去一个千载难逢的好机遇，而且将让文麦对他感到失望。

思前想后，文谷还是接受了文麦的建议，决定拜师学艺。

于是，文麦带文谷去见陆师傅。

陆师傅一脸庄重，收文谷这样一个徒弟，他可能考虑了许久，权衡了许久。他将问文麦的话重复地又问了文谷一遍，文谷一一地回答了。当然文谷的回答是让他满意的——因为文谷很真诚地表达了学艺的想法。看到文谷确有决心，陆师傅脸上终于有了笑意。他对文麦说，缝纫机你们自己要准备的。文麦说："这个没有问题。"

文麦的话显然是敷衍陆师傅的，因为那时缝纫机价格昂贵，当时青年结婚流行的三大件，自行车、手表、缝纫机，一台缝纫机一百多元钱，是一头肥猪的价格。文谷家空四壁，哪有能力购买？

永泉哥听说文谷学艺，也很高兴，他刚出圈了一头肥猪，他慷慨地将一头猪钱再加上一些积蓄，凑够了买一台缝纫机的钱，说借给文谷。但那时缝纫机是紧俏商品，有了钱还要有票，永泉哥原来是大队的支部书记，要一张票是没有问题的。可是自从"四清"下台后，他从来不去大队，自我封闭在生产队这样的小圈子里，哪里弄得到票啊。

正在一家人为弄不到一张缝纫机票急得团团转的时候，凤娣陪着许雪娥来到了文谷家的朝东屋。她们出现在文谷面前，凤娣笑眯眯地说："叔，雪娥给你雪中送炭来了！"

文谷愣了愣说："雪中送炭？送什么炭？"

凤娣说："你不是要张缝纫机票吗？"

文谷知道有好事了，惊喜地看了雪娥一眼："你有票？"

雪娥从衣袋里拿出一张红色的正方形缝纫机票，说："呶，给你！"

文谷欲伸手去拿，但随即将手缩了回来："这怎么好意思？"

雪娥说："别客气啊，就是为你要的。"

文谷说："你怎么知道我要缝纫机票啊？"

雪娥看了看凤娣，说："你的大侄女给你泄密了。"

原来，前一天雪娥回家，与闺蜜凤娣一起白话时，凤娣无意中说及文谷想学裁缝，却没有票买缝纫机的事。说者无心，听者有意，雪娥想帮文谷要一张缝纫机票，她知道这种票是很难弄到的。她去大队养鸡场后，与场长女儿关系很好，她知道场长手里资源很多，如果肯帮忙的话，弄一张缝纫机票应该有办法的。但她不知道场长是不是肯帮忙，所以她在凤娣面前当时没有吱声。回大队养鸡后，她央求场长女儿帮这个忙，也是文谷运道好，场长手里刚好有一张票，于是雪娥就神通广大地弄到了这张票。

文谷从雪娥手里接过票，一迭声地说："谢谢，真的谢谢啊！"

雪娥笑笑说："你学会了裁缝，我全家的衣服就靠在你身上了！"

文谷知道雪娥是开玩笑，却很当真地说："一句话！"

不久，文谷将一台崭新的缝纫机抬进朝东屋时，村人都围上前来观看。姜氏家族的成员尤其像遇到了喜事，脸上布满了笑容。看着这台缝纫机，文谷既感到了家族的浓浓亲情，又感到了它的沉沉分量。

2. 吃"百家饭"

不久，文谷跟陆师傅学艺了。

文谷跟了陆师傅学艺，他将不再参加队里劳动，也就离开了顾尔尔他们一帮青年，对文谷来说这是很孤独的事，他其实很留恋队里的集体劳动的。但他的学艺之举，很容易让人误解为是他逃避集体劳动，对此文谷感到有点冤枉的，但有口难辩，他只能拍了牙齿往肚里咽了。

马上要做黄梅了。黄梅天雨水多，队里请陆师傅做一批塑料雨衣。这样，一开始文谷就随陆师傅在队里做雨衣。陆师傅裁，裁好后用电烙铁烫，文谷在边上做帮手。村上青年都知道文谷要学艺了，大家都感到很意外，以前在一起劳动，一起排演节目，嘻嘻哈哈没有感觉，自从雪娥走了后，大家都有了空落落的感觉，现在文谷又走了，大家一下子好像少了许多人似的，村里的青年人都失去了灵魂似的。他们多么希望文谷不去学艺，多么希望文谷只是暂时离开几天，会马上回来的。这天，趁队里劳动间歇，他们结伴来到村场大学校，文谷和陆师傅就在这里做雨衣。他们看到陆师傅和文谷两个人将一大捆塑料片拉开，摊到作台上，陆师傅在划样裁剪，陆师傅裁好后，文谷将裁片收起来，一件一件整理好叠放一边。

看到同伴来，文谷感到很尴尬，自己好像成了一个逃兵，离开集体劳动，一个人偷偷地学艺了。顾尔尔站在大学校门口，朝文谷看看，一脸失望的神色。姑娘们簇拥在门口，笑着推搡着，她们想看看文谷究竟在做什么。她们发现文谷做的是再简单不过的事，只是将陆师傅裁下的塑料雨衣片一件一件地叠起来，这是任何人都会做的。她们以为文谷这样的高才生，一定做着很神秘、很高精的技术活，眼前的情景出乎她们的意外，这种简单得不能再简单的事，她们中任何人都会做的。但她们相信这是因为刚刚开始，凭着文谷聪明，他以后慢慢会学成比陆师傅强百倍的能人。要达到那个境界，不是一天二天的事，但她们相信文谷会达到这样的境界的。因此，站在大学校门外的姑娘们对文谷是又羡慕又惋惜，羡慕他一定会成为一个大师傅，惋惜他再也不能与她们在一起劳动了。如果陆师傅不在，或许她们会动员文谷不要学艺了，但陆师傅面前，她们没有人敢说这样的话。于是看了一会，她们又去大田劳动了，一群人像一阵风似的来，又一阵风似的走了。

生产队雨衣做了大约半个月，结束之后，文谷随陆师傅出村做裁缝。

文谷一早去陆师傅家，陆师傅给文谷一根扁担，让文谷帮助挑缝纫机。文谷将缝纫机的机头吊在扁担的这一边，将机身放在扁担另一边，机身那一头分量重，文谷就在机头这边加点东西，直到扁担平衡了，就挑起担子。

文谷回头告别师母邹思珍，然后随了陆师傅出门了。

陆师傅走在前面，文谷挑着担子走在后面。

文谷像随唐僧去西天取经的沙和尚似的。

尽管缝纫机并不太重，百步呒轻担，时间长了，再轻的担子也会变得沉重起来。再说挑着担子走路太慢，担子分量会加沉；而走得快一点，担子随着脚步起伏，会有一种弹性，担子就会变轻松。于是文谷将脚步稍稍加快，走到了陆师傅前面，将陆师傅渐渐地甩在了后面，距离相隔远了，他就将担子搁下来，在前面等候，趁此也就歇了肩。待陆师傅走近，文谷再将担子挑起来，再往前走去。

文谷随陆师傅走进了一个名叫吴仓泾的村子。

陆师傅是熟客，一进村子，许多人都亲热地与陆师傅打招呼。乡村里的农户人家，在季节更换的时候总要添几件衣裳，如果添的衣裳多，就要请裁缝师傅上门。一般来说，一个师傅一天大约可做七八件，根据添衣裳的多少，有的人家做一天，有的人家做两天，人口多的人家甚至要做三四天。大凡请裁缝师傅上门，农户人家都很隆重对待的，像家里遇大事喜事一样，主人会去集镇买回鱼肉荤腥，早早烧煮了备着。女主人会留在家里，将一片一片的布料拿出来，一一交代给裁缝师傅，说这是给女儿做衬衣的，这是给男人做长裤的，这片是自己做两用衫的……交代完了不放心，怕师傅记错了，还会给师傅说一遍。而乡村裁缝师傅的记忆力是惊人的，女主人只消说一遍，他就全部记住了，绝不会出差错的，当女主人交代第二遍时，裁缝师傅就笑着说："知道了，知道了。"女主人心里怀疑，生怕师傅出错，故意拿起一片布料问师傅说："这片料给谁做好呀？"其实是在考师傅，看他有没有记住刚才的交代。师傅也知道女主人的用意，点穿了说："你不是说给阿二头做西裤吗？"女主人听了，确信师傅记住了交代，于是就放了心，笑着夸奖说："师傅好记性！"师傅就矜持地表白说："吃家饭当家心呀。"女主人交代完毕，就去队里出工了，既交代了裁缝师傅，又不耽误生产队挣工分。

一个村子请来了一位师傅，便有好几家排着队做衣裳，一家做好了，第二家第三家就轮着做。在谁家做，就在谁家吃饭，故农村将五匠称为"吃百家饭"的。文谷随了陆师傅，在吴仓泾一家一家做衣裳，一连做了半个多月。半个月下来，对吴仓泾这个村子由陌生变熟悉了，村子里的人也认识了不少。因为每当在一家做衣裳时，村人在午饭后或生产队劳动

"吃烟"休息时，总会来到做衣裳的这家看热闹，看看女主人备些什么好衣料，问问师傅什么时候可轮到自己家了，或纯粹一起来说说笑话、轧轧闹猛。这样的时候，文谷就默默地帮陆师傅做着下手，一边听着村人与陆师傅说话。从这些说话中，文谷发现了陆师傅一个秘密，村上一个长得有点姿色的中年女人，天天会有事无事来陆师傅这里，与陆师傅说话也与众不同，眼睛有点儿妩媚。而陆师傅与她也很亲密，隐约间有一种别样的意味。这个女人的皮肤很白，村人都叫她白妹。

看到文谷跟陆师傅学艺，白妹说："陆师傅，我当你徒弟，你收不收啊？"

陆师傅看她一眼，说："不能收。"

白妹说："为什么啊？"

陆师傅说："不为什么啊，我已经收了徒弟了啊。"

白妹问陆师傅："你徒弟叫什么啊？"

陆师傅说："他叫文谷。"

陆师傅于是介绍说："他是大学生啊。"

白妹吃了一惊："大学生？大学生怎么还学手艺啊？"

陆师傅说："大学生就不可以学手艺啊？"

文谷知道陆师傅不会说一些不该说的话。

白妹对文谷说："你额角高的啊，随了陆师傅吃鱼吃肉多少开心啊。"

白妹说得不错，随了陆师傅出来做衣裳，一家一家村人都是好菜好饭招待的。

但出门做衣裳也是辛苦的，为了给东家多做一件衣裳，陆师傅手里的活总是抓得很紧，午饭后稍事休息就又开始了。而晚上总是做得较晚，有时点了电灯还在做，待吃了晚饭回家，天早已暗了下来。摸黑回到家里时，时间已经很晚了。文谷听说陆师傅一个人时，常常不回家，生活做得晚了，就将就着住一夜。但这样的次数多了，邹师母就起了疑心，以为他在外面有花头。文谷觉得，陆师傅有白妹这样的朋友，邹师母的疑心或许并不是多余的。

陆师傅现在年龄大了，他说文谷是他的关门徒弟了。他以前收过好几个徒弟，都出道了，有的像他一样在吃百家饭，有的则进了西虹镇上的集体裁缝社。

那天，文谷和陆师傅正在一家人家做衣服，有个青年匆匆来找陆师傅。文谷抬头一看，不由愣住了，失声叫道："郁小青——"

郁小青看到文谷，也大吃一惊："文谷，你在学裁缝?"

陆师傅问他们怎么认识的，文谷说："我们是西虹中学校友啊。"

原来郁小青学艺时拜的也是陆师傅!

文谷说："郁小青，这么说我们不但是校友，还是师兄弟了。"

郁小青说："你年龄大，你是师兄。"

文谷忙说："不对不对，你先我而学艺，应该你是师兄!"

郁小青说："你叫我师兄，我就叫你学兄。"

这个郁小青，脑子聪明!

陆师傅说，郁小青在陆师傅的所有徒弟中，技术学得最好，也最聪明伶俐。郁小青风尘仆仆地来到吴仓泾，见了陆师傅，亲热得不得了，嘘寒问暖问陆师傅身体好吗，师母在做啥，勤妹对象谈了吗（勤妹是陆师傅的二女儿），陆师傅一边做着手里的活，一边笑眯眯地回答。显然，陆师傅与郁小青之间师徒关系是很好的。郁小青告诉陆师傅，他也进了西虹镇集体裁缝社了。

陆师傅说："我知道你会有出息的。"

西虹裁缝社是一家社办企业，全公社各大队有那么多裁缝师傅，只有年轻技术好的尖子才有机会进去。像陆师傅这样有技术却有了年纪的老师傅，一般也是拒之门外的。所以，进入西虹裁缝社工作，也是一种荣耀。

与半年前相比，文谷发现郁小青精神好多了。那次与王家骥一起去他家时，他还在队里劳动，他的精神显然有些颓废和沮丧，给文谷印象最深的是，他居然还在学画画！那天住在郁小青家里，他问过郁小青，为什么还学画画啊？他说他爱画画啊。但文谷有一种强烈的感觉，郁小青是一个聪明的人，他知道自己父亲的问题，他在政治上已经没有了发展的前途，他只能多学一些技能在身，"学成文武艺，货于帝王家"，技能养身也能护身，以自己的技术提高自己存在的价值。你看看，只有半年时间，他在朋友介绍下，去西虹镇集体裁缝社上班了。

艺不压身，有艺在身，总是有机会发挥一技之长的。

陆师傅笑吟吟地说："小青，去了多少时间了？"

郁小青说："半年还不到呢。"

陆师傅说："我知道你迟早会出来的。"

郁小青今天来看望陆师傅，是因为遇到了一件事，他想从师傅这里取得一点锦囊妙计。但郁小青与陆师傅只是胡聊海吹，并不说及自己的事。陆师傅心领神会，知道郁小青今天有什么事，只是此事不可示人，所以一直不开口。于是他将手中的一件衣裳往文谷这里递过来，让文谷先剁钮洞，自己则拖了郁小青，走到外边场上去说悄悄话。

说了半天，陆师傅和郁小青回来了。

文谷将剁好钮洞的衣裳递给陆师傅，说："师傅，钮洞剁好了。"

郁小青知道文谷这个学兄在做着他前几年做过的事，于是笑了笑丢过来一句话："好好学啊，学好了也来西虹裁缝社，我们一起干。"

说完，郁小青与陆师傅告别，一迭声地说："师傅，你有空来玩啊——不要太累了啊，当心身体啊——我先走了啊……"

说着，郁小青就走没影了。

陆师傅说："这个孩子，就是脑子灵！"

文谷说："看得出来，郁小青很能干。"

陆师傅叹口气："就是被他父亲害了啊。"

乡村的手艺人，凭手艺吃饭，一般不关心政治。但当政治"关心"他们时，他们也就不能不生出对于政治的感叹了。

人生就是这样啊，自古鱼与熊掌不能兼得。聪明有技术的，没有政治眷顾；有政治眷顾的，没有技术。

从陆师傅后来断断续续的闲话中，文谷约略听出郁小青遇到了什么事情。郁小青进西虹缝纫社后，成了车工头一块牌子，他手脚麻利，缝纫机踩得像飞起来一样，手中的衣片像蝴蝶飞舞似的旋转，一条女裤只需几分钟就好了，而且针是针线是线，清清楚楚，绝不会出毛生翅膀似的潦草。他还喜欢涂涂抹抹，休息时间拿支笔三画二画，一个人物就有鼻子有眼地画成了。一个单位中，有本事的人总是会受排挤，遭打击。最近镇里与上海市有关方面洽谈成功组建西虹公社联营玩具厂，西虹缝纫社的人员悉数进入新厂，大部分都成了技术骨干。一个名叫田华的同事被领导重用提拔为技术副厂长，此人与领导关系很好，但裁缝技术一般，尤其不能与郁小青相比。郁小青作为一个技术员，受这个副厂长领导，对此郁小青是没有意见的。但田华作为副厂长，却对郁小青心怀嫉妒，想方设法为难郁小青，他将一些技术难题交给郁小青，郁小青做好了，是他的功劳，郁小青做不好，他借此机会打压郁小青。因为父亲的问题，郁小青一直处事谨慎，为人低调，但副厂长的刁难打压，让他一直很窝火。这次郁小青又摊上一件棘手活，他只得来找陆师傅，向陆师傅讨教解难题的方法，同时也来向陆师傅吐吐郁闷。

从西虹裁缝社到西虹公社联营玩具厂，文谷感觉郁小青的环境有点凶险，不由得对他的命运有点担心。但文谷相信郁小青有技术护身，会闯过一个个难关的。

3. 女徒弟

陆师傅有一个女徒弟，因病暂时中断了学艺。

女徒弟生病期间，陆师傅原不想收文谷为徒的，经不住文麦一再恳求，他心一软就同意了。不久，女徒弟病养好了，带话给陆师傅说，她想回来学艺了。女徒弟回来继续学艺，陆师傅是不好回绝的。于是，第二天陆师傅的女徒弟就来了。女徒弟没有想到陆师傅又带了一个徒弟，而令她没有想到的是，这个徒弟竟然是比她高二届的初中校友姜文谷！

姜文谷也没有想到，陆师傅的女徒弟就是西虹中学的校花曹影虹！

曹影虹看到文谷，惊讶地说："是你在学裁缝呀？"

文谷有点难为情："是呀，想不到我们变成师兄妹了。"

曹影虹生得标致，中等身材，瓜子脸，大眼睛，皮肤白皙，短发齐耳，一绺刘海横在眉前，被公认为西虹中学校花。文谷去 H 学校读书后，她毕业后考入了一所农业技校，想不到今天会在陆师傅这里相会，还成了师兄妹！

曹影虹随陆师傅学艺将近三年，她的车工已很了得。她一上车，就将一台缝纫机踏得飞起来，陆师傅手里的衣片，送到曹影虹手里，只见她上下左右几个翻动，在机上"嘶嘶嘶……"一阵推拉翻转，很快就出现了衣服的雏形。

陆师傅一人带两个徒弟，这在农村也是少见的。但陆师傅自有他的办法，他将三个人变成了一条生产流水线，他负责裁剪，女徒弟曹影虹做车工，文谷做下手活，三个人的流水线，工效还是不低的。因曹影虹有了三年工龄，陆师傅向东家要了半个人的工资，这样，给东家的成衣数自然也要增加了。每天一开工，大家都忙着做自己的一块，这样文谷就没有上车的机会，一直忙于做一些下手活，这让文谷感到时间在一天一天地过去，而自己的手艺却没有丝毫长进。

女徒弟曹影虹也没有机会学习裁剪技术，所以心里也感到不满意，因为她的车工完全过关了，只要陆师傅将关键的裁剪技术传授给她，就可以出师了，陆师傅一直没有将裁剪技术传授给曹影虹，她就一直不能出师，这样曹影虹的心里也有点急。

一次，陆师傅悄悄告诉文谷，曹影虹快要结婚了。

文谷隐隐约约听说了曹影虹的一些故事。曹影虹来陆师傅这里学艺时，正好郁小青在跟陆师傅学艺，这样陆师傅身边也出现了一带二的情景。那时，曹影虹是初学，郁小青已经学得像今天曹影虹的水平了，他们三个人的流水线于是也风风火火，生产件数多，质量好，给每个东家留下了好印象。后来郁小青因为父亲的问题，被生产队叫回村里参加农业劳动。尽管他回生产队了，但他还总是抽空来看望陆师傅，除了他与陆师傅之间师徒情深之外，还有一个更重要原因，他与曹影虹已经谈起了恋爱。之前，陆师傅他们的三人流水线，让郁小青与曹影虹两个人日久生情，擦出了爱情的火花。

曹影虹与郁小青谈恋爱的消息，不久传到了曹影虹母亲李克勤耳中。李克勤气急败坏地将女儿找到面前，拉进偏狭的房间，盘问再三，明确地反对女儿与郁小青恋爱。曹影虹一时想不通，采取了反抗的态度。李克勤气得七窍生烟，说曹影虹是父亲死了没有人收管，要活活将她气死。她将女儿关在家里，不允许去学艺。那段时间里，曹影虹精神受到极大的刺激，母亲的态度，让她精神憔悴，茶饭不思，身体很快垮下去了。在家养病期间，母亲仍然不依不饶，四处央媒托保，为曹影虹找婆家。

李克勤反对女儿谈恋爱，也是可怜天下父母心，她是怕女儿曹影虹从一个火坑跳进另一个火坑去！

原来，曹影虹的家庭与郁小青的家庭一样，是一个"黑四类"家庭。

曹影虹的父亲曹彦卿解放前在蟠龙镇任过伪维持会长。曹彦卿有文化，他知道出任伪维持会长意味着什么。当时顾复生的抗日部队对真心为日本鬼子服务的维持会长毫不手软，在一次火烧青沪路公路桥的行动中，对有民愤的陆家角村维持会会长就地镇压了。不久，曹彦卿收到了抗日部队的警告信，信中警告他不要丧失了中国人的良心，如果为虎作伥，陆家角村维持会长就是他们这些汉奸的下场！曹彦卿是被日本人逼着出来做维持会长的，日本人原想让颇有资产的曹彦明出来做，曹彦明是商人，他死活不肯，说自己文化低，担当不了。日本人要曹彦明找一个替代者，找不到人就由他做，他们限曹彦明三天之内给予答复。曹彦明无奈之下，只得与堂弟曹彦卿商量，让他帮忙做维持会长。曹彦卿明白为日本人做事就是做汉奸，会被后人唾骂。但自己不做，堂兄必做，而堂兄是个老实巴交的人，勤劳致富还可以，要应付日本人真有困难。眼看三天时间马上到了，堂兄天天来乞求，一脸愁苦的样子。曹彦卿心软了，他就想，只要对地方尽量多做好事，他一定会得到镇人谅解的，于是无奈地答应当蟠龙镇维持会长。

曹彦卿当维持会长后，不为虎作伥，也不鱼肉百姓。他去网船上收购鱼虾，过称给买者，自己收取一点服务费，全家人就是以此为生。他没有因当维持会长而发财，在全镇算得上是生活清苦的。一次日军为抓顾复生部队的便衣，将南街上男人全部赶到尼姑庵一只池塘里，让他们交出人，如果不交出来，就全部枪毙在池塘里。日军心狠手辣，视中国人生命如同草芥，说杀就真杀了！老百姓哪里知道顾复生的人在那里啊，即使知道，哪个愿将自己人推出去让日军杀戮啊。日军在池塘边上哇啦哇啦叫喊威胁，池塘里的男人一个个只求"太君饶命"，却没有一个站出来告发。日军就没有了耐心，眼看就要扣动扳机了，千钧一发之际，曹彦卿得着信息脚不踮地赶来了。他对着日军弯腰鞠躬赔笑脸，拍胸脯担保池里人个个是良民。一番好说歹说，日军才让男人们上了岸……那天如果日军扣了扳机杀了人，曹彦卿就无法对父老乡亲交代了。眼看一场血案即将发生，曹彦卿三魂吓掉六魄，直至池里的男人一个一个脱离了危险，他才长嘘了一口气。

　　尽管曹彦卿做事小心翼翼，但他毕竟做过蟠龙镇的维持会长。常在河边走，哪能不湿鞋？他的家庭解放后还是入了另册，李克勤和她的女儿还是受到了牵连。

　　曹影虹的读书成绩不错，初中毕业后却被录取在一所农业技校，但这对于曹影虹已算是交了好运了。农业技校毕业后，曹影虹回到了蟠龙镇，与母亲一起参加生产队劳动。为了让女儿有一点薄技在身，母亲央一个亲戚牵线介绍，让曹影虹拜陆师傅为师，学起了裁缝。曹影虹聪明贤惠，陆师傅常在人前夸她。

　　发现女儿与郁小青在恋爱后，李克勤又是眼泪又是鼻涕的劝女儿放弃，母亲的哭诉终于让曹影虹动了恻隐心，她不能让母亲再为她担惊受怕了，于是，她将这一切归之于命。这是命中注定的。

　　母亲怕日子长了女儿与郁小青的恋情死灰复燃，于是四处央人做媒。

或许因为曹影虹与郁小青的恋爱动静太大了，有人知道曹影虹的故事后，都不愿意为她做介绍了，而有的人隐隐约约知道她的家庭背景后，也不愿意沾手这个烫手山芋了。虽然先后谈了几个对象，但没有多久，人家以各种借口不愿再谈下去。一时间，曹影虹找对象竟成了老大难问题。曹影虹横下心来，对母亲说，这一辈子不谈对象不嫁人了，母女俩一起过吧。曹影虹的态度，让李克勤欲哭无泪，她恨只恨丈夫的罪孽，牵连了他们的宝贝女儿！

陆师傅串乡走村见多识广，知道曹影虹的事后，为她母亲提了一门亲。这是沈家浪的一户人家，陆师傅知道李克勤的心病，他介绍的这户人家是响当当的贫农，对象沈小毛是生产队的拖拉机手，为人老实本分，踏实肯干，就是家里穷了一点。李克勤听了，感觉穷一点不要紧，现在穷光荣，穷则思变，好日子自己可以去挣的，所以她怂恿女儿答应这门亲事。

沈小毛母亲看到未来儿媳长得漂亮，还会手艺，开心得像敲开的木鱼合不拢嘴。她怕夜长梦多，让儿子早点办了婚事。李克勤也怕女儿日久反悔，催着要把婚事办了。双方家长一拍即合，只是曹影虹一直拖着，口头上答应，没有实际行动。

一天晚上，曹影虹找到郁小青，他们双双来到古镇大寺边的一排银杏树下。高大巍峨的银杏树高耸入云，它们已经有几百年的历史，它们是这座古镇历史的见证人。它们的身边发生了许许多多的故事，而今天晚上，它们将再次看到又一则故事的发生。夜幕下，郁小青随着曹影虹来到银杏树下，他们的脚步都有点沉重，他们缓缓地一步一步地走着，远远看到有一个人影，他们悄悄地闪到了一边，那个黑影并没有发现他们，他们就继续地向前走去。曹影虹一句一句地说着，郁小青一句一句地听着。当该说的话全部说了，该听的话全部听了后，他们发现天上乌云慢慢地笼上了原来很美好的月亮，夜空更暗黑下来。两人知道他们的恋爱将结束在今天晚上，他们很痛苦，但更多的是无奈。他们在一棵最大的银杏树下终于止住了脚步，这时曹影虹再也忍不住了，她一下抱着郁小青的脖颈，低声地哭泣起来……曹影虹的恋爱受到打击之后，她人瘦了一廓，她原是个开朗的人，但命运会改变人的性格，从那以后，她的脸色一直忧郁而怅惘。

在曹影虹母亲的一再催促下，曹影虹终于同意结婚了。

陆师傅在范家村有亲戚，亲戚带来口信，让陆师傅去范家村做衣裳。于是，吴仓泾的活做得差不多时，陆师傅就带了文谷和曹影虹去范家村了。

范家村就在古镇蟠龙镇西，与蟠龙镇西市梢相接。范家村虽然是农村，但村上的人家对穿着很讲究，东家拿出来做的衣料相对价钿要大，有的甚至是绸缎料子，这样的衣料，对裁缝技术是一种考验。如果没有做过好衣料，一时三刻还不敢下剪刀，因为一剪刀下去，如果裁坏了，那可是要吃赔账的。

曹影虹是蟠龙镇街上人，在范家村做衣裳，她完工后回家就很方便。一次，她对陆师傅说："师傅，我妈请你去一趟。"

陆师傅看看曹影虹："真的？"

曹影虹说："骗你做啥，当然是真的呀。"

陆师傅问："你妈有啥格事体要找我啊？"

曹影虹知道陆师傅是明知故问，嘴一噘说："没有事就不能去啊？"

陆师傅见曹影虹生气的样子，笑着说："能去能去。"

于是，第二天收工后，陆师傅就随曹影虹去蟠龙镇。

文谷平时随陆师傅一起回家的，今晚陆师傅去蟠龙镇上，文谷也不想一个人回家了，蟠龙镇上有老同学王家骥，已经好长时间没有见面了，就想去见见。文谷对陆师傅说："今晚我也不回去了，去镇上会会老同学。"

陆师傅说："那好，我们就一起走吧。"

于是三个人由曹影虹带路，一径地向蟠龙镇老街而去。

来到蟠龙镇西街，陆师傅随了曹影虹去她家了。文谷独自继续由西街向东，过了十字街，来到东街王家骥家里。

文谷今日做了回不速之客，王家骥看到文谷有点意外，他在洗一些地上掘来的红萝卜，那些连泥带叶的红萝卜摊了一地，看到文谷后他马上起身，搓搓手上的泥巴说："怎么这么晚才来？"

文谷说："在范家村做生活，顺便来看看老同学。"

王家骥忽然想起文谷在学裁缝，笑了笑说："哎，忘记你在学裁缝了——来来，屋里坐。"说着，他将场上的萝卜一一收拢，堆成一堆——意思今天不再收拾它们了，然后将文谷引进屋里。

王家骥的住处已经从阁楼搬到下面来了，面前的这间老房子是汪家祖上传下来的。面积虽不大，但屋外有一围小院子，院子里种有一些青菜萝卜，还有一棵长得不太高在楝树。老屋已经收作得干净，屋里一张新床还泛着红漆的光亮。文谷知道这是王家骥准备的婚房了。

一茬茬庄稼都有生长的季节，过了这个季节，就耽误农事了。一个人也是这样，农村二十四五岁的青年，正是谈婚论嫁的季节。王家骥这样工农家庭出身的青年，谈婚论嫁相对容易一些。而一些有问题家庭的子女，特别是"四类分子"家庭出身的青年，谈婚论嫁真的是一件尴尬事。

当天晚上，文谷就住在王家骥在小屋里。

文谷估计陆师傅今晚去曹影虹家，肯定是为曹影虹的婚事，于是他和王家骥的话题也自然说到了曹影虹的身上。

文谷问王家骥："曹影虹会答应结婚吗？"

王家骥说："曹影虹既然不与郁小青恋爱了，与那个对象结婚就是迟早的事。"

文谷说："你知道那个对象是个怎样的人？"

王家骥说："听说是个老实人。"

文谷说："如果曹影虹不爱那个对象，去结婚不是委屈自己吗？"

王家骥笑笑："李克勤要女儿曹影虹嫁进贫下农家庭，其实是在为女儿寻找一个政治庇护所。"王家骥说："政治风暴来的时候，'四类分子'子女其实是城门之池鱼，也有殃及的危险的。"他给文谷说了一件亲眼看见的事。

那天中午，王家骥去十字街杂货店打酱油，远远看到十字街那儿有一群人在围看什么。他走上前去看，有五六个造反派正扭着一个男人，有人在哇哇哇地喊口号："打倒曹彦明！""曹彦明攻击伟大领袖毛主席，罪不可容！"造反派将曹彦明拉到大寺门柱边，一人跳上一石台，大声说："工商地主曹彦明，过去靠剥削起家，私藏黄金，隐匿四旧字画，被抄家后，竟敢撕毁日历上毛主席语录，攻击伟大领袖毛主席，罪大恶极，是可忍孰不可忍！"

王家骥不太明白怎么回事，旁边一个阿婆说，曹彦明以前在西街上开了一家弹棉花店，做皮棉加工，皮棉加工后，农民就可纺纱织布，或做棉被的絮。曹彦明人厚道，服务热忱，所以生意很好，由一架弹花衣机发展到几架机。生意好了，他就积得些钱购进土地，从事租佃，解放后就划了个工商地主。阿婆悄悄说，他们（指造反派）知道他家有货，就上门抄他家，第一次就抄出黄金几两，金戒指一只，还有许多祖传字画。造反派送到上面，受到表扬。他们再次到曹彦明家，要他把隐藏的东西交出来。曹彦明说真的没有了，都被你们抄走了。造反派恼羞成怒，就对他推推搡搡，拳打脚踢。有人发现他家的日历上毛主席语录的被撕了，就抓住把柄，将他拉到街上来了。

王家骥想，曹彦明这下要倒霉了。

果然，造反派将曹彦明五花大绑绑了起来，说要送公社去。正在这时候，在杂货店上班的曹彦明的女儿曹艳丽冲了过来，她发疯似的冲进人群，拦住不让造反派带走她父亲。造反派头头任大发曾经追求过曹艳丽，被曹彦明拒绝了。这时他见机会来了，趁机泄愤，让人将曹彦明押去公社，自己却和几个造反派公然将曹艳丽关进一间小屋里。

小屋外有人言论，这个任大发肯定不怀好意。

任大发正在势上，没有人敢说他。

王家骥身边的阿婆只是无奈地摇摇头。

任大发将曹艳丽关过小屋后，对她轮番纠缠，令其交代家中隐藏的金银财宝。曹艳明知道任大发是在报复，却不低头求饶，对任大发说："人在做，天在看，你会受报应的！"任大发大怒，说："你还嘴硬？我让你嘴硬！"说着，令几个混混将她推到一条长凳上，扒下她的裤子，他亲自审问，不说就打其屁股。王家骥看见，任大发找了李克勤等几个家庭成分不好的妇女去围观，意在杀鸡儆猴。曹艳丽一个大姑娘，哪里受到了这样的凌辱，当天趁看守人员不注意，跑出小屋，纵身跳进蟠龙江了。

文谷说："这也太黑了！"

王家骥说："蟠龙镇的人对任大发又恨又怕，曹影虹母亲就是其中之一。'四类分子'的家就是地狱，就是火坑，可以任人宰割。见女儿曹影虹不知好歹与郁小青谈恋爱，这不是从一个地狱跳进另一个地狱，从一个火坑跳进另一个火坑吗？做母亲的她怎能容忍啊？"

文谷说："真是可怜天下父母心！"

说了好一会时间，时间不早，于是两个人不知不觉地睡着了。

　　在范家村做衣裳的日子里，曹影虹的婚事正在紧锣密鼓地进行，陆师傅就让曹影虹在家里做做准备，但曹影虹还是来上班，她说也没有什么准备的。文谷感觉曹影虹对自己的婚事不怎么当回事。

　　曹影虹结婚的日子说来就来了。

　　这天，陆师傅是女方的重要客人，李克勤对他殷勤备至，让她作为女方的媒老爷去了男方家。男方家对陆师傅也就格外敬重，沈小毛的父母谦恭地为陆师傅端茶点烟，沈小毛也一口一声地叫他师傅。文谷陪陆师傅也去了沈小毛家，曹影虹结婚的全过程文谷也算一个见证人了。他感觉沈小毛的家也穷得太寒酸了一点，三间瓦屋竟然都是冷摊瓦，作为新房的东间也是冷摊瓦。一般屋瓦下总要铺上一块块灰色的平瓦，平瓦上面再盖上弧形的黑瓦，这样弧形的黑瓦之间形成的空隙，让平瓦全部遮挡了，既增加了房屋的保暖性，又让房间美观了。冷摊瓦省了一层平瓦，整个屋顶显得瓦楞裸露，毫无美感，到了冬天，冷风会从瓦缝中钻进来，屋子里风卷缕缕的，屋子的保暖性很差。周围的墙壁虽然粉刷了，但纸绵粉得很薄，由于砌墙壁的砖用的是杂砖，墙壁凹凸不平，壁砖凸出的地方，透过纸绵隐隐地露出了黑色的凸印，看上去像一方一方皮肤癣，给人一种不舒服的感觉。新房的门上贴了一个大红喜字，但新婚的床显然不是新置的，床前面的横额上，原有的人物雕像被人用刀铲去了一半，虽然用漆漆过了，但铲过的人物雕像断胳臂少腿的很刺眼，有人说这是沈小毛破四旧时自觉革命，用菜刀自己铲的。

　　沈小毛天天开手扶拖拉机，人很剽悍，文谷发现他的额头左侧有条一指长的伤疤，大约是不小心碰伤的，但这样破相后，外貌上给人的感觉有点凶相，文谷不知道他的性格究竟怎样？不来不知道，参加曹影虹的婚礼后，文谷不由得为曹影虹暗暗担心了，她母亲所要的贫下中农家庭身份，为什么单单选择了沈小毛这样依旧很贫穷的家庭呢？

结婚的这一天，文谷发现曹影虹没有什么特别的地方，她与一般新娘一样，穿着一新，脸上有着红润的笑。席间，她过来给文谷点烟的时候，文谷发现她眼睛里有一点润湿。

接过曹影虹递来的烟，文谷说："影虹，祝你幸福！"

她朝文谷看一眼，说："什么时候吃你的喜烟啊？"

文谷故作油腔滑调地说："快了快了。"

听文谷这样说，她将火停在半空里，问："有女朋友了？"

文谷支吾说："嗯嗯……"

她不依不饶地问："哪里的……交代！"

一桌的人起哄了："交代交代！"

文谷脸红了，讨饶地说："有了就告诉你……现在丈母娘还没有养呢。"

曹影虹见文谷的狼狈相，得意地说："别忘了请我吃喜酒啊！"

文谷说："一定一定。"

文谷隐隐感觉曹影虹的婚姻不会幸福，她在游戏人生，她在破罐子破摔。

曹影虹结婚后，就不再来学习裁缝了。

4. 邂逅

曹影虹结婚走后，文谷一个人跟着陆师傅学艺。这对文谷来说，是个很好的机会，因为陆师傅为了保证每天的工作量，他必须加快教文谷，让文谷早一点掌握缝纫的技艺，以担负更多的缝纫作业。这对文谷来说是求之不得的，这样会加快他学艺的进度，让他这个学艺路上的"迟到者"或是耽误了季节的学艺人能够实现"速成"的愿望。

一段时间，文谷随陆师傅在观音堂东边的新木桥做衣裳。

文谷小时候常听父亲说起观音堂，文谷感觉父亲说起观音堂的时候，总是怀着一种近乎虔诚的口气。1937 年日军用诡计攻入上海市，国军伤亡惨重后撤退。上海沦陷后，崧塘河地区变成了一块红色根据地，观音堂成了这块红色根据地的大本营。观音堂镇的顾复生，为了抵御日寇，保卫家乡，他将当年农民纠察队的积极分子召集到正康里，成立了一支抗日自卫队，竖起了一面抗日的旗帜。后来自卫队不断发展壮大，成为崧塘河地区一支不可小觑的抗日武装。这里的老百姓都是淳朴勤劳的农民，在倭寇侵略面前，他们却表现出了史无前例的大无畏。他们希望有一份安定的生活，有工做，有饭吃，有"老婆孩子热炕头"，当外族入侵，他们的这种生活遭到破坏，他们的生活难以为继时，他们的血也是热的。顾复生的这支抗日武装活跃在崧塘河地区，他们声东击西，骚扰破坏，成了盘踞上海的日伪军的眼中钉肉中刺，必欲除之而后快。于是他们纠集大量兵力，对崧塘河地区进行了大规模的围剿、扫荡。顾复生的抗日队伍在血雨腥风的扫荡面前，历尽艰难困苦，经受了前所未有的残酷考验。文谷从父亲述说的故事中，感受到了顾复生抗日武装的英勇顽强和不屈不挠，感受到了观音堂这个古镇的神秘色彩。

在新木桥村做衣裳，文谷发现这里的人家说起顾复生，都像在说自己的亲人一样，他们没有不知道顾复生故事的。但说来说去，大都是一些社会上流传的故事，而且这些故事没有人能说上一个囫囵的。文谷想，大约流传的故事都是这样的吧。这天，有个人知道文谷爱听顾复生的故事，悄悄告诉文谷说，村西有一个顾姓老人，家里有一样宝贝，是一个什么"谱"，但他不肯轻易示人的。那天休息后，文谷让房东带他去拜访了那位老人。老人家中很破落，家里有一个残疾的儿子，儿子长得人高马大，但精神不正常，他用链子将儿子锁着，儿子要发作时，他用很凶狠的话训斥。他的老伴见了，就柔声地去安慰儿子，暴躁的儿子这才安静下来。

老人名叫顾鞠仁，他家里的宝贝是一部顾氏家谱，这是他在观音堂镇收购旧货的摊上拣到的，他用两元钱买了下来。但家谱已经很旧，有的纸张已经缺损了。他就在当地父老间到处询问，尽可能将家谱补充完整。他将顾氏家谱整理好后，说要去南京当面交给顾老（指顾复生）。

老人见文谷是个知青，就考考他说："我名字中有个仁，你知道仁这个字是什么意思？"

文谷想了想说："是不是指宽厚善良？"

他笑笑说："这是字典上的解释。"

文谷说："你的解释呢？"

他笑笑说："我的解释很简单，你看这仁字，左边是个直立的人，右边是个等于号，这不是说天下所有的人，都是平等的？"

文谷很惊奇于老人的解释，点头说："你的解释还真有意思。"

听说文谷收集顾复生的故事，顾鞠仁老人很欣赏，说："你有这心不容易，我去南京时告诉顾老，看他有什么想法。"

文谷听了，有点喜出望外地说："太谢谢您了！"

说了一会，顾鞠仁老人终于将顾氏家谱拿出来，让文谷看了。

房东对文谷说："你今天面子大的，这是老头子的宝贝，从不给人看的。"房东悄悄说，"他是怕人告发了，当四旧被抄去。"

文谷不由得对老人敬佩起来，这个顾鞠仁，为人还真有点"仁"呢。

一天，陆师傅有事，与东家说好休息半天。文谷早就想去观音堂这个古镇，却从未有谋面的机会，下午陆师傅放假，他就趁此机会去一趟观音堂镇。东家屋后有一片竹林，一条小路从竹林里穿过去，即出现了一条河，河上有一座木桥，这条河叫凤溪河，是崧塘河的一条支流，由东往西，一直流过观音堂镇。文谷走过木桥来到凤溪河北岸，一路向西。沿河岸一条泥路，路面光光的，北面是一片庄稼地。向西走约二十分钟，前面有一大片黑瓦白墙的房屋，那就是观音堂镇了。凤溪河在镇东生出一条支河向北流去，河上有座小石桥，过了支河上的小石桥，就入镇街了。

走过几间瓦屋后，有一排河埠头的房屋，这里就叫正康里。

文谷细心察看了一下这几间老房子。这些砖瓦结构的老房子显然有了年月，看上去有些斑驳破旧，但它们高阔宽畅，在凤溪河边峙立着，让人想象它们当年不凡的雄姿。别看这是很平常的老房子，它傍着凤溪河，河边有一个码头，当年这里可是生意兴隆啊，来来往往的粮船在这里集聚，文谷听顾鞠仁说，顾复生当年就在正康里当账房先生。正康里是顾家的粮行，老板叫顾润桐。顾家世代经商，到顾润桐时，已经有粮行、棉花行、榨油坊、碾米厂、南货店等多家企业，因有"顾半镇"之称。日军侵占上海后，观音堂镇不久也沦陷了。日军来了后烧杀抢掠，老百姓遭了殃，顾复生的农民抗日自卫队，就是在正康里帐房间召开会议成立的。

离开正康里，文谷一路向前走。观音堂镇的规模并不大，因有一座观音堂而有名。据佛教经典介绍，观世音菩萨又称观音菩萨，她与文殊菩萨、普贤菩萨、地藏菩萨一起称为四大菩萨，位居菩萨之首，是百姓最崇奉的菩萨。她端庄慈祥，手持净瓶杨柳，具有无量的智慧和神通，大慈大悲，普救人间疾苦。观音堂供奉的自然是观音菩萨，它在镇中心，是镇上最热闹的地方。由于"文革"，观音堂已经被关闭，周围显得有点萧条了。观音堂东边有一条小路，向南通向凤溪河，河上也有一座桥，过桥就去了镇南。桥北沿河一长排商业房，有肉庄、南货店、邮电所、书店、百货商店、饭店、布庄等。河边停着几条小渔船，向岸上居民兜售着河鲜。文谷沿着河岸由东向西走着，想象着当年顾复生他们就是在这里领导四乡八村的老百姓，与日寇进行斗争的。

突然身后有个声音传来："文谷，你在这里啊？"

文谷回头一看，见是雪娥在布庄里。

朝前走上几步，来到布庄门前，文谷发现凤娣也在。他不由惊喜地说："你们怎么在这里？"

雪娥说："马上要换季了，我们来扯几件换季衣料。"

是的，黄梅过了，天气很快热起来了。

雪娥扬了扬手里的布料，说："大师傅帮我们看看，这几件衣料可以吗？"

文谷忙纠正雪娥的说法："什么大师傅，不要嘲我，我是小徒弟。"

凤娣说："文谷你别客气，你很快会变成大师傅的。"

雪娥笑笑说："对，别客气，帮我们参谋参谋。"

随陆师傅快一个半月了，听也听得有点经验了，文谷对她们的衣料色样看了看，说道："这两件衣料还可以，只是这件颜色暗了些，雪娥的皮肤白，配件紫罗兰颜色的'的确良'显得更有气质些。"

凤娣说："看看，学了才多少时间，说得一套一套的了。"

雪娥说："人家是大学生啊。"

被二人一夸，让文谷有点脸红了。

雪娥问："你一个人在镇上？"

文谷说："没有来过观音堂，来兜兜。"

凤娣问："陆师傅呢？"

文谷说："陆师傅有事，今天下午歇工。"

雪娥说："正巧，文谷——我有话要对你说呢。"

文谷说："你有什么话尽管说。"

雪娥说："不急，你先帮我们选衣料吧。"

于是，文谷陪二人挑了一会衣料。文谷一边在挑衣料，一边在揣摩，雪娥她有什么话对他说呢？挑了衣料，凤娣说去街上兜一下，于是三人去观音堂那边兜了一圈。那边有个文化站，里面传来咿咿呀呀的二胡声音，一个女声随了二胡在唱沪剧。

雪娥也喜欢唱沪剧，她嗓音好，也没有老师教，她只跟着那只小红灯收音机唱，唱着唱着，唱得与收音机里的差不多了。有一次她在唱，她母亲以为是收音机里在唱，后来发现是女儿在唱时，忽然对女儿骂起来："侬只绝货，是侬在唱呀，我还以为收音机里在唱呢！"

雪娥去大队养鸡场后，也被吴其峰吸收到文艺宣传队里去了。这样，顾尔尔又来劲了，顾尔尔在宣传队就特别卖力，他鞍前马后地为吴其峰办事，希望得到吴的重视，这样他在雪娥面前也有面子了。但雪娥一眼就看出了顾尔尔的浮夸和虚荣，她想起了在学艺的文谷，她心里希望文谷也能加入文艺宣传队。于是一次吴其峰闲聊时，她有意说起了文谷。吴其峰果然很重视文谷的情况，他问雪娥："他现在怎么样？"

雪娥说："他跟了村上的陆师傅在学缝纫。"

吴其峰皱了皱眉头，沉思了一下，然后对雪娥说："有机会碰上文谷，你告诉他，像他这样的人组织上是用得上的，学艺是没有前途的。"

吴其峰接着说了大队手艺人的一些现状。手艺人在经济上优裕一点，让村人艳羡，但吴其峰问：如果大家都去学手艺，大田怎么办？庄稼谁来种？大田生产活累收入少，大家都不种，田不就要荒了吗？所以我们要鼓励发扬奉献精神，对在大田劳动中一心为公、无私奉献的人要给予表彰和弘扬，对一些思想落后的手艺人则进行批判。是的，农村手艺人游走在外，不学习不进步，只晓得赚钞票，他们的精神生活很空虚。他们与组织远离，对政府的政策有反感，有的鼠目寸光，偷鸡摸狗，于是手艺人成了思想落后、贪图享受、好逸恶劳的代名词，成为主流社会的负面形象。雪娥开始支持文谷学艺，只感觉文谷有文化，有本事，但进了文艺宣传队后，他感到文谷的学艺对于文谷来说并不是一个好的选择，他不应该埋没在孤独的手艺生涯中。听了吴其峰的话，她更觉得有必要将吴其峰的话传达给文谷，这是一种规劝，也是一种呼唤。于是，听说文谷在新木桥做衣裳，她就约了凤娣一起来到观音堂镇，她想扯了衣料去请陆师傅做衣裳，顺便将吴其峰的话带给文谷，不意她们在镇上邂逅文谷了。

文化站那边的沪剧还在唱，文谷怂恿说："雪娥，好久没有听你唱沪剧了，你的沪剧唱得那么好，你也去唱一曲。"

雪娥说："这里陌里陌生的，不去唱了。"

雪娥接着又说："吴其峰对你学手艺的事也知道了。"

文谷问:"他说什么吗?"

雪娥说:"吴其峰说,像你这样有文化的人,组织是用得着的。学手艺是走资本主义道路,没有前途的。"

文谷学手艺,果然也是游离了主流社会生活,但文谷不是有心游离主流社会,他是被主流社会遗弃的啊,他不害怕艰苦的大田劳动,也不贪图享受优裕的生活,他的学艺,其实是一种自我救赎。

但吴其峰的话,还是在文谷心中产生了一定的冲击。

在文谷的心中,他的学艺之路,其实是对主流社会的自我疏远,是对理想人生的自我放逐,在他是不得已而为之。一旦有返回主流社会的希望和机会,他会义无反顾地回归。农村中的学艺——那是人生的一座独木桥。

文谷问雪娥:"你怎么看吴其峰的话?"

雪娥不假思索地说:"我认为吴其峰说得对,你这样的人才农村不多,你学手艺真的很可惜。"

想不到雪娥也是这种看法!

雪娥的话引起文谷的共鸣。

凤娣说:"开弓没有回头箭,好马不吃回头草。"

凤娣是文谷堂侄女,她希望文谷安心学艺。

文谷赞同地说:"凤娣说得对,既然跨出了这一步,不能轻易缩回来。否则人家会笑话的。"

雪娥期望地说:"那学好了本事再回来吧。"

雪娥内心还是希望文谷回到大集体中。

文谷说:"吴其峰的话我记着,到时候再说吧。"

看到二人手里都拿着衣料,文谷就说:"你们的衣料给我,我让陆师傅给你们做。"

凤娣笑了："如果你做就给你，你叫陆师傅做就免了，我们不欠他人情。"

文谷说："陆师傅人蛮好的呀，他不会计较的。再说——"文谷笑着对雪娥说，"我欠着你们的人情呢。"文谷指的是雪娥为他弄到缝纫机票，而凤娣父母为他筹了资。

雪娥也笑了："凤娣说得对，等你学好了，再还我们人情吧。"

雪娥和凤娣是搭了大队饲养场的拖拉机来的，约好回去的时间快到了，她们就与文谷告别。临走时，凤娣一本正经地说："你走了，大家都蛮想念你的。有空回来走走。"

雪娥理解文谷，她对凤娣说："老百太，人家学手艺也忙的啊！"

雪娥回头朝文谷挥挥手说："我们回去了。"临走又加了一句说，"别忘了吴其峰的话啊。"

文谷点点头，看着二人走过凤溪河上的石拱桥，慢慢消失在镇南那一片白墙黛瓦中。

本来，曹影虹走后，文谷独自跟着陆师傅走乡串村，感到有点落寞。况且，农村学艺的都是十几岁甚至更小年龄的孩子，他们还不能挣工分，他们学艺没有收入也就无所谓。而他是二十多岁的青年了，在农村这个年龄已是结婚生子当家立业了，文谷却像是一个误了季节的人，人家都在收获了，他还刚刚播种。以能挣全劳力工分的人去学艺，学艺的"成本"是不是太大了？文谷期望尽快缩短学艺时间，尽快能够"速成"，然而这学艺的事其实还是有其程序和规律的，不可能一蹴而就，心急吃勿得热粥。随着时间的推移，文谷的心不免焦急起来。陆师傅却是不悠不急，按部就班地带着文谷走村串户，半年下来，文谷虽然学到了一些基本的缝纫技术，但离开出师显然还遥遥无期。

夏天很快过去，秋天已经来临。一次回到家里，陆嫂见了，对文谷说："文谷，你快去你家自留地看看。"听了陆嫂的话，文谷家里扒了点冷饭，就朝村后崧塘边自留地走去。来到崧塘河边，眼前的情景让文谷的心凉了半截，他家的自留地上，过了季节的枯黄的玉米其稀稀落落地还竖立在那里，一片野草杂乱地疯长着，而人家的自留地上，早已垅是垅沟是沟地种上了秋庄稼，黑黑的泥巴滋润而细碎。原来文谷在外学艺，不知道母亲身体不好，他母亲患了病，因没有人照顾她，只能住到小阿姐家里了。自留地上一片荒芜，眼前之景深深地刺伤了文谷的心，他产生了强烈的内疚和自责！站在崧塘河边，他的心一时很乱极了。母亲衰老的白发在他眼前飘动，她田垅沟壑一样的皱纹浮现在他的脑海里，病弱的母亲不堪生活的重负，应该是他承担生活责任的时候，他却因学艺而将责任留给了母亲。对母亲的深深负疚感，让他终于怀疑起自己的学艺之路是不是应该走下去？此时此刻，崧塘河在夕阳的映照下，似乎流动着一河血色，它像流动在一个二十多岁青年血管中的血一样，一瞬间，沉潜在文谷心中的孝心，像远方太阳的光芒一样遍布河面，一种中止学艺的心思像无法操控的野马一样，桀骜不驯地恣肆膨胀了起来……这时，雪娥传递的吴其峰的话在文谷耳边再次响起来，"学手艺是走资本主义道路，没有前途的。"

为什么明知不可为而为之呢？

他对自己说：中止学艺吧！

崧塘河的水流潺潺的来自远方，又向远方流去。此刻，文谷的心里回响着陶渊明的呼喊："归去来兮，田园将芜胡不归？"或许，此时此刻的心情，只有崧塘河流水知道，只有天上白云知道。他知道，这是一个痛苦的决定。当初为了学艺姜氏家族全力以赴，而现在，他终于要让他们失望了！

可以想见陆师傅的惋惜，村人的惋惜，文麦和永泉哥那难以掩饰的失望！

第四章　文艺宣传队

第四章　文艺宣传队

1. 弦歌袅绕

雪娥将文谷回生产队的消息第一时间告诉了吴其峰。

吴其峰听了，笑了笑说："这就对了。雪娥，你征求一下文谷，他愿意参加大队文艺宣传队吗？"

雪娥说："他会愿意的——我去对他说。"

雪娥找到文谷家里，将吴其峰的话转告了文谷。

吴其峰是大队党支部支委，分管青年工作，他创建了大队文艺宣传队作为青年工作的抓手。文艺宣传队是由全大队最活跃的青年人组成的，他们分布在各个生产队。这些青年是生产队的骨干，在生产上都是一把好手，有文化，有文艺天赋，所以文艺宣传队汇聚了全大队青年的精粹。尤其是那些姑娘们，一个个长得如花似玉，引得周围群众前来观看，有认识的人会指着其中一个说："哎，这是某某家的女儿呀。"另一个就说："某某家女儿长得这么出挑呀，某某真是好福气。"有的小伙子看中某一个姑娘，就会央人托保请人说媒。文艺宣传队好像是一块金字招牌，被人们所看重。于是，吴其峰对文艺宣传队的入口把得很紧，要想进入文艺宣传队是很不容易。凡是进入文艺宣传队的，谁都以参加文艺宣传队活动作为一种光荣，一种能力的象征，大家既有一种荣誉感，也有一种责任感。

文谷所在的北星大队，共有十四个生产队，文艺宣传队的队员就像种子分布在各个生产队，他们既是队里生产骨干，又是宣传员，还是信息员，各生产队的信息通过他们，很快就汇聚到吴其峰这里来了。

一个生产队一般就是一个自然村。北星大队东面一条虬江是青浦县和长水县的界河，沿着虬江由南向北分别有在三个自然村，姜家村在虬江与崧塘交汇处，崧塘一路向西经过两个自然村，崧塘到小石桥村后，转而向南，沿河有四个自然村，崧塘流到蟠龙江后，径自继续向南流去，一直流向方家窑古镇去了。北星大队沿蟠龙江又有两个自然村，这样全大队共有十三个自然村。北星大队东为虬江，北和西为崧塘，南为蟠龙江，形成了一个口字，口字的中间还有一横，便是东西向的普江，北星大队大队部就在这一横的中间。这里有一座庙宇，名为普江庙，很有历史。乡村中的庙宇，解放后一般都成了学校，普江庙也改造成了一所学校。

大队部在普江庙小学东面，有七八间平房，有办公室、卫生室，小卖部、食堂等，普江庙小学和大队部中间，有一幢坐北朝南的建筑，远看像个集装箱，集装箱上面有个人字形的屋顶，这是北星大队的大礼堂。大礼堂是大跃进那年造的，造得很粗糙，四周是墙壁没有粉饰的"赤膊墙"，内屋顶人字架角铁东西横跨，也是赤裸裸的。大礼堂南北长，东西窄，北端有一土台，可演出也可设置主席台，"文革"中批斗大队里的当权派，以及逢年过节集会或文艺演出，都在大礼堂里。大礼堂虽然简陋粗糙，却上演着农村的风云变幻。

文艺宣传队往往在大队部集中活动。

吴其峰邀请文谷加入文艺宣传队，无疑是对文谷的认可，一种知遇之恩让文谷油然而生。于是文谷在一个晚上随了顾尔尔和雪娥来到大队部。

文艺宣传队里别有一番天地。来到大队文艺宣传队，文谷像一只失群的大雁找到了雁群，一条鱼回到了水里一样。

　　文艺宣传队白天在生产队劳动，有了演出任务就利用晚上时间集中到大队部排练，有时任务重时间紧，吴其峰向大队党支部请示后，也会利用少量白天时间进行突击排练，突击排练的误工由各生产队承担，生产队给他们记上同样的工分。由于文艺宣传队青年平时劳动很出色，不是那种偷懒的角色，他们因排练而耽误工作，生产队其他社员不会有意见。但排练占用生产时间多了，难免有的社员也会有闲话，所以大队部对此严格控制，不让过多占用生产时间。

　　参加文艺宣传队后，文谷常在晚上和顾尔尔等人一起去大队部。夜晚，大队部已经没有人了，只有卫生室有赤脚医生值夜，其他办公室关门打火一片黑。大队部仿佛成了宣传队的天下，大家高声议论，纵情歌唱，或者开玩笑说俏皮话。来到宣传队后，文谷认识了声音有点沙哑，个子挺高，会拉小提琴的王沪生，他是落户在王家塘村的上海知青，他父亲出身于此，后来做生意在上海扎了根，他出生在上海的，所以名为沪生。中学时比文谷高一届的校友章德文，他是南章家角村人，现是大队文书。因为忙，他不常来宣传队活动，但常见他有空时来瞅瞅，与大家聊一会天，看得出，他与宣传队还是很有感情的，他故事讲得很好。毗邻的翁家浜村有二位女青年钱翠娥和钱美娟，都是宣传队的主角。还有泗田泾村有个姚青梅，长得靓丽，歌也唱得好，她的嗓音有磁性，好听。说话幽默诙谐的钱烨，大家既怕他又喜欢他，他会调侃人，说俏皮话，爱吹笛子，是宣传队的乐队人员。肤色白净，长相俏美的卢丽媛，也是文谷中学的校友。卢丽媛在学校时很单纯幼稚，她长得漂亮，同学中常常有她的绯闻，但这些绯闻大都空穴来风，捕风捉影。卢丽媛听到后，向班主任老师告状，班主任老师找散布绯闻的同学谈话，批评几句也就过去了。卢丽媛的绯闻多了，大家听卢丽媛的绯闻上了瘾，一段时间没有她的绯闻，都会有缺了点什么的感觉，而卢丽媛也会有失落感。绯闻一出来，她又成了同学议论的中心，她是全校的绯闻明星。对散布绯闻的同学，她知道他是在瞎编，就抓起地上的小树枝，一边追打一边嘴里说："你编呀，叫你编呀！"卢丽媛读中学时，比文谷低一级，她情商很高，与老师关系搞得很好，在班级里也活跃，但终因成绩平平，初中毕业后考在曹影虹同一所农业技校。她要面子，读农业技校的事从不对人提起，仿佛会掉了她身价似的。毕业后回到队里，在队里参加劳动。她出身于农村，对农活耳濡目染，不教自会，因为读过农业技校，很快成了一个有知识的新农民。出现在文谷面前的卢丽媛，变得成熟多了。她见到文谷，稍稍愣了一愣。她的嗓子有点沙哑，不冷不热地对文谷说："你也来啦。"

卢丽媛显然知道文谷回乡之事，她的态度让文谷感觉她与他的距离有点远。她与大队文书章德文则是另一种态度了。章德文来到宣传队后，先与别的女生聊天，聊了一会，他不知不觉与卢丽媛搭起话来，卢丽媛的脸上就盛开出春天灿烂的花瓣，她的眼睛闪射出妩媚的光彩，说话也会变得哆哆的。文谷不由感叹，社会这个大熔炉，真能熔炼人。不久，章德文作为贫下农管理学校的代表，进驻普江庙小学，章德文的身份让人肃然起敬起来。学校校长和老师都对他笑脸相迎，那笑还是一种含有百分之二十五谄媚的笑。卢丽媛的高情商很快有了回报，因为学校缺少师资，卢丽媛作为回乡青年从生产队被借出来当代课老师了。卢丽媛当了代课老师后，白天上课，晚上还是来参加文艺宣传队活动，只是她明显变得矜持起来，颇有一点师道尊严的样子。

顾尔尔在文艺宣传队一直很活跃，舞台上排演时，他嗓门很大，意见也特别多，但他的高嗓门似乎有点空洞，因为大多数队员不太理会他，最明显的就是卢丽媛了。自从文谷参加文艺宣传队后，顾尔尔的热情一下低落了许多，他知道是雪娥帮助文谷进入宣传队的，雪娥的用意他心知肚明了。他是聪明人，作为一个外来的知青，他虽然有许多优裕于文谷的地方，但有一点他是远远无法企及的，那就是文谷是土生土长的知青，他的根在这里，他的血地在这里。如果说顾尔尔得到了上的关注，那么文谷无疑得到了下的认同。如果说顾尔尔是从外面流入崧塘河的一滴水，那么文谷本身就是崧塘河的一滴水，虽然因为家庭的因素造成了他的劣势处境，但顾尔尔感受到了他天然的融合性和自身的魅力。文谷的进入宣传队，无疑让顾尔尔感到他的空间受到了挤压。为此，顾尔尔渐渐对卢丽媛有了好感，他愿意将自己的好感表现出来，不少场合他对卢丽媛献殷勤，但卢丽媛表现得不冷不热，有时用话嘲嘲他，顾尔尔皮厚，竟然笑脸以待，说："这几天下雨，有点潮。"大家都觉得顾尔尔这人有点不看"山水"，人家章德文对卢丽媛那么蜜，莫非他想沾点糖吃？其实这正是顾尔尔的聪明之处，他的这个障眼法，瞒不过雪娥，也瞒不过文谷。

雪娥进入文艺宣传队后，她爱唱沪剧的天赋发挥了出来，一次唱沪剧选段《阿必大回娘家》，其中一段自诉身世的唱词，哀婉动人，让全场听众都掉了眼泪！雪娥性格和善，谦和低调，并不因自己沪剧唱得好而骄傲自满，每次演出结束，总是向同伴听意见，虚心好学，这让她在队员中的人缘很好，威信也不由得高了起来。大家喜欢与她在一起，那些女队员和雪娥在一起说笑时，像一簇簇花儿在盛开似的。

女队员们对卢丽媛却颇有微词，她们看不惯她故作矜持的样子。卢丽媛来文艺宣传队时，她们就故意疏远她，不与她说话。这时雪娥会主动与卢丽媛打招呼，与她说话，于是卢丽媛将雪娥引为知己。渐渐的，卢丽媛发现雪娥对文谷很好，或许她听到了雪娥对文谷的正面评价，于是她对文谷的态度有了明显的转变，看到文谷她会笑着问一句："最近在忙什么啊？"文谷感觉卢丽媛这个人很现实的。

一次，江浙沪有个血防工作会议，公社将会议安排在北星大队召开，会上要安排一场文艺演出，公社要求大队文艺宣传队创作一些关于血防的节目。吴其峰就找文谷谈话，交代文谷负责创作一个节目。文谷拙于表演，没有这方面的天赋，但喜欢填词作文，吴其峰知道文谷有这方面特长。

接到任务，文谷参阅了一些材料，用了半天时间，根据文艺宣传队的演出特长，创作了表演唱《千军万马战血防》。吴其峰接过作品，看后露出了满意的笑容，吴其峰说："不错，我知道你有这方面的特长。"

听了吴其峰的话，文谷心里甜滋滋的，有一种被赏识的感觉。

吴其峰抽了八个女演员，其中有雪娥、姚青梅、钱美娟、钱翠娥，还有卢丽媛等，将表演唱在舞台排了出来。彩排时，吴其峰拖文谷一起观看，一边看一边谈点修改意见。

看到自己创作的节目在舞台上立了起来，文谷心里有一种成就感。

女队员们知道节目是文谷创作的，都对文谷投来羡慕的目光，文谷因此感到蛮有脸面。节目在血防现场会上演出时，八位女队员将千军万马战血防的气势和豪情表演了出来，节目结束时，全场热烈鼓掌，经久不息的掌声，让文谷在文艺宣传队中渐渐崭露头角。

青年人精力是最充沛的，大家对生活充满憧憬。三夏大忙过后，天气转暖，吴其峰利用晚上时间抓紧文艺宣传队的排演，文谷他们就天天晚上去大队部活动，村人都在村场上乘凉，村人一边露出艳羡的眼光，一边说"你们不累吗？"青年人哪知道累这个字，只要自己喜欢的，力气用完，睡一晚第二天又来了。那时，田野里一片绿色的庄稼，一大片玉米地，一大片青秧田，间或有一大片西瓜地，这是典型的江南农村的夏天景色。听着夜风拂过庄稼的飒飒声，他们的脚步也轻快起来了。三秋过后，文谷他们去大队部活动时村场上已经没有人了，只有天上的月亮和星星伴着他们在乡路上来来往往。有时夜深了，天上降下霜，天气变冷峻了，乡路也变得坚硬了，但大家的脚步还是轻盈的，青年人的身影让乡路的夜弥漫着青春的气息。

2. 县城演出

北星大队文艺宣传队在公社和县里已很有名气。一次县里召开人代会，会议期间安排文娱节目，县文化馆挑了北星大队文艺宣传队和另一支兄弟公社的演出队进城演出。

吴其峰觉得这是北星大队文艺宣传队的光荣，也是他的光荣，他郑重其事向大队党支书孙德华做了汇报，孙书记听了很开心，他脸上平时很少有笑容，这时却微微笑了，他说："小吴，这次你要亲自带队，一定要演出成功！"

得到孙书记支持，吴其峰就拿到了令箭。他召开了一个骨干会议，文谷、许雪娥、卢丽媛、章德文、顾尔尔都参加了会议。吴其峰强调这次演出的重要意义，并说这次他亲自带队，一要保证安全，不出任何安全事故，二要演出成功，为大队争取荣誉。接着，吴其峰临时推举许雪娥作为他的副手，帮助他带好队伍。

吴其峰的推举让大家吃了一惊，文谷看到顾尔尔也吃了一惊，其他几个队员也表现出颇为惊讶的神色。

吴其峰似乎看懂了大家的讶异，不动声色地说："许雪娥为人稳重，在队员中有威信。这样的同志，我们要让她锻炼锻炼。"

顿了顿，吴其峰接着说："为了加强文艺宣传队的组织性、纪律性，这次大家徒步走到县城。"

卢丽媛听了"啊"的一声叫了起来，她说："走到县城？吃得消啊？"

卢丽媛母亲是农村人，她父亲是县城的工人，为了显示与农村人的不同，她总是显得很娇气。

与卢丽媛夸张的反应相反，吴其峰慢慢地说："这点路远什么？我们上学时常常徒步走的。"

雪娥接着吴其峰的话说："不要紧的，有的路看看远，走着走着就走完了。"

章德文也说："是的，红军二万五千里也两只脚走的，去县城这点路算什么？"

顾尔尔表态说："我参加过拉练，长途跋涉蛮锻炼人的。"

文谷觉得自己也要表个态，他说："走着去县城不但可以锻炼人，还可以宣传我们文艺宣传队。一路上队伍前面举一面旗帜，上面写上'北星大队文艺宣传队'的字样。"

大家听了，一致叫好。说："这样还挺威风的。"

吴其峰脸上露出了笑意，他说："大家的意见统一了？"

他特意扭过头问卢丽媛："怎么样，大小姐也没有意见了吧？"

卢丽媛无所谓地说："既然大家同意走，我也有两只脚的。"

去县城那天，文艺宣传队队员在大队集中，排了队，顾尔尔搞来了一面红旗，吴其峰让他举着红旗走在前面。他们来到西虹公社后，沿着沪青平公路向西，一路上，引来了许多路人的目光。他们像大串联的红卫兵似的，大家精神振作，昂头挺胸，豪情满怀，一路意气风发。毕竟农村从事体力劳动的，一路走着，一会儿十一号桥到了，一会儿八号桥到了。水乡的路桥多，一座桥一座桥数过去，快到中午时，县城已经出现在眼前了。来到县城后，县文化馆来人安排他们住在支家弄一家旅馆里。这是一家群众旅馆，虽然条件一般，但墙壁刷得煞白，楼道纤尘不染，对农村来的队员们来说，已是相当高的待遇了。

午饭后，大家就抓紧时间去曲水园排练节目。

曲水园是上海五大古园林之一，已经有四百多年的历史，园内古木参天，紫藤满架，假山一横，南北有二荷池，正是初夏季节，莲荷还没有开，只有金鱼成群尾随着在池水里游动。队员们进入曲水园后，径直来到一块空旷的草坪上，排练各自的节目。

吴其峰分配文谷和许雪娥表演一个对口词，这好似是押韵的讲故事，节目内容主要表现一对农村青年，乘夜摇船割草为生产队积肥的故事，这是文谷根据亲身经历创作的。因为是文谷创作的，吴其峰就让文谷参与表演。但创作是一回事，表演又是一回事。文谷拙于表演，排练过程中，文谷向吴其峰提出换人，吴其峰没有同意，他说你能创作节目，相信你一定也能表演好节目。雪娥也鼓励文谷，让文谷不要怕。在排练中，文谷有时会忘词，于是就起早赶晚背台词，貌似很用功的。在正式演出前一天，文化馆组织彩排，说文化馆领导吴馆长也要来，还要来一位宣传部的干部。听说领导来看彩排，大家都有点紧张。卢丽媛绷紧着脸夸张地对雪娥说："哎唷，快吓死了。"雪娥却不紧张，对卢丽媛说："越紧张越会出错的，像平常一样演就可以了。"文谷觉得雪娥的话说得对的，他想自己也要尽可能镇静一点。彩排像正式演出一样，只是观众不一样，彩排时的观众只有一些来审查的领导。正式彩排时，原以为有不少领导来的，不料领导都很忙，吴馆长和宣传部的领导都不能来观看彩排了，文化馆只派来了一个年轻的干事，于是大家都松了一口气，像受了一场虚惊似的。吴其峰临阵前将队员们召集到身边，动员说："尽管领导没有来，但我们心中一定要感觉领导就坐在台下面，千万不能有一丝一毫的松懈。因为明天就要正式演出，台下是全县人民代表和各级干部。"他问大家："记住了吗？"大家异口同声说："记住了！"

当天晚上，彩排开始了。主持、舞台监督、后台联络、司幕、音响……大家各就各位。节目一个接着一个地上，大家都紧张地上去，笑嘻嘻地下来。轮到文谷和雪娥的对口词时，最不希望发生的事还是发生了。演至中途，文谷又忘词了！正在不知所云时，文谷紧张地看了雪娥一眼，不料雪娥看也不看文谷，似乎文谷的忘词她一点也没有发觉，文谷想这下洋相出定了。正在额上冒汗、口欲张而言无声时，雪娥却若无其事地将文谷的词接着说了下去。看彩排的人都没有发现破绽，整个节目似乎天衣无缝。走到台下，文谷诧异地对雪娥说："我的词你怎么也会说？"雪娥笑笑："我怕你忘词，你的词我全部背出来了，你一忘词，我能马上接着说下去，内容上不受影响，只是我多说了几句而已。"文谷感激地说："亏得你啊，否则我要出足洋相了。"雪娥嫣然笑笑："这是老演员教给我的诀窍。"文谷听了，不由得对雪娥很感激。他感到雪娥不但学习虚心，还是个做事细心的人，只是辛苦了她，为此她背台词时要多花一倍的功夫。

几天来大家一直忙着排练，谁也没有好好逛一下县城。次日上午，大家讨论了昨天彩排中发现的问题，并进行了纠正。下午几个女队员缠着吴其峰，希望放半天假，去逛一逛县城。吴其峰拗不过女队员的缠，就准假两个小时，让大家早一点回来。原想午餐后可自由一下了，不料来了紧急通知，说下午县文化馆吴馆长要在曲水园看望和慰问大家，于是队员们只得都待在旅馆，至下午二时，集队往曲水园去。参加演出的另一支文艺宣传队来自重固镇回龙大队，为了相互不干扰，他们在另一处排练，直至这天下午，两支宣传队才会合一起。北星大队宣传队发现，回龙大队宣传队穿一色的黄军装，看上去很洋气。北星大队宣传队穿的都是"土布装"，土布装没有黄军装那样整齐划一，土布颜色大抵趋于深蓝，间加一点其他花色，看上去有点斑驳陆离。两支队伍在一起，好像他们是正规军，文谷他们是杂牌军似的。

一会儿，文化馆吴馆长来了，他瘦长个子，人显得很有精明，他的身边还带了一位摄影师。吴馆长没有多说什么，他对大家这几天的排练情况了如指掌，对几个重点节目的演员还能叫出名字。他表扬了大家刻苦认真之外，要求大家在晚上的正式演出中，拿出最好水平。他问大家有没有信心，大家同声说："有！"

接着是请摄影师为大家拍合影照。吴馆长立在中间，两支文艺宣传队一左一右分两边排好，前一排是女队员，后二排是男队员，几个前面站不下的女队员就混在男队员一起。拍好集体照，大家要求拍个人照。吴馆长说，大家难得出来，曲水园风景很好，每人拍一张留个纪念吧。于是纷纷请摄影师拍照。吴馆长先走了，他走了后，摄影师就成了这里的主角。章德文悄悄告诉文谷，摄影师姓朱，也是北星大队人。朱老师学生时代参加地下党，是老革命，离开家乡后没有回来过，北星大队的人都不认得朱老师了。

文谷诧异地问："你怎么认得？"

章德文说，有一次来县城开会，朱老师看到他在签名簿单位一栏写着北星大队，朱老师就找到他，说自己也是北星大队的人。章德文不认识朱老师，回家后与父亲说了，父亲告诉他，这个朱老师来历不简单。章德文说，朱老师解放初官做得很大的，身上还有盒子枪，后来不知为什么调到文化部门，虽然也是个领导，但官没有原来那么大了。

听说朱老师是北星人，北星大队宣传队的队员都激动起来，一口一声"朱老师"叫紧，许雪娥、卢丽媛、钱翠娥、姚青梅等一群女队员，围着朱老师要摄影。朱老师见女队员一个个长得标致漂亮、有模有样，笑着说："好好，我们一个一个来。"

雪娥提出："我们女队员合影一张吧。"

女队员都说："好，我们合影一张。"说着就挤在一起，要朱老师合影，正待朱老师要拍了，卢丽媛忽然说："我们娘子军，还少个洪常青呀。"

女队员们笑笑说："对，洪常青和我们合影一张。"

她们说的洪常青就是吴其峰。

吴其峰搔搔头，说："你们拍拍嘛好了呀。"

卢丽媛说："不行，我们要有党的领导的呀。"

这样一说，吴其峰就不好再说什么了。

他让钱翠娥一拉，站到了女队员的中间，一左一右分别是卢丽媛和许雪娥。

章德文、顾尔尔等男队员站在一边看着，他们其实也很想去女队员中间轧一脚，但洪常青只能有一个，他们也就没有机会了。

文谷看着朱老师拍摄，他拉开架势，拍摄时很用劲的。文谷脑子里闪进了"老革命"、"北星人"几个字，忽然想起了顾复生的抗日故事，觉得这个朱老师肚子里一定有很多故事的。只是初识朱老师，文谷不可能向朱老师去问这样的问题，他想，以后有机会一定要拜访朱老师的。

晚上是县人代会的闭幕式了，会议议程一项项进行完了后，就开始演出了。

大家早早做好了准备，静候在后台。开始文艺演出时，队员们像战壕里的战士听到了战斗警报，一个个精神抖擞地投入到演出的程序中去。

节目一个接一个地演出着。

轮到文谷和雪娥上台了，文谷和雪娥是卷着裤褪走台上去的，他们的飒爽英姿，立即引来了全场热烈的掌声。演出自然是完美的，文谷平时忘词，这次一个词也没有忘，节目一气呵成地演出了，当文谷们说完最后一句台词，一个造型亮相后，全场再次响起了热烈的掌声。

　　整场演出都很成功，吴其峰终于载誉而归，北星大队文艺宣传队的名声在县里响开了。原本大家想去顾尔尔家看看的，但吴其峰对宣传队纪律抓得很严，演出结束后，他没有让队员去逛街，于是队员们依依不舍地离开县城，长途跋涉走回了北星大队。

3. 新故事《女队长》

　　吴其峰抓大队文艺宣传队的同时，曾经抓了一支故事队，"用社会主义思想去占领农村阵地"。故事队和宣传队，两支队伍是融为一体的，好多故事员就是宣传队的骨干。但也有只讲故事而不参加演出的。故事员中，卢丽媛的故事讲得也好，她的故事声情并茂，情感真挚。那时，吴其峰常组织去蟠龙镇茶馆讲故事。蟠龙镇解放前有好几家茶馆，解放后只剩下一家，这家茶馆生意特别好，四乡八村老百姓来吃茶的人很多。吃早茶的茶客特别多，一大早，天还蒙蒙亮，茶馆里已经热气腾腾，影影绰绰的人挤满了茶馆。以前茶馆为招徕生意，邀请评书先生前来说书，说《三国》，说《隋唐》，"文革"中这种旧书不能讲了，茶客们就感觉很无聊，盼着什么时候能听到一档好书。故事队前去联系讲故事，茶馆负责人很欢迎。但大队故事队讲的都是新故事，内容都是革命的。文谷听卢丽媛说，第一次去茶馆讲故事时，感到有些紧张，结果常常吃"田螺"，后来讲得多了，就自然了。在茶馆讲故事影响大，每讲一次故事，茶客们要议论好几天。卢丽媛当了代课老师后，很少去蟠龙镇茶馆讲故事了，其他故事员讲的故事，与卢丽媛不是一个档次，茶客们就不爱听，自顾自吃茶聊天，这样讲故事的效果就不好了，吴其峰一时培养不出好的故事员，于是去蟠龙镇茶馆讲故事的活动渐渐式微了。

　　文艺宣传队在县城打响后，吴其峰产生了将故事队重新抓起来的想法。他觉得故事员的天赋和素质是很重要的，于是动员文艺宣传队中一些有演讲天赋的队员参与讲故事，他说每个队员要成为多面手，一身多职，在生产队是社员，在宣传队里要又是演员，又是故事员。在他鼓励下，一些文艺宣传队挑大梁的队员也学着讲起了故事，如雪娥、钱翠娥、姚青梅等，他们学说故事后，一上台就讲得有声有色，受到了听众的欢迎。

开始的时候，大家都以文化馆提供的新故事为脚本，吴其峰去县里开会，县文化馆提倡要自己创作新故事，要以身边的人与事写成新故事，这样更有生活气息，更有说服力，吴其峰自己也有这样的想法，他发现自己的想法竟与文化馆不谋而合，但之前他不敢擅自去讲身边的故事。有了文化馆的提倡，吴其峰就请章德文牵头，组建一支新故事创作组。

吴其峰找到文谷，向他传达了县文化馆的精神。

吴其峰说："文谷，你笔头好，以后你就集中精力学习新故事创作。"

文谷有点受宠若惊地说："我行吗？"

吴其峰鼓励地说："你肯定行的。我与章德文说了，先找三四个人，成立个故事创作组。"

不久，章德文找人开了个会，有"沙喉咙"的王沪生，"说死话"的钱烨，还有一个普江学校教语文的王老师。会议最后吴其峰来讲了话，他要求大家学习新故事的创作，要以生活为素材创作新故事，制定了每半个月集中一次讨论故事本子的制度。

文谷从来没有创作过新故事，怎么创作新故事，一点也没有方向。文谷就找文化馆提供的新故事参考。"种秧不会看上畻"，不会种秧的人，看看别人怎么种的也就会种了。不会创作新故事，看看别人创作的新故事，也能摸出个头绪来。这样，文谷看新故事时，不仅仅单看故事情节了，而是看故事的情节是怎么安排的，悬念是怎么设置的。边看边揣摩，并试着学习构思新故事。

经过三天的酝酿写作，文谷写出了故事初稿，故事名字叫《女队长》，这是根据邻队一个女队长的事迹写成的。这个女队长有着曲折的身世，她不是本地人，而是一个外来媳妇，三年"困难时期"中，她们家乡遭到严重灾荒，不少人外出乞讨，她和村上的姑娘们一起，结伴逃荒。不知不觉，她们来到了北星大队部。当天已是傍晚了，她们无路可走，就挤在大队部的一间会议室里。当时任大队书记的是永泉哥，有人向他请示来了这么多姑娘怎么办？永泉哥了解到姑娘们来自灾区，是出来逃荒的，他也犯了难。正在不知如何处理，忽然想起不久前蒋浜村有个老妈妈，因家庭贫困儿子找不到媳妇，希望永泉哥为儿子找一个媳妇。他不知道这些姑娘肯不肯嫁在北星村？于是就问姑娘们："我们这里有小伙子找不到对象，姑娘们愿不愿意嫁给北星村的小伙子啊？"永泉哥的话让姑娘们听了有点犯傻，她们是结伴逃荒的，谁也没有想着逃荒会遇着找对象的事。姑娘们你望望我，我望望你，谁也不知道怎么回答。永泉哥知道，找对象是婚姻大事，对逃荒女提出这样的问题，是不是有点趁火打劫的味道？但毕竟是三年"困难时期"啊，这里的老百姓也穷，他们也留不起这些逃荒女。让逃荒女在这里找对象，既可解决逃荒女的生存问题，也可解决本地小伙找不到对象的难题，岂不是两全其美吗？

逃荒女们陷入了沉思，她们左思右想，看来走入婚姻是她们眼前唯一的生路啊。但逃荒女们谁也不先吭声，这毕竟是让逃荒女们感到害羞的事。

这时，一个姑娘大胆发声说："只要有饭吃，我愿意。"

永泉哥一看，这是逃荒女中一个扎着长辫的姑娘说的。他心中一喜，问："姑娘，你肯嫁给这里的小伙子啊？"

姑娘咬着嘴唇，点了点头。

永泉哥问其他姑娘愿不愿意，姑娘们都点头表示愿意。

永泉哥这下来了劲，他将大队部其他人都叫来，让他们分头去各村通知，凡是家庭困难找不上对象的小伙子，快来大队部认领媳妇。大家都笑了，天下竟有这样的好事！于是分头去各村通知。这一晚，北星村大队部灯火通明，永泉书记一直坐镇在大队部。凡是前来领媳妇的小伙子，永泉哥都要一个个地过堂，叮嘱他们一要好好对待媳妇，二要好好劳动，勤俭持家，三要早点生个儿子。

女队长就是那个大胆回话的姑娘，她由邻村一个青年领回了家。那青年家里穷得叮当光，人面黄肌瘦，除了三间破草屋，家中什么也没有，却有一个病瘫在床的老娘。外来媳妇进门后，不嫌他们家穷，只要有口饭吃，她就什么都满足了。外来媳妇十分能干，队里生活样样捏得起，他们这个穷家，被她操持得清清爽爽，那青年瘦黄的脸也变得红润起来。外来媳妇会做人，见到村上长辈，妈妈婶婶地叫，看到别人家的孩子，也会宝宝子肉肉子地喜欢，这样她就变得人见人爱了，村上人不把她当外来媳妇，而是当自家人一样亲。不久，她被选为生产队女队长，村里的女人们，都服她管，因为她讲理，重活累活带头做。后来，哪家女人与男人有了嘴舌，总要找女队长诉说，女队长出面调解了，他们夫妻往往就和好了，所以女队长的威信越来越高。女队长养了两个儿子，这样他们的家庭负担就很重。女队长不因家庭而影响队里的事，照样事事率先。女队长毕竟营养不良，她超负荷的身体渐渐支撑不住，终于在一次早起耘稻的时候，竟然跌倒在稻田里，当人们发现而送医院时，不幸未抢救过来！村上人为女队长的去世而悲哀，全村人都为女队长披白，出殡那天，全村人哭成一片。当年牵过红线的永泉哥也十分悲伤，他到现场帮助张罗丧事，还为女队长戴了孝。

故事《女队长》送到县文化馆后，文化馆老师说故事基础很好，但情节过于简单，而且有人性化的缺点，应该突出女队长政治强的一面，譬如阶级敌人破坏生产时，女队长与之周旋斗争，最后应该写出女队长在与阶级敌人斗争中被害死的，这样女队长的形象就高大了。意见返回后，文谷感到很为难了。吴其峰说："创作就要虚构的，你太拘泥于生活的真实了。"

为了救活《女队长》，吴其峰专门召开了一个"诸葛亮会"，让大家献计献策。会上，大家帮助设想了许多情节，但这些情节，文谷觉得太虚假而难以接受。再说邻村女队长的事这里人人都知道，太"虚构"了大家会说文谷在吹牛皮啊。蒙蒙外人可以，蒙本地人可是丢脸面的。由于在创作思想上没有扭过来，文谷修改的《女队长》故事还是没有过关。于是吴其峰将故事稿子交给章德文修改。章德文虽然认识女队长，但不太熟悉女队长的事，这样他就没有受到真人的框框，而是凭着想象力，对故事作了大幅度的再创作。经章德文修改的《女队长》终于得到了文化馆老师的表扬，称赞这是一只好故事。

有了好的故事脚本，吴其峰挑选了两个故事员来讲《女队长》，一个是卢丽媛，另一个是许雪娥。吴其峰说，这个故事要去十四个生产队演讲，还要去公社和蟠龙镇茶馆演讲。如果效果好，也有可能被选去县里演讲。有两个故事员讲同一个故事，好像演戏中的 AB 角，相互有个照应，对两个故事员来说，也是一个竞争。

接到本子后，雪娥不敢懈怠，认真地进行准备。

一次文艺宣传队活动结束后，雪娥悄声问文谷："愿不愿意去大队养鸡场。"

文谷听了心里一愣。说实话，雪娥去大队养鸡场后，文谷一直希望有机会去看看，但从来没有去过。大队养鸡场就在大队部北面，只隔了一条普江，站在江这边，向北看去，有一排草房，草房前有一块泥场，泥场蛮大的，一直延至江边。文谷去大队部时常常看到雪娥在养鸡场手拿笆斗喂鸡的身影，她的身材很好，她在劳动时的样子很好看的。养鸡场只有两个姑娘，一个是雪娥，另一个是场长女儿，养鸡场像她们两个姑娘的闺房似的，外人闯入，无疑会引起众人的非议。再说，雪娥调去养鸡场，文谷知道是队长许忠德夫妇有意为之，他们让雪娥与文谷有一定的距离，既然如此，文谷就不便去养鸡场了。文谷心里很想去养成鸡场看看，他知道雪娥对他是没有成见的，但自卑感让他对雪娥一直保持着不即不离、若即若离的状态。听雪娥邀他去养鸡场，他内心期盼去养鸡场的欲望，一下子像一堆干柴被点燃了似的。文谷脱口而出说："愿意啊。"

雪娥说："你怎么一直不来看看？"

文谷实话实说："我怎么敢啊？"

雪娥责怪地说："你的胆比老鼠还小啊？"

文谷故意说："我属鼠，胆能不小吗？"

雪娥嗔怪地说："好了，那你就不要去了吧！"

文谷笑笑说："你不是邀请了吗？不去就不礼貌了。"

文谷随了雪娥去大队养鸡场，鸡棚里一棚棚鸡看到雪娥后，一齐"咯咯咯"地叫了起来，似乎在打招呼，又似乎是在讨食。

来到雪娥的工作间，文谷发现场长女儿不在。

雪娥给文谷泡了一杯白开水，然后说："请你来有任务的啊。"

文谷说："什么任务啊？"文谷猜测雪娥是为讲故事找他。

果然，雪娥说："《女队长》这个故事，你帮我听听，这样讲行吗?"

文谷惊讶地说："你已经能讲了?"

雪娥拿到故事本子才一个星期的样子，文谷惊异于这么短的时间，她已经能背还能讲了!

文谷对讲故事没有经验，文谷说："你造屋怎么请箍桶匠呢?"

雪娥说："故事不是你创作的吗，你帮我听听，我讲的表情和人物的语气对不对，准不准?"

文谷对雪娥说了章德文修改故事的情况，文谷说这故事出去讲可以，在当地讲会出洋相。雪娥听了若有所思，她说："与'四类分子'斗争一节，我觉得女队长其实不是这样的人。"但她又说，"反正领导通过了，我们照它讲好了。"

文谷说："是啊，先把故事讲好再说。"

于是文谷拿了本子，听雪娥一段一段地讲起来……

不久，吴其峰选择蟠龙镇茶馆开讲故事。

他对蟠龙镇茶馆有感情的，因为他的许多成绩都是通过茶馆里茶客们给传扬出去的。茶馆是个百口衙门，茶客们在这里无须顾忌什么，他们想说什么就说什么，所以"茶馆店里出真理"。茶馆店里的舆论不容小觑，它是一种民意，是一种民声。如果要听到老百姓的心声，最简捷的方法就是去孵一孵茶馆。而茶馆店里传出的声音，在当地是很有影响力的。由于茶馆店的茶客，来自四乡八村，他们在茶馆吃罢茶，回去之后会将茶馆店里听到的消息，绘声绘色地讲给本村人听，每个茶客都是出色的义务宣传员。这样，茶馆店的舆论一定程度上左右了这一大片地区的舆论。吴其峰将故事讲到蟠龙镇茶馆里，是一个相当聪明的做法，有着四两面拨千斤的作用。

这天早晨，吴其峰带了几个故事员去蟠龙镇讲《女队长》。文谷是作者，吴其峰让他一起去听听。这天蟠龙镇茶馆里茶客特别多，晨光里人头攒动，吃茶的都是老茶客，大家见了面像老弟兄似的打招呼，像多年不见的老朋友，亲切得不得了。有的特别相熟的还互相骂几句，于是整个茶馆店里一片热气腾腾，有茶炉的蒸气，有朝雾的湿气，有茶客的声气。烧茶炉的大块头戴着一条白色的饭单，忙碌地在往灶膛里添煤，将灶膛里的火烧得红红的，映得他脸上的汗珠子一粒粒的滴下来。

老茶客们认识吴其峰，看见他身后随着几个如花似玉的姑娘，就知道他们是来讲故事的。果然，一会儿，吴其峰噔噔几步走到前面的条桌前，他在那儿一站，老茶客们自觉地停止议论了，他们将眼睛齐刷刷地朝站在前面的吴其峰望去。吴其峰年轻英俊，态度和蔼，一看就是个知书达理的后生。吴其峰见大家静下来了，他就提高嗓门开说了："各位老伯伯老爷叔们，我们北星大队故事队，今天来为大家讲一只故事，这只故事是我们根据真人真事编写的，今天来试讲，请各位老伯伯老爷叔既当听众，还当一个评委，认真听一听，给我们提出宝贵的意见，让我们把这个故事改得更好！这个故事名称叫《女队长》。今天由两个故事员讲，一个讲前半段，一个讲后半段，下面我们请故事员许雪娥先讲前半段，大家欢迎！"

吴其峰的话说完，茶客们报以一片掌声，大家的眼睛一齐朝文谷、雪娥和卢丽媛站的地方看去，他们不知哪位姑娘叫许雪娥。

在一片期待的目光中，雪娥落落大方地朝前面的条桌走去。

她是第一次去蟠龙镇茶馆讲故事，她准备得很充分，也有一定的舞台经验，所以不紧张也不怯场，走到茶客前面的条桌旁（以前是说书先生的位置），她定了定神，接着神态自若地开始了讲故事。

故事的前半段讲女队长逃荒及成婚的事，故事本身比较吸引人，老茶馆们听得入了迷，听着雪娥娓娓动听的讲述，大家被女队长的离奇身世吸引了，有的老茶客还在底下窃窃私语，说他们村上也有一个逃荒而来的外来媳妇。茶馆里一片静谧，只听得有人偶尔的啜茶声，以及胖子为茶客续水的声音。文谷知道雪娥的上半场故事讲得成功了，果然，故事讲至一半，雪娥笑了笑说，村上的婆婆妈妈、爷叔伯伯都称赞外来媳妇贤惠，大家一致推选她当队长，欲知女队长被推上队长岗位后，她是怎样带领大家一起抓革命促生产的，请听故事员卢丽媛为大家演讲。说罢，她就款款地从条桌那儿走了下来。

这时，茶客们报以一片热烈的掌声。文谷看到吴其峰脸上露出了满意的笑容，吴其峰挥挥手对茶馆们说：大家休息五分钟，再继续讲故事。

吴其峰的话声一落，茶馆里一变刚才静寂的气氛，茶客们的说话声像煮开了的水沸了起来。不少人还沉浸在刚才的故事里，啧啧地称赞故事员讲得好。

有几个茶客一边议论一边还不时地将眼光朝雪娥这边望过来。

雪娥上半场的成功，显然给了卢丽媛一定的压力，她似乎有些紧张，她不知道自己能不能讲出上半场这样的效果，虽然她是老故事员，有讲故事的经验和技巧，但她真的没有把握。

过了一会，下半场故事开始了。

卢丽媛嗖嗖快步走向条桌前，她的扮相靓丽，又懂得讲故事要抓住听众心理的技巧，所以一上去，很快将场子抓住了，尽管有几个茶客还在闲话，但大多数茶客已将注意力集中到卢丽媛身上了。或许卢丽媛是有预感的，后半段的故事，讲女队长在抓生产的同时，重视队里的阶级斗争，女队长发现队里的丰产稻谷被人偷偷割掉了,一方一方被割了稻穗的稻田,像老和尚的百衲衣一样,仿佛有了一块一块的补丁。这不但影响生产队的亩产量,而且是一种公然的挑战和破坏。于是女队长亲自在夜里去稻田里蹲守,她不顾夜里蚊虫叮咬,连守了几夜,狡猾的阶级敌人就是不出现。女队长的女儿发现队里的地主婆在用稻谷喂鸡,女队长让女儿将鸡吃剩的稻谷取一点回来,发现地主婆喂鸡的谷粒是新鲜的,而且是队里的"老来青"谷,地主婆家自留地上种的是另一谷种。于是女队长心里就有了底了,她带了队里的民兵来到地主婆家里,当场逮住了地主婆手里正在喂鸡的谷子,在事实面前,地主婆只得老实交代了偷割生产队稻穗的罪行,于是,女队长在生产队里开起了地主婆的批斗会……

这段情节,卢丽媛在学校上课时演讲过,小学生们听得津津有味,现在给饱经世事的茶客们讲故事,她感觉自己的底气不足了。卢丽媛讲着讲着,感觉茶客们听得有些不耐烦,有的茶客顾自吃起了茶,不再听故事。也有的茶客三三二二地说起了闲话。卢丽媛感觉有些压不住场子,她朝吴其峰望了望,而吴其峰却将头别到一边去。她越加沉不住气,只得加快语速,想早些结束故事……

卢丽媛不知自己是怎么讲完故事的,走到吴其峰那里时,她的脸有些红。她是老故事员呀,她知道自己将故事讲糟了,但她不知道为什么自己今天会反常如此?

蟠龙茶馆演讲回来后,故事队组织去女队长所在的生产队演讲。这一次,卢丽媛向吴其峰提出自己先讲,与许雪娥换一下程序。吴其峰同意了,说:"这样也好,试试效果。"结果,这一次的效果与蟠龙茶馆正好相反,卢丽媛讲得声情并茂,村民们听了都说卢丽媛故事讲得好。而雪娥却没有讲好,故事才讲到一半,有人站出来说:"女队长是这样的人吗?"更有人对雪娥说："吹牛皮不打草稿呀？"文谷听了，如坐针毡一样，脸上一阵红一阵白，因为大家都知道故事是他创作的，他像做了见不得人的事似的。

过了一段时间，新故事《女队长》在县广播电台播出了。

雪娥知道，文谷对章德文修改的《女队长》其实是不满意的，那次她在女队长队里讲故事遭冷嘲热讽后，文谷对她说，艺术的虚假，在老百姓那里行不通，正如皇帝的新衣一样，当皇帝周围奉承的人都在说假话时，老百姓永远是那个说真话的孩子。雪娥认为文谷的说法是对的，但没有章德文的修改，《女队长》新故事在上面通不过，更别说在县电台播放了。

吴其峰让雪娥去县里开会，雪娥回来时，拿回了一本《智取威虎山》连环画。雪娥找到文谷，将连环画交给他说："这是广播电台给你的稿费。"

文谷有点莫名其妙，说："什么稿费？"

雪娥说："你创作的新故事《女队长》县电台录用了。"雪娥补充说，"台长说了，现在稿费不发现金。"

文谷说："你给章德文吧，《女队长》是他修改成功的，没有他的修改，县电台是不会播放的。"

雪娥说："我给过章德文了，他不肯要。他说没有文谷的基础，就没有他的修改，他只是锦上添花。"

既然章德文这么说了，文谷也不好再推托了，他从雪娥手里接过了《智取威虎山》连环画后，突然心血来潮似的问："雪娥，你看过电影《智取威虎山》吗？"

雪娥点头说："看过啊。"

文谷说："告诉你，它只是长篇小说《林海雪原》中的一段。"

雪娥说："长篇小说《林海雪原》?"

文谷说："长篇小说《林海雪原》里的故事更精彩，我读小学四年级时，这本书刚刚出版，班主任胡老师见我喜欢看书，就把她的这本新书送给我了。当时我书包很小，这本书放不下，我就夹在腋下。放学回家路上，边走边看，路人见了都惊讶说，人这么小看这么厚的书呀?"

雪娥笑着说："能不能借我看看?"

文谷有点舍不得地说："这本书是胡老师送给我的纪念品，她人走了，看到这本书，我就想她了。"

雪娥问："胡老师怎么走了?"

文谷叹了口气说："她丈夫划了右派，她与丈夫划清界限，独自来到我们学校教书。她教书认真，同学们都服她。后来，我从H学校回家时，看到她被一群造反派在游街，听说还是与她丈夫的事有关。又后来，她竟然舍下一切，让一根绳子结束了自己的生命!"

雪娥瞪大了惊愕的眼睛说："真是太罪过了!"

文谷说："好吧，我把那本《林海雪原》借给你看——看好了可要还我的呀。"

雪娥说："那谢谢你呀。"

文谷说："谢什么，倒是我要谢谢你呢!"

雪娥知道文谷说的又是那张缝纫机票了。

第五章　风波

1. 绯闻

已是仲夏季节，天气明显热了起来。文谷正在队里劳动，顾尔尔通知文谷下午去大队部开会。

文谷向队长请了假，午饭后，和顾尔尔一起去大队部。

文谷问顾尔尔今天开什么会，顾尔尔有点神秘兮兮，说开了你就知道了。

顾尔尔说，吴其峰把会放在普江庙学校里。他们从大队部向西走过大礼堂，往前走向学校操场，操场南面一排新造的平房，中间一间是老师办公室，两边是教室。操场北面就是普江庙，那是一幢老建筑，一座规模不算太小的农村寺庙，前后有三进，东西二面有厢房，庙内改成了一间间教室。文谷小学时就在这里读过书，北星大队的青年大都在这所小学里读过书。会议安排在东侧一间教室里举行，来开会的人约有二三十人，教室里坐得满满的。文谷不知今天开什么会，会上有什么议程。

顾尔尔被吴其峰招呼着走到了前面，吴其峰与他悄悄交代着什么。文谷在后排找个座位坐下，发觉今天会议气氛与往常有点不一样，似乎有点紧张，心里暗忖，开什么会啊，神神秘秘的。从顾尔尔欲言又止的表情中，文谷猜测今天的会议有点特别。既然对文谷保密，文谷也就不去打听了。不该知道的就不要去问，竖起耳朵听就是了。

想不到顾尔尔是会议的主持！

顾尔尔拿了一张主持稿走到台前，他看了看与会人员，说："青年朋友们，下午会议开始。"

顾尔尔手里还拿着一张报纸，他说，会议的第一个议程，是学习毛主席的著作《愚公移山》。他说大家对毛主席的这篇著作都很熟悉了，但毛主席的著作不厌百回读，每读一次，都会有新的感受，新的收获。于是顾尔尔就自拉自唱地读起了《愚公移山》。

吴其峰今天来了，却没有唱主角。他在大家的后面，似乎置身局外似的，又似乎在观察会议上大家的反应。

不一会儿，顾尔尔将《愚公移山》读完了。顾尔尔说，我们大家心头也会有一座山，这就是资产阶级的思想，我们要以愚公移山的精神，将占据我们心灵的这座山移掉。今天我们开一个帮助会，帮助卢丽媛同志斗私批修，把自己的资产阶级思想从脑袋里搬掉。

文谷越听越感觉不对头了，今天会议怎么对着代课老师卢丽媛了，她怎么了？卢丽媛自进入普江庙学校代课后，工作相当认真，尽管是代课，与周围的老师们关系也搞得好，日子长了，大家似乎忘记了她是一个代课老师。今天这是怎么了？怎么让大家帮助卢丽媛了？文谷知道卢丽媛一定出什么事了。所谓帮助，就是批评教育的代名词。

顾尔尔想让卢丽媛自己交代问题，然后让大家对她进行批评教育。但卢丽媛这时采取了消极对抗的策略，她就是不开口。于是顾尔尔抛出了证据。原来，卢丽媛在代课期间作风不检点，在教师办公室有风流行为，老师们发现，在卢丽媛值班的晚上，有人看到她与一个男子进了办公室，他们进入办公室后，久久没有出来，后来办公室的灯就灭了。第二天有人在值班室里闻到了香烟味，还发现了其他一些痕迹。卢丽媛的风流事在学校老师之间越传越厉害，于是，校长向大队部反映了卢丽媛的情况。

但知情者其实并没有掌握更多的证据，卢丽媛老师的沉默策略显然取得了成功，会议陷入了僵局，没有突破性的证据，只凭一些蛛丝马迹不能构成有力的杀伤力，于是，吴其峰不得不鸣金收兵，宣布会议结束，并说希望卢丽媛老师接受同志们的帮助云云。

　　大家更感兴趣的是卢丽媛与谁有关系。关于这一点，知情者是严守秘密的，因为这没有足够的证据给予佐证。后来，经不起别人再三打探，知情者终于露出一点馅，原来卢丽媛疑似与大队文书、代表贫下中农进驻学校的章德文有风流行为！然而这仅仅是普江学校老师的一种猜测和推理，没有证据，所以不足为凭。有人私下分析，章德文风流倜傥，对卢丽媛的秀色早有垂涎之心，当初推荐卢丽媛去代课，就是司马昭之心。卢丽媛被推荐代课后，自然对章德怀有感激之心，所以一旦章德文提出要求时，卢丽媛尽管有一千个不愿意，为报答章德文她也是不能将其拒之于门外的。又有人说，卢丽媛当代课老师后，对代课老师这一岗位十分珍惜，她认真备课，认真上课，在业余时间还努力进修，希望自己能当一名正式老师。章德文代表贫下中农进驻学校，是学校的实际负责人之一，代课老师资格有朝一日能转正，卢丽媛也是需要章德文伸出援手的，所以当章德文提出这样的要求时，卢丽媛不但不会拒绝，从某种意义上来说，她还是求之不得的，她希望章德文能投桃报李。再说，章德文这小子人模狗样，长得还一表人才，一次带队去邻大队演讲故事，被邻大队书记一眼看中，对自己女儿说，这个小青年我看今后有出息，于是书记通过朋友为女儿做起了红娘，一来二去，二家人家已经敲定了关系，书记女儿也来章德文家上了门。卢丽媛或许暗恋章德文日久，自己名花无主，嫉妒书记女儿，舍不得贞操留不住情郎，她就干脆来个先下手为强……卢丽媛与章德文的种种，或许一切都是合情合理的。

　　大队书记接到学校举报后，交代吴其峰处理此事。说实话，吴其峰对章德文表面很客气，实际上对他有所顾忌的。章德文高中毕业的学历比他高，笔头比他硬，代表贫下中农进驻学校后，尽管在大队里只是个文书，却已经有职有权，发展前途无可限量。而吴其峰当时回农村风光一时，过后也就平淡了下来。他只能以加倍的工作、更多的成绩，让自己得到领导的赏识。当书记孙德华将普江学校老师的检举信交给他，让他处理这一绯闻时，吴其峰的脑子很快地转动了起来，他在潜意识里觉得这是一次机会，如果事情属实，章德文作为学校的负责人，与卢丽媛发生关系，这是利用职权以权谋色，那样他就会声誉扫地，这无疑为吴其峰日后的发展扫除了一个对手。孙德华毕竟年龄已大，而且只有小学文化，退下来是迟早的事。大队长老张更是大老粗一个，一天到晚只知抓生产。如果章德文有了政治污点，作为大队支部委员的吴其峰，他接班是顺理成章的事。

　　经验告诉他，对章德文的处理要十分慎重，不能让领导看出他是在趁机打击章德文，一定要有事实证据。从检举信上看，他发现普江学校的老师们没有什么证据，他们也只是捕风捉影。这种事，要抓证据也是难的，除非卢丽媛自己承认，但卢丽媛肯定不会自动承认的，她一个大姑娘会不要脸面吗？再说，她承认了就是害了章德文，而她是章德文推荐去当代课老师的，她想说也不会说了。于是，吴其峰想到了一个办法，一个不是办法的办法，他让顾尔尔这个"大炮"出面（他知道卢丽媛看不起顾尔尔），组织一场对卢丽媛的学习和帮助。他让大队里的骨干青年一起出席，一边学习毛主席的著作，一边点一点卢丽媛的作风问题，不要说其有，也不要说其无，有人反映这是事实啊，所以应该谨言慎行啊，应该清除头脑里的资产阶级思想啊。这样既不要证据（也没有证据），也达到了让章德文在全大队青年中声誉下降的目的。舆论这东西，像风一样，看不见，摸不着，无影无踪，却有实实在在的力量。这样，在大队领导看来，吴其峰没有对章德文公开提出批评，他其实连章德文的名也没有提到，他只是让对卢丽媛进行"帮助"而已。他这样的处理方式，既对普江学校的老师有了交代，也对大队领导交办的事有了下文，但他只是点到即止，没有深入追究，这样也避免了让人猜疑他有借机打击异己的行为。

绯闻事件，让文艺宣传队的人都看不懂，为什么顾尔尔愿意被吴其峰当枪使，去"帮助"他喜欢的卢丽媛呢？他这样做，他在卢丽媛那儿还会有戏吗？

帮助会过后，文谷看到章德文不再像过去那样精神焕发，有些委琐地跟在大队干部后面进进出出，颇有点做"孙子"的味道了。

2. 选举

县电台播出新故事《女队长》后，县文化馆为推动新故事创作，也举行了一次全县的创作故事会串，北星大队许雪娥和卢丽媛去县里参加演讲比赛，获了创作一等奖，演讲一等奖。为此，文谷被文化馆老师选去参加新故事创作培训班学习。这一切荣誉，文谷知道都是吴其峰给予的，因此他对吴其峰怀着一种感恩戴德之心，对工作更加起劲，吴其峰交代的任务，总是尽全力去做好。大队的青年们都看到了这一点，加之文谷毕竟有H校读书的光环，他在青年们心目中的威信也渐渐高了起来。文谷也渐渐找回了消失殆尽的自信，仿佛自己又回到了组织的怀抱，人生的前景又呈现出一片光明。

过了一段时间，北星大队团总支要换届了。

团总支书记一直由吴其峰兼着，吴其峰在有关会议上宣布，他的年龄已不适合再兼团总支书记了，要培养青年来担任这一职务。离开选举的日子已经不远了，吴其峰在青年中开会酝酿推举候选人，征求意见，听取民意。一次座谈会上，钱烨、顾尔尔等十几个青年参加了，大家提了好几个人，但意见最集中的还是文谷。有人说文谷有能力，为人朴实，有文化有热情，反正优点说了一箩筐。吴其峰一条一条地听着，还不时在笔记本上记上几笔。最后，吴其峰对座谈会做了总结性发言，他感谢大家对团总支候选人的选择提了很中肯的意见，大家的意见都很好，他会向大队党支部汇报的。但他最后宣布了一条纪律：对今天的座谈情况，不能外传。他相信在座的青年是有觉悟的，也是有纪律的，他说党支部会充分考虑大家的意见。会议散后，参加座谈的青年都感到很荣幸，大家对有关情况都严守秘密，一点没有泄露，但大家的心里都心照不宣：下一任团总支书记是文谷，这是铁板钉钉的事了。

一次，文谷与顾尔尔在生产队一起劳动。那天他们在清理一条龙沟，这是一条长年废弃的龙沟，为了改善农田排水条件，队长许忠德安排四个男劳力负责清理。除了顾尔尔之外，还有潘白云和许品高。潘白云出生于绍兴，因弟兄多，家境贫困，所以从小来上海市学生意。大约受了绍兴这个文化城市的影响，他对文化知识看得很重，在学徒期间勤奋学习，喜欢唐诗宋词，也喜欢书法，一手毛笔字写得有规有矩，他的楷书，让人看了赞叹不止。虽然只读了几年私塾，文化底蕴却不浅。六十年代初，国家处于三年"困难时期"，为减轻财政负担，号召企事业单位人员报名支持农村建设。潘白云的妻子是姜家村的美女许润玉，所以，他被批准下放，回到姜家村务农了。刚下放那阵，老潘表现积极，冰冷的天，穿着套鞋下河去罱泥，弄得浑身是水。

许品高是姜家村人，读到初中二年级时辍学了，一直在生产队里参加农业劳动。生产队里的男人文化水平都不高，他们四个人都有点文化，所以劳动时喜欢分配在一起。吹牛聊天嘎山湖，比较有共同语言，如果休息时打牌，四个人正可打八十分，不会三缺一。队长许忠德知道他们的想法，派工时尽可能将他们派在一起。

这天休息时，他们倚在龙沟的一个阴凉处，拿出烟来抽烟。

说了一会儿闲话，顾尔尔说起这次大队团总支要换届的事。

老潘听了，对顾尔尔说："尔尔，你倒是蛮有希望的。"

顾尔尔信心不足地说："我不行，我只会跑跑腿。"

顾尔尔平时总是做些打杂的事，他自感做团总支书记还差一点儿。

许品高说："有啥行不行，说你行你就行，不行也行。"许品高这话说得实在，只要领导看得中，把你提拔上去了，不行的慢慢也就变行了。

顾尔尔忽然说："这次文谷倒是有希望的。"

文谷说："顾尔尔你都不行，我怎么行啊？"

老潘说："尔尔，文谷这话说得对，你是正宗的知青，你不行，文谷更加不行了。"

文谷说："还是老潘有眼力。"

顾尔尔急了，说："我说话是有根据的。"

许品高来了兴致："你说说，什么根据啊？"

顾尔尔神秘地说："我说了你们可不能对外说啊？"

许品高连连答应说："不说不说。"

顾尔尔说："有一次，吴其峰召集青年开座谈会，征求大队团总支候选人推荐名单……"顾尔尔说了一半，忽然说，"吴其峰关照的，座谈会的内容不能外传的。"

老潘说："不能外传，我们四个人都是自己人，不算外传啊。"

许品高怂恿地说："我们不对外说就是了。"

顾尔尔看文谷一眼说："文谷，座谈会上大家一致推荐你当团总支书记。吴其峰在笔记本上都记下来了。"

文谷摇头说："顾尔尔，这不可能的。"

顾尔尔说："我也参加会的，真的大家都推荐你呀。"

文谷说："大家推荐有可能，但当团总支书记是不可能的。"

老潘吸了一口烟，慢慢地吐出一个圈："尔尔，文谷说得不错的，这不可能。"

许品高也赞成老潘的话："我想也是不可能。"

顾尔尔说："反正要选举了，看结果吧。我说再多你们也不相信的。"

许品高说："敢不敢打个赌？"

顾尔尔说："打就打！你输了怎么样？我赢了怎么样？"

许品高说："我输了给你磕头，你输了给买一包前门烟！"

顾尔尔说："一言为定！"

许品高说："老潘你做证人啊！"

潘白云笑着点头："尔尔，你把烟先买好了哦。"

听了顾尔尔的话，文谷心里萌动了一点想法。这次大队团总支换届，的确也是一个机会，如果能成为候选人，通过选举成为团总支一员也好，他会更加努力做工作，他会协助吴其峰将大队团工作做得更出色，将全大队青年的积极性更好地调动起来。文谷产生这样近乎奢侈的想法，因为近来的工作很顺手，他感觉自己的为人还是被认可的。关键是全大队青年中，大家对他还是相信和期待的。文谷之所以有这样的想法，说白了他希望通过进入大队团总支，他由于父亲而受到的牵连因此而得以消解。党的政策"出生是不能选择的，前途是可以选择的"，对"黑五类"子女尚且有这样的政策，出身于三代贫农家庭的他，一旦家庭出了点"问题"，自己的前途就不能选择了，就永远地毁掉了，这不是党的政策吧？对改变前途的渴望，让文谷对大队团总支换届的事关注起来。他庆幸自己听从了吴其峰的召唤，及时在学艺的路上回了头，及时地回到了集体的怀抱，加入了大队文艺宣传队，并且还发挥了自己的特长，在新故事的创作中还小有成绩，这一系列的行为，让文谷感觉到顾尔尔的话不是空穴来风。他甚至相信，在执行党的政策上，吴其峰这样知识青年出身的干部，可能会更正确把握一些。文谷还是文谷，怎么一夜之间文谷就变成不是文谷了呢？这也是文谷遭遇待分配命运后百思不得其解的，也是许许多多遭遇不公正待遇的青年的心结。但文谷隐隐感觉自己的希望存在着隐患，因为他的待分配回乡，也是上面的政策，它与文谷在 H 学校的任何表现无关，而只与他父亲的所谓"问题"牵连。谁能希望大队团总支选举偏偏会看重候选人的品行呢？

选举的一天终于来到了。

会场再次安排在普江庙学校内。还是在那个对卢丽媛进行帮助的教室。

文谷想到了那天在这里帮助卢丽媛的情景，因为那个会议的缘故，章德文没有可能进入候选人之列了。文谷或许对改变自己的前途抱着太强烈的期待，所以进入会场后，他还是希望奇迹出现。但其实选举前文谷没有得到一点信息，这本身已经说明了问题——文谷的期望是必然要落空的，但文谷没有想到他的落空竟会以会议后来发展的样子来表现的！

今天的选举会并不是吴其峰主持，而由上届团总支一名委员出来主持。

那位委员例行公事似的，依着会议议程一项一项地进行着，他没有任何倾向，表现了对会议的零温度。在宣布团总支候选人名单时，大家的注意力都高度集中了起来。主持者说，在经过广泛地听取意见后，经过酝酿讨论，并报党支部同意，现将大队团总支候选人名单公布如下。于是他就一个一个地宣布名单，由工作人员将名单一个一个依次抄写在黑板上。文谷惊奇地发现，许雪娥的名字赫然排在第一个！文谷朝雪娥望了一眼，她的目光告诉文谷，她似乎早已知道自己是候选人了。但大家都把希望放在文谷身上，似乎文谷是大家的众望所归。但令人感到奇怪的事出现了，直至主持者将候选人名单念完，却还是没有文谷的名字！这时，只见大队宣传队的钱烨站起来向主持人提问：有没有将名字遗漏了？主持人说：没有哇，就是这几个名字啊。

文谷发现雪娥微微朝他点了点头，她的意思文谷知道，她让文谷不要跟着起哄。

文谷怎么会起哄呢？只要雪娥能够在候选人名单中，他不在其中，他也心甘情愿了。

显然，文谷的名字不是遗漏的，而是有意没有放入候选人名单的。

钱烨等青年对宣布的名单不满意，于是就抓住这一点吵了起来。他们大声嚷嚷说，座谈会上大家一致推选姜文谷为候选人，怎么候选人没有他的名字啊？大家的目光就盯着吴其峰了。有人说："吴其峰，是你召开的座谈会，大家一致推举的没有放进去，大家有意见的却进入了，是不是老母鸡生疮——毛里有病啊？"吴其峰站了起来，他预想到可能会出现这样的场面，他尴尬地笑了笑说，有些事大家不知道，大家要相信党支部，会议照常开下去吧。

吴其峰这样一讲，有意见的青年们也不好多说什么了。他们嘟嘟嚷嚷地发着一些声音，但还是为大队党支部审定的候选人勾了勾。

选举的最后结果是许雪娥当选了为本届大队团总支书记。

文谷觉得大队党支部意在培养许雪娥了。自从进入大队文艺宣传队后，雪娥的进步的确很快，她会讲故事，会演出，年轻漂亮，她的家庭背景也好，父亲是基层一线的老队长，叔叔是烈士，她的叔叔叫许忠义，大家都昵称他阿忠，抗战时参加了阿梅部队，后来在一次战斗中牺牲。她的姑姑在县城读书，后来参加了地下党，解放后在县城当着一个部门的领导。这样的红色背景，雪娥被提拔培养是理所当然的。

然而，大队党支部没有将文谷放进候选人名单，对于文谷来说，无疑让他渐渐恢复的自信再一次遭受到了严重挫折，心里甚至产生了前所未有的一种悲愤。世俗眼光给予文谷的株连继续存在，而文谷也对吴其峰以前的劝慰，认识到他只是一种权宜之计，只是一种"忽悠"艺术。放弃学艺而回归到党团组织，文谷以这样的行为，期望得到家乡党团组织理解和支持，期望驱除笼罩在头上的那一片阴霾，期望在家乡能得到一个公正的待遇。而事实再一次让他失望了！

　　吴其峰知道，如果把文谷放进候选人名单，文谷当选的可能性太大了，因为从座谈会上他感受到了文谷在青年中的气场，他如果当选，会影响党支部既定的培养对象。他知道，一些青年骨干所以推举文谷，是因为他们并不知道文谷回乡的背景和内情。于是，吴其峰为确保万无一失，干脆将文谷的名字不放入候选人名单。选举那天，参加座谈会的好几个骨干青年以为文谷的名字一定会在候选人中的，结果出乎大家意料，候选人名单中竟没有文谷的名字！选举会后，吴其峰找部分意见较大的青年做工作，他用很神秘的口吻，暗示了许雪娥是党支部既定的培养对象，也暗示了文谷的回乡与文谷父亲的所谓问题。吴其峰的谈话，让一群意见一一闭上了嘴巴。

　　选举大会散后，钱烨走到文谷身边，悄悄地骂了一句："一群赤佬！"

　　文谷知道他在骂谁，他是在为文谷打抱不平。文谷从心里感谢钱烨，有他这一句骂人的话，让文谷的心宽慰不少，至少还有钱烨这样的人在伸张正义。

　　这时，天已近傍晚，参加会议的人陆续散去了。

　　天仿佛要下雨。

　　文谷像一只遭受枪打的兔子，一瘸一瘸地落在了人群的后面。文谷是有意地疏远人群，有意落在人群的后面。走着走着，已经来到姜家村了。然而文谷不想回村里去，他茫无目地走着，不知怎么来到了崧塘河边。晚霞一片灰暗，天空像要下雨了，青碧的河水冷冷地闪烁着暗淡的波纹。崧塘河边广阔的田野，空旷静寂，文谷感觉仿佛置身于远古的洪荒。他忽然感觉到了自己的渺小，在河边踽踽而行，他感觉生命如同蝼蚁，在宇宙万物面前，一切都是那么无所谓。忽然觉得，崧塘河边的这一片寂静真好，它让文谷忘记一切记忆，脑子仿佛一片空白了。仿佛河水可以洗涤一切，水天空明澄静，河畔近乎虚幻的景色，似乎朦胧地向文谷昭示着一个彼岸的世界。此时，一只水泥机船突然"啪啪啪"地远处驶来，打破了周围的宁静，机船的响声，将文谷的思绪拉回到现世，他终于又回到现实中来了。下午的会议又一幕幕地出现在眼前。是的，江南的眼前景色是温婉的，即使下雨之前的这种灰暗的色调，也有着水墨一样的秀气和诱惑，但在文谷的心里，它分明有着一种粗粝和残忍……一个不幸的年代，演绎着人世间不可思议的一切。

一个倩影出现在河边，她不知什么时候出现在文谷身边。

她轻轻地说："别想不开……"

她以为文谷会寻短见？笑话，文谷怎么会呢？但雪娥的话，让文谷感受到一股温暖。

她说："今天的会，我也想不到……吴其峰事先找我谈话了，让我做好思想准备，他说支部要培养我，让我挑起团总支的工作……我能力不行，但我知道座谈会上大家都推荐你，我想你一定也会入选的……说实话，有你在，与你在一起，我什么也不怕了……然而……没有想到你不在候选人名单！"

停了一会儿，雪娥真诚地说："文谷，其实应该你当选的。"

文谷说："我哪有资格呀？"但文谷表白，"雪娥，真心地祝贺你当选——你当选，比我当选还要高兴的！"

雪娥说："为什么？"

文谷说："你有发展前途，我即使当选了，也就是在大队里兜兜圈子。你是雄鹰会飞得更高，我是麻雀——只能在枝头喳喳。"

那天，在崧塘河边，文谷和雪娥坦诚地交流着各自的内心，雪娥的出现，让文谷郁闷的心情缓解了许多，是的，如果由于文谷的不入选，而让雪娥有一个更好的发展，文谷也满足了。

想不到的是，雪娥竟然向大队支部提出让贤，她所谓的贤，就是指文谷。吴其峰没有想到，大队书记孙德华也没有想到。

孙德华书记听了不禁笑了起来，他说："憨姑娘，你这不是开玩笑吗？"

吴其峰一脸严肃地说："许雪娥同志，你这个想法是错误的。选举是个法定程序，不是开玩笑的啊。"

雪娥说："我觉得文谷会比我做得更好！"

吴其峰说："能力是可以培养的。你应该知道，组织上对你寄予了厚望。"

孙德华说："其锋说得对。你还年轻，好好干，你也会干得很好的。"

让贤的事是后来文谷听说的，文谷问雪娥有没有这样的事？她故意回避地反问文谷："你听谁说的啊？"

选举次日，文谷和顾尔尔一起队里出工，许忠德队长一脸笑容，女儿成了大队团总支书记，这是他没有想到的，妻子王月芬更是没有想到，她笑得一脸鲜花盛开，对着顾尔尔说："你们选她当干部，她行吗？"

顾尔尔用了许品高的话回答说："领导说她行，她就行，不行也行！"

王月芬笑着说："你们要多帮助她的啊！"

四人还去龙沟干活，走到龙沟边，许品高向顾尔尔伸手："大前门？"

顾尔尔从衣袋里摸出一包烟，果然是大前门，他将前门烟交给许品高。

许品高撕开烟纸，抽出一支香烟递给潘白云。

潘白云接过烟，侧过头对文谷说："不幸而言中！"

文谷没有回答，只默默地接过许品高递来的烟，"嚓——"的一声划燃了火柴……

第六章　　"政治"队长

第六章 "道德"以下

1. "荣任"

选举风波的发生，让文谷刚刚燃烧起来的热情，被一盆冷水无情地浇灭了！树要皮，人要脸，再待在文艺宣传队里没意思了，文谷找到吴其峰，向他提出退出文艺宣传队。

吴其峰一手策划了将文谷撤出候选人名单，他或许与孙德华书记商量过，他们选择许雪娥为培养对象，将她推上团总支书记的岗位，让她锻炼成长。而文谷，一个另册中的知青，显然只是用用他的特长而已。将文谷撤出候选人名单，这是因为吴其峰他们知道，如果文谷进入候选人名单，一定会被选上，这对培养新人不利。或许他们还认为，用文谷这样的人，以后或许会遇上会说不清的麻烦。为此，他们采用了万无一失的方案——尽管吴其峰知道这样做会伤到文谷。于是，不甘于平庸、时时以自己的热情和勤奋盼望得到组织重视的文谷，无疑遭受到了再一次的打击。

当文谷向吴其峰提出退出文艺宣传队，吴其峰还是愣了一愣。

他朝文谷看了看，他知道一切过去可能有用的鼓励和劝慰的话，在今天已经失效，正像一种过期的药物一样。但他还是慢慢地说了一句："文谷，这事你还是好好想一想。"

文谷毫不犹豫地说："我想过了。"

文谷去意已决。从中止学艺到退出文艺宣传队，文谷的情绪从一个低谷跌进了又一个低谷，刚刚出现在他面前的一隙光明，如同昙花一现，转瞬即逝。

吴其峰揣摩到文谷的失落情绪，此刻，他对文谷的遭遇或许会在心灵深处生出些同情，但他很快告诫自己，这种同情仅是一种温情，千万要不得，在原则问题上，他不能有丝毫的怜悯和同情。于是他说："我可以同意你退出宣传队，但你愿意的话，我随时欢迎你再进来。"

　　文谷平淡地说："谢谢！"

　　文谷将窝着的一肚子火，发了吴其峰这里。

　　离开文艺宣传队，这在文谷是很无奈的选择。他并不想离开这个充满青春热情的团队，对这个团队他是有感情的，甚至对吴其峰本人他也没有太大意见，因为这不是吴其峰一个人对他有成见而作出的决定。当一种思潮主导着人们的思想时，吴其峰他们这样的思维是正常的，这也是他们自保的需要。

　　但一个有血性的年轻人，面对这样的打击不可能无动于衷。一个另类知青，他不可能老成到可以默默忍受这样的打击。文谷选择离开文艺宣传队，他用这种方式表达着自己的不满，表达着一个弱者无力的抗争。此时，回头学艺已经不可能，文谷已经无路可走，他只能回到生产队。这近乎自残式的举动，无疑是文谷咽下的又一颗苦果！

　　不久，队长许忠德被安排到西虹公社社办厂去了。

　　生产队队长长年在第一线，摸爬滚打，都是立下汗马功劳的。社队企业的收入相对生产队要高出一截，而社队企业的劳动强度又相对小，所以生产队的队员谁都希望有机会进入社办厂工作。当时流行一句顺口溜，"手拿铁搭柄，心里冷冰冰；眼望高烟囱，心里热烘烘"，反映了当时生产队一线队员的真实心态。那时，一些年龄渐大不宜再在一线的生产队长，大抵都安排到社办企业去，这也是对他们长期付出的一种回报。

队长许忠德走后，大队在姜家村召开会议，推荐王月梅为生产队长。王月梅是女同志，生产队里有许多男劳力，没有一个男性队长协助，王月梅当这个队长会很吃力。于是孙德华书记建议让文谷担任生产队政治队长。生产队设政治队长，这是"工业学大庆，农业学大寨，全国学习人民解放军"，学习部队"支部建在连上"的一个创造。

此举或许是孙德华书记对文谷的一种安慰，而文谷却觉得这是对他人格的一种侮辱，既然因"另类"而不能做团总支候选人，怎么又可以做一个"政治队长"呢？所以当吴其峰受命前来做文谷工作时，文谷自然一口推托了。吴其峰知道，姜家村男性青年中，合适的人选只有文谷，如果文谷不肯接受，让王月梅队长单挑独斗，姜家村的革命生产会受影响的。吴其峰知道文谷还在为选举之事恼气，他决定采用哀兵战术，请来了"救兵"王月梅。

王月梅在生产队很有威信的，她大公无私，为人正直，性格泼辣，作为一个女同志出来挑生产队长之职，这很不容易。她答应担任生产队长之职时，就提出要配一个男性队长协助，因为生产队男队员中必须要有一个头。王月梅听吴其峰说了文谷的态度，笑嘻嘻地对文谷说："文谷，我们两个人搭班我才有信心，你不出来挑担子的话，我也做不好的，算你帮助我好吗？"

王月梅真诚地劝解文谷。

吴其峰也趁机说："好哉，你的情况党支部是知道的。"吴其峰这句话倒是真心的，他知道文谷此时的心情。但文谷对吴其峰的话已经不相信了，但王月梅的话虽不多，却是让文谷动了心。生产队长啊，你是农村最基层的一个干部，小得不能再小的一个芝麻绿豆官，但你是所有干部中最接地气的，你与村里人——你的虾兵蟹将们朝夕生活在一起。你是他们的贴心人，张家之长，李家之短，你心明里白。哪家有喜事了，你是最开心的人，你的响喉咙就像鞭炮似的炸响在村头屋边。哪家有丧事了，你是最悲伤的人，三跪九叩的人群里，你总是出棺时那个摔碗的人。你是他们的操心人，一年四季，春夏秋冬，上一季连着下一季的活，从茬口的安排，到种子肥料的筹措，从稻麦棉花的种植，到病虫害的防治，从白天生产的安排，到夜晚家庭矛盾的调解，耕耘种耥，柴米油盐，你样样操心，件件在意啊。你是他们的带头人，火车跑得快，全靠头来带，一个生产队没有一个好的带头人，全村烟出火勿着，全体队员一起倒霉；一个生产队有了一个好的带头人，生产就会红红火火，全体队员就一起享福。队长人选，关系着每家每户的利益，大家不关心选县长，却眼睛瞪大了选队长。

生产队里，男性队员是生产队的主劳力，女队长作为一个女性，她不可能与男队员一起劳动，这样男队员的许多情况她就不了解。北星大队各生产队都是男性队长，姜家村由于种种原因，选择女性出任生产队长，这在北星大队已经是个特例了。王月梅敢于挑起队长之职，文谷对她的仗义和担当是很钦佩的。

此刻，王月梅就站在文谷面前，她微笑着，眼中流露着信任和期待的目光。一个农村妇女能够为生产队勇于站出来承担责任，文谷感到自己作为一个男青年不肯承担义务，似乎有些不仁义。为了生产队，为了乡里乡亲，他是应该站出来的啊。人到了这个地步，还有必要去计较什么吗？即使为了帮王月梅一把，也应该站出来啊。想到这里，一种悲壮的情绪占据了文谷的心胸，他的思想渐渐动摇了：该下篷时且下篷吧——尽管，这或许是他咽下的又一颗苦果！

村里男女老少知道文谷当政治队长了，大家高兴得欢呼起来。就这样，在村人的理解和期盼中，文谷走马上任了。

从此，文谷白天在田里和村人一起劳作，夕照或晨光里，常常在田野里观察庄稼的长势，与王月梅队长一起考虑下一步的劳作。日出而作，日落而息，他很快蜕变成一个真正的农民了。

农村的农活忙闲是很分明的。江南农村中最忙有三个季节，一是三夏，一是三秋，介于三夏与三秋之间，还有一个双抢。

这年的双抢还没有到来，农活相对来说还是比较悠闲的。

一个雨天，队长王月梅没有派出工。

趁休息在家，文谷整理了一下自己的衣物和书橱，他随手拣出一本李白诗选，看看颇有味道，就像辍学已久的学生重新回到教室似的，随意翻阅起来。

窗外的雨还在下，雨水的嘀嗒声中，忽然传来一个熟悉的声音，凤娣在问："阿婆，阿叔在家吗？"

文谷母亲正在外间收拾，回答说："在，在。"

凤娣已经出现在门口。凤娣早已出落成一个大姑娘，她是文谷的堂侄女，永泉哥的女儿。她和文谷年龄相差不大，她家与文谷家相邻，从家檐石上走过去，十几步就到她家了。凤娣说："阿婆，雪娥来看看阿叔。"

文谷母亲看到，随在凤娣后面还有一位大姑娘，她正是许雪娥。看到二位大姑娘来，文谷母亲不敢怠慢，端凳倒茶地热情招呼，一边大声地叫道："文谷，有人找你。"

文谷正看得入神，就随手拿了书出来，潜意识里或许以为这样显出一点斯文。他没有想到下雨天雪娥会来，她来做什么啊？为了团工作，与他没有关系啊；为了生产上的事，这也不是她的分内事呀？

雪娥当选为团总支书记后，成了大队的一名半脱产干部，时常随着其他大队干部忙忙碌碌地或是开会或是检查生产。文谷知道，雪娥已经成了大队支部培养的对象，大队团干部就是大队党支部的预备队，他祝福雪娥从此拥了一个很好的前途，她是应该得到培养的。但文谷也清醒地知道，他与雪娥之间，从此没任何关系了。他甚至有一种置身事外的轻松感。前一段时间，雪娥对他的青睐，引来了顾尔尔的吃醋，引来了她父母的担忧。尽管她被调去养鸡场后，她与他还是没有少联系，得知他要学艺，她为他弄来了缝纫机票，观音堂镇的邂逅，其实是她刻意安排的见面，目的是要传送吴其峰的话。当文谷中止学艺后，她又及时向吴其峰汇报情况，从而为文谷牵线加入了大队文艺宣传队。只是她的单纯和淳朴，不可能预测到后来发生的选举风波，更没有想到自己会成为大队培养的对象。她甚至感觉自己害了文谷，如果文谷在学艺的路上走下去，或许会成为一个缝纫师傅。而现在，他却担任了政治队长之职。她知道文谷是不情愿担任的，政治上屡屡遭到歧视的他，担任政治队长之职，与其说是支部对他的信任和重视，在他心里，毋宁说是另一种形式的惩罚——一线的队长，职责需要他付出更多！文谷居然承担了这样的职责，但这并未出于雪娥意料之外，因为她相信他会承担的，当她得知文谷果然承担了——尽管一开始他是很拒绝的——她不由得对逆境中的文谷有了更深一层的钦佩。

文谷捧了本《李白诗选》，从房间里走出来。

雪娥的雨天上门，颇让文谷感到意外。

雪娥当选团总支书记后，文谷知道她会一天天进步，而他会在一个底层农民的生活状态中走完人生之路。

文谷说："许书记深入基层呀。"

文谷的话好像有些"酸"，其实他不知道如何称呼她好，毕竟是大队团总支书记了，与他们在县城对口说唱时不一样了。

雪娥笑着说："来望望你呀。"

文谷说："不敢当的呀。"

雪娥知道文谷故意在说些生分的话。

坐下来后，她聊天似的问文谷一些生产队的情况。文谷想，她或许受大队支部的分工而来了解生产队情况，于是他把队里的一些芝麻绿豆事向她汇报了。

回生产队后，一直在生产队忙前忙后，对大队宣传队的情况不甚了解了，对雪娥负责的大队团工作也恍若隔世。雪娥给文谷说了一些宣传队的情况。看到文谷在看《李白诗选》，她笑着说："你这个队长就是不一样，还看《李白诗选》。"

文谷说："李白是个乐观开朗的人，看看李白的诗，心情也会好一些。"

雪娥笑笑说："那我以后也要看看李白的诗了。"

凤娣有点一语双关地说："看了诗，你们可以交流交流的。"

雪娥看凤娣一眼："我拜文谷为师还不知够不够格呢。"

凤娣调侃说："阿叔，你收了这个学生吧。"

文谷说："不要拎错秤钮看错星啊，我能当老师？"

……

直至谈话最后，雪娥也没有说及任何其他的事，她说等一下要回养鸡场去，她是特意来望望他这个政治队长的。时近中午了，文谷礼节性地请她吃饭，雪娥说："不吃不吃。"凤娣请去她家吃饭，雪娥也一个劲地说："不吃不吃。"

雪娥走后，文谷和凤娣都有点丈二和尚摸不着头脑，不知道今天雪娥的来意是什么。她雨天来访，不会毫无来由。文谷隐隐感觉，雪娥在以这种方式，让文谷感觉她仍然是他的一个朋友。似乎没有任何用意的来访，正是包含着一种不易察觉的深意。

　　之后一些日子里，作为政治队长，文谷有时会去大队开会；雪娥作为团总支书记也找文谷了解情况。一来二去之中，双方都还有着一种心照不宣的意思。一次，遇到老同学卢丽媛，她悄悄泄漏一个机密给文谷。她轻声对文谷说："一次，我去养鸡场雪娥的宿舍里，二人一边结绒线衫一边聊天，忽然雪娥问我：北星大队男青年中你认为谁最优秀？我说章德文，她说章德文太文气。我说王沪生，她说王沪生是上海人，太娇气。我想了想说顾尔尔，其实我知道她对顾尔尔没有好感，我想听听雪娥对他的看法。雪娥听了后摇摇头说，顾尔尔这人虚了点。"文谷问："她认为谁更优秀一点？"卢丽媛说："是啊，我说这个不好那个不好，你说谁更好一点？雪娥笑笑没有说话。我与雪娥对视了一眼，说：我知道，还是我的老同学更好一点是不是？雪娥说：谁是你的老同学？我说：文谷啊，他是我初中的同学。"卢丽媛告诉文谷："我一说你的名字，雪娥就不响了，过了一会，她说文谷是很优秀的，但他受了家庭影响，被人看低了。"卢丽媛对文谷说："听懂了吗，她认可你很优秀。至于家庭影响，我认为那是外在的，其实与你无关。"

　　对卢丽媛的话，文谷似信非信，从雪娥后来一系列的行为中，印证了卢丽媛的话是可信的。文谷感觉到，雪娥仍对他保持着以往的状态，尽管他感觉到他们的社会地位已经渐渐悬殊，保持着这种关系，或许只是雪娥一时的姿态，他是不想当真的。社会上其他的人也不会相信他们之间会发生故事，所以，他们的接近，丝毫没有引起他人的疑忌。

一个姑娘钟情于自己看好的一个人时，她会对他关怀备至，文谷明显感觉到一个女性的温柔，他不敢相信来自雪娥的这种关怀，但又奇怪地渴望这种关怀。旧戏曲中才子佳人的故事，会发生在他身上吗？文谷对此不敢相信，内心里却又希冀这样的奇迹在他身上发生！

2. 青村买舟记

队里缺一条罱河泥的吨半水泥船，王月梅向奉贤县青村水泥船厂订购了一条，厂方只卖船，不负责送，王月梅队长拿了供货条子找到文谷说："这事只能辛苦你走一趟了，人你自己挑。"

文谷接过条子，说："让姜福海和顾尔尔一起去吧。"

福海年龄大一点，有社会经验；顾尔尔是知青，与文谷谈得来。

王月梅队长说："好的，路上小心啊。"

文谷笑笑说："月梅婶你放心。"

文谷找地图查看奉贤县青村的位置，发现从青村将水泥船摇回来，不但路远，而且要经过江面宽阔水流湍急的黄浦江，小船过大江，这是有风险的。这种既苦又危险的活，文谷这个政治队长是义不容易辞的。文谷、福海、顾尔尔三人中福海不会游泳，文谷和顾尔尔虽会，但水平一般，都没有经过大江大河的锻炼。文谷感觉此行责任很重，但船一定要摇回来的，于是三人合计了要走的路线，又做了些准备，就乘公交车去奉贤了。

一路上七曲八绕到达青村时，时间已经不早了。先借了旅馆住下来，然后抓紧时间去水泥船厂。赶到水泥船厂时，厂里人要下班了，他们慌忙拦住工作人员，说明他们是青浦县来的，路远耽搁了时间，央求工作人员办一办手续。工作人员见他们风尘仆仆的样子，也很谅解，帮助办理了取船手续。办好手续，他们都松了一口气。如果到明天上班以后再办，就会耽搁他们回家的时间。

水泥船厂有个船坞，一长溜停着各种吨级的水泥船。这种水泥船都是农用船，农村中以前没有水泥船，七十年代后，才出现了水泥船。这种船成本低，而且经久耐用，如果坏了也好修，那里撞了洞，只需将快干水泥放水调一调，糊上破损的船体就好了。十吨左右的算是大船，一般有七八吨或三四吨的。吨半水泥船大多用来罱河泥或撩水草、放鸭子之用。它像一只梭子，两头尖，中间大，较窄。中舱稍大，船头船尾各有一个封闭的小舱，舱面开有圆形的洞口，洞口上加一个圆形的盖子，将盖子用螺丝拧紧，即使中舱盛满了水，船也不会沉没，因两头的封闭舱不会进水，形成了较大的浮力。他们检查了船头船尾两个封闭舱的盖子，盖子下面垫有橡皮圈，这样增加了前后舱的密封性。一切工作做好，他们就放心地回了旅馆。

夜餐后，他们去青村镇街上兜一圈。七十年代，农村集镇的娱乐活动基本上是没有的，一些商店都下班关门了，于是他们兜了一圈就回旅馆里去了。旅馆是个大通间，许多人住在一起，条件虽然差，倒也热闹，大家尽管都不认识，出门在外，相互间都特别的客气。福海是蛮会交际的，他一边洗脸洗脚，一边与住客搭讪，问人家是哪里人，来做什么，住客大多是来水泥船厂提货的。他又询问回程水路的走法，熟悉水路的旅客就如何如何给他们说，他们都认真地听着，生怕听漏了回去走岔路。后来，住客们都上床开始睡觉了，文谷换了陌生地方一时睡不着，从包里拿出带着的一本《诗词例话》，躺在床上翻起来……

次日天蒙蒙亮，文谷醒来时发现福海已经起床了，而顾尔尔还在打鼾。好几个年龄大些的住客也已经起床，他们动作很轻，小心翼翼地不让自己发出声响，以免影响周围的住客。一会儿，顾尔尔眼睛也睁开了，他看看墙上的大钟，问文谷："昨天看到几点啊？"文谷说："也没有看什么，一会儿累了就睡了。"这是文谷多年来养成的毛病，睡前总要看几页书，否则睡不着。

早饭后，他们就去水泥船厂了。三人登上小船，解了缆绳，文谷前面撑篙，福海和顾尔尔在后面摇橹，驾着船出了青村。沿着一条港一路向西，由于是陌生水路，他们一路走一路问。为了防止有人出奸，他们问路时总要问两个或三个人，如果答复是一样的才相信，如果答复不一样，就要再问一个人。

一路上他们边问边走，倒也没有走错路，也没有走冤枉路。由于船小，一个人摇即可，于是三个人轮流着摇。文谷的摇船技巧虽及不上福海，自小农村长大，对船的特性还是谙熟，摇船的技巧比顾尔尔要强多了。

他们由东向西，由南向北。南北向的这条金汇港，水面宽阔，水流也稍快，由于是顺水，摇船倒是省力，一个人只要掌着橹，轻轻摇动，船就轻盈地向前驶去。他们三人轮流着休息，轮到文谷休息时，他又手痒，拿出那本《诗词例话》看。这本书是文谷在 H 校读书时从学校图书馆里借的。文谷对旧体诗词有些喜欢，"文革"开始后，学校图书馆关门了，这本书就没有还回图书馆去。那时，常有毛主席的旧体诗词发表，毛主席的新作一旦问世，官方媒体就会宣传，无形中让旧体诗词成了文谷这样的知青的爱好。坊间大字报上也不时传抄毛主席的新作，爱好者趋之若鹜。文谷也是一个积极的抄写者，由于喜爱毛主席的诗词，进而对旧体诗词加深了感情，就想方设法找一些诗话或词话来学习。毛主席对诗人臧克家关于旧体诗词有一个讲话，大意是旧体诗词难学，束缚青年人的思想，青年人中不宜提倡。但毛主席的旧体诗词有魅力，上行下效，有人模仿毛主席的口气和风格写旧体诗词，结果在全国流行，可见青年中旧体诗词功力好的大有人在。

福海在后舱摇船，看见文谷一声不响地在看书，就问："文谷，你看什么书呀，这么出神？"

文谷从文字中回过神来，朝福海扬了扬手说："一本讲诗词的书。"

福海读过几年书，但文化不高。福海不一定知道诗词是怎么回事，但他凭直感，认为文谷看这些书是没有必要了，善意地规劝说："你现在回来了，不必那么费神思看书了。"

其实，看喜欢的书不是费神思，而是一种享受，这一点福海可能无法理解。但文谷觉得福海的话还是有道理的。他这样见缝插针地看书，其实只是证明着他的知青身份，而对实际是没有任何作用的。在农村，柴米油盐和琴棋书画，前者是物质的，后者是精神的，前者是必须的，后者是奢侈的。文谷想起郁小青父亲背唐诗宋词的事，他感觉这真是一幅颇有冷幽默的画！艰苦粗粝的农村生活，让人们忙于庸庸碌碌的琐碎之中，他们与唐诗宋词是无缘的。福海一句提醒的话，触到了文谷的痛处，让他再次清醒到了自己的处境。

小船顺流而下。傍晚时分，来到了金汇港与黄浦江交汇口。这时天色快暗了，三人上岸去。船太小，没有办法在船上过夜，只得上岸向村里人借宿。不知村人会不会同意，只能去碰碰运气了。好在福海有了年纪，人们对有了年纪的人是比较信任的，而他的嘴巴又甜，一番妈妈婶婶恳求后，这家女主人爽气地答应他们借宿了。

于是，他们在客堂里铺了柴草，将随身带的被子铺上做成了地铺。福海不时地与女主人套近乎，聊山海经，只一个黄昏工夫，把关系搞热络得快要攀亲戚了。

这个村子就在江边，有点荒江野村的味道。

这一晚他们都睡得很香。

翌日，太阳血红，天气极好。马上要出黄浦江了，文谷心里有点紧张。黄浦江毕竟江宽浪高，吨半小船，经得了江浪颠簸吗？他们全副武装起来，每人穿好救生衣，再一次将小船前后舱水泥盖拧紧了，还作好了分工：福海不会游泳，他就站在中舱。文谷和顾尔尔会游泳，顾尔尔拿着竹篙站在船头，文谷在船尾负责摇橹。站在船头撑篙其实也危险，因为船驶进黄浦江后，江水那么深，竹篙够不到江底，竹篙变得"英雄无用武之地"。福海站在中舱，是防止船被江浪掀动时失去平衡而摔倒。这样，重任就由在船尾掌橹的文谷承担了。文谷要控制船的动力（摇橹），又要掌握船的方向，他心里挺紧张的。

小船向北驶去，江水顷刻湍急起来，黄浦江的浪一排排地横着向金汇江扑过来。文谷听从预先的忠告，将小船对准江浪冲过去，第一排江浪将小船船头一下掀了起来，船头上翘的同时，船尾忽地沉了下去，而船尾的下沉，让文谷手中的橹一下漂浮起来了。橹离开了橹拧头，不能再摇了。橹不能摇，船就失去了动力，船就难以控制，这在江水湍急的大江里，无疑面临了最大的危险。有一句谚语说："黄浦江里余脱橹拧头！"现在真的黄浦江里余脱了橹拧头。说时迟，那时快，随着第一排江浪涌向船尾，船尾一下子被掀起来了，身处船尾的文谷一下从谷底被抛到了浪峰！这时，紧接而来的第二排江浪将小船的船头再次掀起来，船尾也随之而再次下沉……他们仿佛骑在一匹桀骜不驯的马背上，它一会儿嘶叫着前脚腾空直立，一会儿马失前蹄，将马屁股炮了起来，它似乎拼了命想把骑手从马背上摔下来。二次颠簸，中舱已灌满了水，福海的衣服全湿透了，身体连续几个趔趄，他惊慌地抓着船舷，吓得脸也变色了。文谷急叫："人站稳！"正说着，第三排江浪又恶狠狠地打了过来，又一次大幅度的颠簸！文谷紧紧的将橹压住，不让它漂起来，不让它离开橹拧头。只见船头的顾尔尔紧张地蹲下身子，双手紧紧地抓着前舱的缆绳柱……这一幕真是太惊险了！

三排浪过后，小船冲向了江心，这时江浪反而小了。

文谷尝试着摇橹，给船以动力，并控制船的方向。他们都像经历了一次天翻地覆一样，都不知道刚才是怎么过来的。江流仍很湍急，文谷小心地掌着橹，让小船顺流朝东驶去。这时，船不再颠簸，安稳地向前。小船慢慢地驶向江心，江面更阔了，小船像一叶扁舟，在浩渺的江面上漂浮着。

江水流速很急，只是由于参照物远了，让人感觉不到。行驶了大约一个小时，来到龙华港了。小船准备在龙华港进港，文谷提前将小船向岸边靠拢去，越靠近岸边，岸上的参照物一晃而过，感觉到小船在以极快的速度向前。文谷发现小船靠拢港口迟了，眼看小船随着急流要越过龙华港了，他们的心情再次紧张起来。文谷赶紧双手扳住橹，将小船大角度地斜向龙华港，待小船靠近龙华港时，也几乎快越过龙华港了！文谷吓出一身汗来，如果小船进不了龙华港，他们将一直往北，直向外滩方向去，那样就会走许多冤枉路了。

小船进入龙华港后，水流速度慢了下来。于是，三人的心情也松弛了。过了龙华镇，又驶出许多路，时间已是中午，经过一场惊险冲刺，他们感到又累又饿了。于是，将小船靠到岸边，准备就地野炊。福海有野外生活经验，文谷和顾尔尔去找来了几块砖头，垒了一个灶，又去周围拾些枯树枝作为燃料。菜是就地取材，农田里有的是蔬菜。于是支上锅子，不久前落过雨的缘故，泥地很湿，枯树枝也有点湿，引了几次火都没有烧起来。时间已经不早，肚子在咕咕咕地唱"空城计"了，福海也有点无奈起来。

福海说："文谷，你想想办法啊！"

文谷想了想说："有了！"

顾尔尔说："你有什么办法?"

文谷从岸上默默地走下船去，从包里拿出了那本陪伴多年的《诗词例话》。

顾尔尔惊诧地说："用书引火?"

文谷尴尬地笑说："你有什么办法吗。"

顾尔尔说："没有啊。"

福海说："书烧了好，免得再费心思读它了。"

在福海眼里，农民是老婆孩子热炕头，书读得太多是一种浪费，是一种无用功。

文谷一张一张撕下书页，斯了十几张揉在一起，福海将火柴打着了，将火点燃了揉在一起的纸，火苗像蛇舌一样伸展出来，燃烧的纸引着了枯树枝，于是火终于引着了。枯树枝燃着后，引燃了更多的枯树枝，土灶里的树枝熊熊地燃烧起来了。

这顿饭，福海和顾尔尔狼吞虎咽，吃得特别香。文谷也狼吞虎咽，只是看见一边被撕破了的《诗词例话》，不免感觉心有点隐隐作痛。

饭后，他们回到船上，然后再启程。

太阳快下山之前，他们的小船摇进了崧塘河，河岸边正在劳作的村人看到水泥船摇回来了，纷纷围上来看稀罕。在村人的目光中，他们像打了大胜仗回来的英雄一样。

3. 初识老陶

农村的夏熟庄稼开始收割了。

生产队的夏熟作物主要有麦子和油菜，麦子是粮食作物，油菜是油料作物，将油菜籽打下来后卖给国家，由油厂榨出食油，菜饼返回生产队可以肥田。

古镇蟠龙建有一个国家粮库，方便附近生产队交粮售粮。粮库收粮的要求是很高的，对农作物的水分有一定的标准，因为水分太高，粮食不易保存，大多数生产队来交粮时，都借粮库的场地进行翻晒，有的甚至因达不到标准而一连几天去粮库翻晒，直到晒得水分达标了，粮库才收购入仓。

队里的油菜籽因为没有达到标准，文谷和福海去粮库翻晒，为了让油菜籽及时达标，两人勤紧地翻晒，用抄板（一种装有一根竹柄的木板）一遍又一遍的翻油菜籽，下面的油菜籽翻到上面来，上面的翻到下面去，上下互换，日光就能均匀地晒干油菜籽。中午，文谷和福海去十字街的大众饭店吃饭。这个饭店都是一些平常饭菜，适宜大众光顾。由于粮库在镇上，前来吃饭的人不少，所以饭店生意还是很兴隆的。那天由于时间晚了，饭店里已经没有顾客了，饭店师傅收拾着准备休息了。

看到文谷和福海二人去吃饭，师傅说："这么晚啊？"

文谷说："尴尬头啊。"

师傅笑笑，他理解他们这些来自农村生产队的人，他们对吃饭这样的事不太在意，总是把生活放在头里，总是要把生活做得差不多了，才想起吃饭之类。尽管是大呼隆生产，但大家的责任心还是很强的。

师傅问："吃啥格荤菜?"

文谷说："随便点。"边说边去一块黑板上看有些什么菜，只见黑板上写着韭菜炒蛋，豆角炒黄瓜，干菜焖肉等，文谷和福海就点了一荤一素两个菜，要了一碗饭。这时肚皮有点咕咕叫了，所以饭菜的味道来得好，三口两口的，半碗饭就下肚里了。

这时，文谷注意到北面靠窗有一个老者在独自喝酒，看样子已经喝了有些时间了。因为他面前已经有四个空的小酒瓶了，他喝的是农村人常喝的土烧酒，每个小酒瓶装二两半，农村人将这种小酒瓶称作"小炮仗"，四只小酒瓶空了，也就是说他已经喝了一斤土烧酒了。这个老者酒量肯定是好的了，他似乎意犹未尽，已经将第五个小酒瓶拿来开了。他将酒斟入小酒盅，小酒盅斟满后，小酒瓶被放到一边去，他的两只眼睛看着面前的小酒盅，脸上随即露出一丝满足的笑意。

文谷对福海示意一下，福海也看到这个老者了。

福海笑笑对文谷说："老酒鬼。"

文谷也笑了一下。

吃完饭，文谷就凑到老者身边去，看看他究竟能喝多少酒?

走近老者，一股强烈的酒气味扑鼻而来。

文谷发现老者身上浑身是酒气味，他手背上沁出了汗珠，一粒一粒圆圆的，屋顶上有一扇天窗，一束阳光从天窗里照下来，像舞台上的聚光灯似，那光照在老者的手背上，手背上的汗珠一粒粒晶莹剔透。那汗珠，与其说是汗珠，还不如说那就是酒珠子，那汗珠的酒精浓度一定是很高的。文谷闻到呛人的酒气味，大部分都是这些酒珠子散发出来的。老者的额上也有汗，手臂上也有汗，身体上下布满了汗渍，他真的是一个酒鬼了。嗜酒者是不在乎菜的，老者的过酒菜简单到极点，只有一根油条，他只是在油条上舔一舔，酒喝了不少，油条还有大半条！

老者并没有醉，饭店师傅大约早就领教了他的酒量，也不劝他。对文谷说，"他吃了这么多酒，还能牵着猪郎过虬江桥呢！"

福海听了惊讶了，他问老者："老伯伯，你最多能喝多少？"

老者看看福海，摇摇头说："不多，这瓶喝了，师傅就不让我喝了。"

文谷知道虬江桥是一座平石桥，两边没有栏杆，大人小孩子平时走还要留点心，老者喝了这么多酒怎么可以走呢？而他不但能走，还能牵了猪郎一起过桥，真是让人刮目相看了。

老者是这里的常客，老者问福海："你们是哪个队的？"

福海说："我们是北星姜家村的。"

听到姜家村三个字，老者愣了愣。

福海问："老伯伯，你认识姜家村的人吗？"

老者看福海一眼，说："我认识的人多了。"

老者是牵猪郎的，每天牵着猪郎在各个生产队转悠，认识的人肯定是多了。

福海问："老伯伯，你认识谁啊？"

老者咪了一口酒，慢悠悠地说："这饭店往西去三四个门面，以前有一家茶馆，就是你们姜家村人开的。"文谷听了，猜测老者说的好像是自己父亲，他父亲解放前就在这里开过茶馆的。只听老者说，"开茶馆的小阿弟，就是你们姜家村人。"

老者说的果然是文谷的父亲！

福海指指文谷，对老者说："老伯伯，他就是小阿弟的儿子呀。"

老者瞪大眼睛朝文谷看看："哎，面孔有点像格。"

老者颇为惋惜地说，"你父亲胆子小，俗话说胆大过仔扬子江，怕个述啊？老子就不怕！如果怕，我坟上的茅草早长了！"

文谷想不到老者与父亲还是熟人。

福海说："老伯伯，你这么大年纪还牵猪郎啊？"

老者笑笑："嘿嘿，解放前牵过猪郎，现在重操旧业。"他又咪一口酒，啧啧嘴说，"牵猪郎好，走来走去，自由自在。你看我身体多好！"

这话不假，老者身体看上去很硬朗，如果病恹恹的一个人，还能喝这么多酒啊？

福海说："牵猪郎蛮辛苦，风大落雨的。"

老者摇摇头："不苦不苦，也蛮开心的。"

福海开玩笑说："猪郎到处播种，它开心，你开心啥呀？"

老者说："随着猪郎四乡八村到处游世界啊。"

福海说："不过你功劳也蛮大的，没有你牵猪郎，哪来的遍地猪娃娃啊？"

老者说："说功劳？不是老子吹，我的功劳比那些当官的大到不知哪里去了。"

福海问："当官的都是党员啊，他们革命有功。"

老者不屑地说，"老子革命的时候，他们穿开裆裤呢！"

福海好奇地问："老伯伯，这么说你是老革命啊？"

"老革命？"老者哼了声。

文谷惊讶地说："老伯伯，真看不出！"

老者说："你父亲开的茶馆，其实就是我们地下党的联络点。"

看来老者还真是个老革命，文谷问老者："老伯伯，你贵姓啊？"

老者说："人家叫我牵猪郎老陶。"

文谷说："那时你经常去茶馆吃茶？"

老陶说："我们叫孵茶馆，茶馆里三教九流的人都有，我将情报送到茶馆，茶馆里有个拉风箱的小伙计，就是阿梅安插在茶馆的交通员，他人小，一有情报就离开茶馆去阿梅部队报信。"

文谷惊奇地说："你认识阿梅？"

老陶说："阿梅是我们的头，怎么会不认识？"

老陶有点兴奋地说："阿梅是模子啊，当年遭遇三个鬼子，他拔出盒子枪就打，结果三个鬼子一个也不剩，一下子就夺了三支长枪！"

福海说："真有这事啊？"

老陶笑笑："你不信啊——告诉你，阿梅的本事还要大呢！"

福海怕他不高兴，忙说："信，信。"

老陶看出福海在敷衍他，正色地说："真有这事的，开头大家对小鬼子有点怕，这样一来，大家觉得小鬼子也没有什么了不起！"

福海不吱声，只是看着老陶笑笑，好像在听老陶讲笑话一样。

当年的传奇被误为笑话，老陶显然有点不高兴了。

老陶对文谷说："不信问问你父亲，他与阿梅……"忽然老陶发觉说错话了，这里的风俗，人去世了还让人去问，这不是触人家的霉头吗。老者说，"噢，对不起，我老糊涂了……我，我……一直感觉你父亲还在的。"

老陶酒喝多了的，文谷不见怪。

老陶最后一瓶酒也喝得差不多了。

这时，老陶站起来要走了，他说下午还要去楼里（是一个地名）接种。

老陶站起来时，人有点晃晃悠悠，似乎随时会跌倒的样了。但奇怪的是，他这样似倒非倒地摇晃着走出饭店去，就是没有摔下来。

街上人看到一个酒鬼跌跌撞撞走出饭店，指手画脚地掩嘴而笑。

文谷有点担忧，他还要走过虬江桥，他真能走过虬江桥吗？

文谷和福海，看着老陶颤颤悠悠地从街上走向远处。

老陶走后，文谷和福海就回粮库去了，那儿晒着生产队满场油菜籽呢。

4. "双抢"

农村中原来只有夏收夏种和秋收秋种两个忙档，有了"双抢"，就变为三个忙档了。

双抢的誓师大会开过，江南地区最繁重最艰苦的农忙双抢开始了。

所谓双抢，就是抢收抢种。一个抢字，说明了农活的时间紧和任务重。此时，一方面要将成熟的前熟稻收割，另一方面，要将后熟稻抢时间种下去，因为耽搁了时间，后熟稻的生长会受到影响。

江南农村中原来没有双抢，在"以粮为纲"的政策下，江南农村开始种植双季稻，以求增加粮食产量。原来农村中土地的耕作一般是一熟油菜或蚕豆或红花草或小麦，加上一熟晚稻，这样既用地又可养地，因为红花草、蚕豆的根瘤菌、油菜的菜叶等，都是很好的有机肥，可以改善土壤的肥力。种植双季稻，就是在中间插入一季水稻，这样粮食的产量是能增加一些，但福海和队长王月梅他们一起闲扯时说，种双季稻其实不太合算，因为种蚕豆是经济作物，青蚕豆出卖，价格比较高，豆秆翻到地下，改良了土壤，增加了有机肥料，保证晚稻可以丰收。种油菜和红花草也是同样的道理，红花草养田最好，土地会越种越肥。种双季稻有点竭泽而渔的味道，种一茬红花草和双季稻，与种一茬蚕豆（或油菜）和一熟水稻相比，是"三三得九，不如二五得十"。由于上海地区无霜期不长，双季稻长得很短，二熟也只有八百斤左右，粮食的增加有限，农民的经济收入却是减少了。而由于时间紧、劳动力紧张，抢收早稻和抢种晚稻的"双抢"，又是特别的繁重和累人的。

但上级推广种植双季稻，生产队一级的干部心里有意见也只能有话闷在肚里，最多在背后发几句牢骚而已。

双抢是犹如战场上的白刃格斗，指战员和预备队悉数上战场去的。誓师大会之前，支部书记孙德华就首先在支部里做了安排，大队部留下值班人员外，全部人员参加双抢战斗，大队领导成员每周集中汇报双抢进展情况。雪娥被安排回本队参加双抢，这样誓师大会一结束，雪娥就直接回生产队参加劳动了。

双抢是在最炎热的七月中下旬至八月十二日之前。在半个多月的时间里，生产队的社员进入了白热化战斗的状态，一天出工时间有十几个小时，从天蒙蒙亮出工，一直到月上柳梢头回家，简直没有手去做。双抢时节，前熟稻割下来后，逢上下雨，水田里全是水，稻浸在水里了，这时得赶快将稻挑走，因为拖拉机要抓紧耕田了，耕了田要抓紧做秧田，做了秧田再抓紧插秧。而将水稻从水田里挑出来，挑到生产队的水泥场上，那里有大炮机等着它们，人们用大炮机将水稻进行脱粒，因为双季稻长得矮，不像单季稻长得高，人们只能将双季稻塞进大炮机，囫囵吞枣似连同稻把一起甩打。由于水稻浸了水，分量很重，挑稻时担子就格外的沉，生产队的男人就拼了命地将其从烂泥塘似的水田里挑出来。天热稻沉路烂时间紧，可以想见，那时的劳作不亚于浴血奋战！

妇女们的辛苦也是难以言表。她们要割稻，轧稻，拔秧，种秧。为了抢时间，她们往往天不亮时就出去拔秧了，那时天较荫凉，但蚊子多，她们就在自己身上涂上蚊子药水，防止蚊虫叮咬。一早秧拔下来，回家匆匆吃了早饭，就又马不停蹄地出工去，或去割稻，或去轧稻，或去挑肥料（种植双季稻，因前季的肥力已用尽，后季一定要施上羊塮或猪塮），反正是不落屋，不顾家了。大呼隆生产，女队员出工时往往排着长长的队伍，女队长王月梅走在前面，她带着女队员风驰电掣地忙碌着各种农活。时间一天一天的挨下去，大家都掰着手指计算着时间，必须在八月十二日前种完所有后熟稻。有的生产队提前一二天完成了（大家叫出梅）了，大队支部号召发扬龙江精神，去帮助其他来不及的生产队，大家的觉悟还是挺高的，刚做得死去活来，刚喘口气，又要去帮助别人了，却没有人发半句怨言，因为大家都知道，如果八月十二日前完不成，那就贻误了时机。所以宁愿自己苦一点，也会主动伸出援手去帮个忙。

这时期，每家每户的小喇叭总是在凌晨响起来，这时候天还没有亮，喇叭的声音也不会太响，因为经过一天的劳累，村人还在睡梦中呢。喇叭响过一阵音乐后，人们就会习惯地醒来了，于是一家一家的灯亮了。这时公社社长开始在喇叭中讲话了。他的声音村人们早已熟悉了，他的开头语总是说："社员同志们，大家辛苦了！"接着就说双抢的形势，就说鼓励的话，就像战场上指挥员在又一次冲锋前作动员一样。一会儿，女队长王月梅的声音在村宅边响起来了，她一边走，一边招呼人，任务是前一天就分派好的，大家都知道，于是一家一家的灯熄了，微弱的光亮中一家一家的门里走出影影绰绰的人来，他们村场上集中，然后一长溜的人跟在队长王月梅身后，迎着晨光向田野里走去。有时是拔秧，有时是割稻，有几个手脚呆一点的女人出门晚了，匆匆忙忙地在后面追上来……

顾尔尔来自县城，对农村的重体力活，显得力不从心，特别在双抢这样夜以继日的连续作战下，他真的很苦，有时还会出洋相。一次队里男人们一起挑稻，一行人从田埂上走进田里，男人们都是行家里手，他们两只手一左一右拾稻捆，装成稻担，然后扁担在两个稻担上一插，身体早已弓下，肩膀也候到扁担下了，随着"头雁"领先喊一声"哎唷——"，所有男人一齐发出呼应的"哎唷"声，此时男人们随着领头的男人一个尾随一个，形成一条长龙。一路上，"哎唷""哎唷"之声震天响，长龙在田埂上快速移动，一直向着仓库场而去。这时，手脚欠利索的人就会掉队，一个人掉在后面，急得满头是汗，顾尔尔常常会遇上这样的窘境。顾尔尔经常参加大队文艺宣传队活动，好多时候因宣传队活动而躲避了农活，村里的男人就有点看不起他。

双抢这样的日子，说蜕一层皮还是少的，得蜕几层皮。这时候太阳也毒，顾尔尔平时还会戴一副太阳眼镜遮遮阳，但在双抢这样的日子，那里还有闲工夫顾得上修饰，再说戴着太阳眼镜去劳动，不要太奇葩吗？农村的男人粗犷野性，他们身上的皮肤晒得黑黑的，头顶暴烈的阳光，来来往往地奔走，吃烟时才去屋角或树荫下避避。雪娥与女队员们一样整天整天地忙碌着，但女人们爱惜自己的皮肤，她们都包着头巾，戴着草编的大檐凉帽。尽管如此，不少人的皮肤还是晒黑了。王月梅队长就是一个，她晒得像男人一样，皮肤黑里泛出一道亮光，像个非洲女人似的，只有一排牙齿依然是白的。凤娣的皮肤晒得发红了，那红里透出一种阳光暴晒后的亮色。只有雪娥的皮肤依然白皙，她是一种天然白，任阳光怎么晒也晒不黑。

女青年们在双抢劳动中，她们的美往往会得到完美的展示。她们插秧的时候，动作麻利，一行行秧插得又快又整齐。她们将裤腿挽得高高的，鼓鼓的腿肚子显示着劳动者健康的美。双抢时来了几个上海的学生帮忙，他们是越帮越忙的角色，农村的农活对于他们来说是无法学到的技术，因为他们没有这样的强健的体力。这些小家伙却造了一句顺口溜，说"乡下大姑娘，有吃呒看相"。他们的所谓看相，乃是城里人的审美标准，如林黛玉那样的苗条或是优雅。乡下大姑娘她们没有"看相"，却是人类衣食的保证者。

　　雪娥选上团总支书记后，顾尔尔看到雪娥就不敢像过去那样献殷勤了。雪娥回队参加劳动，他与雪娥的距离近了，但心灵上的距离似乎变远了。插队在农村，作为一个知青，他有他的自卑感，双抢的农活对他来说是一个高强度的考验，在这样的考验面前，他捉襟见肘，穷于应付，他的慌忙出错时时会招来村上男人的嘲笑。他感觉对雪娥的追求是越追越远，有力不从心的感觉。

　　雪娥与文谷的距离却在越走越近。文谷与雪娥的接触不多，双抢期间男人做重活，女人做累活，干活的性别差异是很大的。文谷发现，雪娥回生产队后，天天和村人摸爬滚打在一起，她随王月梅队长带领的女工组一起出工劳作，一点也没有团总支书记的样子，她浑身上下就是一个村姑。倒是王月梅队长将她另眼相待，时时照顾她，雪娥笑笑说："婶，你当我外头人啊？"说着，总是抢着将重活揽到自己手里。王月梅见了，笑着夸奖她："雪娥妹当了干部一点没有架子的！"双抢期间点点滴滴的接触，让文谷对雪娥进一步产生了好感，她的吃苦耐劳，她的淳朴善良，更是文谷所敬佩的。文谷发觉，雪娥与他有着几乎相似的性格和脾气。作为政治队长，他事事冲在前，甘愿多吃苦，他用自己的以身作赢得了姜家村男性队员的信任。双抢中，那么多又重又累的活放在面前，他带头没日没夜奋战。他与王月梅队长分工合作，女唱男随，配合默契，将一天一天的进度，累积成姜家村田野中一天一个样的变化！或许正是这样的苦战缠斗，让雪娥对文谷生出由衷的评价：从城里人变为乡下人，能如此吃苦，能如此自我牺牲，这样的人不可依赖，还有怎样的人可以依赖？正是在双抢这样的风雨同舟的过程中，他们之间的心拉得更近了。文谷对雪娥的好感在与日俱增，他不再故意地疏远她，他觉得那是自己的自卑感在作祟。在双抢这样没有任何间隙的紧张劳作中，虽然他们没有更多的接触机会，但心灵的沟通不在于接触的多寡，一个眼神，一个脸色，都含有丰富的信息。

文谷相信发生在雪娥身上的一切，她说的话，她做的事，因为都是建筑在一个农村姑娘无欲无求的淳朴思想之上的。一个精于算计的人，一旦遇到机遇，往往会抓住机遇顺势而上，以求得自己最大的人生利益。雪娥不是这样的人，她不看重这一切，她的成熟和睿智就在这里。她不露声色，但她一直偏袒着自己的选择。

于是，在艰苦的双抢日子里，一切都变得美好起来。

在外人的眼睛里，双抢的艰苦是难以想象的。文谷觉得，对参与其中的兄弟姐妹来说，双抢近乎炼狱般的劳动，让人有一种脱胎换骨、凤凰涅槃的感觉。人世间这一群芸芸众生，他们有自己的满足和得意之处，他们用双手挣出了自己的衣食温饱，他们用真挚的情感温暖着自己的心上人。男人们的粗口和女人们的大笑，在烈日下的天空里恣肆地化作了三月的春风，滋润着他们的生活。

不知是谁给许品高做起了媒人，在这样大忙的季节，谈对象哪儿有时间？但有青年的地方，就会有关注的眼睛。许品高的对象是邻县一个村的姑娘，许品高将媒人给他的照片拿给文谷看。照片上的姑娘二十多岁年纪，瓜子形的脸蛋，穿一身蛋黄色的军装，腰里束着一根宽宽的武装带——真是一个时髦亮丽的姑娘，听说也是当地文艺宣传队的人。

许品高是本村的回乡青年，初中毕业就开始务农了。因为父亲过世早，母亲一手拉扯他长大，他还有一个妹妹，所以他能够读到初中，已经是个奇迹。许品高的脾气不太好，性格有点野，因为上学，他的脾气就改掉了许多。由于家庭贫困，他找对象很困难，于是有亲戚给他介绍邻县这个姑娘。姑娘由于出身于"黑四类"家庭，在当地找不到对象。许品高开始还有点犹豫，鼓起勇气去看了，却喜出望外，原来姑娘温文尔雅，皮肤白净，像天上的白天鹅一样。许品高看了，二话不说就允了这门亲。

姑娘父母终于为女儿找上了对象而感到高兴，过了不久，姑娘在媒人陪同下悄悄来许品高家里看了一看，许品高母亲看到未来的儿媳，乐得嘴巴也合不拢了。村上的青年也挤过去看热闹，顾尔尔有点醋意地说："想不到阿高的对象这么漂亮！"

凤娣说："顾尔尔，你也找个漂亮的啊。"

顾尔尔说："我没有这样的好福气。"顾尔尔的口气里，大家心里明白他是有所指的。但大家都不接他的茬。

雪娥和文谷也去看许品高的对象了，听到顾尔尔的话时，雪娥眼睛不自觉地与文谷对视了一下。

文谷知道雪娥的意思：顾尔尔怎么可以这么说话呢？

许品高的对象转了一圈就回去了，大家发现她连许品高母亲倒的一杯茶也没有喝。有人就担心，这个姑娘看得上许品高这个家吗？如果看不上，许品高不要鸭吃砻糠空欢喜啊。

从许品高家出来，大家都希望许品高找对象能顺利成功。

当下这个社会里，姑娘们的婚姻恋爱受着太多的影响，文谷的同学曹影虹也是一个。她们尽管心里不情愿，但为了把自己嫁出去，似乎只能将就了。

双抢中青年是生产队的主力军，他们一个顶一个地在第一线奋战。有青年的地方，就有灿烂，就有笑声，就有动人的风景。身历其境参与过双抢的人，都体会到双抢的艰辛程度，那种全身心的投入，真如战场上的冲锋陷阵一样，人在集体中就是大海之一滴水，人与人之间的情谊也像战斗的情谊一样而变得特别的感人。

而一切忙碌，都因八月十二日这个最后时刻的到来而结束了。

这时，人们看到了一片片绿油油的秧田，这是几十个日日夜夜劳作的丰硕成果，这是无数的汗水孕育出来的美丽图画！有人将农民的劳动比喻成"绣地球"，这真是个大胆而夸张的比喻！一天一天的日子过去，这些秧苗一天天长大，夏日里微风拂过，万顷绿浪之上，微风像一个孩子在绿地毯上调皮地滚过。又一些日子过去，水稻开始抽穗了，开始灌浆了，这时，参与过双抢的过来人，那心情又会多么的激动！

第七章　在古镇

1. 学习班

双抢结束后，大家紧绷的神经一下子松下来了。

紧张繁忙的双抢过了，有了松闲的时间，做女儿最想的就是回娘家去，"种好黄秧，望望爷娘"，出嫁在外的女儿，回娘家去走走，既是尽到一份孝心，也是享受一份亲情。在家的女人，就想改善一下伙食慰劳一下家人的嘴巴。双抢时吃也是抢着时间的，吃食一点也不讲究，有什么吃什么，有时冷饭加点开水烫一烫，就着萝卜干三口二口就吃下去了。现在有时间了，女人们就去面粉砻里舀出两斤面粉，去大队电灌站摇面条。以前大家是在家里用面杖剁（擀的意思）的，手剁的面比较滑，有咬嚼，但比较费时间。大队有了摇面机后，大家都愿意拿了面粉去摇面条。去摇面的过程，也是一种享受啊。快一个多月的时间绊在田里，一步不出生产队，日白夜里接着出工，毕竟有点厌气的，去大队摇面，出去走动走动，散散心，家里缺什么日用的货，也可三代店里购置一些。摇了面回家，下面时放一点土豆片或小白菜，煮成一锅烂糊面，全家老少捧着碗吃面，那种感觉特别有幸福感。这时你可以悠闲地吃，可以吃得肚子撑起来。好在面食是面黄昏，消化快，黄昏过后肚子就不撑了。

那天，文谷也拿了面粉去大队电灌站摇面。文谷回家后，与母亲住一起。母亲已经七十岁，双抢中，她和大家一样出工，没日没夜，吃不好睡不醒。家里没有好吃的，养着的两只老母鸡不舍得杀了吃，它们每天给下蛋，母亲在积攒多了后，就用小篮头盛着去蟠龙镇上卖掉，换点钱买点油盐酱醋之类。于是盛点面粉去摇面条，一顿美味的烂糊面是村人的首选了。文谷拿了面粉走到大队电灌站时，只见电灌站里挤满了人，摇面机那儿排着长长的队伍。文谷用面粉袋排了队，然后走出电灌站抽支烟（双抢中，为了减轻农活带来的劳累，文谷的烟瘾大了起来）。才点着烟，发现雪娥迎面走了过来。

雪娥笑着说："文谷，摇面啊？"

文谷看看她，说："你怎么来电灌站？"

雪娥说："看到你了，赶来给你说个通知。"

文谷回头看看普江北岸的养鸡场。自从雪娥担任团总支书记后，养鸡场又招收了一个人，代替她的工作。但雪娥平时还去养鸡场帮个手，因为她不是全脱产干部。双抢结束后，她回到养鸡场。养鸡场就在电灌站对面，雪娥在北岸一眼就看见文谷了。文谷问："什么通知啊？"

雪娥说："公社在蟠龙古镇天主教堂里办队长学习班，姜家村生产队就你参加。"

文谷说："怎么不派王月梅队长去？"

雪娥说："这次是理论学习为主，所以孙书记说还是你去合适。"

文谷说："什么时间？"

雪娥从衣袋里拿出一张书面通知，看了看说："18 日，星期一，上午九时报到。"

文谷一听，心想公社也抓得紧的，12 日双抢刚结束，18 日就要举办队长学习班了。

雪娥看了文谷一眼，说："这次学习班，孙书记让我带队。"

文谷笑了："哟，许书记，你任务重了。"

雪娥说："所以呀，你要帮我一把的啊。"

文谷说："我能帮什么啊，我一定以身作则，不给你添麻烦。"

雪娥说："你文化水平高，理论学习——讨论啊，发言啊，你要带个头。"

文谷表态说："这个，我一定尽力而为。"

雪娥说："其他队的队长文化水平都低，这个你是知道的。"

临走时，雪娥又说："不要忘了带好生活用品啊。"说罢，她就从电灌站后面的小桥上，走回养鸡场去了。

蟠龙镇天主堂在东街上，蟠龙镇原来是没有天主教的，后来明朝阁老徐光启的一支迁徙到蟠龙镇，在镇上建起了天主教堂。信教的人除了徐姓人家，较多的是网船上的渔民。徐姓在地方上很有势力，对渔民说，"同在教门中，大家有依靠"，渔民听了，纷纷参加了天主教。以前，每当傍晚，镇东西市梢的江边，网船上都有人念唱，呈现出一片渔舟唱晚的景象，只是唱的不是悠扬的渔歌，而是虔诚的天主教赞美诗。天主教除了有一座教堂外，还有一幢三楼三底的漂亮楼房，原为神父的住所。"破四旧"时，造反派从徐姓家族中抄出一幅明朝官员的画像，说是"封资修"的东西，放一把火烧掉了。

学习班就办在天主教堂内，教堂大厅可容纳一百多人。各大队的住宿有的安排在三楼三底的楼房内，有的借住附近的居民家中，北星大队被安排在镇北面一个绞圈房内，房内已经搬来了许多柴草，大家拿柴草铺地铺，反正天还热，一条席子一条毯子就可以了。因为有蚊子，雪娥就拿来了蚊香，十三个生产队的队长，分男女住二间房。刚刚结束双抢，来参加学习班就像休养一样，大家嘻嘻哈哈开心得不得了。大队带队的除雪娥外，还有一个妇女干部丁思英，她没有文化，但人很聪明，为人和善，在女同胞中威信很高。她说雪娥年轻，现在要培养年轻人。所以她对雪娥很配合，一口一声"小许"叫得很亲热的。

这次学习班，主要学习上级有关文件，以提高基层干部的政治思想。公社负责此事的是分管宣传教育的李部长，为保证学习质量，学习班安排有两个星期，吃住在天主教堂，一般不能请假。王家骥已经借在蟠龙中学教书了，因为学习班办在蟠龙镇，李部长要求蟠龙中学借两个老师出来帮忙，王家骥就被借出来了。文谷见了王家骥，格外地亲热。王家骥说，学习班上他的任务帮助李部长整理材料，选择学习文件，拟定讨论提纲，撰写动员报告等。文谷想，王家骥的任务还蛮重的。

学习班前几天就是学习文件，李部长做动员报告后，就由公社机关宣教科干部轮流前来上课，王家骥要做好记录，出好学习简报。

队长们文化程度较低，讨论发言中，队长们对理论讨论不太热心，大家喜欢东拉西扯，说些不着边际的话题。为了让讨论不致太豁边，雪娥总是指名道姓要文谷先发言，谈学习体会，让文谷"带头"将话题引入正题。所以每次的讨论，文谷总是预先做些功课，写一点发言的提纲。雪娥看见文谷躲一边写发言提纲，走过来看看，关切地说："辛苦你啊！"

文谷说："有你这句话，就不辛苦了。"

她会心地笑笑，然后说："不打扰了啊。"说罢，就离去了。

每天早晨，雪娥要求队长们准时起床，梳洗后，集中在外面的泥场上做广播体操。雪娥知道文谷与王家骥是老同学，就让文谷与王家骥去蟠龙中学借广播操的音乐带子，又借了录音机放。但队长们不会做广播操，雪娥就让文谷领操。雪娥这一套办法是吴其峰向他面授的，吴其峰说，队长们两个星期在外面，纪律一定要抓好，抓纪律的办法就是要把时间掌握在手里，不能让队长们放任自流，早晨做广播操，既锻炼了身体，又增强了集体观念，严肃了会风。一天，文谷忽然热感冒了，雪娥知道后，急着为文谷去找药。不知她去哪里找药了，她把药找来后递给文谷，说："快吃了啊。"早晨的广播操原本要文谷领操的，雪娥让文谷不要领操了，在宿舍里休息，由她自己领操了。

王家骥编的学习简报，似乎对文谷也特别偏心，每期几乎都有文谷的发言。学习期间有一次大会发言，文谷代表北星大队发言，发言被王家骥全文刊发在学习简报上，这让文谷在学习班上显得特别风光。李部长在与基层干部聊天时，也不时提到北星大队学习认真，学习能结合实际，结合自己的思想认识。雪娥和丁思英知道后，都在组里表扬文谷，说文谷为北星大队争了面子。在学习班上，文谷似乎成了队长中的明星人物。

雪娥对文谷的关心，以及文谷在学习班上的走红，让一些队长说起了闲话，他们调侃说："文谷，看来你要交桃花运了。"有的则醋意地说："还是文化人吃香呀！"

2. 看电影《沙家浜》

双抢结束后，各生产队为慰劳一下队员，会请戏班子来农村唱戏，或请电影队前来放映电影。这时公社电影队就特别的忙了，他们天天晚上去各生产队放映电影，倒是变成电影队的双抢了。

这天，公社电影队来蟠龙镇放映电影《沙家浜》，于是学习班晚上取消讨论，安排观看电影。吃好晚饭后，队长们稍事盥洗，三三两两走出天主教堂，去蟠龙学校操场，电影就在学校操场上放映。

丁思英和雪娥住在一起。她们出发时看到文谷还没有走，问文谷去不去？文谷说去呀，尽管这个电影看过一遍了，但看电影是一种娱乐，难得看一次电影，谁也不愿意放弃的。丁思英就叫文谷和她们一起走。

蟠龙学校原来是古镇的一座大寺，据说有一千多年的历史了。学校大操场的西侧，十几棵银杏树高大巍峨地耸立着，看上去给人一种高大肃穆的感觉。来到操场上，只见露天电影的幕布就张在两棵古银杏之间。镇上有居民也有农村户口的人，大家都来看电影，周边村子里的农民也来赶热闹，大操场上人头攒动，足足有上千的观众。

队长们都自由结伴而来的，所以大家消散在人群之中。

不知怎么，由于人太多，丁思英和雪娥挤散了。

雪娥和文谷在一起，他们就在人群里挤着寻找丁思英，但一时没有找着。于是文谷和雪娥登上人群外围的一个高坡，从高坡上向电影场望过去，眼前一片黑压压的人头，那里找得着丁思英的影子。这时电影已经开始了，文谷和雪娥想就在高坡看。这时后来的人也想挤到高坡上来，高坡上的人群就像一棵台风中的树似的，摇来晃去的站不稳，人越挤越多，一会儿文谷和雪娥反被挤下了高坡。

雪娥见人太多，不想再挤上高坡去。她也看过这个电影，就对文谷说："我们去旁边坐一会吧。"

文谷也没有了看电影的兴致，随着雪娥来到了人群边缘的一眼池塘边。

文谷感觉雪娥似乎有什么话要对他说。

这儿电影的声音小了。

双抢后秧苗已经由黄返青，古镇北市梢农田里弥漫着一股清新的气息。

雪娥问文谷："你父亲原来在镇上开过茶馆？"

文谷说："是呀，有个牵猪郎的老陶，他知道我父亲的茶馆就在西街上。"文谷不知雪娥怎么突然问起这个问题？

雪娥说："老丁（指丁思英）说你父亲在镇上开过茶馆。"

雪娥和丁思英作为带队，二人单独住一间屋，或许雪娥听丁思英说起了什么。

雪娥又说："老丁说，你父亲人老实巴交，是个好人。"

文谷说："老丁知道我父亲？"

雪娥说："老丁说你从城里回乡下，是受你父亲牵连了。老丁蛮为你惋惜的。老丁说，你父亲其实没有什么事……"

文谷对父亲是熟悉的，他说："父亲在茶馆里，爱听说书先生说书，隋唐啊，说岳啊，他文化虽然不高，但这些老书全记在肚皮里。后来回老家种田了，夏天乘凉时村人让他说故事，他就说，一夜接一夜，好像有一肚皮的故事。"

文谷想，父亲没有机会读书，如果有机会读书，他一定会有出息。文谷又说："父亲说老书时，有时也说起蟠龙镇上遇到的故事，特别是父亲说过顾复生打鬼子的事，有些故事比《沙家浜》的故事还要精彩。"

雪娥说："你听你父亲说过？"

文谷说："听过啊。"

文谷突然想起似的对雪娥说："巧了，你知道我父亲茶馆的名字叫什么？"

雪娥愣愣地望着文谷："叫什么？"

"'春来茶馆'！和阿庆嫂茶馆的名字一模一样！"

雪娥说："这么巧……？"

文谷说："父亲的茶馆是与人合伙开的，解放后，茶馆散了，父亲将分得的条凳带回了家。小的时候我发现一个奇怪的现象，我家很穷，要什么没有什么，但家里的条凳却特别多，一次一只条凳翻在地上，我发现条凳背面写着'春来'两个字。再看看其他条凳，都写着'春来'二字。原来父亲的茶馆就叫'春来茶馆'，牵猪郎老陶也说父亲的茶馆叫春来茶馆。"

这时，电影正放到智斗一段，文谷对雪娥说："听父亲说，他茶馆里天天有三教九流的茶客来，有日伪军的人，有地痞流氓，也有地下党的人，父亲也要眼观六路，耳听八方的。"

雪娥说："文谷，我倒有一个想法？"

文谷问："什么想法？"

雪娥沉吟着说："你应该把你父亲说的故事写出来，人家写沙家浜，你写崧塘河。"

文谷惊喜地说:"你和我想到一起了！雪娥,不瞒你说,我也有这个想法的,只是……我感觉这个想法离开我很遥远。"

雪娥说:"你有写作的天赋,你应该有信心。写一部家乡的《沙家浜》!"

雪娥的话,让文谷诞生于十牧场的想法又活跃了起来。那天与看门人老周聊天,让他产生了想写书的欲望。但现实的生活,让他感觉自己的想法有些近乎奢侈。听了雪娥的话,这个想法又在心里蠢蠢欲动了。

文谷犹豫地说:"你说我能行吗?"

雪娥说:"有志者,事竟成。你会写得好的。"

远处农田里传来一阵阵轻微的青蛙的叫声,夜有点深了,电影也快结束了。文谷看了看雪娥说:"你的话给了我信心。我会努力的,终有一天,我会让你看到我写的崧塘河——我们家乡的沙家浜！"

雪娥笑笑说:"我可要当你第一个读者的啊!"

3. 寻访春来茶馆

趁着在蟠龙镇办学习班的机会，文谷想去寻找春来茶馆的旧址。

听母亲说，文谷祖上是贫困户，父亲家里只有二亩半薄田，由于土地少，日子过得拮据。随着人口增加，二亩半薄田不足以维持全家生计，于是十多岁的大阿姐文菊，小小年纪去富农家做佣工"赚吃饭"，为人家带孩子，还要洗一大盆一大盆的衣服，一天到晚，人不得歇。大忙来到的时候，她随母亲一起，去富农家打短工，有时是脱花，有时是割稻。割稻是又苦又累的重活，富农家让住家的长工在前面割，她们跟在后面割，一天要割二亩，天黑出去，到天黑回来，这样做二工才给一斗米。母亲说，那时家里穷得人家不像。在这样窘迫的情况下，父亲与人合伙去蟠龙镇开起了茶馆。

蟠龙镇在明朝嘉靖年间，曾被倭寇烧成一片废墟。后来有个姓陈的商人来这里，开设典当、布庄，古镇遂又繁荣起来，且形成了龙江古渡、溪桥渔泊、松涛夜听等八个胜景。古镇有十多家米行，米厂也有两三家，当年的古镇是很繁华的。父亲的茶馆开在西街，街前有一条清澈的龙江，龙江往东流出约三里后拐弯向北，与吴淞江汇合。涨潮落潮时，江水很湍急，跑运输的船工常常到茶馆里歇脚吃茶等潮水：潮水顺了，船顺流而下，省时又省力；逆水行船，如顶着石臼做戏，太吃力不合算。周围乡村的男子也有上茶馆吃茶的习惯。他们有的吃早茶，有的吃下午茶。吃下午茶的茶客往往冬天或夏天最多，冬天下午暖和些，夏天日长，干了一番农活，人累了，下午天又炎热，茶馆里吃茶歇凉是个好去处。茶馆里三教九流的人多，信息多，不亚于每天开着"新闻发布会"。村里的男人在乡下消息闭塞，到茶馆吃茶就眼观六路耳听八方。上茶馆的人朋友多，信息多，人也滋润鲜活。他们往往说话头头是道，办事玲珑乖巧，上知天文，下知地理。茶馆是一所大学，天天上茶馆，天天在茶馆大学里"自修"呢。文谷父亲文化很少，只念了几天私塾，开了茶馆后，在茶馆大学里读书，知识一点点增长，阅历一点点加深，在与社会上三教九流的周旋中，待人处事变得练达了。

文谷父亲去蟠龙镇开茶馆时，正是兵荒马乱，民不聊生，文谷听父亲说起那段日子，说起那段日子时父亲常常唏嘘感叹。

趁学习班午餐后休息，文谷拖了王家骥一起去西街。

八月的太阳爆，石板街晒得发烫，文谷他们从东街走向西街，身上已有点汗渍渍了。王家骥说，去找曹影虹母亲李克勤吧，她住在西街的。文谷表示赞同，于是他们径直去找李克勤了。

李克勤的家在西街一个石库门里，里面住着几户人家，她家住在西厢房一间房子里，曹影虹出嫁后，李克勤就一个人住着。王家骥叩开房门，李克勤果然在里面。

王家骥站在门口，笑嘻嘻说："影虹妈妈，你在家啊。"

李克勤正在编绒线衫，她站起身问王家骥："你是——?"

王家骥说："我是东街的，我们是影虹的同学。"王家骥介绍文谷说，"他是北星姜家村的，也是影虹同学。"

听说是女儿同学，李克勤笑笑说："影虹不在家啊。"

王家骥说："我们不找影虹，我们向你打听点事。"

李克勤疑惑地说："向我……打听什么事啊？"

王家骥说："文谷父亲解放前在这里开过茶馆，想打听一下，当年茶馆开在什么地方？"

李克勤看了文谷一眼，问王家骥："他是姜小阿弟儿子？"

王家骥知道人家都叫文谷父亲小阿弟，他点点头说："是的。"

李克勤对文谷仔细打量了一下，半晌说："嗯，长得像的。"

文谷直奔主题地说："阿姨，你知道当年春来茶馆的位置吗？"

李克勤说："知道的，就在隔壁。"

李克勤收起手中的绒线，带他们走到街上，带到西街尽头快转弯的地方，她指着一片废墟说："呶，就是这个地方。当年我经常来泡开水的。"

李克勤介绍说："当年勿是这样的，当年这里是一座很大的厅屋，街前的龙江，停满网船和商船，热闹煞的。"

李克勤身材匀称，一米六八的个头，皮肤白净，快六十的人了，没有一丝皱纹，一双眼睛还是那么有神。文谷听父亲说，她是当年蟠龙镇上有名的"豆腐西施"。

李克勤对文谷说："你爸爸是好人，一个老实人。"

文谷听人家都这样说父亲，他觉得父亲的人缘应该是蛮好。

他和王家骥围着春来茶馆旧址转了转，发现旧址后面还有个小花园，现在园里长着杂草兼杂树。

李克勤说："就在这里，当年我们都是邻居啊。"

此刻，李克勤的脑子里，一定会想起当年许多许多往事。

李克勤的话里，几次说到她和文谷父亲是邻居。

文谷听父亲隐隐约约地说过，但父亲说李克勤时，总是遮遮掩掩，似乎有什么事不便说出来。凭着直觉，文谷感觉李克勤身上隐藏着曲折的故事。听说文谷是姜小阿弟的儿子，李克勤对文谷似乎也显得亲近了，她用钦佩的口气对文谷说："你父亲来赛的。"

李克勤还在一家杂货店帮忙看店，她给文谷和王家骥介绍茶馆旧址后，要去上班了。

文谷感谢地说："阿姨，你走吧，不要耽误了你的生活。"

王家骥也说："我们没有什么事，只是来看看。"

李克勤见真的没有什么事，就打个招呼走了。

李克勤走后，文谷还在茶馆旧址徘徊，好像从这里的一砖一瓦中，能发现什么秘密似的。

茶馆旧址旁边有一幢小屋，小屋前有一块泥场，泥场上有一口井，井旁树荫下有一只藤椅，那藤椅上坐着一个老年男子。文谷对王家骥说："我们去问问他好吗？"

王家骥也不认识西街上的这个老人，他说："好的呀，去问问他。"

王家骥随文谷一起走到了老人面前。

老人在喝茶，看样子也是个老茶客。

文谷问："老伯伯，这里以前有个春来茶馆是吗？"

现在，已经很少有人知道春来茶馆了，它毕竟是解放前的茶馆。老人想不到文谷会问春来茶馆的事，他想起似的说："有……有的——你怎么问这事啊？"

王家骥笑笑说："他父亲当年这里开茶馆的。"

老人说："噢，你是姜小阿弟儿子啊？"

老人朝文谷看了又看，似乎想从文谷身上看出父亲往年的痕迹似的。

老人说："这里不但有春来茶馆，还有诊所，米行，什么都有的。"

文谷说："以前这里一定很繁华的。"

老人说："是的，蛮热闹的。"老人忽然问，"……你们刚才找李克勤了？"

文谷说："她女儿是我们同学。"

老人似乎对李克勤有点警惕性。

老人对文谷说："她与你父亲很好的。"

文谷说："是吗？她说每天去茶馆泡开水的。"

老人笑笑说："她丈夫是蟠龙镇的维持会长，有权有势的。"

文谷知道曹影虹是因为她父亲而成为"黑四类"家庭子女的。文谷想，曹彦卿无论如何想不到当年出任伪职给他的妻子女儿带来这样的劫难。

文谷说："老伯伯贵姓啊？"

老人说："免贵姓朱，我叫朱宏林。"

老人又说："你们村上有个许耀武你知道吗？"

文谷点点头："听我父亲说过，人家都称小老虎。"

老人说："他是个伪军连长，他与李克勤一家也蛮好的。"

文谷想，一个伪军连长，一个维持会长，他们关系好是正常的事。

老人说："小老虎至今还在白茆岭农场吃官司。"

文谷心想，这个姓朱的老人对情况很熟悉。但从他的话里，感觉他对李克勤一家还是有看法的。历史上的事，错综复杂，有的一时说不清楚。

老人说："许耀武驻在蟠龙镇上有好几年，也常到春来茶馆吃茶的。"

文谷说："许耀武也去吃茶？"

老人说："茶馆是百口衙门啊，什么人不去？"

老人的话东一句西一句，文谷听得有点云里雾里。

还要参加下午学习班的讨论，文谷和王家骥就向这位姓朱的老人告辞了。

　　文谷说："老伯伯，谢谢你了，我们有空再来找你。"

　　老人说："好，我一直在家的。"

　　离开老人，走到老街上，王家骥告诉文谷说："他儿子是重庆大学的教授。"

　　文谷说："蟠龙古镇，还真是藏龙伏虎之地呀——什么时候找他好好再谈一次？"

　　王家骥说："方便的，我来安排。"

4. 朱宏林讲故事

学习班即将结束了。

晚上，雪娥想找文谷商量总结会上北星村发言的稿子，却怎么也找不到文谷的人影。丁思英告诉雪娥说，晚饭后看到那个戴眼镜的老师找过他。雪娥说："蟠龙中学那个王老师吗?"丁思英说："就是。"

雪娥不知道王家骥找文谷什么事，她已经写了一个初稿，文谷不在，她就与丁思英商量，梳理了几条实实在在的心得体会。

第二天，她找到文谷问："昨晚你到啥地方去了啊? 害我找了半天。"

文谷说："有什么事吗?"

雪娥说："有份发言稿，要请你把把关。"说着，雪娥将自己写好的发言稿拿给文谷。

文谷接了发言稿说："我学习学习。"说着一边认真地看了起来。

文谷边看边修改，一会儿就看完了。说："雪娥，你的水平突飞猛进啊，两个星期的学习班，好像就为你办的。"

雪娥笑笑说："昨晚你不在，我和老丁商量了一晚上了。"

雪娥接过稿子说："你昨晚不声不响去了哪里啊?"

文谷卖关子说："昨晚你安排自由活动，我去哪里是我的自由了。"

雪娥说："是王老师把你叫去的?"

文谷悄声说："王老师帮我约了人。"

雪娥惊讶地说："你去约会了? 交代……与哪个姑娘约会去啦?"

文谷知道雪娥误会了，说："看你缠到哪里了？王老师帮我约了一个姓朱的老人。"

雪娥说："说谎……你骗我！"

文谷说："——噢，告诉你吧，我是听朱宏林老人讲故事去了。"

雪娥云里雾里地望着文谷，不知道是怎么一回事："哪个朱宏林？"

于是，文谷将昨晚的事原原本本地说了出来——

王家骥知道学习班将结束了，就给文谷约了西街上的朱宏林老人。文谷和王家骥晚饭后来到西街，在春来茶馆废址边一条临时小路向北，来到了朱宏林老人的家。春来茶馆的老房子已经倾塌了，朱宏林家的房子露出西壁的一堵白墙，为方便出行，他在白墙上开了个门口，这样脚一跨出门口，就是一块大的空间。朱宏林大约六十多岁的样子，身子骨很好。听到文谷他们的声音，他走到门口来迎接。他将二人迎进屋内，一只八仙桌上已经泡好两杯茶，他将茶杯一一递给文谷和王家骥，吩咐他们围着八仙桌坐。文谷和王家骥落座后，寒暄着与朱宏林聊起山海经。文谷最想听的就是父亲在春来茶馆日子里的故事，朱宏林说有两件事，他记忆犹新。文谷问哪两件事，朱宏林说，一件是阿梅短枪班的事，一件是秘密探营的事。

故事之一：阿梅短枪班

朱宏林说，1937年日军侵占上海后，蟠龙镇也沦陷了，蟠龙镇的情况也更复杂了。镇上驻有伪军和日本宪兵，也有国民党方面的人，还有地痞流氓，他们都来春来茶馆吃茶。茶馆里有个拉拉风箱烧烧水的小伙计名叫小余，人瘦小不起眼，他其实是中共地下党安插在这里的一只"眼睛"。你父亲开始也不知道他的身份，后来轧出了苗头，知道他是顾复生派在这里的。茶馆人多嘴杂消息多，不知小伙计用什么方法将消息传递给顾复生抗日部队。

镇北面有个村子叫黄更浪，黄更浪有个名叫阿梅的青年，与你父亲年龄差不多，是常在一起的弟兄。驻在蟠龙镇的伪军连长就是人称小老虎的许耀武，他是你们村的人，与你父亲自然很熟悉。许耀武在伪军中要成立一个短枪班，阿梅不知通过什么路道被吸收进去了，成了短枪班的一员。由于与你父亲熟悉，他经常拉着短枪班的兄弟来茶馆吃茶。阿梅家里很穷，但他人聪明机灵，有人缘，加入短枪班后，枪法练得好，百发百中，所以很受上司器重，不久就提拔为短枪班的班长。每次阿梅来茶馆，你父亲总是热情接待的，来了好的说书先生，你父亲让小伙计去告诉阿梅，因为阿梅也喜欢听书。

一次阿梅带了三个短枪班的兄弟又来吃茶，茶馆里间有一只麻将台，只给要好的茶客搓麻将。阿梅和三个兄弟径直去里间搓麻将，你父亲让小伙计为客人泡了茶端去。小伙计将茶盘端进里间，一一递给阿梅和他的三个兄弟，正要离开时，阿梅悄悄给了他一个红包。其实这不是红包，而是一份绝密情报。

几天后的一个夜里，蟠龙镇西市梢突然枪声大作。你父亲平时都住在茶馆的，那天夜蛮深了，你父亲听到枪声马上惊醒了，我也被枪声惊醒了，我仄耳听听，枪声来自镇西方向，推开西窗向外望去，只见夜空中火光像流星一样窜来窜去，你父亲不知道发生了什么事，又不敢一个人走出茶馆去。那时我起了床，也想走出门去看看情况。你父亲悄悄踅过来，我们是隔壁嘛，他听见声音就问："是宏林吗?"

我忙说："守仁阿哥，是我。"

你父亲问："出啥事了?"

我猜测说："会不会强盗抢？"由于时势乱，镇上发生过几次强盗去富户人家抢劫的事。

你父亲说："不太像，枪声这样凶，不是一般强盗抢。"

我说："会不会日本人来捉人？"

你父亲说："不清楚……"

过了一会，枪声渐渐稀了下来。后来，枪声没有了，全镇处于一片沉寂之中。

这一晚，我估计你父亲没有好好睡着，因为我也没有睡着。

第二天，茶馆照常营业，来茶馆吃茶的人议论纷纷，对蟠龙镇昨晚发生的枪声，大家都在瞎猜测，谁也不知道是怎么一回事。

一个镇保安团的人来了，有人问他昨晚发生了什么事，那人说："短枪班反水了。"

听说短枪班反水，我吃了一惊，马上想到阿梅。

你父亲对我说："会不会阿梅出事……？"

那人与你父亲也是朋友，压低嗓音对你父亲说："阿梅反水了！"

你父亲听了不响了，他知道早晚会有这一天，因为他知道阿梅是不会心甘情愿做汉奸的。

原来，阿梅早是顾复生部队的人了，他受顾复生的派遣，打入了蟠龙镇伪军短枪班，顾复生让阿梅在短枪班中发展弟兄，伺机策反短枪班，拉出一支自己的部队。那天阿梅获知一个重要情报，镇上伪军将二十多支长枪隐藏在天主教堂后面的一间房子里！京剧《沙家浜》中胡司令说"有枪就是草头王"，枪支就是无价之宝，没有枪拿什么去抗日？国民党军队大撤退时"丢盔弃甲"，那时随时可见各式各样的枪支，有的伤员甚至拿枪支换衣服及食物，这样民间就有了各种枪支，顾复生部队开始时就是靠去

"拣"或"换"得到枪支的。随着队伍不断扩大,枪支不够怎么办?就袭击日伪军据点,从敌人手中去缴获。阿梅受命拉出一支部队,建立一支新的抗日武装,短枪班大部分人成了他的铁杆兄弟,不少人都是家里穷,出来混口饭吃,大家谁也不愿意当汉奸的。阿梅得到天主教堂藏有枪支的情报后,感到拉部队的时机成熟了,于是决定起获这批枪支。

那天他来茶馆吃茶,将情报和自己的行动计划交给了秘密交通员(即茶馆里的小伙计),小伙计很快将情报送到了顾复生部队。于是按照事先约定,顾复生派出两支小分队,在夜色中摸进蟠龙镇。一支小分队先在西市梢方向虚张声势,他们在西市梢向值夜的伪军开枪后,枪声将镇上的伪军吸引了,包括天主堂这边的伪军,他们迅速地向西市梢扑去,于是西市梢一时枪声大作,谁也不知道顾复生来了多少人马。而这边,另一支小分队迅速接近天主教堂,会同守候在这里的阿梅短枪班将天主堂里二十多支枪全部起了出来,趁着夜色迅速撤出了蟠龙镇。

阿梅的短枪班反水后,当夜撤到了三里外的观音堂镇抗日根据地,阿梅受到了顾复生的夸奖,不久,一支以阿梅为首的抗日部队就在蟠龙镇周围出现了。

这是朱宏林说的第一个故事,他呷了一口茶,接着说了第二个故事,他说这个故事也是他亲身经历的。

故事之二:秘密探营

朱宏林说,当时我们都还年轻,对一些事情都觉很稀奇。阿梅的部队有时在蟠龙镇附近活动,有时去了别的地方,走得无影无踪。那时我们都想去阿梅的部队看看,但一直没有机会。

有一次，你们村一个名叫许忠义的年轻人失踪了。许忠义大家都叫他阿忠，他失踪后，他父母兄弟四处寻找，却是久久没有下落。后来有人传出消息，说许忠义投奔阿梅部队了。阿梅的部队来无踪去无影，日伪军日夜想围捕他们，但他们与日伪军玩起捉迷藏的游戏。他们就像一阵风，来的时候真真切切感觉到他的力量，但想抓住他的时候去无处下手。阿梅的部队越神秘越让人感觉好奇。阿忠是你们姜家村的，他的家属就托你父亲，请他去见见阿忠，帮助劝劝让他回到家里，参加部队毕竟要真刀真枪打仗，而打仗总要死人，他父母不愿意让儿子去冒这个险啊。

你父亲本来就想去阿梅部队看看，受了阿忠家属的委托，他就更想去阿梅部队看看了。你父亲与我约好，说有机会一起去阿梅部队看看，同时也看看阿忠。我说好啊，其实我的好奇心也蛮大的，我那时也就是二十多岁的小青年。大约阿梅知道了我们想去部队，他放信回来说，部队不能随便去的，方便的时候他会约我们。于是你父亲与我一直等。终于有一天，有人悄悄来到春来茶馆，将一张纸条交给你父亲。纸条上歪歪扭扭的字迹，你父亲一看就认出是阿梅的笔迹。纸条上阿梅说，请随来人即去部队。来人是一个瘦瘦的小青年，你父亲相信这个瘦青年是阿梅派来的，于是马上找我，我们还约了另几个青年，一起随了瘦青年走出了蟠龙镇。天很快就暗下来了，我们在夜色里来到一个村子，村口放有岗哨，村人只能进不能出。我们随瘦青年来到一个绞圈房，看到里面有十几个人，都穿着老百姓的衣裳，如果他们手里没有那些长短家伙，真不知道他们就是阿梅的部队。他们看上去不像一支部队，都是一些平常人，住在老百姓的屋里，睡的都是老百姓家的门板。但他们好像与一般的老百姓不一样，都很有精神，都很自信。你父亲看到了阿忠，问阿梅呢，阿忠说阿梅有点事走开了，等一会儿会回来的。阿忠说带我们去见一个首长。这个首长很年轻也很平常，像个普通的老百姓。阿忠对首长说："周政委，支队长阿梅的兄弟来看看我们。"周政委听了，笑着与大家一一握手，说："欢迎大家来部队。"周政委似乎看出了大家的想法，他说："大家一定看到部队现在很艰苦吧，为了打鬼子，我们苦一点不要紧。只有把小鬼子赶走了，我们大家才有好日子过。"周政委还问了一点蟠龙镇的情况，他要求大家对部队的情况要保密。周政委操外地口音，人很和善，看得出是个有知识的人。顾复生部队有很多周政委这样的人，他们有知识有文化，都是一些能人。见了周政委，大家对顾复生部队很有信心，对阿梅部队也有了信心。阿忠跟着周政委这样的人，一定会有出息。正说着话，阿梅回来了。阿梅是这支部队的头，大家称这支部队为阿梅部队。看见阿梅大家感到特别亲切，阿梅指着周政委介绍说："这是上级党派来的周政委。"大家笑着说："认识了。"

去部队的时间很短，对我来说是一次难忘的经历，给我印象最深的，是部队生活很艰苦，但他们有精神，有斗志。你父亲对我说，顾复生的部队怪不得打不败打不散，原来还有周政委这样的能人。结果你父亲把阿忠家属让他劝阿忠离开部队的话也忘记了。

你父亲与阿梅他们一直有联系的，他在蟠龙镇开着茶馆，有许多便利条件，茶馆里各式人等，五色杂陈，消息多，日伪军搜捕阿梅部队，许多次你父亲得到情报，让茶馆小伙计密报阿梅的。

文谷将两个故事讲给雪娥听，特别是第二个故事，涉及她的叔叔许忠义的情节，雪娥特别感兴趣。她说这样的小故事好听，真人真事，有意义。她对文谷说，你要多收集这样的故事，包括她叔叔后来的故事。她听她父亲说，她叔叔阿忠是在一次战斗中牺牲的，由于当时阿梅部队处在弱势，他们行动很保密，神出鬼没，常常打一枪换一个地方，所以叔叔在部队的事很少有人知道。文谷说，只要找到阿梅，他一定知道你叔叔阿忠的故事的。雪娥说，阿梅现在是大领导啊，一般人很难找他的，他现在南京工作，如果以后有机会，我们一起去南京找他。雪娥支持文谷写一部家乡的《沙家浜》，又说过她要成为这部小说的第一个读者。这似乎是一个秘密，也似乎是雪娥和文谷之间的一个约定。

下午的总结大会一开，两个星期的培训班就结束了。

这次学习班上，文谷表现得很出色，无论是大会发言，还是小组讨论，他都能领会上级精神，结合实际谈体会。一般生产队长不善于理论阐述，相比之下，文谷就比较突出了。事实上，一些发言文谷也是有点昧心的，但为了雪娥，她的一个眼神，或是一丝笑意，会让文谷迸发出无穷的热情，闪生出奇异的灵感。他们的默契，让北星大队在这次培训学习中表现得出类拔萃，受到了公社的表扬。但培训班上雪娥对文谷之间的默契，像蛛丝马迹一般，也让丁思英看出了一些端倪，她发现雪娥与文谷之间，似乎存在着一些秘密。她的这一发现，后来在大队领导之间传开，再后来终于酿成了另一场风波。

第八章　凡常琐事

第八章 风险与损害

1. "被造屋" 的忧心

农村人要为儿子造房子、娶娘子，然后抱孙子，这样自己一生算是功德圆满了。农村人为了实现这"三子"，面朝黄土背朝天，一生辛苦劳作。农村姑娘找对象，除了对象的人品相貌外，重视的是对象的家宅住房，所以农村人也像追浪逐波似的翻新自己的房子，从草房到瓦房，从平房到楼房甚至洋房，不断发展。农村人宁愿苦苦巴巴生活，也要体体面面的住宅。

永泉哥在政治上跌了大跟斗，对子女造成很大影响，他觉得对不起自己子女。看到子女在一天天长大，他就想起自己肩上的责任。以前一天到晚忙着忙不完的大队公务，现在闲下来了，忽然想起要将祖上传下来的旧房翻造一下了。给子女留一套新房，在他或许是一种"将功补过"。七十年代农村的住房还不是楼房，更不是后来的别墅洋房，而是硬山头的砖平房。主要的建筑材料有砖、瓦、梁木和椽子。其中梁木是主要的，旧房拆下来的梁木还可利用，但翻造房子总比原来要增加几间，树大分权，子女长大要成家，这样梁木就不够了。有人发明用水泥梁来代替，打听到古镇朱家角有个水泥预制场生产的水泥梁质量较好，永泉哥就摇船去买，他请文谷一起去，还有儿子凤鸣，三个人摇了一条五吨水泥船，一去一来，从朱家角古镇买回了造房用的水泥梁。

不久，永泉哥要翻造新屋了，于是祖上的老屋要拆分了。拆分的部分是东西两个客堂，姜氏家族的前辈已一一去世，永泉哥和福桂、福海、文麦一起，在福桂家进行商议。姜氏老屋很简陋，一般的砖木结构，年代久了，显得老气横秋。几十年间为姜氏家族遮风避雨的老屋，真的拆下来其实没多少骨子，一堆砖头和一些梁木而已。

永泉哥在原来老屋基上造三间平房。

姜氏家族老屋早到了改朝换代的时间，福海家六十年代在南池边选择新址，与兄弟福弟各造了三间平房。落在后面的福桂也跃跃欲试，不久将东浜自己的菜园子作为新址，也造了三间平房。文麦看到堂兄弟都造了新屋，心也动了，于是以朝东屋南面的龙沟边杂地为新址，造了四间平房。

文麦也是穷造屋，缺少建筑材料，他就与文谷商量，提出将朝东屋的客堂拆了，客堂是兄弟共同财产，文谷没有理由反对的。但朝东屋客堂一拆，文谷只剩下北面一间屋了，一间屋孤零零地吊着，而且是老屋，墙壁已经向南斜仄，看上去已是十分危险。文谷有条件，应该也将旧屋拆了，造三间新房，他已是二十四五岁的年龄了，正是看对象成家的时候，造了新屋，找对象会容易得多。但文谷没有条件，朝东屋拆剩的一间，孤立无依，就显得十分危险。永泉和文麦建议文谷北面接一间，这样一间屋变成二间屋，一间屋有了另一间屋的支撑，安全系数会提高许多。而接造一间，成本较少，待以后有了条件，再慢慢翻造新屋。

但接一间也要建材啊，文谷除了朝东屋客堂拆后分到的几根梁木和几十根椽子，两手空空什么也没有啊，总不能拿两只手臂当梁木椽子吧？造房最需要的建材砖头，文谷一块也没有，没有砖头砌墙，想造房无异于画饼充饥。

文麦说："生产队里有五千块八五砖，如果借得到，问题就解决了。"

文谷说："队里的五千块砖头，上面拨下来修建水利设施的，谁敢去用这些砖啊？"

文麦搔了搔头皮说:"是啊,这砖是不太好用的。"

砖成了一个大问题。一边是队里有五千块砖不能用,一边是一间危房岌岌可危随时可能坍塌,怎么办?正在文谷束手无策之时,他看到一个身影在向他走来。他一愣,雪娥来了。

雪娥说:"怎么愁眉苦脸的?"

文谷有点难为情地说:"你看,这老房子快要坍了。"

雪娥看看,客堂拆掉后,老屋北间的南壁朝一侧倾斜得蛮可怕的。她说:"不行,这屋不能住人了。"

文谷无奈地笑笑:"那我只好住露天了。"

雪娥说:"你阿是为五千块砖在发愁啊?"

雪娥在大队养鸡场,她怎么知道文谷家拆老房子了呢?又怎么知道文谷遇上棘手难题了?文谷管不得这些了,急切地问:"雪娥,你有什么办法帮助解决五千块砖吗?没有五千块砖,就不能接一间新屋,而接不了一间新屋,眼前的这间老屋说不准什么时候就坍塌了。"

雪娥见文谷真急了,笑着安慰:"别急别急,办法总比困难多啊。"

文谷见她不着急,就说:"你站着说话不腰痛,人家在火里,你在水里!"

雪娥说:"文谷,可不能冤枉人啊,我也为你五千块砖的事急呢。"

从雪娥的话里,文谷似乎听出雪娥有了什么办法。就换了口气说:"我知道你不会见死不救的——雪娥……帮我想想办法啊。"

雪娥委屈地说:"我是站着说话不腰痛的。"

文谷认错地说:"说错了,我冤枉好人了!"

雪娥见文谷急着认错,笑笑说:"态度不诚恳。"

文谷说:"那——你要我怎么样?"

雪娥说："你说！"

文谷说："你真帮助解决了，你就是我的大恩人，我向你磕三个头！"

雪娥说："说话算数呀？"

文谷斩钉截铁地说："小人物一言既出，也是驷马难追的！"

雪娥说："我把你的困难向孙书记汇报了，孙书记很同情你，同意在大队的建材指标里匀五千块砖给你！"

文谷听了，如大旱降甘霖，兴奋地说："哎哟哟，我就知道你是我的救命恩人！"文谷感激地又说，"雪娥，你真的帮了我一个大忙了！我真的好好谢你……"

雪娥打断文谷的话说："要谢你谢月梅队长，她将你的难事告诉了我，让我想想办法。当然也要谢谢大队孙书记的。"

文谷说："谢谢，都要谢谢。"

如果换了一般人，这五千块砖怕一时三刻难以解决，雪娥现是大队的红人，大队支部正在培养她，她出面要求不一样的。

为了让文谷及时接造一间新屋，雪娥与月梅队长商量，将生产队的五千块砖让文谷先用起来，大队五千砖头到后还给生产队，这样既不影响生产队水利工程建设，又不耽误文谷接造新屋。

于是，事不宜迟，文谷请了乡村建筑队，帮助他在朝东屋北面接造一间。接造时师傅将原老屋倾斜的南壁进行了扶正，有新建的一间与之支撑，房屋的安全性几可无虞了。在北间接好后，还多一些建筑边角料，师傅们在北间之北又接了一间小屋，这样文谷就有了二间半的房屋。文谷将南间用一道板壁隔成里外二间，三分之二的里间铺了水泥地，后来成了文谷的婚房。外面三分之一，在板壁旁放一张小方桌，作为餐间。新接的北间，一半打了只二眼灶，一半安置了母亲的卧床。这是姜氏老屋的一次大蜕变，文谷的新"家"，就在这次蜕变中诞生了——虽然这个新家很粗糙也很简陋。

新家建成后，文谷举办了简单的家宴，建房的师傅和永泉哥、文麦哥都参加了。文谷让凤娣请雪娥也来，雪娥让凤娣捎来了一句话："家宴就不参加了，但三个磕头别忘了。"

2. 农家宝

　　一个"家"字，上面的帽盖头就是房屋，下面一个"豕"字，即是猪也。所谓无豕不成家，江南农村，生产队社员的收入主要依靠农田，靠队里出工挣工分，但也有一部分来自家庭副业。家里养一头猪，仿佛有了一个家庭储蓄罐。吃剩的饭菜可以喂猪，轧米的麸皮可作猪饲料，河里种的水草可作青饲料。场角地头的垃圾，填到猪圈里，与猪屎与猪尿混在一起，经猪日日踩踏，成了猪墼，这是最好的有机肥，交给队里，可记上工分。养了猪，一些平时无用的东西变得有用了，这是化无用为有用。不经意间，一头猪养大了，捉到镇上收购站一卖，一笔不小的现金就到手了。因此，生产队里家家户户养猪，只有个别孤老，没有体力没有条件，才不养猪，只能养一只羊或几只兔子。

　　文谷回来前，母亲独自一人生活，所以是不养猪的。文谷回来后一时也没有养猪，自从造了一间小屋后，文谷便开始养猪了。但养猪不是说养就能养的，养猪一要有经验，二要有本钱。文谷经验一点也没有，只能向乡亲们讨教。本钱也没有，因为养猪要精饲料和粗饲料搭配，精饲料是有代价的，如果舍不得下本，就养不好猪。精饲料也有生产队分配的，队里轧米时总会产生一部分麸皮，这些麸皮是很好的精饲料，文谷只有母子二人，分配到的麸皮少，猪吃一段时间就没有了。这时就得去市场上买，文谷没有钱买，于是将仅有的精饲料匀着给猪吃，到了精饲料断档的时候，只能让猪吃河里的水草等青饲料。猪没有精饲料，身体立马瘦了，猪身上的毛就长起来。这样养着，猪的斤两一直够不到出圈的标准，时间长了，消耗的饲料就更多。最后没有办法，即使猪的斤两不到，也要捉去镇上卖了。可想而知，这样的猪会卖好价钱吗？但对文谷来说，卖掉一只猪，毕竟也有一笔收入，也是一个接济，所以文谷对养猪的事还是很热心，很起劲的。

夏天的时候，猪吃的东西可以是冷的，到了冬天，猪食不能冷的了，必须烧热。农村燃料很紧张，往往不够用，很多人家就想办法与城里人交朋友，从他们手里买一点煤灰回来，加工成煤饼，以补燃料之不足。永泉哥家的燃料也不足，他们在北新泾的一个亲戚知道后，平时节约用煤，省下来的煤就让永泉哥去买，这个亲戚还向邻居朋友讨一些买煤的票。永泉哥知道文谷家燃料也不够用，就将亲戚省给他的煤灰也匀一点给文谷，这样文谷就和凤鸣一起骑了自行车去北新泾运煤灰。北新泾是靠近上海市区的一个古镇，文谷和凤鸣在队里收工后出发，这样到北新泾时天已夜了，他们就趁着夜色踅进亲戚家里。由于物资紧张，供给居民的煤灰卖给农民，被政府发现煤灰要没收，亲戚也要受处理的，所以文谷和凤鸣进城运煤灰是偷偷摸摸的。他们趁着夜色走进亲戚家里，亲戚已将煤灰买好在家里了（煤灰只能由亲戚本人买），装在两只麻袋里，亲戚将放在门边的煤灰指给文谷他们看。看看两麻袋煤灰，就像看见两麻袋宝贝似的，文谷和凤鸣心里不禁涌起对亲戚的无限感激之情，因为这些煤灰，可以解决两个月的燃料呢。亲戚客气地请文谷和凤鸣坐一会，亲戚的居室很小，文谷和凤鸣不想多打扰，就说："不坐了不坐了，我们还是早点走。"亲戚也不客气了，让文谷和凤鸣动手将两麻袋煤灰搬出门外，装到自行车上去。凤鸣的车技很好的，文谷的车技相对蹩脚一点，一麻袋煤灰装上自行车后，手推着自行车有点像喝了酒的醉汉似的，走路歪歪扭扭。亲戚家外面的弄堂狭长的，凤鸣很老练地骑上了自行车，在狭小的弄堂里往前走。文谷也骑上车去，但是试了几次都没有成功，车后分量一重，车龙头有点轻飘飘捉不住了，车龙头捉不住，车子更加晃得厉害，几乎要摔倒的样子。文谷知道不行，只能推着走。心里也就担心，如果骑不了车的话，怎么回得了家去？又害怕半路上遇到戴红袖章巡逻的人，所以吓得有点胆战心惊。凤鸣在前面见文谷没有上来，只得下了车，两个人就在弄堂里推着车走，一边警惕着有没有戴红袖章巡逻的人。这样曲里拐弯地出了小弄堂，来到了外面的大马路，这里一阵风吹过，文谷才发觉身上的单衣已经湿透了。凤鸣对文谷说，大马路上试试上车，手要在车龙头上用力揿住的，否则车龙头会晃，龙头一晃，车就不稳。文谷因为第一次骑重物，没有经验。凤鸣尽管年纪小，却老练得多。于是他尽量稳住车，双手用力压住车龙头的手把，尝试着上车。第一次还是不行，车还是晃，他知道手的力度还不够。第二次上车时，他用尽吃奶的力气，狠狠地将车龙头压住，这次终于上了车了，但没有车速的缘故，车在原地不前，只几秒的停顿，车就横着摔下来了，他赶紧跳下车，用身体支住车子，自行车才没有摔下来。文谷吸取了前两次的教训，他吸了一口气，手用力压住车龙头，推着快速地走了五六步，这时车有了速度，他抓紧时机跨上车去，这时车按着惯性还在往前走，他用力地踩了几脚，车终于稳稳地往前走了。

往前驶了一段路，凤鸣在前面忽然迅速地下了车，回头说："巡逻队！"

文谷在后面听得，急忙下了车。

凤鸣将车往边上一个仓库屋后面躲去。

文谷随了凤鸣的车急步追上去。

两个人将车靠在仓库屋的小弄里。

暗淡的灯光下，两个戴着红袖章的巡逻队员从他们眼前走过去了。

这时文谷又吓出了一身汗。如果被巡逻队发现，车上的煤灰就会被没收，两个月的燃料就会落空，家中养的猪就只能吃生食……而且他这个政治队长本是另类中人，如果被追查起来，不是有嘴也说不清吗？这时他越想越后怕，感觉像他这样的人，只做好事人家还不叫好，如果做有违政府规定的事，那不是自讨没趣吗？但为了生活，为了家中的猪，他又不得不做这样不能心安理得的事。

文谷想想农村人的生活真是太艰难了。他们的节约是千方百计的，文谷母亲常常用一只砂锅，在里面放一些黄豆及水，煮饭后，将砂锅放进灶肚里去。灶肚里的草木灰还有热量，她把砂锅窝在草木灰中，利用草木灰的热量把黄豆炖熟了。这样炖出的黄豆又香又酥，味道特别好。为了省钱，文谷家的煤饼炉也是自己做的。他从生产队找一截废弃的水泥瓦筒管，回家后在瓦筒中间凿出一个圆孔，瓦筒下面沿筒壁砌一圈砖，砖上面架几根铁条，铁条下面留作出煤灰的通道。铁条上方则留三只煤饼的高度，将已经燃尽的煤饼从铁条上揿下去后，上面加入一只新煤饼，煤炉依靠中间两只煤饼的热量引燃新煤饼。有了煤炉，一日三餐可在煤炉上烧，还可以多烧一点热水，备着泡猪饲料。到了晚上，为节省煤饼，不让煤炉熄了，用些碎煤屑，加点水调和后敷放在炉膛上面的煤饼上，这样就把煤炉封了起来，第二天只要一启封门，煤炉又燃起来，用不着天天生煤炉，节省了时间，也节省了煤。有了煤炉，要想办法托人买煤灰，要去北新泾或青浦县城里去运煤灰，于是就要受这样的惊吓了。

养了猪，文谷要负责一天三顿猪食，一方面搞饲料，天天要撩水草，养水花生草等，一方面要煮好早中晚精饲料，还要天天忙出工。文谷作为政治队长不能走在后面，这时，母亲会搭文谷一把，母亲有时会因家务活而在老人组里掉队了。

有时，文谷会手拿着饭碗，一边吃饭一边去小屋门口，看圈中的猪有滋有味在吃食，在一天一天长大，这时他心里会涌起一丝自豪和满足的情绪。永泉哥也会走过来，看看圈中的猪，估算猪的斤两成色，看到猪快可以出圈了时，他会建议文谷增加精饲料，让猪出圈前多长些膘。猪出圈的那天，文谷早早地做好准备，永泉哥和文麦、凤鸣会一起来帮忙，他们等猪吃好喝足后，就一齐动手，去圈里将猪赶出来，赶至小屋外场上，七手八脚上前将猪扳倒在地，用麻绳捆绑好，然后用队里的大秤将其钩住，将杠棒从秤纽里穿进去，两个人一左一右将之扛起来，一个人将晃着的秤杆扶住，一边将秤砣移至平衡的秤星，一边口里报出斤量……最后，大家扛起猪，将猪送到停在东浜水桥边的水泥船上。这时大家早已汗涔涔的，文谷就给每人发支香烟，点上火，文麦就去岸边解了缆绳，凤鸣也去船尾把起了舵。文谷让永泉哥不要去蟠龙镇生猪收购站了，他们三个人已经足够，于是撑篙的撑篙，摇橹的摇橹，水泥船摇出东浜，驶入崧塘河，一路向蟠龙古镇驶去……

3. 权当"红娘"

当文谷正在家事和队事中忙碌之时，顾尔尔却奇迹般的在谈婚事了。

作为知青，顾尔尔是比较现实的，他不能不面对现实，生活教会了他必须现实。雪娥现在已经成为大队培养对象，成为孙书记和吴其峰手下的红人，她的处境早已今非昔比。作为一个知青，他在政治上地位很高，在实际生活中，其实他很可怜。好在他嘴巴子甜，叔叔妈妈地叫，所以村上人对他是很照顾的。

但一个知青，独自插队在农村，毕竟孤独啊。他不知道自己的前途在哪儿，前一阵中苏之间发生珍宝岛事件，全国搞得气氛紧张，战争的硝烟在人们头顶上弥漫。顾尔尔与村上的青年在村后竹林里挖防空洞的时候，他对文谷说："我们这一辈人很触霉头的。"文谷说："怎么啦？"他有点伤感地说："我们正青春年少，对象还没有谈，如果发生战争，不知什么时候就一脚去了。"文谷说："那你快些找啊，万一发生战争……"爱情这东西也奇怪，说不来就不来，说来果真就在身边出现了。

顾尔尔的知青小屋与队长王月梅家离得很近，王月梅家就在知青小屋东边，两家只隔了拆去地阁楼的一个空间，门前就是西场，夏天时他们都在西场上一块乘凉的。王月梅队长为人好，家里有了好吃的东西，总要左邻右舍送上一碗共尝。她对顾尔尔像当干儿子似的，也这样那样的照顾他。队里挑稻时，她叮嘱顾尔尔不要上队里一些男人的当，稻担子重，能挑多少就挑多少，不要逞能，弄坏了身体不合算。这些话，让顾尔尔很感激王月梅队长。

　　王月梅队长养有一子一女，儿子已经成家，女儿许品香今年二十出头，在生产队已是一把劳动好手。村上的姑娘里，许品香算不上十分出挑，她书读得不多，农村的片校就设在西面祠堂里，虽然照顾了农村学生的就近读书，却由于学生数少，班级少，教学设施简陋，而老师也"文理兼通"，一会儿教算术，一会儿教语文，学生们上好课就放学回家，帮助父母做家务，教学的质量是不能与完全小学相比的。农村中重男轻女，王月梅队长也未能免俗，认为女儿读书不多没有关系，她对女儿劳动能力的培养却很看重，因此许品香队里轻重农活拿得起，回家是操持家务的好手，纺纱织布等女红更是行家里手。王月梅队长本身文化程度不高，对女儿要求能识点字就可以了。

　　顾尔尔在农村时间久了，耳濡目染，潜意识中或许也接受了这样一种审美观。农村人的审美眼光中，娶许品香这样的姑娘是"经济实惠"的。于是，顾尔尔对许品香的看法渐渐起了变化，本来他嫌她文化不高，不知国家大事，不会高谈阔论，在实实在在的生活中，他渐渐感受到许品香为人朴实、做事踏实的一面。许品香继承了母亲一辈女人中优秀的品质，她们认准了嫁夫随夫、嫁鸡随鸡是天经地义的，这也是她们的立身之本。这样的女人对一个沉沦在农村的知青来说，渐渐显出了她所具有的魅力。而且王月梅的队长职务，对顾尔尔很有帮助，做了王月梅的女婿，他在队里的地位显然会不一样。农村姑娘长年参加体力劳动，她们没有林黛玉那样的多愁善感，有的是薛宝钗那样的健康能干。正是青春年华，许品香作为女性独具的"丰乳肥臀"特征，使她身体的每个部分都散发出一个女人的诱惑，这一点，正对生命感觉特别敏感的顾尔尔，也就意味着不可抵御的魅力。

收工回家，顾尔尔要自己做饭，刚来插队时这对他可能还是一件很麻烦的事，现在他已驾轻就熟。他一边烧饭，一边洗菜，三下五除二，一会儿工夫就做好了自己的晚餐。他与许品香是邻居，此前没有想法时，他似乎从未感觉到她的存在，而竟然有点熟视无睹的样子。那天傍晚，太阳已经下山，他烧了饭独自在那张小方桌上开始吃晚饭时，门口忽然来了一个人，她正是许品香。她也在吃晚饭，她一手拿碗一手拿筷，边吃边走过来。王月梅忘了通知顾尔尔，大队让他明天去大队部开会，王月梅让女儿代她去通知一下。许品香从家里走到顾尔尔的家，要不了几分钟，所以她就边吃边走了过来。王月梅队长怎么也想不到，她对女儿的这一次差遣，竟然酿出了一场爱情戏剧，这或许也是冥冥中命运的一种安排。

许品香来到北池边顾尔尔家门口，十五支光的白炽灯下，顾尔尔正在吃饭。许品香就立定在门边，说："顾尔尔，我妈让我通知你，明天去大队部开会。"

顾尔尔抬头看到许品香，愣了一愣。

他们虽然相隔这么近，许品香却从不越雷池一步，从来没有来过顾尔尔的家。所以，今晚许品香第一次出现在他家门口时，顾尔尔还是感觉到了一种异样。当许品香说完通知，想返身离开时，顾尔尔连忙叫住她。

顾尔尔问："许品香，是上午还是下午啊？"

许品香脸一红，好像自己做错了什么事，连个通知也没有说清楚。母亲明明说明天上午，自己怎么就把"上午"吃掉了呢？

许品香连忙说："噢，对了，是明天上午。"

顾尔尔说："正巧，我正要到大队部寄一封信，这样可以一齐两合当了。"

顾尔尔这样说时，两只眼睛却盯在许品香身上。许品香被他看得有点窘，想返回家了。

顾尔尔说："难得来一次，稍微立一歇也不成啊？"

许品香本想返身走，听得顾尔尔这样说，就又立定了。

顾尔尔无话找话说："晚饭吃的什么啊？"

许品香说："吃什么啊，我们晚饭一向吃粥的。"

农村人家，一般都是早晚吃粥，中午吃饭。只有在农忙季节，因体力支出太大，才晚上吃饭。或为了节省时间，将早上的粥也改成饭，因为早上烧饭，连带着把中午饭一齐烧了，省去了中午烧饭的时间。

顾尔尔笑笑说："我也吃粥。我在城里是吃饭的，来农村就学会吃粥了。"

许品香说："来农村，受苦了。"

顾尔尔笑笑："不来农村，读'谁知盘中餐，粒粒皆辛苦'，像小和尚念经有口无心，来农村后才知道了盘中餐真是粒粒皆辛苦！"

许品香听了，说："知识分子讲起来就是不一样。"

顾尔尔说："那里那里，来农村锻炼了我的思想，也锻炼了我的身体。"

顾尔尔朝许品香看了看，说："看你的身体多棒！"

许品香说："我们是乡下人，不好跟你们城里人比的。"

顾尔尔说："青浦县城里你去过吗？"

许品香摇摇头，说："没有去过。"

顾尔尔说："下次我带你去。"

许品香说："我没有那福气。"

顾尔尔又笑了："怎么会没有福气？只要你愿意，明天也可以带你去。"

许品香开玩笑说："你明天不要开会了？"

顾尔尔说："我是这样说啊。"

……

这一次对话，在许品香心里产生了不小的波澜，平时不太注意这个顾尔尔，只感觉他是知青，高高在上，想不到他还真对农村已经产生了感情，特别是他说带她去县城的话，让她产生了美好的想象。

而这一天晚上，顾尔尔也有点睡不着了，许品香的突然出现，让他心情激动了好一阵。真是天涯何处无芳草？美女就在身边，他却一直没有发现，他却有目无睹！他之前一直将目光盯在雪娥身上，无可讳言，雪娥在村上的姑娘中是最出挑的，但侬对伊情热，伊却情不深，雪娥一直对他不冷不热。顾尔尔曾经不甘心过，他看出雪娥对从小青梅竹马的文谷有好感，然而他发现雪娥父母对于另类知青文谷并无好感，他们有避之唯恐不及的样子，让顾尔尔有了信心。在文艺宣传队里，他对卢丽媛示好，只是以这样的方法掩盖对雪娥的追求，他知道卢丽媛不喜欢他，所以当吴其峰让他主持对卢丽媛的"帮助"会时，他二话不说就答应了。他这样做，既帮了吴其峰的忙，又捎带"报复"了一下卢丽媛。然而随着雪娥成了大队团总支书记，顾尔尔超越来越感到他对雪娥没有"戏"唱了。正是在这种情形下，许品香的偶然出现，让他发现了爱情的新天地。

一个夏天的晚上，月亮很好，如水的月光照得田野和村庄一片明亮。那天晚上什么事也没有，文谷想从南池绕过去，去北池顾尔尔那里，与他瞎聊聊。池畔种着杨柳树，月光下树枝婆娑，池里偶尔有鱼儿跳出水面的声音。文谷走到北池顾尔尔的家，顾尔尔家的门关着，不知道他去哪儿了，于是文谷往回走家里去。神使鬼差，往回走时文谷竟走到了村外车棚那儿，远远看到月光下，车棚那儿有一堆草，草堆里好像有人在那儿。于是文谷往前走去看看情况。"一打三反运动"开始后，上级一再要求注意阶级斗争新动向，文谷虽然是另册中的人，但对上级的说法却很重视。于是文谷就往车棚那儿走，开始听到草堆那儿有窸窸窣窣的声音，文谷以为是自己的错觉。快走近了，却一点声音也没有了，周围显得一片静寂。文谷发觉自己走进了一个不该走进的区域，月光下文谷清楚地看出了一对男女的身影，那男的身影文谷再熟悉不过了，另一个是女的，由于那男的用身体挡住了他的视线，文谷没有看清是谁。

　　白天的时候，车棚里是很热闹的。生产队共有三个车棚，以前每个车棚都负责着几十亩水田的灌溉，生产队的几条水牛被分别牵向车棚，农田灌溉没有水泵也没有电灌站，全靠牛通过车棚这种农田灌溉设施进行车水。车棚里有一个大转盘，将牛架在大转盘的横木上，拉动大转盘转动，大转盘转动一根通向河边的转轴，转轴带动从岸上斜伸到河水里去的水车，水车上有水链子，水链子上装有一一片片方形的水叶子，水叶子跟着水链子走，将河里的水像水勺似的舀起来，送到岸上的水渠里。水链子上装有一百多张水叶子，一片一片水叶子上上下下不停地去河时舀水，牛车不断地转动，水就源源不断地从河里被舀上来，通过水渠送向农田里去。一只车棚可以灌溉几十亩水田。文谷听说以前这里有一个地主婆，年轻时去城里吃花酒，搓麻将赌博，一夜天输掉了十八只车棚！现在农田灌溉都改用水泵和电灌站了，牛车棚已很少使用了。生产队的三个车棚都没有拆掉，还保存着，因为夏天的时候，人们在野外劳作，歇息时，可以去车棚里坐一坐，车棚就是一顶特大号的遮阳伞；有时突发雷暴雨，人们可以去车棚躲一躲，车棚就是遮风避雨的庇护所。位于村口的这座车棚，更是人们时常光顾的地方。文谷没有想到，夜里还会有人去车棚，这车棚竟成了情人约会的场所了。

第二天顾尔尔来到了文谷家。

文谷不知顾尔尔来有什么事。但他隐隐感觉，这与他昨晚发现顾尔尔在车棚有关。

果然，顾尔尔也不再遮遮掩掩，他坦然地说："文谷，我与品香的事，我想请你做个媒人。"

文谷听了吃一惊："让我做媒人啊？"

顾尔尔说："村上就你和我最了解，最知己了。"

文谷说："农村有个说法的，'嘴上没毛，办事不牢'我还没有成家，没有资格做媒人的啊。你应该找个年长的人……"

顾尔尔说："你是政治队长，品香母亲是生产队长，你做媒人，品香母亲相信你的，只要品香母亲同意了，我们的事就成了。"

文谷想，你这小子"先斩后奏"，这事还能不成？王月梅队长是个思想很传统的人，品香与你都那样了，她还会不答应吗。

顾尔尔见文谷还在犹豫，恳求似的说："文谷，这个忙你一定要帮的。"

文谷忽然想起了另一个人，建议说："除非你再请一个人，我们一起做媒人。"

顾尔尔说："你说，请谁？"

文谷说："他对你也熟悉，我们的朋友……潘白云。"

"潘白云，"顾尔尔思村了一下说："也好，他年长一些，有你们两个人做媒人，更稳妥——不知他肯不肯？"

文谷颇有把握地说："他一定肯的。"

顾尔尔听了很高兴，说："你这里说定了，潘白云那里我马上去说。"

说罢，顾尔尔兴冲冲地走了。

午饭后，文谷正在小屋喂猪食，前一阵猪出售后，空圈了好长一段时间，不久前，和永泉哥去北崧集市抓了两只苗猪。文谷将猪食倒进食盆后，饶有兴致地看两只苗猪抢着吃食。顾尔尔又来了，他见文谷在小屋，也踅小屋来，见文谷在看苗猪吃食，有点羡慕地说："又有两只储蓄罐啦。"

文谷说："你成了家，也可以养猪了。"文谷知道他为媒人事而来，便悄然问："潘白云答应吗？"

"他一开始有点为难。"顾尔尔说。

潘白云入赘在一个富农家庭，他丈母娘是"戴帽"的，因此，他是一个"黑染缸"里的人。王月梅家是贫农，又是队长，"文革"中，这样的家庭得到主流社会的认可和依靠。在姜家村，红与黑的颜色识别不太明显，但大家的心里还是很清楚的，平时没有事大家都可以和平共处，一旦有事了，黑色的一方立马处于劣势了，因为红色一方随时可以将黑色一方的"黑"拿来说事。惧于这样的情势，老成的潘白云显然考虑得多了点，他想，如果顾尔尔和许品香的婚姻顺顺利利，那么他这个媒人算是做了一件好事；而这个婚姻万一有什么意外发生，如果顾尔尔的地位发生变化，他抛弃许品香了，王月梅一家不会善罢甘休，顾尔尔是知青，王月梅奈何他不得，他这个媒人岂不成了替罪羔羊吗？所以，顾尔尔开口要他当媒人，他几乎不加思索一口回绝，尽管顾尔尔再三恳求，他也不为所动。直至顾尔尔把文谷推出来，说"文谷也当媒人的"，虽然文谷也是另册中人，但他毕竟不是"黑五类"家庭，文谷是介于红与黑之间的"灰色人"，有了文谷的陪同，潘白云才勉强愿意做这一件善事。

潘白云问顾尔尔："文谷真的同意当媒人？"

顾尔尔发誓说："他真的同意的。"

潘白云这才说："好吧，如果文谷肯当，我也当吧。"

顾尔尔见潘白云吐口，仿佛两个媒人给他送来了个大美人，高兴得满脸笑容，感激地说："老潘，谢谢，我一定请你吃十八只蹄髈！"

潘白云笑笑："给我吃十八只蹄髈？不给我吃十八记耳光就蛮好了！"

顾尔尔笑着说："不会的不会的。"

顾尔尔将这一切告诉文谷后，说："文谷，就这样说定了——告诉你，请你当媒人的事，是品香提出来的。"

顾尔尔和许品香的事，王月梅知道后，果然如预期的那样，她支持了女儿的选择，但她必须要顾尔尔当面向她表白对品香的忠诚。这一点，顾尔尔毫不犹豫地做了，他在王月梅队长面前，信誓旦旦地表白：海可枯，石可烂，他对品香的爱永不变！听了这样的表白，王月梅队长终于露出了满意的笑容。

然而此事一公开，王月梅的丈夫许宝国跳了起来。

那天晚饭前后，许宝国在家里吵开了锅。

许宝国高声嚷嚷："阿是瞎了眼睛，啥人不好找，要找迪个城里人啊？"

许宝国声明："我不认迪格女婿，不让他进迪格屋里的。"

许宝国的骂娘，让王月梅队长很尴尬。尽管王月梅是一队之长，在家里她却是二把手，天字出头夫作主，她是认可的。于是，许宝国骂娘时，她只能在一旁小声地说几句解释性的话。

许宝国不是没有理由，他认为女儿是个农村人，配不上城里人，他只希望女儿找一个合适的对象过日子，不希望女儿攀高枝。出于保护女儿的本能，他强烈地反对这桩婚姻。文谷去了许宝国的家，王月梅队长见了文谷，笑着摇了摇头说："让他去说去。"

这一晚，许宝国闹得鸡飞狗跳，一村人都知道了顾尔尔与许品香谈恋爱的事。文谷和潘白云商量，是不是让顾尔尔向许宝国表个态，让许宝国吃个定心丸。潘白云摇摇头说："现在不是时候，现在去，等于火上浇油。"

文谷想，潘白云说得对，现在任凭顾尔尔说什么，许宝国都不会相信的。

于是，文谷去公社找了许宝国在机关工作的儿子回来劝说父亲，这才让许宝国的火气稍微歇了下来。周围的人都反对许宝国的态度，许宝国几乎成了一个孤家寡人，好说歹说，许宝国才最后噤了声。

但他声明，他是保留他的态度的。

第九章　冬日阳光

1. 开河曲

农村的水利建设是抓得很紧的，每年三秋忙罢之后，农活相对松闲一点了，上面马上掀起冬季水利建设高潮。所谓水利建设，主要是对河道的疏浚和改造，为了让水网更合理，经常要开一些河，或是填掉一些河，这样整个冬季又没得闲了。一些农民就用顺口溜说："王书记来开河，李书记来填河，吴书记来了不知如何。"从一个侧面说明了那个年代开河是家常便饭的事。

这年农闲来临时，上面又下达了开河的指标和任务。这次是开一条向阳河，这是一条从图纸上划出来的河，没有旧的河道，完全是从平地上挖出一条河来，所以工程量很大。开河是个重体力活，自然由文谷这个政治队长打先锋。文谷随大队干部去河堤察看了地段，去一个名叫吴家圩的村子认识了住宿的房东。回生产队后，与女队长王月梅召开社员大会，布置任务，进行了分工。福海负责伙食，除了留下会计负责生产队年终分红和为开河工地提供后勤保障外，其余劳力悉数上阵。

开河工地是一个竞赛场。大队根据各生产队劳动力分配土方任务，土方任务有多少，河段长短也不一样。开工那一天，长长的河滩工地上，彩旗招展，人山人海，这是纪录片电影中经常看到的景象。开始的时候，人们都用畚箕扁担挑，铁答垒，因为表层的泥都是黄泥，随着河道越挖越深，河道里的泥也由黄变黑变青，由松软变为凝结沉重。挖泥的工具也由铁答变为铁铲了。从河道挖出的泥由民工挑去两岸堆积，随河道越挖越深，两岸的泥堆也越堆越高，从河心向岸边运泥的距离越远，坡度也越高，民工们付出的脚力也越大了。从河心挑着装得满满的一担泥，向河岸上登去，就好像在爬坡一样，一步紧一步，一会工夫就浑身汗湿了。尽管天很冷，人们穿得单薄，身上的衣服一会儿湿，一会儿干。

河滩工地上，有线广播一天到晚播送着开河大军的有关新闻，工程进度，动人事迹，或是指挥部的有关指示，其他就播送鼓舞斗志的歌曲。中午时，福海会送饭菜到河滩工地上来，大家就围着福海挑来的担子，狼吞虎咽地大口吃饭，大筷搛菜。下午三时，福海会再次出现到河滩工地上，这时他会挑来馒头或是其他点心。因为开河工地劳动强度大，体力消耗也大，中间要补充食物，休息一下，然后再开始挖泥和挑泥。

河道越挖越深，队与队之间的进度出现了差距，进度快的生产队于是与隔壁生产队之间留下了一堵"墙"，有了墙的阻挡，隔壁队的土方就不会倒坍过来，如果不留墙，你挖得深了，隔壁队土方就会倒坍过来，你的进度就白快了，你得将倒坍过来的土方义务挑掉。有的生产队开始没有留墙，隔壁生产队的土方倒坍过来了，两个队之间因此产生了矛盾，一方责怪对方让土方倒坍过来，一方辩白说谁让你们进度太快，结果吵得剑拔弩张的。所以留一堵墙倒是避免了不少矛盾。一时间，河道上出现了一道奇异的景观，长长的河道出现了一堵一堵墙，就像跨栏运动场上一道又一道的跨栏一样。

这时，河滩的高音喇叭里不断呼吁各生产队要发扬风格，不要留墙，但一堵一堵墙还是出现了——直至后进生产队的进度跟上来了，那堵墙才会被两家共同拆掉。

开河工地的劳动强度大，一天下来，人累得骨头快散架了。直到傍晚歇工，人们才迎着下山的太阳回村里去，各路大军肩着工具，浩浩荡荡散兵线似的，行进在田埂上。回到村里，福海早就准备了丰盛的晚餐，这是一天中相对最好的伙食。有的饿煞鬼似的抢着盛饭，文谷发现许品高盛饭也有技巧，先盛半碗，待人家盛了一碗开始吃时，他的半碗已经吃完了，这时，他就满满地盛上一碗。他这样精明，就有人笑话他，但大家的笑话也是善意的，因为这种饭榔头，干活时是不会落在后面的。如果干活不出力，吃饭精于算计，会被人看不起，被人鄙视。

北星大队各生产队的民工都住宿在吴家圩村上。姜家村队的房东是一位老大娘，姓吴，她养有一个儿子，九个女儿，九个女儿个个如花似玉，聪明伶俐，一个儿子却是不太出息，有点不太乖巧。老太太将八个女儿都嫁出去了，家里还有一个九妹待字闺中，还未谈对象。九妹长得很白净，人很文雅，不太多说话，有人叫她，她会很热情地应答你。吴妈妈不识字，人很能干，她将小女儿九妹带在身边，教她纺纱，教她许多农村的女红。九妹一一地学会了，而且生活做得很出色，吴太太就很高兴，常常眯花着眼睛夸九妹说："我福气呀，养着格乖巧的落脚囡。"

吴太太腾出一间内房给村里的姑娘们住，男人们则在客堂间里打地铺。吴太太的儿子与文谷年龄相仿，两个人很说得来，吴太太儿子一个人住着一张床，吴太太就让文谷搞"特殊"，让他与儿子住一起。吴太太对文谷说，她儿子不懂事，看你年纪轻轻已是队长了，你与他睡一个床，让他学着点。其实吴太太这样热情还另有原因，文谷后来知道，这是福海捣的鬼。白天，福海一个人在厨房烧饭菜，就与吴太太闲聊，说文谷的光荣历史，又是大学生，又是政治队长，说以后一定有出息的。言下之意，要给九妹做个介绍。吴太太心中喜欢，嘴上却说："九妹还年轻，还早呢。"文谷开始蒙在鼓里，后来渐渐感觉不对劲，村人都在用异样的眼光看他，队里的一群姑娘，也知道了一点眉目，对文谷笑得有点异样，在文谷面前故意问起九妹的情况。九妹对文谷的表情也有些不自然，有意无意地躲开文谷，躲不开时则显得一脸羞涩……文谷感觉睡在吴太太儿子这里不太合适，但搬到客堂去更不合适，于是将就着继续睡下去。文谷私下找福海说："哥，不要开玩笑了。"福海原本是想做一件好事，农村中许多好事就是这样无意中说成的。但文谷交代不要说了，福海还是拎得清的。他听到过文谷与雪娥之间的传闻，他认为这是不可能的，雪娥现在是大队干部，是培养对象了，如果文谷没有父亲的事连累，他们倒是天生的一对，但文谷已经今非昔比，雪娥的眼界会不断提高的，文谷想高攀只会落个鸭吃砻糠空欢喜。在他的眼光中，吴太太的九妹蛮合适的，他就想为文谷撮合，眼看吴太太也很满意，九妹嘴上不说，眼神里看得出是同意的，唉，这么好的一个机会，文谷却不让再说，在福海看来，文谷是聪明一世糊涂一时了。但福海尊重文谷的想法，他这个红娘只得偃旗息鼓，不敢再放肆说笑，于是由福海掀起的一场风波消弭于工地繁重的劳动之中了。

　　每天吃了晚饭，开河大军住宿的各个屋里开始热闹了，他们有的打扑克，有的聊大天，有的去村里串门，会会老朋友。也有热心人趁各队会聚一村的机会，像福海一样给张三李四介绍起对象。工地指挥部有时会组织看电影，有时组织文艺小分队来演出节目，这时，村场上就会涌起许多人，各队的人聚在一起，平时没有机会碰面，这时就在眼前，大家就亲热得不得了，又是寒暄，又是问候。

　　一天晚上，工地指挥部安排吴家圩村场上放映电影《奇袭白虎团》，北星大队各生产队的民工都从房东家出来看电影了。天渐渐黑下来的时候，村场上挤满人了，人们感受到沉沉的夜色里，初冬的夜空已经有点冷峻，几点星光在深邃的天空中也冷得有点躲躲闪闪。电影机一切就绪，它耸立在人群的头顶上，在静静地等待放映开始的那一刻，电影机上的工作灯在夜色里显得格外耀眼。人们知道，电影马上就要开始了。

这时，在工作灯的亮光下，出现了大队支委吴其峰的身影，他是开河工程指挥部的干部。他手拿着话筒，"喂喂"地试了试声。

不知道吴其峰要发布什么消息，工地指挥部的消息一般都在工地的高音喇叭里直接发布的，这样群众聚会的场合，大队干部往往也要说几句，或发布消息，或象征性地说几句大家要注意安全之类的话。从刚才吴其峰试话筒声音的动作，大家感觉吴其峰今晚有什么重要消息发布，于是场上的人们都仄起了耳朵，等待吴其峰说话。

这时，只听吴其峰突然大声地说："把郁小青押上来！"

随着吴其峰的一声命令，村场上的人群一阵骚动，两个青年民兵扯着一个人的衣领，将那个人扭至电影机那儿，人群很快地自动让出了一条通道。

这种场面在"文革"中是经常出现的，往往开大会的时候，一个大家熟悉的领导被突然押上台，遭受大会的批斗。台上有人领头高呼："打倒走资本主义道路当权派某某某！"台下的人总是盲从地随着喊，只是有的人不明就里，喊声比一般的声音要低得多，多半是附和着喊的。

听到吴其峰喊"把郁小青押上来！"文谷心里吃了一惊，心想哪个郁小青？工地上同名同姓的人吧，不可能是同学郁小青吧？文谷踮起脚朝前看，想看看是哪一个郁小青。

人群中一阵骚动，有的人不认识郁小青，伸长了头颈也想看看清爽。

文谷踮起脚来，见郁小青低着头，看不清他的面孔。

两个青年民兵将郁小青送到吴其峰那儿，完成任务似的走到旁边去了。

吴其峰严肃地说："民工同志们，电影放映前，经工地指挥部决定，将破坏水利工程建设的郁小青带到开河工地进行现场批斗！"

有人好奇地问："这个郁小青犯了什么事？"

有人接荐说："没听见说破坏水利工程建设吗？"

还是问："破坏什么了？"

有人说："没听清楚啊……等等，听吴其峰说什么。"

吴其峰也没有说什么具体的事。他只说郁小青在后方扰乱民心，破坏开河工程！他厉声警告郁小青："你向全体民工低头认罪！"

只见吴其峰将话筒递到了郁小青手里。

郁小青接过话筒，声音低得像蚊子叫："我有、有罪，我认、认罪！"

吴其峰拿过话筒，大声说："将郁小青押回工地指挥部审查！"

两个青年民兵又走了上来，他们推着郁小青，走出人群，离开了村场。

郁小青的头始终低着，文谷结果还是没有看清楚。但他隐隐约约感觉到，那个始终低着头的郁小青，就是他的同学。

吴其峰说："好了，开始放映电影。"

吴其峰的话音刚落，电影机立马滋滋地走了起来。

银幕上霎时映出了"奇袭白虎团"五个大字……

2. "铁梅" 的泪

人多嘴杂，很快有人知道了郁小青的事。

果然如文谷感觉到的一样，这个郁小青真的是他的同学！

耳朵灵的人得到了内部消息，他们说郁小青趁村里青年郁金鑫在开河工地之机，强奸了他的妻子陈萍，郁金鑫三不罢四不休地要与郁小青拼命，要求工地指挥部为他作主。工地指挥部将郁小青的事上纲上线为破坏水利工程建设，于是就将郁小青押到工地现场进行批斗。工地指挥部这样做，一是杀鸡儆猴，二也是代郁金鑫出口气，安抚一下郁金鑫的情绪。

郁小青的事发生后，工地上民工们议论纷纷，一时间郁小青变成了一个獐头鼠目人模狗样的角色。文谷不知道郁小青怎么会做出这样的事，他不是去了公社的玩具联营厂了吗？他是不是好日子过腻了呀？但文谷很快否定了自己的想法，郁小青不会是这样的人，这其中一定有什么说不清道不明的事。

后来，文谷遇到在工地指挥部做宣传的章德文，他悄悄地告诉文谷说，郁小青强奸的郁金鑫的妻子陈萍，绰号叫"李铁梅"。郁金鑫一口咬定郁小青是强奸，工地指挥部（主要是吴其峰）听信郁金鑫的话，将郁小青作为强奸处理，章德文摇摇头说，吴其峰这样做是不对的，事情不是这样的。

章德文对吴其峰有意见是由来已久了，先前吴其峰将卢丽媛的传闻在全大队青年面前影射他，让他有口难辩，也让大队支部对他产生了不好的印象，自那件事以来，章德文一直抬不起头，又难以辩白。他对郁小青的事是了解的，所以当吴其峰将强奸的罪名套在郁小青头上时，章德文知道吴其峰这样做是冤枉郁小青了，就为郁小青鸣不平。

章德文说他已经向大队支书孙德华反映了他的意见，孙德华书记听了后感到很意外，因为他原先一点也不知道郁小青的事。

原来，郁金鑫与郁小青之间有一段不为人知的故事。

郁金鑫中等身材，人长得有点剽悍，年小时，他与小伙伴郁小青白相，郁小青人长得清秀，皮肤白白的，玩起来不是郁金鑫的对手，常常被欺侮。一次，他被郁金鑫打了一下，他被打疼了，于是不知轻重，随手拿起一把剪刀朝郁金鑫甩过去，结果，剪刀直朝郁金鑫的眼睛"嗖——"地飞了过去，一下刺中了郁金鑫的左眼，顿时郁金鑫左眼鲜血直流，大声哇哇地哭了起来。郁小青一时吓得呆若木鸡，不知怎么才好。郁金鑫的左眼就这样白白地瞎了，父母后来想给他装一只假眼，由于家境穷困，听说了昂贵的价格，也就罢了，这样郁金鑫的形象就很受损。这事，让郁小青心里一直很内疚。

两个人并不因此反目成仇，毕竟从小赤窝兄弟一起长大，但郁小青对郁金鑫似乎欠了一笔永难还清的债。郁金鑫由于家庭困难，没有上中学读书，辍学在家分担父母的劳务，很早在生产队参加了劳动。郁小青中学毕业，父亲让他随了陆师傅学习裁缝技术。郁小青人聪明，裁缝技术学得很好。但父亲成了历史反革命，他受连累也回到队里从事农业劳动了。他与郁金鑫毕竟是本家兄弟，二人的感情始终很好。郁小青会裁缝，自己做一套衣服，总为郁金鑫同样做一套，两个人穿着一样的衣裳，像一对孪生兄弟。

到了谈婚论嫁的年纪，郁小青因家中政治问题与曹影虹的恋爱中途夭折，而郁金鑫也因眼残而找不上对象，姑娘不是嫌他家穷，就是嫌他是个独眼。为此，郁小青特别难受，他知道是自己害了郁金鑫。郁金鑫在本地难以找上对象，有人出计说去远一点的地方找对象，那样女方不了解郁金鑫家的情况，就容易成功。于是亲戚朋友四处托人介绍，不久来了消息，说六十泾有个姑娘，愿意相亲。六十泾离北星大队较远，属另一个大队的，相互消息很闭塞。准备去相亲时，有人提醒说，家里穷人家不知道，郁金鑫的左眼是瞎的，姑娘一看就知道，如果一口回绝，那就没戏唱了。大家觉得这是个问题，都不知怎么才好。这时郁小青想出了一个主意，他对大家悄悄一说，众人都转忧为喜了，都说："这个主意妙！"

约定相亲的日子到了，那天，郁小青陪着郁金鑫一起去相亲。相亲的地址约在蟠龙镇南街的蟠龙庵旁边，蟠龙庵这时虽然已很败落，但还是有香客暗中前来烧香，祈求菩萨保佑。郁小青他们一行来到蟠龙庵时，左顾右盼，却不见媒人和前来相亲的姑娘，怀疑是不是姑娘从什么地方了解了郁金鑫的情况，从而变卦了？正在疑惑之际，只见蟠龙庵西南路上出现了几个人，仔细一看，正是媒人带了人在走过来。于是大家暗自庆幸。等媒人走近了，郁小青偷偷朝对方看去，发现人群中有一个二十多岁的姑娘，中等身材，眉清目秀，郁小青看了，猜想这个姑娘就是与郁金鑫相亲的了。只是郁小青想不到姑娘长得这么漂亮，像从画上走下来似的。但他这时来不及多想什么，赶快紧走几步，紧随在男方介绍人身边。

六十泾前来相亲的姑娘就是陈萍，她身材高挑，模样标致，有一股农村姑娘淳朴自然的美。由于出身不好，父母戴了地主分子帽子，她就一直抬不起头。她很早辍学在家，十五六岁就参加农村劳动了，在家里，她里里外外一把手。由于长相很像京剧现代戏《红灯记》中的李铁梅，大家给她起了个绰号"铁梅"，一传十、十传百，村上人和周围的人都叫她"铁梅"了。后来大队青年学唱《红灯记》，让她扮演李铁梅的角色，陈萍不负众望，用不着化装，一扮就像，而且京剧还唱得有板有眼，这样"铁梅"的绰号更响了。虽然陈萍长得漂亮，人也勤快，但她父母长期压抑，所以双双罹病，家境十分困难，招上门婿吧，一般男青年不愿入赘她家，去担负这样沉重的负担。出嫁吧，陈萍知道自己离开了家，父母日子就更加不好过了，于心不忍，就这样婚事一拖再拖地拖下来了。父母见到女儿为自己受累，逼女儿早日找对象成婚，女儿执意不从，父母就寻死觅活，以死相逼。无奈之下，陈萍只得答应一个远房亲戚做介绍，前来蟠龙镇相亲。

陈萍一行人来到蟠龙庵，她看见了男方前来相亲的人群，男方媒人旁边的一个青年，长得清秀，穿着得体，很快吸引了她的注意。但他们没有马上走近，而是直接走进了蟠龙庵中，在两个师太的陪侍下，她在一间简陋的茅屋里，在菩萨前烧了一炷香，跪在蒲团上默默地许了一个愿，她希望菩萨保佑她找上一个如意郎君，然后虔诚地给菩萨磕了三个头。她站起来，向着菩萨拱拱手，走出茅屋时，一位年长的师太附在陈萍耳边悄悄说了一句话，师太说："假作真时真亦假。"陈萍听了，一时没有听懂师太什么意思。走出蟠龙庵后，男方已经等在庵外，双方走近后，两个媒人交谈了几句，就带双方去蟠龙庵边男方媒人朋友家小会。房主人给大家泡了茶，然后走出房间，顺手将门带上了。

郁小青就坐在男方媒人身边，女方媒人问了北星大队的情况，问了生产队的情况，这些问话都由郁小青抢着回答了。而郁金鑫则一声不响地坐在郁小青的一侧，他人长得剽悍，看去好像郁小青的一个保镖。其实，这一切都是事先策划好的，为了郁金鑫能找上对象，由郁小青事事主动"代"为回答，让女方误以为前来相亲的是郁小青。男方设置的陷阱还真的奏效了。陈萍一开始就以为今天她的相亲对象是郁小青，到后来事事由郁小青代为回答问题，更加深了这种误会。为了不致让"李代桃僵"的把戏穿绷，男方尽可能将相亲的时间缩短，谈了一会儿，男方媒人提出在镇上还有事办，就让相亲草草结束了。

陈萍不知自己身处一种骗局之中，她对今天的相亲还是满意的，郁小青对她不断暗送秋波，让她觉得对方是中意自己的，而她对郁小青也很满意，她为自己能找上一个如意郎君而感到庆幸。

不久男方以女方年龄已大为由，要求尽早办婚事了。

这个理由合情合理，而将女儿早点嫁出门，也是陈萍父母所希望的。于是女方让媒人告知男方，让男方操办婚事好了。

陈萍见父母已经同意，尽管觉得这婚事办得好像"闪"了点，急了点，但她沉浸在对自己未来丈夫的想象中，一种前所未有的幸福感让她忽略了自己面临的危险。

终于到了举办婚事的日子。男方很张扬地办了二十多桌酒席，亲戚朋友来了满满一屋子。迎新的队伍里，郁小青打扮得像个新郎官似的，而郁金鑫尽管也穿着一新，但他始终处在保镖的位置，不敢喧宾夺主。陈萍也穿起了婚服，这是她自己纺纱织布做出的一套很漂亮的衣服，她穿了婚服显得格外的亮丽。这天，她发现了郁小青身边的郁金鑫，她发现这个独眼青年有些阴阴的贪婪的眼神，她看到他有些害怕的感觉。好在她的新郎官满面春风，让她感到亲切和慰藉。

随着迎亲队伍来到新郎官的郁家宅时，天色已经暗下来了。

直到这时，陈萍还没有发现自己处在一场骗局之中。她进了新房后，满心喜悦，一脸的幸福感。而郁小青一直在她面前进进出出，仿佛他就是这个新房的主人似的。一切都按乡间的习俗在进行，一直到亲朋好友酒足饭饱后离席了，客人们渐渐地散了，陈萍知道最幸福的时刻就要来了，他的新郎就要进来了，他们就要开始幸福的小家庭生活了。

夜渐渐深了，新郎官还没有进来，陈萍想，他一定还很忙，有不少事情要他处理，于是她就耐心地等待着。终于门"咿呀"一声响了，陈萍幸福地闭上了眼睛，她知道自己等待已久的他终于进房来了。

进来的新郎官并没有她想象中的温柔，而是有些猴急地一把将她抱了起来，一下子摁倒在了床上。她想男人或许都是这样的，遇到这种时候都会不顾一切的。她感觉他的手强悍有力，一下将她压在了下面。这时，她才感觉有点异样，她睁开眼睛一看，顿时吓得魂也快掉了，出现在她眼前的不是她心仪的那个温文尔雅的青年，出现在她眼前的竟是那个让她感到害怕的独眼青年！这、这是怎么回事？她不禁惊叫起来："啊，怎么是你？"郁金鑫知道她会这样问的，她越是这样问，他越是气愤，因为他知道她看不中自己是个独眼！于是他就不回答她，而凭着合法的形式为自己壮胆，凭着自己的力气为所欲为，他用强力将她摁倒在婚床上……

是的，他才是她的新郎官。

女人到这个时候，一切都已经晚了。

生米已经煮成熟饭，一切都不能返回了。

除了流眼泪，除了怨自己的命运，她还能怎样呢？

这时，她才为时已晚地想起了师太给说过的一句不清不楚的话，"假作真时真也假"，原来聪明的师太已经发现了相亲的破绽，但她不能明说，只能暗示，而自己竟是这样的粗心大意！命，一切都是命，出生在地主家庭是命，找上独眼丈夫也是命，陈萍相信这是自己的命中注定。

一年后，陈萍为郁金鑫生下了一个儿子。

骗来的婚姻毕竟不会美满，陈萍想到自己的不幸婚姻，常常背后会揩眼泪。郁金鑫发现后，眼睛一弹说："你去红脚桶里翻个身！"意思你要自己的幸福，除非人生重新来一次，这一生是不可能了。

陈萍的眼泪，却伤到了另一个男人的心，他就是郁小青。

郁小青以骗婚的方法帮助郁金鑫找到了女人，他没有想到，自己这样做却深深地伤到这个女人，而这个女人偏偏又对自己一往情深！他感到自己对不起陈萍，她的婚姻其实就是自己的罪孽。每每看到陈萍，他就不敢正眼看她。越是这样，他越是关心着陈萍，以这种方法，希望减轻自己的负罪感。天长日久，他与她之间，原本就存在的爱慕，渐渐的萌芽生长起来了。

郁金鑫发现了自己女人与郁小青之间这层关系后，像防贼一样防着郁小青。然而只有千年做贼，没有千年防贼，千密一疏，当郁金鑫与郁家宅村的民工都在向阳河工地上，郁小青因为在社办厂工作，没有去河滩工地。陈萍因为家里父亲病重，在六十泾家里照顾父亲，待父亲稍有好转，回郁家宅家里看看儿子。就这样，两颗干渴的心，终于等到了可以相逢的机会。郁家宅村场的草堆，见证了他们两颗恩爱的心。但命运注定他们做的是露水夫妻，行的是苟且之事，他们被大队巡防的民兵抓住了……

文谷知道了郁小青的这一段经历，不禁为郁小青和陈萍的命运叹息了。

或许是章德文的反映起了作用，在孙德华书记的干预下，郁小青的事后来就大事化小了……

3. 雪娥的心

雪娥从县里开完县团代会回来，直接来了开河工地。

孙德华书记让她在开河指挥部协助吴其峰工作，她去指挥部报到后，就来到姜家村生产队河段，她夺过许品香的担子，让她去河滩上整理——民工将河泥挑上河堤，河堤上河泥越堆越多，需要有人拉平整理，方便民工继续将河泥挑到河堤上去。许品香不好意思，雪娥坚持夺她的担子，她只得将担子放手了。

河滩上，凤娣、秀莲、雪花、雪珠、亚勤、道芳等小姐妹都在，雪娥来了，大家都笑着欢迎她。雪娥一脸笑盈盈，估计又有什么好事了。这几年，雪娥真是交好运了，她走到哪里，好事就跟到哪里。这次不声不响去县里参加团代会，她好像变得更成熟了。

她悄悄给文谷说，县团代会上，她当选了县团委委员。她照例很真诚地说："我勿来事的呀。"

文谷说："祝贺祝贺！"并鼓励她说，"怎么勿来事？做做就来事了。"

文谷知道，雪娥现在成了各级组织培养的对象，她像坐了火箭一样，一路飙升。雪娥的文化是低了点，如果她的文化再高一点，她更加不得了。眼下讲究出身，讲究根正苗红，加上雪娥为人低调好学，她受到了各级组织的重视。但凭直觉，文谷觉得雪娥由于文化低，一旦身居高位，她只是像一个花瓶似的，有点装潢门面的味道。但雪娥是村里的人，她的任何荣耀，大家似乎也沾了光似的一起感到荣耀。文谷将好消息告诉了凤娣，凤娣告诉了其他姐妹，于是，姜家村生产队工地上，顿时像接通了一股电流，大家都激动和兴奋起来，大家为雪娥感到光荣，为村里出了雪娥这样的姐妹而感到自豪。

雪娥与村里姑娘们在一起，就像鱼回到了水里，开河这样的重体力劳动，她一点也不害怕，却是得心应手。她拿起品香的担子，下到河心，正在河心专职装担的许品高和福海妻子周惠娟，他们将铲下的一条一条青黑的河泥，装到别人的畚箕里，轮到为雪娥装担时，他们手下留情，给她少装了些。雪娥就不高兴："叔，嫂，你们欺侮我呀，为什么装这么少？"周惠娟说："雪娥妹啊，你劳动少了，肩胛嫩了，担子重会压坏你啊。"雪娥说："叔，嫂，你们装吧，别人多少，给我也装多少，你们不能把雪娥惯坏了！"品高听得雪娥这样说，就满心高兴地说："好好，叔不惯你。"直至担子装满了，雪娥才蹲下身子，挑起担子，跨出步子，随着人群将担子向河岸上挑去。

下午休息的时候，福海挑来了馒头、大包子等点心，大家围坐在福海的担子四周，拿了点心吃起来。

周惠娟拿了馒头递给雪娥说："妹，你吃呀，别客气！"

雪娥接过馒头，笑着道谢："嫂，谢谢。你自己也吃呀。"

周惠娟拿过一只馒头，说："我吃我吃——"一边大口吃起来。

福海说："今天点心随意吃呀，听说雪娥来了，我特意多做了一些的。"

大家都笑着说："福海就是消息灵，拎得清。"

这天收工后，雪娥和村里的民工一起吃了晚饭。晚上她去指挥部有事，于是吃了饭就匆匆地走了。

北星大队工程指挥部就在吴家圩村上，吴其峰一直坐镇在指挥部。

吴其峰弄清楚郁小青并不是强暴陈萍后，见郁小青认罪态度较好，于是要郁小青写了一份检讨书，就让他回厂里去了。吴其峰从公社团委书记处知道雪娥已经当选为县团委委员，公社团委将其增补为团委副书记，所以在工程指挥部找雪娥倾谈了一次。他向雪娥指出：要珍惜组织上的培养，不要翘尾巴，不要忘乎所以，要谦虚谨慎，任劳任怨，要团结同志，努力学习，不断提高自己的素质。雪娥认真地听了吴其峰代表组织对他的嘉勉性谈话。

第二天，吴其峰回大队去向孙德华书记汇报河滩工程情况，雪娥坐镇在工程指挥部。这时，河滩工地已经进行到收尾阶段，有几个进展快的生产队已经完工，大部分民工已经回去，只留下几个民工在河滩上维持。后进的生产队则加强了力量，加快了进度，所以各生产队之间很快呈现出齐头并进的态势，显然，河滩工程已经进入扫尾阶段，人们没了刚开始时的紧锣密鼓，气氛相对松弛轻快了起来。

晚饭后，雪娥示意文谷去工程指挥部坐一会儿。

猜测雪娥有话对他说，于是文谷洗了把脸，去了工程指挥部。

因为是临时性的，工程指挥部显得很简陋，一张办公桌旁墙上挂着一些报表，桌上还有一只手摇电话机。文谷拖了一只凳子坐下后，雪娥为文谷倒了一杯白开水。当雪娥将杯子递给文谷的时候，文谷想起了轧青玉米其工地上，雪娥也是这样给他递来了一杯冷饮。与那时相比，雪娥的身份和地位已经大不相同了。但一杯白开水，让文谷感觉到眼前的雪娥，还是那时的雪娥，她的性格、她的为人没有变，她还是过去那个淳朴的农村姑娘。

是的，雪娥没有一点领导的样子，她像过去一样的平和亲近，一笑起来，仍然洋溢着农村姑娘的那种蔼若春风的自然。文谷感到，她与吴其峰是完全不同的两种领导：一个像领导，一个不像领导。

雪娥告诉文谷说："这次去县城，遇上朱老师了——他为大会摄影。"

听说遇到朱老师了，文谷说："我也想再见到他，但没有机会。"

雪娥说："他邀请我去了他家，给我看了不少照片。"

文谷知道朱老师从解放初就爱上摄影，是县里数一数二的摄影家，他家里一定是个摄影宝库。

雪娥说："他家里珍贵的照片几大箱。"

文谷说："解放前他就参加地下党，是个老革命了。"

雪娥说："关于我叔叔的事，他知道一些情况，我要求朱老师写了个书面材料。"

"他知道你叔叔？"文谷问。

雪娥说："他不但认识我叔叔，还有他的照片。"

文谷听了跳起来："这太好了，你问他要照片了吗？"

"他说翻印后给我寄来。"雪娥说，"朱老师还为叔叔写了一份材料。"

雪娥说着，从衣袋里拿出一张纸来，这是一张信笺，红线横格，纸张很粗糙的。文谷接过信笺，在灯光下细细看起来。

下面是朱老师写的材料：

1943年初我在西虹乡蟠龙镇小学以老师职业为掩护，从事地下党工作。

一次，柿子园村一家陈姓百姓因女儿生病请太保，陈姓人家是大人家，有三进房屋，他们在后进屋里摆了几张桌子，供好纸马，放好祭品，敲锣打鼓，又说又唱。柿子园离蟠龙日寇据点很近，一阵锣鼓之后，蟠龙镇日寇闻声赶到。这时正好许忠义执行任务返部队经过，发现日寇前来，马上拿了枪躲在窗口外进行伏击。日寇进门后看到后棣灯火辉煌，摆了好几个桌子，以为在招待中国兵，于是要对老百姓动手。许忠义看得真切，立即扣动扳机，一枪一个，连续几枪，打死了几个鬼子。日寇惊惶失措，以为遭了埋伏，后发现屋外只有一个人，于是集中火力围住许忠义，许忠义边打边退，不幸腿部中弹，被日寇抓住。

那天，春来茶馆地下交通员小余找到我，告诉我许忠义被蟠龙日寇抓去的事，并说阿梅让迅速查明许忠义的关押处，以便设法营救。我通过学生家长线索，了解到许忠义被秘密关押在镇上一蒋姓房子（日本宪兵驻地），日寇对他天天踩肚子，灌水，用尽酷刑。我将情报送到阿梅部队后，阿梅立即组织部队营救。许忠义经营救返回部队后，终因受刑过重，不幸牺牲。

看完朱老师的回忆材料，文谷发觉朱老师的材料，一是回忆了许忠义牺牲的具体经过，二是说明了朱老师与春来茶馆也是有交往。

文谷对雪娥说："这份材料很重要。"

雪娥说："朱老师说，他有机会要来西虹公社，到时候你可以采访他。"

文谷说："这样太好了，到时候你可不要忘了通知我呵。"

雪娥笑笑说："我等着看你的长篇小说呢，怎么会忘?"

文谷说："那我先谢你了。"

雪娥笑了笑，忽然转了话题说："听说你们房东家有个九妹啊?"

文谷懵然地说："有啊，吴太太的末拖囡。"

雪娥说："怎么样，人长得漂亮吗？"九妹近日去了三姐家，雪娥没有看到她人。

文谷感觉奇怪："你怎么问这个？"

雪娥神秘地笑了："福海在给你们牵线？"

文谷知道雪娥误会了，急忙否认说："瞎说瞎说，没有的事。"

从雪娥的话中，文谷听出了另外一种声音。她的话中，似乎含有一种忌妒的味道了。雪娥一直在帮助文谷，她心里一如既往地存在着那样一种情意，那种情意是文谷在大学时就感受到的，是文谷在观音堂大街上感受到的，是在她为文谷争取五千块红砖时感受到的，也是在蟠龙培训班看电影时感受到的。但文谷越来越明白，他与她的距离越来越远了，她在政治上越来越红，越来越向更高的阶梯上登攀，辉煌和荣耀正在向她招手。而文谷呢，人生的黯淡仍然笼罩着他，他与她可是两股道跑的车啊。

雪娥告诉文谷说，吴其峰找她谈话了，意思是要她珍惜。文谷想，她难道不理解吴其峰的言下之意吗？

但雪娥的纯粹或许就在于此，她或许真的没有理解吴其峰的言下之意，她也不想按吴其峰之言去珍惜。是的，她珍惜的是自己的初心，一个少女的初心，她不因世俗眼光的变化而变化，也不被投机的心态所左右。外加的一切，并不让她飘飘然起来，她还是一个村姑，她和村里的姑娘们没有什么区别！

但现实生活总是按着自身的规律在演绎人世间的故事。

第十章　父亲

第十章 父亲

1. 疑问

向阳河工程结束后，民工们成群结队地回队里去了，他们有的步行，有的骑自行车，也有的是乘队里的水泥船回去的。福海是负责后勤的，大家都走了，他一时三刻还不好走，有许多器具物件要带回去，如吃剩的米，烧剩的柴，锅碗瓢盆等，水泥船上装不下，说好明天由人再来接。文谷也暂时没有走，因为工程指挥部还有点事要料理。

文谷与福海在吴太太家里就有了闲工夫。

开河中的民工们撤走后，吴太太家里一下子空落落的。

吴太太见大家都走了，平时热闹惯的，竟然有点眼泪盈眶的样子。但吴太太不让福海看出她在流泪，她用手绢擦擦眼睛，不让眼泪落下来，但她眼圈边的泪痕，福海一眼就看出来了。

文谷也发现了吴太太的伤心。

因为曾经说过九妹的事，文谷在吴太太面前还是有点拘束。

九妹倒是放开了，她知道文谷一定有自己的心上人，她就不再避讳什么，落落大方与文谷说说话。

吴太太从福海处已经知道了文谷因为父亲遭了落魄，她对文谷就很同情，一再说文谷这小伙子本可以有出息的呀。

吴太太问福海："文谷父亲究竟有什么事呀？"

福海说："有什么事？能有什么事啊！"

吴太太听了不解，于是只得说："罪过罪过。"

这天晚上，文谷在吴家圩吴太太家里住了最后一夜。他没有和吴太太儿子住一起，而是和福海一起住在客堂里的地铺。或许是换了环境，他一时没有睡着，翻来覆去地想着吴太太的一句话："文谷父亲究竟有什么事呀？"是的，这也是文谷一直以来心中的疑问。他不知道父亲究竟有什么事，福海这样见多识广的人也说不出有什么事，父亲还能有什么事呢？那天夜里，文谷脑海里占满了父亲的事，他想从这些事里，梳理出父亲的形象，寻找父亲性格的脉络，以能引导他去寻找父亲可能不为人知的其他事情。

2. 记忆碎片之一

解放后，父亲分到了土地，他结束了春来茶馆的生意，回到了村里。

他在蟠龙镇待过一段时间，比起村里人，他显得见多识广。解放初，为庆祝翻身解放，村里热情高涨地排了一台大戏。

排戏是在许家后客厅进行的，这个客厅比姜姓客堂高而大得多，屋上的梁木又粗又长。人们在客厅里搭起了戏台，文谷父亲从蟠龙镇上借来了道具。文麦和福海也参加了排演，他们排演的剧目是《刘胡兰》，剧中女主角刘胡兰是潘白云的妻子许润玉扮演的，她当时大约十五六岁的样子，人长得俊俏，是村里的美女。文谷和村上的孩子很起劲地围着看热闹，文麦觉得自己的工作很神圣，不时地呵斥文谷和他的小伙伴，叫他们让开，不要妨碍了排演。文谷他们不怕呵斥，一会儿又叽叽叽叽喳喳围到了戏台边。后来正式演出了，文谷在观看演出时，看到台上两个阎锡山的匪徒要将刘胡兰用铡刀铡了，台上台下骚动起来，文谷害怕得不得了，以为真的要将刘胡兰铡了，吓得连忙躲到坐在人群里父亲身边，父亲笑笑说："戆大，戏是假的呀。"

父亲是一个种田好手。一个夏天的傍晚，父亲从田间劳作回来，臂弯里挽着一只篮子，沉甸甸的篮子里装着一只只甜瓜，父亲放下篮子，去河滩头提来一桶水，说："文谷，洗瓜！"文谷看到父亲篮子里那滚圆滚圆又白又大的甜瓜，欣喜万状，应了一声"哎"，急忙去把篮子里的白甜瓜一只一只放进水桶里，白甜瓜在水桶里浮的浮，沉的沉，挤挤挨挨好玩极了。文谷蹲在桶边，将白甜瓜洗得干干净净。晚上，吃过夜饭屋场上纳凉的时候，父亲将白甜瓜拿出来，让文谷给伯父家送几个，隔壁大妈家送几个。父亲用蚬壳做的"刨"，将白甜瓜刨去皮，然后用刨尖将瓜肉戳成花瓣状，用手掰掰，一瓣一瓣分给家人吃。那时候，父亲的心境比白甜瓜还要甜。父亲凡做一事，爱用脑，善取经。集体化后，生产队计划种西瓜，大家一致推选父亲种。种西瓜是个细心活，技术活，单凭力气不行，父亲肯用脑子，他把队里的西瓜种得好，收获季节，完成上市任务，每家还可分到不少大西瓜。父亲声誉鹊起，村人夸奖说："老胡子有两下子！"（村人对文谷父亲有二称：老胡子是绰号，小阿弟是昵称。）

　　江南农村，夏收夏种是个繁忙时节，夏熟的麦子和油菜收割后，田野显得空旷了，人们就忙碌地将肥料挑到田里去，一一撒匀，然后套上牛犁犁田。那时队里没有拖拉机，靠几头水牛犁田。田犁了，就往田里车水，然后再耙田、划田……直至莳秧，整个过程称为"做水划"。这是一个辛苦的过程，是农活中的重活。父亲常常承包做水划，文谷也就成了父亲的"帮工"。车水灌田时文谷负责看守，牛在车水时会偷懒，走走不走了，文谷就"嘘嘘"地赶牛，让它继续车水。犁了田，灌了水，便开始耙田了，这时父亲让文谷挑大梁了。耙田时，大人立耙上太重，牛拉不动，文谷那时十岁多，不轻不重恰好。立上耙，父亲让文谷用一根有钩的树枝钩住耙绳，控制身体平衡。耙是长方形的，一前一后两块狭长木条下装着许多耙刀，文谷站立其上，增加了耙的压力，牛拉着耙往前走，耙刀就劈波斩浪地将一块块大大小小的泥块切碎。文谷叉开双腿，两脚跨立在前后两块木条上，一手牵着牛绳，一手拉着钩条，挺着胸，目光炯炯地让牛拉着往前走。方向偏了，赶紧甩甩牛绳，指挥牛走正方向。初耙时，泥块大大小小，耙刀忽上忽下，像海里冲浪似的。刚学耙时，一次不小心跌进了耙坑里，耙刀在文谷右腿上划了一下，弄得鲜血直流，父亲急得赶紧吆牛止步，冲过来将文谷拉出耙坑，又从衣角上扯了块布给文谷包扎。父亲问："痛吗?"文谷摇摇头说："不痛!"咬咬牙又上了耙。父亲赞许又关切地说："傈当心点呀!"

之后文谷再没有跌下耙去，且越耙越老练了。站立耙上，来来回回地走，将一块块水田耙平了。为了抢时间，有时耙得天黑了才收工，弄得浑身泥花水渍。父亲的辛苦自不待言，整个做水划过程，他起早赶黑，身上力气几乎被挤兑完了。吃了夜饭，他就早早上床睡了，一会儿就发出很响的鼾声。母亲在堂屋八仙桌灯下做针线活，文谷做着农忙假功课，忽然听到房内传来父亲的吆牛声，父亲梦中还在做他的水划呢。

父亲做水划是一丝不苟的，那时是江南的黄梅季节，多雨，下雨的日子，他就穿一袭蓑衣，在雨中牵着牛，肩着一弯木犁，匆匆地向田野走去。他把水田精耕细作，一方一方的水田，像一面面镜子，映着天光云影，映着他的倒影。水田做好后，队里的男人就将秧运来了，他们走在又光又直的田岸上，停下担子，将担上的一束束秧均匀地抛向镜子般的水田中。一切就绪，队里的女将就上阵，她们一字雁阵排开，一个接一个下田，弯着腰，肥肥的臀部撅得高高的，一块自织的蓝花短裙反束在腰间，她们头一低一低的，一双手时左时右，一束束秧苗在她们手里均匀的莳到水田里去，秧苗横成行纵成列，仿佛经过精密计算过似的，不是插秧的好手，哪里能做到这样啊。未几，一面面镜子般的水田，转眼变成一块块绿地毯了。再过几天，秧苗由青返黄，又过几天，又由黄返回绿了。这时的水田，充满了一片生机，仔细听听，听得见秧苗滋滋日长夜大的声音。出了梅，转眼到了盛夏了，这是江南农村最热闹的季节，秧苗此时已长高了，一片浓密，这时父亲就会和队员们一起去耘稻，稻田里一片蒸腾的燠热和稻叶的细刺，一身身汗水，一道道划痕，但因为怀着丰收的期望，那种庄稼人的苦，他们经得起耐得起，且以苦为乐。当水稻抽穗后，那穗先是青的，散发出青涩的气息，后来穗渐渐黄了，万顷稻浪一片金黄，这时父亲就会扎一个稻草人，让稻草人穿一件破衣，戴一顶旧草帽，去吓走那些贪嘴的麻雀。而一旦到了晚上，村里的老柳树下，大家围在一起乘凉，听父亲说书，这时，水稻田里会传来一片蛙鸣，那鸣声特别的让人舒心，正如宋人辛弃疾的一首《西江月》所描写的："明月别枝惊鹊，清风半夜鸣蝉。稻花香里说丰年。听取蛙声一片。"

夏天雷雨多。一次，风云突变，雷阵雨说来就来，漫天风尘蔽日，黑云飞渡，天昏地暗，雷鸣电闪，似要天塌地倾。文兰正在放牛，吓得独自跑回了家来，前脚才进门，雷雨后脚追到，顿时天河缺口，大雨"哗哗哗——"猛下。父亲惊问："水牛呢?"文兰回过神来："哎哟，水牛……还拴在江岸上!"

父亲一听，脸色霎时铁青，文兰吓得躲到了母亲身后。屋门外，闪电像火蛇上天入地乱窜，猛雷惊心动魄。父亲在门口只踌躇了一会儿，转身拿了雨衣，一头冲进了雷雨里去。母亲惊慌地说，"这么大雷雨……"母亲不敢说下去，她知道一头牛是队里半个家当，若有个闪失，父亲担当不起啊!父亲走了，门外风更猛雨更骤，黑漆漆的天空只有自然的伟力在耀武扬威，一切生灵都实在太渺小了。全家人提心吊胆，一个落地雷炸响，仿佛就炸中父亲了似的，全家人的心都颤抖了!过了好多时间，父亲终于回来了，大水牛随在他身后，被牵进了牛棚，顿时，一家人悬着的心才稍稍归了位。这一幕至今深深地印在文谷脑海里，文谷知道，父亲是个有责任心要脸面的人，为了责任和脸面，他会把生死置之度外。

　　大跃进那年，村里搞起了食堂，村人都吃起了"大锅饭"。文谷父亲充任了食堂的"伙头军"，他和几个年长的人一起，尽其所能将食堂的饭菜做得合人口味。父亲做事情，总是想做得漂亮，得到几句赞扬之词，会视为最高的奖赏。那年秋天农忙假，文谷和村上同学去帮助生产队拾稻穗。到了晚上，大人们要"披星戴月"开夜工，有时去田里捆稻，有时去村场上轧稻。农忙农活多，时间紧，村人割了稻先做其他紧要的农活，让割倒的稻子晒上半个"日头"，晚上就可以捆稻了。夜饭后，月亮已挂在东边天空了，夜空显得很深邃，星星也眨着眼睛出现了，这时，队长哨子一阵紧吹，村人就一窝蜂集中起来，浩浩荡荡的队伍像部队开拔前线。村里孩子也跟着去田里，夜黑漆漆的，稻穗拾不成了，就学大人捆稻。大人们捆稻的技术娴熟，整个动作一气呵成，一个个稻捆，在手里变魔术似的出手，一会儿工夫，身后便有长长一串稻捆了。田野里村人散兵线似的一字排开，你追我赶，热火朝天。村里孩子"开夜工"纯然是凑热闹了，大人在劳动，孩子们不甘寂寞，去田头帮忙，这种帮忙虽不免越帮越忙，大人们却不反对，孩子们从中至少可以知道一点劳动的艰辛。"夜战"有时在村场上轧稻。入夜，村场上点起"小太阳"，男人们往往挑稻，他们在夜色中喊着"杭唷杭唷"的号子，一路风行将稻担挑至村场上，妇女们的轧稻机就"轰隆隆"地响起来，她们纷纷各就各位，抓起稻捆在轧稻机上轧起来。"小太阳"将村场照得如同白昼，稻捆一上轧稻机，只见谷粒满天飞溅，就像成千上万的鞭炮在爆炸似的。

　　孩子们躲得远远的，怕谷粒溅伤了眼睛。大人们将轧掉谷的稻捆向后面扔来，孩子们的任务就来了，他们将稻捆叠齐，让大人捆成大捆，拿到村场一角堆起来。但孩子的热情没有长性，渐渐的劲头小了，热情减了，消极怠工赖着不动了。大人们就让孩子回去。离开打谷场，孩子们的劲头却又来了。这时，夜露开始下了，孩子们最好的去处便是食堂了。每次开夜工，食堂里总是准备一些夜宵，或者煮番薯，或者煮米粥。纷纷来到食堂，父亲在食堂干活，他已把夜宵准备就绪，只等开夜工的下工。这时父亲就有闲情逸致给孩子们讲故事，猜谜语。父亲说一棵树上有十只鸟，一枪打落了七只，树上还有几只？孩子们都争着说："还有三只！"父亲说错了，一枪打落七只，还有三只吓飞了，树上没有鸟了。孩子们一听，觉得父亲说的与老师教的不一样，蛮有趣味的，让父亲再出谜语猜。父亲说，一只地洞里有十只老鼠，打死了七只，地洞里还有几只老鼠？这回孩子们学乖了，说地洞里没有老鼠了。父亲笑笑说又错了，三只活的老鼠溜走了，打死的七只仍留在地洞里，孩子们又一次"上当"了。这和后来九十年代流行的脑筋急转弯差不多的游戏，让文谷和村里的孩子觉得父亲是个"博学多才"的人。

3. 记忆碎片之二

三年"困难时期"，父亲的日子愈来愈艰难了。父亲住在朝东屋的北间，北间用一道单壁拦腰隔成两半，外面一半砌了灶头，里面一半是房间。北间没有粉刷，砖壁裸露着，青砖也是大小不一的杂砖，壁面就凹凸不平，时间久了，壁上积起灰尘。屋顶盖的是瓦，瓦下却没有瓦板，乡间将这种只铺瓦的屋顶叫作"冷摊瓦"。这种屋顶缝隙大，容易漏雨，也没有铺了瓦板的屋子保暖，冬天的日子，朔风从屋顶的瓦缝中无孔不入地钻进来，风卷缕缕，令人冷不丁起一阵鸡皮疙瘩。那时大跃进的热火劲已过去，父亲的心情显得很忧郁。不久，父亲常常傍晚总从暗洞洞的后竹园钻出来，腰里束了一条蓝布裙，两手拖出一抱沉甸甸的青竹。来到屋场，父亲将一大抱青竹放在阶沿前，然后用刀背一下一下拍去枝叶，拍着拍着，一根一根长满青枝绿叶像郑板桥画中的青竹，变成了一根一根光竿了。

吃罢夜饭，父亲将竹竿拖进灶间，开始劈篾。他端坐一只小矮凳上，蓝布裙在腿上铺出一个平台，父亲将一根竹竿放到平台上，用刀将竹竿剖开，又剖成许多细条，这是劈篾的"前道工序"。接着，再将这些细条劈成竹篾。竹篾有韧性有弹性，可以制作许多竹制品，可编篾席，炎夏之时人睡其上，不贴不粘，凉爽异常；可编竹篮、竹匾、竹篓等。劈篾是很细巧的活，父亲的劈篾本领不赖，他能一层一层劈出篾青和篾黄，还能将篾青篾黄再劈开来，最后劈成的篾是薄薄的，在灯光下亮晶晶放出一种光泽，嗅一嗅，一阵阵竹香沁入肺腑。

父亲一个人在灶间里劈篾很寂寞的，这是一种单调而又重复的劳动，时间久了，会腰酸背痛，但父亲似乎全然不觉得。劈篾会发出一阵"嘶……嘶……嘶……"的声音，从灶间里传出的劈篾声，远远听去，像是父亲心灵深处发出的吟唱。夜晚，文谷常和同伴去村场上玩，玩倦了回家睡觉时，只见父亲叼着香烟，还在全神贯注一下一下劈篾，那烟已燃到根了，他仍叼在嘴上，文谷想那红红的烟头会烫了父亲的嘴吗。一次，那烟果然烫到父亲嘴了，父亲如梦方醒急忙吐烟蒂，不料那烟蒂牢牢粘在父亲嘴唇上，三吐两吐还吐不掉，父亲慌忙将正在劈篾的手腾出来，伸手一抹，才将烟蒂抹掉了。父亲每天晚上劈篾，文谷不知道他劈这么多篾派什么用处。后来知道，父亲夜里劈篾，次日早上拿去蟠龙镇上卖了，父亲在为文谷他哥哥的婚事攒钱。

贫困让父母间的纠纷日益多起来，最后竟然导致感情疏远分灶分居了。父亲与母亲分灶后，文谷和小阿姐文兰跟了母亲，三人搬到了八尺间的小屋里居住，父亲一人在北间生活。他自己做饭，自己洗衣，妻离子散，落到这个地步，父亲大约是始料不及的。父亲嗜烟，开始还能买低档的劳动牌烟，渐渐地劳动牌烟也抽不成了。学着自己卷纸烟，他买了廉价的烟丝，裁了一张张烟纸，在靠窗的餐桌上，摊开烟纸，撮一撮烟丝，在烟纸上撒成一条，然后卷拢烟纸，用舌尖将唾液舔在烟纸的末端，稍稍一粘，一支卷烟就制成了。父亲常常抽这种劣质烟，后来他的肺得了毛病，干咳，竟至于呕血，或是与抽劣质烟有关。

去蟠龙镇上吃早茶是附近男性村民的习惯，父亲回到乡间务农后，仍天天去镇上吃早茶，养成清早即起的习惯。蟠龙镇的茶馆也因这一习俗而长盛不衰。即使在三年"困难时期"那样的日子里，父亲也还天天上茶馆去。那时物质特别的贫乏，没有糖供应，蟠龙镇的黑市上有人供应糖精，借以抵代食糖，价格贵一些，但一般人也买不到。父亲有"路"能买到糖精，于是村人托他代买。当时父亲绝不会想到他这样类似"好人好事"的善举，后来在"四清"中会成为他的一条罪状，说他"贩卖"糖精。而当时，大家都笑脸相托，请父亲代带。父亲声明自己不赚钱，只是顺便带带，尽一点乡亲的义务。但许多事情此一时彼一时，他哪里会想得到后来发生的事！

小学毕业后，父亲主张让文谷去学郎中。父亲蟠龙镇上有人脉资源，镇上卫生院的朋友是附近有名的郎中。但文谷那时一心想读书，一口回绝了父亲的好意。听了文谷的回答，父亲生生愣了一愣。父亲半晌后给了文谷一句话，他说今后有什么事不要找他了，父亲说完就愤愤地转身走了。看着父亲的背影，文谷感觉受了莫大的委屈，父亲的话激发了他的偏脾气，他不计后果地去考了初中。母亲老实善良，在父亲面前，她永远是一个弱者。父亲和母亲分灶分居后，文谷和文兰与母亲厮守在一起，这种厮守就是意味着厮守贫困，厮守艰难。

八尺间是一间低矮、简陋、寒碜的小屋。这里原先是养羊、养兔、堆放杂物之处，它与朝东屋之间有一条狭长的屋弄，从屋弄走进去，就到了八尺间。小屋墙壁也是裸露的砖壁，竹编的小门，用一块砖凿了洞权当门臼，垫着门轴，竹门开合时就发出咿咿呀呀的响声。门边砌了一只靠壁灶，母亲常常在靠壁灶前烧火做饭。八尺间用竹帘子隔成里外两半，外为灶间，里面一张床，是母子三人的住处。母子三人组合，看起来是母亲在抚育两个子女，其实母亲已经年迈，反而是小阿姐用她全劳力的收入，支撑着这个"家"。

母亲和小阿组支持文谷考中学。考试那天，母亲早早叫醒文谷，小阿姐也一起起床，母亲为文谷摊了一张面饼，让带着路上吃。然后母亲和小阿姐一起陪着文谷悄悄地出了八尺间，从狭弄里走到东场上时，天还未亮，天穹深处有几颗星星在闪烁。父亲还在朝东屋的北间里睡觉，轻轻传来了他的打鼾声。父亲不知道今天是文谷考试的日子，文谷怕父亲知道后会节外生枝，所以就瞒住了他。母子三人轻手轻脚地走过东场，走到村外，一直来到了西蒋浜同学朱宝其的家，然后二人结伴一起去学校，随老师去北崧中学参加考试。

三年"困难时期"过去，文谷的初中生活也结束了。文谷有幸被推荐去 H 学校读书，像风雨后的彩虹，绚丽在全家人的天空中。喜讯也传得满城风雨了，大家都知道了，有一个人却不知道，这个人就是文谷父亲。大家以为文谷父亲一定知道，有朋友向他贺喜，他却一头雾水："贺喜，贺什么喜？"人家以为他故意装傻。父亲急了，"我有什么喜？我一点不知道啊！"有人告诉他："你儿子中状元了呀！"父亲终于明白怎么一回事。父亲知道后也很高兴，但他的这种高兴，似乎有点尴尬。文谷去 H 学校读书后，小阿姐也出嫁了，母亲身边顷刻间"飞"走了一儿一女，只剩下她孤零零一个人，也是挺孤独的。父亲一个人生活在北间，也过着孤独的生活。父亲母亲相距咫尺之遥，但他们老夫老妻却让咫尺变成了天涯。

分灶分居后，父亲从来不去母亲的八尺间，他是个偏脾气，在母亲面前，这偏脾气硬撑着一个男子汉仅有的一点自尊。这天却是反常了。一个很黯淡的节日，文谷回到了家里，父亲在低矮屋檐下突然出现在八尺间门口，他嗫嚅着说了一句话，声音很低。文谷不知父亲在说什么，母亲却听懂了。母亲说父亲请你吃饭。对于文谷的反叛，父亲似乎一直耿耿于怀，而对文谷的"书包翻身"，父亲既感到欣喜，又感到良心上的不安。父亲请文谷吃饭，文谷的心不由感到震颤，隐隐感觉父亲已将他当作一个大人，并以请吃饭的方式，无言地表示了他的内疚。三年的隔膜让文谷走进北间的脚步有点沉重，也有点陌生。见文谷去了，父亲很高兴，他就去揭镬盖，随着镬盖的揭开，一镬的热气腾起来，父亲将一碗红烧肉双手捧到餐桌上，他还烧了两个蔬菜，在那个岁月，这样的菜肴是款待贵客的。文谷忽然发现父亲饭镬里所煮的饭十分奇怪，周围一圈是不见米粒的菜饭，中间则是一小块白米饭，真是"一锅两制"的"双色饭"。父亲给文谷盛了一碗白米饭，自己却盛一碗菜饭。体会到父亲正以这种特殊的方式向他表示着歉意，文谷心里一阵发酸，泪水一下子盈满了眼眶！

　　他不能不领受父亲的这一片盛情。一碗白米饭吃完，父亲让文谷再吃一碗，文谷说够了够了，父亲知道文谷在客气，又给文谷盛了一碗。文谷只见饭镬中心的白米饭盛完了，只剩下周围的一些灰不拉叽的菜饭。为了让父亲不误解为文谷的生分，文谷"听话"地将第二碗白米饭也吃完了。两碗白米饭，在文谷记忆中久久地难以抹去，两碗白米饭，会让父亲因此而吃更多没有米粒的瓜菜代饭，这在父亲，或许正是他心甘情愿的啊……

　　想到这些，泪水顺着文谷的腮边潸然流了下来。

第十一章　小村人物

1. 人物之一：永泉哥

一个几十户的小村，虽不是藏龙卧虎，却也有人如风起于青苹之末，凭借时势而或呼风唤雨，或跌宕起伏，成了地方上有影响力的人，这样的人，村里人将其称为人物。

永泉哥身材魁梧，身高一米七八，站在男人群里是比较高大的。他给人印象深刻的是他有一副浓黑的眉毛，那一副剑眉给人一种威严的感觉。其实永泉哥为人厚道，宅心慈善。由于家庭贫困，他生不逢时，没有机会上学，所以文化不高。但他凡事好学，积极进取，后来被选拔为大队民兵营长。文谷读小学的时候，社会上正兴起学习文化，他一个大男人像个小学生似的，一个字一个字地学，碰到不识的字或不理解的字，虚心地拦住文谷问。一些很基本的字也成了永泉哥的拦路虎，文谷就很怜悯永泉哥了。文谷将那字的读音告诉他或将有关的意思告诉他，他一边盯着字念出声来，细细地琢磨着，一边不忘向文谷表示感谢。他的"不耻下问"，让文谷心里充满了自豪感。

永泉哥当上大队民兵营长时，他经常参加公社和县的水利建设大会战。一次，县里组织太浦河会战，调集全县的基干民兵，全部上太浦河水利建设工地。太浦河是从太湖流向黄浦江的一条主干河道，河面有 400 米宽阔，往来的船只也是大吨位的。永泉哥参加了那次会战，而且是一个率领者。他带着本大队民兵营在阵地上参战，由于工作量太大，开始大家都是原始的方法用肩挑，但这样体力支出太大，效率却不高。于是永泉哥脑子里有了一个新的想法，晚饭后，他叫来本大队一个姓钱的木匠，与他一起扯闲话，商量可否做一种小车运泥，这种小车能适宜河道的特点运动。钱木匠是个爱创新的人，他皱着眉头想了半天，立即将自己的香烟壳子拆开来，一支笔在上面画起了草图。边画边说："运泥车的轮子要有四个，那样比较稳；轮的直径不能太大，太大了泥装不多。"永泉哥听了，眯起了笑眼。于是第一台运泥车很快就做出来了，一试，比人挑的效率提高了三倍多，还省力。于是永泉哥让钱木匠加班加点赶做运泥车。几天后，永泉哥的阵地上，出现了一道奇特的风景，十几辆运泥车在河道上来来往往，小车还插上了竞赛的红旗，一面面红旗在北风的吹动下，发出哗哗的响声，加上永泉哥那个营的民兵们你追我赶的呐喊声，张扬得气势非凡。很快，河堤快报出了号外，表扬了永泉哥在河堤上的创新做法，其他营的民兵得到启发，也相继做出了自己的运泥车，于是，河堤工程的进展出乎意料地加快了许多。

由于是冬天，下过雨后，河道里结了厚厚的冰。一大早，永泉哥就带头下河道去，用镐敲开了冰块，然后继续进行昨天的工程。结果，永泉哥的民兵营最先完成了任务，他本人也受到了县指挥部的表扬。然而，永泉哥也由此落下了风湿关节炎的毛病，风大雨落时膝关节会隐隐作痛……

后来，永泉哥被上级党委任命为大队支部书记，担负起了更重的责任。那是六十年代初，他房间的梳妆台上，放满了《支部消息》《党的生活》等内部参考读物。文谷去翻看的时候，他也不阻止，有时还会将红笔画出的生僻字找出来问文谷，但这些生僻字大部分文谷也不太认识了，文谷就感觉永泉哥的文化水平已经很高，他面前的拦路虎已经不多了。永泉哥领导的北星大队当时在全公社很红，大队饲养场办成了万头养猪场，成了全公社的典型，应邀到南京参加了表彰大会，回来后他信心满满，不断技术革新，运用科学的方法养猪。那时前来参观的人络绎不绝，通往大队的一条泥路走得光光的发亮。一段时间，有传言说永泉哥要去公社任副社长了，村上人对永泉哥都钦佩万分，有事无事的都要来永泉哥家坐坐，找他的人多了，永泉哥分身乏术，只得在自家的客堂间会客人。为此，永泉哥家多备了几只条凳，还让妻子陆嫂去镇上多买一点茶叶，客人来了，一杯茶总是要泡的，这是乡间的礼数啊。

后来永泉哥没有去公社任副社长，因为他的文化低了点。此事没有让永泉哥的积极性受挫，他就一心一意地经营北星大队，他说，像他这样"半文盲"的人，上级领导让他负责一个大队，已是对他最大的重用了。

一路飘红的经历，有时会让人走到自己的反面，永泉哥也终于到了盛极而衰的时候。

多年的支部书记职务，或许让永泉哥形成了一种错觉，认为自己是一贯正确的。或许他是一心为公的，但在工作的过程中，为公的出发点并不能保证他事事件件都能处之正确。再说对一个人或一件事的评价，本来有各种各样的眼光，各不相同的视角，譬如晚上的月亮很亮，大多数人为月光的皎洁如水发出由衷的赞叹，但它的明丽却影响了小偷的行窃，小偷就对它有意见。永泉哥就是遭遇了这样的难题，他的一心为公，却也得罪了有私心的人的利益。一次，有人报告某生产队有个名叫网船阿金的社员在大队的鱼塘偷鱼，永泉哥屡屡接到这样的告发后，就找了几个民兵一起去守候，这个网船阿金自恃渔民出身，有捕鱼技术，又来故伎重施时，被永泉哥他们逮住了。永泉哥在处置网船阿金时，可能犯了矫枉过正的过错，以至于让这个网船阿金耿耿于怀，当"四清"工作队到来时，他就找到工作队，向他们投诉永泉哥。这或许是永泉哥始料未及的，尽管他当时是出于公心的，但网船阿金的私利受到打击后，他看到的不是你的公心，而是自己的损失和丧失的颜面。"四清"工作队听到网船阿金的信息，为了得到更多的线索，他们鼓励他提供永泉哥更多的问题和证据，这样网船阿金的积极性无疑空前高涨起来，竟成了"四清"中的积极分子。三十年河东，三十年河西，当年是永泉哥受到培养和栽培，"四清"中网船阿金受到了鼓励和支持，真是彼一时此一时呢。

或许多做多错，十几年中，永泉哥得罪过人，他心里知道有那么几个人，对他是有意见的。一个大队几千号人，永泉哥不可能一个人也不得罪。他为集体得罪了人，当他处在落水的地位时，这些人就成了投诉他的积极分子，一些人也乘势踏沉船，于是各种各样的"罪名"都出来了。

不识时务的永泉哥显然不能适应时势的变化，他耿直地抱着自己的一颗"公心"，抵御着"四清"工作队的暴风骤雨，其实这无异于以卵击石。他的行为为他赢来了"抵抗运动"这样一顶帽子。如果永泉哥能好汉不吃眼前亏，配合工作组，承认错误，深刻检查，或许他的好态度会让他得到宽恕。但永泉哥太耿直了，他认了一个死理，凭着自己的无私之心，一点也不知道人言之可畏，偏与工作组顶着干，这样他的态度就成了大问题，工作组认定他是"抵抗运动"，于是越硬越扎手，手握尚方宝剑的工作组将永泉哥的问题升级了。于是，他的光荣历史就此被改写，及至最后，不肯举械投降的永泉哥被撤职下台，还被开除了党籍。

永泉哥的行为，让文谷想起了中国历史上的两个人，一个是殷末的伯夷，他反对武王伐纣，周灭商之后，他不肯出来做官，还不吃周朝的粮食，结果饿死在首阳山上；还有一个是春秋时的柳下惠，他在鲁国做官，连续三次被罢官，他却不肯离开。他们的行为，几近乎偏激和固执。俗话说，退一步海阔天空。如果永泉哥的脑子活络一点，在工作组的兵锋面前，采取"不夷不惠，可否之间也"的态度，即既不做伯夷，也不做柳下惠，在可否之间，采取中庸之道，他的后果可能会大不一样。但永泉哥耿直的性格，给他带来了悲剧性的后果。

对永泉哥来说，这是刺骨的创伤。

明显的，永泉哥的二道眉越来越黑，变得很竖、很冷峭，其实这是他的病兆，当时却谁也没有意识，只有陆嫂隐隐约约心生了些疑问。他的清瘦的脸颊预示着他内心的煎熬。他的体力渐渐不行了，当年太浦河工地上朝气勃发的英姿早已消失得无影无踪，他的整个人已经显出了病相。开春后，生产队里一般总要修修垄沟，筑筑田岸，做些三夏前的准备工作。那种时候，是农村最好的时光，阳光暖暖的，农活一般也不重。永泉哥和大家一起出工，却总是披着一件老棉袄，这件老棉袄应该是有历史了，门襟上的纽扣都落掉了，永泉哥也不嫌弃，他用一根稻草绳在腰里一束，这样棉袄就裹紧了，起到了保暖的作用。只是这样显得有点难看了点，这样的装束，完全像一个乞讨的叫花子了。但农村人讲究的是实用，对于外表一般不会太顾及的，对于永泉哥来说，他已经不在乎外表的亮丽了，他只想求得灵魂的救赎。

一件破棉袄，说明了永泉哥的抵抗力真是不行了。一般的农活永泉哥还能对付，像卖窑泥这样重累的活，对永泉哥来说，就与一种刑罚差不多了。

那时，村人一天到晚被困在农活上，生产队几乎天天安排出工，凡出工就记工分，不出工就没有工分。所以村人都想出工，都不愿待在家里。农闲时的农活相对较轻松，挣的工分是省力工分，所以王月梅哨子一吹，说声"出工喽——"，村人便纷纷扔下手里的家务活，跟了王月梅参加生产队的集体劳动。但由于崧塘地区是粮棉油种植区，生产队经济收入不多，所以村人的工分挣得再多，由于平均分值低，一年的收益是很微少的。因此村人到年底时，总会有调侃的顺口溜说，"一年做到头，剃个头佬买壶油"。为了弥补生产队经济收入的不足，有村人就在自留地里种一些经济作物，拿去蟠龙镇或诸翟镇市场换一点钞票。自留地上的出产让村人尝到甜头后，村人对自留地的经营专注起来，虽然只有三分三的面积，但精耕细作，精打细算，追求效益的最大化。这样，他们对大田的劳作就心不在焉，对集体的生产就漠不关心了。这种情况在前几年是很盛行的，但慢慢就不行了，那些"资本主义的苗子"被掐死了，自留地里是不能种植经济作物的，大家就对自留地的出产断了念想，只能去生产队挣集体的工分了。

作为一队之长，王月梅于是和前任许忠德队长一样，操心怎样让生产队多创收一些，让村人在年终分红时候，手里的红封袋厚一点。不久，河东公社在虬江边造了窑厂，要向周边生产队买泥做砖坯。大队动员各生产队，将高亢地的泥卖给窑厂，这样既支援了窑厂的生产，又增加了生产队的收入，窑厂也会支援大队一定数量的建筑用砖。这是继为十牧场输出劳务后的又一个创收机遇，于是王月梅队长找文谷商量给窑厂卖泥的事。文谷想既然大队动员卖泥，政策上不会有什么问题的，于是对王月梅队长说："开个诸葛亮会，大家商量一下怎样卖法。"王月梅笑着说："这是重体力活，要以队里男劳力为主的啊。"文谷说："这当然的。"

王月梅队长接着在大学校召集队里的一些骨干社员开会，她在会上介绍了河东公社窑厂的情况，说了大队的态度，最后征求大家对生产队卖泥的意见。卖泥这事可是从来也没有过的，土地是祖上传下来的，再穷也不该在祖上传下来的土地上打主意啊。王月梅说："大家说得对，我们再穷也不能卖祖上传下来的土地，但生产队东边的那块高亢地，土质差，种上庄稼产量本不高，卖了泥将地改成田，种上水稻，可能会更好。再说卖了泥，队里可增加经济收入，窑厂还返回部分建筑需要的砖瓦，对生产队有好处。"大家听队长说了这样一笔账，脑袋瓜子开了窍，纷纷支持队里卖泥了。王月梅队长说："队里一条五吨水泥船，每天排出四个男队员去卖泥，其他队员还是照常队里出工。"王月梅问文谷怎么排班，文谷说："老办法，通过抓阄分组。"大家都同意抓阄，结果文谷和顾尔尔、许品高，还有永泉哥分一组，常与他们一起的潘白云分到福海他们一组去了。

轮了几班后，大家对卖泥有了经验。一般总是在前一天傍晚将泥挑到船上去，大家一担一担地将泥从高亢地上垒下来，装入畚箕，挑下船去，将畚箕里的泥倒入船舱中。这样一担一担地挑，船舱中的泥会渐渐增多，将船压得渐渐地往下沉，舱中的泥快满溢时，船就沉得船舷接水了。空舱时船身大部分浮在水面上，满舱时船身几乎潜没到水里了，只有船舷探头探脑露在水面上。舱中的泥则像一墩土丘，馒头似的突出在船舱里。装好泥，太阳已经下山了，如果是夏天，就将浑身汗湿的身体浸到河水里，会水的就游几下，不会水的就坐在水桥上顾自擦洗。第二天一清早，一班人就早早地起床，抢着太阳升起前的荫凉，起锚解缆，二人在船上撑篙摇橹，二人抱着纤绳跳到岸上，一边往前跑，一边将纤绳舒展开来，跑出一段距离后，手中的纤绳快舒展完了时，就将纤绳的末端往身上兜个圈，身子往前一个俯动，纤绳立时就绷紧了。于是二人一步一步背着纤绳往前走，力道吃到船上，泥船也就在河面中央稳稳地往前驶了。一路来到窑厂，这里会有很多泥船已经靠在河埠上，于是抢着河埠上泥船的空隙，将泥船慢慢地插进去。停好船后，赶紧拿了各自的畚箕扁担，将船舱里的泥装入畚箕，两只畚箕装满后，就扁担一横，挑起畚箕向河埠上去。泥是要挑到河埠上一块空场上去的，尽管空场很大，但泥船很多，一船一船的泥装上去，再大的空场也会堆满的。于是从船上往上挑的泥越来越多，越堆越高，最后变成了一座泥山。后面的日子，挑泥上岸的人就像是登山似的，挑着重重的泥担子，一步一步往泥山登上去，夏日的太阳下，上上下下走不了几个回合，汗就哗哗地流下来了。满头满脸的汗，手一捋，汗水流进眼睛里，只觉得眼睛咸咸的有点生疼。这时泥担在肩上不再感到沉重了，全身的力气发了疯似的长出来，挑着担子登泥山时"杭唷杭唷"的号子声，也在窑厂的上空震天价响，好像有几百只"知了"在夏日的酷热里恣肆地鸣唱。及至一船泥挑完，将船摇回高亢地那儿，装满第二船，再将船摇到窑厂，开始第二轮的登山运动……第二船泥挑完，摇了船回去时，将身上的汗衫脱下来看看，汗衫上已经缀满了一层白白的盐花！

文谷年轻，对这样的活并不感到特别的累和苦。

然而，永泉哥却不一样了。他以病孱之身，要参加窑厂卖泥这样累重的农活，这对于永泉哥来说，无异于将他拖入地狱。文谷和永泉哥同船卖泥，文谷看他将泥从船上挑到泥山上去时，腿肚子一步一挺，几个上上下下，人已经湿漉漉的了，薄薄的衬衣像豆腐皮包肉似的粘贴在他的身上。脸上的汗黄豆似的大，脸变得更黑了，一副剑眉变得像剑峰似的凛冽。待两船泥的活做完，永泉哥回到家便瘫倒在床上了，一直牙疼似的哼哼。陆嫂一旁听了心疼，自语地对文谷说："人家男人也这样的么？"

2. 人物之二：许耀武

有一个人悄悄地回到姜家村里来了。

此人在解放前大名鼎鼎，在蟠龙镇附近独霸一方——这个人就是许耀武。

解放初，许耀武被逮捕判刑，在白茅岭农场劳动改造。

漫漫的岁月如流水般过去，如今他已垂垂老矣。

许耀武刑满后提出愿意回老家姜家村度过余生。他回来住什么地方？王月梅队长与文谷商量，他的房子早已充公，他在村上的亲属谁也不愿意接纳他这个霉老头子。王月梅队长提出将大学校仓库边二间五路头小屋给他住，文谷当然没有意见。这二间屋原来是囤放农药的，又潮又小，许耀武的一个本家小辈出面给他打扫清爽了。

许耀武回来了。那天，文谷和村上的男女老幼都去看他，五路头的小屋前围了许多人，大家都不知道当年不可一世的伪军连长是个什么样子。许耀武出现在村人面前了，他完全是一个糟老头子的样子：个子不高，头发稀疏，瘦瘦的，步履有点蹒跚。他在村人的目光中走进小屋，将简单的行李在小方桌旁一放，一屁股坐了下来。他有点累了，看到外面围观的村人，他有点尴尬地笑笑。这笑是什么意思，是自嘲？是"往事不堪回首"？文谷想，他当年回来时，一定前呼后拥的，而今天……经过长期的改造，他内心里究竟怎么想的，谁也不可能知道。他的笑，就是留给村人的一个谜，谜底，大家只能各自去猜测了。

村人原以为这个曾经一言九鼎的大人物，一定气度非凡，睥睨一切。眼前的许耀武形象，太出乎大家的猜想，太让大家很失望了。村里的孩子们，听了长辈夸大其词的介绍，也一起来看稀罕，然而他们看到眼前的许耀武，除了平庸还是平庸。于是，大家怀着好奇心而来，带着失望心而去，传得神神奇奇的许耀武，原来是这个样子啊。

过了些时候，文谷去许耀武的小屋看看。文谷发现许耀武还是会生活的，外面灶间，地上扫得很干净，灶前的柴草打成一个一个草团，整齐地安放在一侧。里间是卧室，虽然小，却一床一箱，安放得很利索。南面墙上的一扇玻璃窗，透进一缕阳光，照在他的床前。许耀武知道文谷是生产队的政治队长，这个特殊的身份让他对文谷格外尊重，他对文谷谄媚地笑着，卑微地请文谷坐，并站起身想给文谷倒茶。文谷笑笑说："我随便看看，不坐了不坐了。"许耀武不知道文谷就是春来茶馆姜守仁的儿子，或许他已经听说当年蟠龙镇上的这个熟人已离开了这个世界，他本想回来可以与他聊聊天说说话，如今他的这个想法落空了，他辉煌时期的一个见证人不在了，没有人能够知道他更多的故事，这或许是一种可怕的寂寞。

村人在生产队劳作的间隙，也时不时去看看。由于许耀武回来，许多传说又获得了生命似的苏醒过来，人们一边劳动，一边啧啧有味地重复老一辈传下来的故事。但时间一长，大家对许耀武的新鲜感就淡了，渐渐消失了，于是不再有人去小屋了。许耀武的生活变得日常化起来，日复一日，那个五路头小屋，就像村人的生活一样平淡。又过了一段时间，人们发现许耀武病了。经历了这样长的曲折经历，许耀武的身体一直很健康。回到家乡后不久，他却突然病了。长期以来，回家乡是许耀武的一个精神支撑，从自首判刑到刑满释放，经历了这么长的时间，他始终有一个念头，那就是一定要活着回乡，他要回来见见村上的父老乡亲，尤其是要与他的妻子见上一面。

许耀武是有妻子的，妻子在他判刑后，一直独自生活在村里。她是有钱人家的大小姐，年轻时就绕了小脚，许耀武风光时，她也跟着风光，抽大烟，搓麻将。许耀武倒霉后，她也跟着受罪，劳动改造，"文革"开始后还被红卫兵拉去批斗。她一直在等待许耀武回来，等待许耀武成了她生活下去的理由。改造的苦，批斗的苦，她都能忍受，因为她知道这是她在为许耀武还债，为许耀武赎罪。直到有一天，红卫兵告诉他说，许耀武不回来了，他将终老狱中了。听到这个消息，小脚女人终于失去了生活的支撑，一下子变得疯疯癫癫的了。她在村里的池塘边转来转去，似乎在寻找许耀武当年的影踪似的。有时她走出去就不回家来，直到有人发现把她送回来……她变成了一个疯婆子，头发蓬松，脸上满是污垢，后来，她终于跌倒在一个杂草丛生的龙沟里，身体合仆窒息而死了。

许耀武或许与妻子有一种心灵感应，他的内心深处或许听到妻子在召唤他回家相聚。刑满释放，他就提出要求回家乡。其实白茅岭农场是允许刑满人员继续留在场里生活的，不少长期服刑人员，或许对家的印象已经很淡薄，或许他们感到没有脸面回到亲人面前，自己已经年老衰朽，场里的生活已经习惯，他们就将自己的余生交给场里，这其实也是一种理智的选择。许耀武所以选择回乡，就是因为心里还有一个牵挂，他要见一见妻子。回乡后，许耀武发现妻子不见了，印象中的姜家村已不认识了，同辈人有的已经相继去世，春笋般长出来的后辈人都陌生，他好像成了天外来客。妻子的先他而走尤其让他沮丧，他相信妻子一定会等他回来。他被逮捕的一天，妻子对他说："我等着！"他对她说："我会回来的！"现在他回来了，等他的人却不见了！于是许耀武的精神支撑抽掉了，他的身子一下子垮了下来。村人说，许耀武当年享福，老年吃苦了。

许耀武孤独地生活在那间小屋里，那小屋显得死气沉沉的。他病了后，小屋不见了炊烟，不见了偶尔出来散散步的他的人影，人们去张望一下，只见他侧身躺在床上，只有丝丝声息，像个死人一般，那小屋就与一座坟墓差不多了。

有一天，五路头的小屋忽然又引起村人的注意了。村人发现，许耀武的小屋里，不知什么时候多了一个女人！那个女人悄悄地来，来后竟然还不走了。她帮助许耀武洗菜烧饭，于是小屋烟囱里又冒出了炊烟，她帮助他洗衣服，太阳升起不久，小屋前的晒衣杆上出现了晾晒的衣服……她是谁？她竟然以一个妻子的身份与晚年的霉老头子许耀武生活在一起？在场角，在田头，村人交头接耳地议论开了，大家的神情，像哥伦布发现了新大陆似的。

这个女人的到来，许耀武也感到意外！

那天，心灰意懒的他，发现小屋前泥路上出现了一个女人，他有点奇怪，这个女人径直朝小屋走来，女人穿着干净朴素，右手挽着一个包裹。他感觉这个女人有些陌生，也有些脸熟。许耀武嗫嚅着问："你找谁？"

女人问："你阿是许耀武啦？"

许耀武说："是，我就是。"

女人打量一下许耀武，说："这么多年，你不认得我了。"

许耀武问："你是……谁？"

女人说："许先生，我是蟠龙克勤呀。"

许耀武听了，终于笑起来："呵呵，你是克勤啊？"

许耀武顿时像注射了一针兴奋剂，李克勤的到来，太让他出乎意外了。

文谷听说小屋里来了一个女人，心里也好生奇怪，不知道那个前来帮助许耀武的女人是个什么样子，他就去看一看。文谷来到小屋前一眼认出了李克勤，她竟是曹影虹的母亲！因为见过面，李克勤也一下子认出了文谷。她没有说什么，只是悲天悯人地说，他真是可怜，病成这样子了。文谷当时感觉李克勤这个女人蛮义气的，这样做不会不引起人们的非议，但她似乎丝毫不顾及这一些。文谷很想弄清李克勤这是为什么。村人都不知道这件奇怪事情的缘由，大家都凭着自己的想象在猜想，有的说这个女人一定是许耀武当年的姘头，有的说这个女人说不定得过许耀武的黄金，七嘴八舌的议论，显然都是一些无稽之谈。

但有一点村人有共识，大家认为这个女人很讲情，许耀武一生或许做了许多坏事，但可能做过一两件好事，譬如帮助过这个女人等，因此这个女人到了他晚年还来报答他。

后来，老病不堪的许耀武终于还是走了。

在为许耀武料理后事的过程中，文谷一直留意着李克勤以及与许耀武有关的人与事，李克勤哭哭啼啼的诉说，以及知情人的私下议论，让文谷基本上弄清了李克勤行为的逻辑性——

那时许耀武是驻守蟠龙镇伪军的一个连长，他年轻，四十多岁年纪，穿着一身被老百姓骂为黄狗皮的军装，挺神气的。手下一百多号人任他调遣，权重一时。他执掌蟠龙镇军政大权的时候，蟠龙镇上时有日本宪兵前来为所欲为，许耀武对他们一点奈何不得，只能听之任之。一天，两个宪兵在十字街酒店吃了老酒，乘着酒兴来找维持会长曹彦卿。来到西街曹彦卿的家，恰巧曹彦卿不在家，或许他们不知道曹彦卿不在家，但他们知道曹彦卿的妻子是镇上的一枝花。他们对她早已垂涎欲滴，大东亚共荣，就是中国的好东西都是他们日本人的。一个维持会长，还不是日本人的一条狗吗？他们在酒兴催发下，来到曹彦卿的家。曹彦卿妻子李克勤看见是两个日本宪兵，曹彦卿与日本宪兵时有来往，李克勤对两个宪兵有些面熟，她知道他们是来找曹彦卿的，用手摇摇，示意丈夫不在家。两个宪兵示意让李克勤开门，他们说曹彦卿就要回来的。李克勤一个妇道人家，丈夫不在家，她是不敢开门的。于是再次用手摇摇，示意丈夫不在家。宪兵还是让她开门，他们朝李克勤笑着，"哇哇"地说着日本话，似乎有什么重要的事。李克勤听不懂日本话，不知道他们说什么。见两个宪兵执意要开门，生怕得罪了宪兵被丈夫回来责怪，于是就犹犹豫豫去开了门。李克勤才将门打开，两个宪兵就直朝她家中走去。他们招手让李克勤上前，李克勤正要给他们泡茶，两个宪兵摇着手说："不要不要"，一边扑上前来，一把抱住了她。李克勤顿时吓出一身冷汗，她知道自己犯了一个严重的错误，她不能为两个日本宪兵开门，以致引狼入室。但这时悔之已晚，两个宪兵这时露出狰狞的禽兽面目，他们一下将她抱了起来，将她放倒在一张长方形的凳上……这时，李克勤知道最不堪的事就要发生了，她决心豁出去，她拼命地骂，拼命地挣扎，然而双拳难敌四手，一个弱女子哪里敌得了两个日本宪兵呢？一切都无济于事。于是，李克勤一生中最悲惨的事发生了，她被两个日本宪兵在光天化日之下蹂躏了！

无巧不成书，正在日本宪兵施禽兽之行时，李克勤的丈夫曹彦卿回来了！曹彦卿在蟠龙镇是一个有脸面的人，在这乱世，他为了兄弟的生意，应承了维持会长的伪职。他是个有文化的人，他知道为日本人做事情意味着什么，但他知道，自己不出来应承维持会长之职，日本人总是要找一个人，为了让兄弟安生地做生意，他就以"牺牲"自己的方式出任了维持会长。所以，他尽可能地利用这个伪职，为镇上老百姓做一些好事，日本人在镇上施虐时，他总是千方百计进行劝阻，让镇上老百姓免遭灾祸。他结交黑白二道，与社会上三教九流来往，他以为这样可以左右逢源，让自己立于不败之地。他以为这样做，镇上的老百姓会叫他好，日本人也不会为难他。然而令他做梦也想不到的，日本人居然欺负起他这个"朋友"来了。曹彦卿回到家里，看到眼前发生的一幕，顿时血冲脑门，他不管三七二十一，本能地抄起身边的家伙（一支防身手枪），对着一个日本宪兵"呼！"就是一枪。这个曹彦卿，虽然手里有枪，他是不会用的，因此枪法生疏，而且面对的日本宪兵是他的主子，心里毕竟有点发怵，所以一枪打去，子弹擦边飞过，只是让日本宪兵受了一点惊吓。两个日本宪兵见状不妙，拔腿就逃。曹彦卿追上两步，不敢再开枪，只是狠狠地骂了一句粗话："我操你娘！"

曹彦卿胆敢开枪，日本宪兵是不会饶过他的，大家劝曹彦卿赶快逃走，否则性命难保。此事让伪军连长许耀武知道了，知道曹彦卿对日本宪兵开了枪，他责任在身，立即派兵将曹彦卿控制住了。许耀武开始不知道怎么一回事，后来知道了怎么一回事，他觉得日本宪兵也太禽兽了。这时，许耀武面临了一个两难的抉择，放走曹彦卿，他自己或许承担责任；把曹彦卿送给日本宪兵，他会受到蟠龙一镇人唾骂。怎么办，权衡再三，许耀武还是决定放走曹彦卿，让他逃去上海躲命。

曹彦卿知道闯下大祸，匆匆忙忙如丧家之犬一般，逃命走了！李克勤见丈夫走，恳求丈夫带她一起走，曹彦卿犹豫了一下，还是头也不回地走了。

西虹的日本宪兵听到枪声，打电话前来，询问发生了什么事。许耀武回说顾复生的小股共军前来骚扰，被蟠龙驻军打退了。由于两个日本宪兵没有伤着皮肉，回去后不敢汇报给上司，此事后来竟不了了之。

李克勤知道自己受辱如此，再也无颜在蟠龙镇上生活了，只得带着孩子回娘家去。在乡下，她也终于不能平复受伤的心，整日以泪洗面。尤其曹彦卿临走时扔给她的一个鄙夷的脸色，让她感觉到了自己的受辱，也让丈夫无脸见人。她不想再拖累丈夫，也不想拖累父母，她给母亲说了一个谎，她说她去找丈夫，让母亲为她带着孩子。她独自回到蟠龙镇，趁着夜色，在高高的汇龙桥上，纵身一跳，跳进了流水湍急的龙江中。几根桥柱边，流水打着旋涡，河面上一些杂草被裹挟着，打着旋儿流向远处，李克勤随着流水冒了几下，一会儿就没有了影踪……

李克勤投河后，被流水冲出一段路，一只网船发现了她，他们将李克勤救上了船。他们用姜汤水喂给李克勤吃，渐渐地将她救了过来。听了李克勤叙说的经过，他们同情她的遭遇。蟠龙镇周围的渔民，都信仰天主教，以救人为善。他们将李克勤送到了天主教堂，神甫表扬了这些渔民，也感到此事很棘手，将李克勤留在教堂不是办法，放她走又怕她再寻短见。为难之时，一个镇上的嬷嬷说还是送去春来茶馆吧。这个嬷嬷认识文谷父亲，知道他为人厚道，于是他们将李克勤送到了春来茶馆。文谷父亲接下李克勤后，想来想去，此事只能找许耀武想办法，于是一边劝慰李克勤想开些，一边带李克勤找到了许耀武。李克勤已是万念俱灰，见到许耀武后，提出了出家为尼的想法。许耀武想想也只能如此，就帮助她进入了徐泾的一家尼姑庵。

几年后，日寇战败投降，曹彦卿回到了蟠龙镇。

他回到家中，家中没有一个人影。听说李克勤在他走后投河了，他知道了后悔不已，不带妻子一起走，显然伤了妻子的心。他来到李克勤娘家，娘家人说她去找他了，也不知道她的下落。举目无亲的他，找到了许耀武，孤身一人的他，要求加入许耀武部队。许耀武已经摇身一变，成了国军了。许耀武当然欢迎他，说他打日本人有功。许耀武对他说，你去找回你的妻子再来。曹彦卿说："我的妻子投河了。"许耀武说："如果她还在人世，你愿意接她回家吗？"曹彦卿说："连长不要开玩笑了。"许耀武说："不管玩笑与否，你明确表个态。"曹彦卿发觉许耀武话中有话，就说："如果她还在，我接她回家！"许耀武当即笑了笑说："你跟我走。"曹彦卿乘了许耀武的车，一路向前来到一个荒僻之所，有一座尼姑庵，许耀武进去，叫出师太，指了指曹彦卿说："克勤可以还俗了。"师太听了许耀武的话，心领神会，入内叫出一个中年女尼。曹彦卿一看，大惊地说："克勤，你、你没有死啊？！"

曹彦卿参加许耀武部队后，为许耀武鞍前马后效力，成了许耀武的马前卒。但好景不长，一次与流氓武装的火并中，曹彦卿被流弹击中，一命呜呼。兔死狐悲，曹彦卿死后，许耀武很关心李克勤母女，经常送钱送物。为此，李克勤将许耀武视为救命恩人。临到解放，国民党大势已去，树倒猢狲散，许耀武脱下军装，躲进了上海近郊周家桥一个肉庄里，这里是他的另一个窝。蟠龙解放后，人民政府打听到许耀武藏匿在周家桥，派人前去逮捕他。许耀武老奸巨猾，用好酒好菜款待来人，说吃了饭跟来人一起回蟠龙，不料，趁来人吃饭之际，他悄悄地溜走了！如果许耀武当时被抓回来，他就没有今天了，因为后来在蟠龙镇大寺场举行了镇压反革命大会，当场镇压了镇上几个作恶多端的反革命，其中就有他的几个部下。许耀武逃过一劫，镇反运动潮头过后，他去政府自首，于是被判了无期徒刑……

曹彦卿当过维持会长，又追随过许耀武，自然是一个"货真价实"的反革命，他家也就成了一个反革命家庭。解放后，李克勤和女儿在蟠龙镇上没有好日子过。但李克勤对许耀武始终感恩戴德，受辱的那一幕是她一生的痛，许耀武放走曹彦卿，帮助她出家，终使她绝处逢生。李克勤心里永远念着许耀武的好，只要有机会，她是一定要向许耀武报恩的。解放后，听说许耀武失踪了，后来又听说许耀武被判刑了。走到人生的晚年，她终于知道许耀武回来了，回到了他的老家姜家村。女儿曹影虹已经出嫁，李克勤已经无牵无挂。于是她做出了一个常人难以理解的行动，她来到当年的救命恩人身边，她以自己的方式，向晚年的许耀武尽一份自己的真心。

　　看到晚年的许耀武与李克勤共同生活在一起的这一幕，村里人不禁疑惑而又感叹，一个刑释分子有一个女人甘愿与他共度人生的夕阳时光，送他最后一程，这无疑是让人钦佩的。小屋前的炊烟，一对老年人的蹒跚脚步，仿佛是金秋的稻谷香味，在广袤的田野里弥散……

　　然而，这一幕又会给李克勤带来什么意料不到的后果呢？

第十二章　冰火二重天

1. 红与黑之间

雪娥越来越走红了。

她成了大队党支部委员，成了公社团委副书记，成了县团委委员。虽然后两个职务是兼职的，但这样的职务，预示了她的前途不可限量。她的会议也多了起来，三天两头公社或县里开会，她有点孩子气地在文谷面前说："一天到晚开会，事体也做不成了。"文谷说："开会就是你的事体啊，再说，开会也是很好的学习机会。"雪娥知道文谷的意思，她曾经说过，她文化水平低，现在领导这样重视，她怕自己会辜负领导的期望。文谷鼓励她说："你能认识到自己的短处，说明你很理智的，只要加强学习，你会胜任的。"

说实话，文谷对雪娥的"交好运"，心里有一种奇怪的想法，仅凭着"根正苗红"就一路提拔，是不是有点"拔苗助长"？这对雪娥来说，可能未必是好事。因为胜任才能愉快，这样的提拔她能胜任、她能愉快吗？看来文谷的担心有点多余了，雪娥毕竟是一个纯朴的农村姑娘，她对自己有几斤几两有清醒的认识，她从不因为自己的高升而忘乎所以，而骄傲妄为，甚至看不起他人了。相反，她始终认为自己是一个普通人，从不认为自己随着身份的变化而变得高大起来，所以她看人是平视而不是俯视的，她的笑也还是那么平易近人，让你感到她还是大家的姐妹。她对文谷说："真的，我好多地方不如你。"雪娥的这份清醒，让她对文谷的看法与一般人不同，一般人往往以势利的眼光看人，吴其峰就是这样的，他对文谷的好只是一种表面的，只是一种策略。雪娥对文谷的好是出自内心的，尽管她的耳边有不少关于文谷的说法，然而她有自己的看法，她相信自己的眼睛和感觉。所以，文谷能感觉到她对他的信任和知己般的情谊。这种情谊在慢慢地不知不觉中升华，文谷与雪娥在一起有一种幸福的感觉。说到底，雪娥是个很现实的人，她并没有随着自己的走红而将眼光变得势利起来，她始终将自己放在北星村和姜家村这个小天地里，她感觉自己在这里才是真实的，而外面的种种有点虚幻，不太真实，因此，她始终不改变对于文谷的初心，在心里，她其实已将文谷看作是此生可以托付终身的人。

然而现实让文谷清醒，文谷感觉自己对于雪娥的这种情感有点"畸形"，门当户对是中国人的传统，如今他与雪娥之间已经门不当户不对了，随着雪娥的升迁，这种差距还在不断地扩大。文谷不是一个自私的人，他不能让自己成为影响雪娥发展的绊脚石。

两个人相爱相恋，私下接触和交谈的次数就多了起来。然而每一次交谈，文谷思想上都有一道不能逾越的障碍。

雪娥对文谷说："我不要这些荣誉，我只要我们在一起。"

文谷对她笑笑，文谷认为她是受了传统古装戏的影响，想演绎一出现代版的"落难公子中状元，私订终身后花园"的爱情剧，然而文谷这个"落难公子"已经一蹶不振，不可能有"中状元"的奇迹出现，她与文谷"私订终身"，能有大团圆的喜剧出现吗？文谷说："雪娥，我知道你对我好，但我们之间是不会有结果的。"

雪娥说："你不要那么悲观，事在人为，我不会变心的。"

文谷说："我会影响你的前途的。"

雪娥说："只要我们在一起，我还要什么？"

雪娥的话让文谷有点感动。雪娥这样的姑娘是很聪明的，她们期望一种平和稳定的生活，她们不追求大富大贵，农村生活有如陶渊明笔下的桃花源，在其中生活久了，她们自然而然就喜欢这样的生活，她们将富贵与荣华视作浮云，珍惜人与人之间相亲相爱，互敬互爱的情谊。她们一旦遇上了自己中意和心仪的人，她们会不顾一切地追求。邻村有一个姑娘，她看中的男友家境贫困，人家都造起了楼房了，他家还住在简陋的三间草屋之中，父母和亲友一致反对，她却不为心动，一意孤行，最后终于有情人终成眷属，他们幸福地生活在一起。雪娥显然也受了这样典型事例的影响，她追求的是陶渊明笔下的那种生活，她虽然没有读过陶渊明的著作，但陶渊明的思想是对农村生活的抽象化，长期生活在农村的人，用不着读陶的著作，聪明的她会在生活中自然而然地感悟到陶渊明的思想。

文谷内心也希望雪娥有一样的想法，文谷希望能有雪娥这样的红颜知己，在农村中平淡地生活，四季耕稼，自食其力，闲暇时候，雪娥的巧手会纺纱织布，而文谷则爱读读书，说说书中的故事给她听。夫妻恩爱，儿女绕膝，炊烟袅袅，鸡犬相闻，此情此景，不啻一幅桃源耕稼图。一些仕途中一生劳累，甚至遭遇风险而走向末路的高官名宦，往往最后艳羡和想过这样的生活而不可得！

然而，这样美妙的生活，常人可得，雪娥不可得。

因为雪娥已然不是一个雪娥了，她是社会的，她是上级领导的。

雪娥与文谷的恋爱，在一般人的眼中，成了一种近乎"畸形"的恋爱，他们的恋爱，是为社会所不容。

蛛丝马迹总是有的，风言风语总是有的。

引起警觉的首先是吴其峰。他从大队妇女干部丁思英那里听说了一些，又从宣传队队员中了解了一些，在大队饲养场也听说了一些，几个一些加起来，就不是"一些"了，而是变成了警报。吴其峰敏感的神经立即紧张了起来。

他将此事作为"阶级斗争新动向"汇报给党支部书记孙德华。

孙德华书记说:"你找许雪娥同志谈一次话,她年轻单纯。"

吴其峰说:"我们不能让人把党组织培养的对象夺去了。"

孙德华也感到了事情的严重性:"此事要与她父母也谈一谈。"

吴其峰表态说:"好的,我马上去谈。"

吴其峰是有工作经验的,他没有直接找雪娥本人,而是先找了她的父母,她想用父母的权威劝阻雪娥的恋爱。

他骑自行车来到了公社药厂。

雪娥的父亲在药厂工作。吴其峰笑容可掬地找到正在大蒸桶边蒸药的许忠德。"许叔叔,有点事找你。"吴其峰说。

许忠德见有人找他,拍拍身上的药草屑,来到门口,在一条长凳上坐下,随手抽出一支香烟递给吴其峰。

吴其峰摇摇手说:"不会抽的。"

许忠德于是自己点燃一支,顾自抽了起来。

吴其峰迂回曲折地问了些药厂的情况,然后直奔主题,反映了他掌握的一些情况。关键是说雪娥是党组织正在培养的对象,前途无量,她不能与家庭有问题的人谈对象,这是保持党的纯洁性的需要。最后,吴其峰要求许忠德配合支部做好女儿的工作。

许忠德也知道女儿私下在与文谷谈恋爱,他原本是反对女儿的,雪娥的母亲也是反对的,当初将女儿调到大队养鸡场就是出于这样的意图。但事实上这样的隔离作用有限,他知道是女儿在主动与文谷相好。知道这一点后,他就稍稍地改变了态度,他们毕竟知道婚姻自由,女儿的婚姻应该让女儿作主,女儿是他们的心头肉,女儿是宝宝子肉肉子,女儿看中的人，强拆开是要有报应的，这样的事例他们看得很多的，所以他与妻子的态度变了，只要女儿满意，他们还是依女儿吧。听了吴其峰的话，他才觉得女儿的婚姻与别人不一样，对此他有点出乎意料。他听懂了吴其峰的意思，作为一个曾经的生产队长，他对大队一级领导是很尊重的，他觉得吴其峰是代表孙书记来找他谈话的，他们是关心他女儿。有了吴其峰和孙书记的支持，原本存在于内心的反对的想法重新复活了起来。于是他从心里感激吴其峰，他向吴其峰表态，他一定会做女儿的工作，请党支部孙书记放心。

听到许忠德这样表态，吴其峰很满意，于是他骑上老坦克自行车告辞走了。药厂旁边是公社文化站，吴其峰走过文化站时，从车上下来，往站里看了看，站里人影没有一个，吴其峰正想离开，一个柜台后伸出半个身子来，一个女人伸个懒腰问道："你找谁？"

吴其峰应付地说："我、我不找谁，随意看看。"

女人不满地说："看，有什么看头，这里又不是电影院！"

说罢，又一头伏下去睡觉了。

吴其峰想："这样的文化站怎么搞得好呢，没有一点革命热情。"

但文化站的事他管不着，他这是狗抓老鼠多管闲事。

两天后，吴其峰直接找雪娥也谈了话。他要她好好想一想，不要辜负了党对她的培养。

那天，雪娥约文谷在村外一个车棚旁见面，这儿是顾尔尔和许品香曾经幽会的地方。雪娥告诉文谷，吴其峰找了她父亲，也找她谈了话。

文谷一愣，心想该来的终究会来的。

文谷着急地问："你父母态度怎么样？"

雪娥说："父母的态度急转直下，他们原来还是让我自主选择的，现在却激烈反对了。"

吴其峰是代表支部谈话的，他的话对父母有很大的权威性。

文谷问雪娥："你的态度呢？"

雪娥见文谷这样问，有点不高兴了："我的态度你还不知道啊？"

文谷说："现在情况变化了……"

雪娥说："所以找你想办法啊。"

文谷宽慰说："不急，只要坚定信心，十二级狂风也吹不散我们的。"

听文谷这样说，雪娥知道自己误解了文谷，她略带歉意地说："我们谁也不能变心啊，一场暴风雨就要来了，我们风雨同舟，我们一定会胜利的。"

听了雪娥这样的话，文谷心里一热，一下紧紧地握住了雪娥的手。

雪娥却把手抽走了。文谷朝她笑了笑。

她很传统，他也很守旧。

2. 港口头事件

一场暴风雨真的要降临了!

这种感觉,文谷在 H 学校读书时曾经经历过一次。

那天,文谷正在教室上课,辅导员汤老师让文谷去办公室。文谷不知发生了什么事,从教室里将人叫出来,不会没有什么事的。文谷想不出会有什么事,走进汤老师办公室,看到有两个陌生人在办公室里坐着。文谷想,怎么会有两个陌生人来找自己?他们不是来找我的吧?文谷在 H 学校读书,与外面没任何瓜葛,与这两个陌生人会有什么关系呢?

恰恰是这两个陌生人来找文谷了!

来到 H 学校的这两个人,是北星大队"四清"工作组成员,他们想从文谷这里得到他们需要的有关线索。一方是有备而来,一方是无备而去,文谷与两个陌生人的谈话,充满了危险。

从开始的寒暄中,两个陌生人中的一个,笑着夸奖文谷,说进这样的学校读书真光荣,不容易,等等。接着他说他是代表组织来了解一点事,要文谷对组织忠诚老实。文谷表态说,我是党培养的,一定有一说一,有二说二。这人听了很高兴,接着很随意地与文谷拉起了家常,问家里有几个人,父亲在做什么,是不是知道父亲的事情?文谷隐隐约约感觉乡下好像出了情况,哥哥来信从来没说有什么事,文谷对家乡的"四清"运动因此一概不知。文谷与父亲的关系一直是很隔膜的,父子关系也刚刚有所好转。所以,转弯抹角地说了半天,文谷真的是什么也不知道,于是两个陌生人只能无功而返了。

世界上的事，事实只有一个。如果要强加罪名，那是欲加之罪，疑无辞乎？

"四清"运动开始后，堂哥永泉就成了运动的对象。由于他的态度很不配合，工作组召开大会对永泉哥进行揭发批判。

文谷父亲是一个普通农民，并不是"四清"运动对象。但工作组将父亲作为大会的一个陪斗对象，这是一个策略。文谷父亲是个很耿直的人，喜听古书，他对为人的道理悟得透，不为小利而忘义。但人无完人，孰能无过？父亲尽管很正人君子，但生活中总有"可说"之处，于是三年"困难时期"，物资紧张，老百姓买不到糖，他在蟠龙镇认识黑市上贩糖精的朋友，帮忙带糖精片给村人，被说成是贩糖精谋利。有人提出某年生产队芋艿种少了，芋艿种是堆放在食堂里的，文谷父亲是食堂人员之一，他手里有钥匙，于是他成了怀疑对象之一。这些问题捕风捉影，即便是有，也是鸡毛蒜皮，构不成重大问题。

工作组启发人们向深处挖掘。

文谷父亲的平庸让人们的想象力受到了限制，他委实没有什么大的作为，也没有什么出格的事。但总会有超乎常人的想象力，他们把一件事与父亲牵强地联系在了一起。这件事在附近影响很大，这是淞浦地区的一个重大事件。

姜家村有着江南农村村宅相似的格局，村宅的后面是一片竹林，竹林起着守护村宅的作用，西北风呼呼紧吹的日子，竹林会发出"呜呜"的风声，竹林帮助村宅抵御着西北风的侵袭。竹林的北面，就是那条崧塘河了，河上没有桥，要去河对岸的港口头村，只能乘船划过去。由于河的阻隔，姜家村和港口头村恍如两个世界。而就在这个港口头村上，潜藏着中共淞浦地下党的一个联络点。联络员邱正农是港口头人，他家很穷，只有三间草屋，他是淞浦地下党的骨干之一。他与一般的茶客一样，经常去春来茶馆吃茶，所以与文谷父亲是很好的朋友。那天，他在春来茶馆吃了茶回家，文谷父亲也刚好回家，于是两人谈谈说说地从蟠龙镇上走出来，沿着田野里的乡间泥路一直向北而去。到姜家村后，父亲见天已经晚，就对邱正农说："这几天风声很紧，今晚就住在我家吧，不要回去了。"邱正农不想打扰别人，说弄条小船戳过去就可以了。父亲见邱正农执意要走，就弄了条小船，生了绳子，让邱正农乘上小船，用力一推，小船就箭一样窜到了对岸。父亲待邱正农上了岸，就将手中的绳子收回来，随之小船也就拖回了这边。父亲看着邱正农沿着崧塘河北岸一步一步黑暗中向港口头走远了，将小船在船舫棚里拴好后，也返身回到了家里。但这一晚父亲有种不祥的预感，港口头村的狗叫声不断，好像发生了什么事。第二天，父亲一早回到茶馆后，天天来茶馆吃茶的邱正农一直没有来，他就担心会不会出什么事了。下午，终于有消息传来，说邱正农昨晚出事了！

　　邱正农回到港口头后，一群日伪特务潜伏在他家的周围，他与平常一样开门后，就走进了家里，但他还没有点灯，就被一拥而上的特务扭住了。他们将他捆绑了起来，特务们要他承认是中共地下党，要他交代地下党的组织。这时，邱正农还不知道，日伪特务在他家里已经抄到了地下组织的重要文件以及一份地下党员的名单！他以为特务们只是在诈他，他以为特务们还没有掌握什么证据，所以他只说自己是一个普通的老百姓，是一个农民……特务见邱正农不肯交代，就将他绑到屋场前一棵树上对他动刑。他们从树上拗下树枝，对着邱正农抽打，一阵阵惨叫，伴着一阵阵狗叫，将港口头的老百姓搅得鸡犬不宁。

究竟发生了什么事，让邱正农暴露了？

这个案件搞大了，日伪特务在邱正农家得到地下党名单后，就在淞浦地区按着名单进行拉网式的搜查，许多隐藏的地下党员被逮捕，一时风声鹤唳，党的地下组织被破坏殆尽，五名优秀党员被押去蟠龙镇大寺广场枪决，地下党组织遭到了史无前例的破坏！这个港口头事件，让仇者快，亲者痛，它也由此成了淞浦地区一个特别重大的事件和一个重大的谜！

"四清"中有人为了某种需要，故意将这样重大的事件闪烁其辞地"旧事重提"，说邱正农当晚回家是文谷父亲用小船送他的，邱的出事究竟是什么原因？这样的议论是一种真正的"影射"，这是一个普通的老百姓难以承受的，文谷父亲听到背后这样的议论，知道"欲加之罪疑无辞乎"，知道这是有人不让他有活路了。

身处恐怖氛围中的父亲，被这样一种"闪烁其辞"压迫得有口难辩，他感到一切都说不清了。父亲的说不清，一是事情本身说不清，港口头事件是发生在淞浦地区的一个重大事件，作为一个普通老百姓，他怎么说得清呢？二是人家没有说你，人家只是就事论事，只是说现象，是你用小船送邱正农回去的，邱正农回去当晚出大事了，这里面有什么逻辑推理，你怎么说得清？

批判会上，一些积极分子纷纷发言，发言的人文谷父亲都是认识的，他们有的为自己的上进而表现积极，有的为减轻自己的罪责而戴罪立功，他们在一场没有输赢悬念的斗争中，站在稳操胜券的一方。面对如此局面，文谷父亲还说什么呢？于是，暴风骤雨面前胆小的文谷父亲，一个本分的庄稼人，却大胆地选择了"无言"的抗争。

文谷父亲那天去蟠龙上吃了最后一次茶，那是他生命中最熟悉的场所，他看着老虎灶上的灶火一闪一闪地亮，他想起了春来茶馆那个矮个子小伙计，后来这个小伙计去了阿梅部队了，解放后，随部队参加了抗美援战争，在朝鲜战场立了功，但失去了一只胳膊。作为残废军人，他享受着政府的补贴，文谷父亲后来与他很少联系，他后来去了公社，担任着一个体面的职务。父亲坐在茶馆门边的一张八仙桌上，这是他的老位子，他与自己的茶友常常在这里聊天，谈山海经，南讲三北讲四，他们的聊天没有主题，很随意，想到什么说什么，但往往在这种不拘无束的聊天中，文谷父亲与茶友的友情加深了，有什么不愉快的事情也会在聊天中化解了。今天情况不一样，文谷父亲有点沉默寡言，对茶友的话心不在焉，往往答非所问。终于，这次吃茶完毕后，文谷父亲将他的茶壶带走了，而平时，他吃好茶后，总是将茶壶放在八仙桌上，如果中途有事走一下，他会把茶壶的盖搁起，表示还要回来继续吃茶。这次父亲把茶壶拿走了，这个细节，茶友没有留意到。

文谷父亲曾经负责生产队在桃园附近的一大片西瓜田。文谷父亲是种瓜的高手，队里让他专门负责种植。文谷父亲负责的瓜田，长势茂盛，西瓜一只只大而圆，到西瓜上市的时候，上面会派来大卡车装运的，于是队里的大人们分头进入西瓜田，采摘西瓜。将上好的西瓜采摘下来，运到上海市场去。当然，这时队里也会留下一部分西瓜，分给每户人家。队里的人分到了西瓜，总是要夸奖文谷父亲，说他的好话。这时文谷父亲的西瓜棚边会会聚集不少的人，这个西瓜棚，是文谷父亲放农具，也是看守瓜田所用的，因为西瓜成熟后，文谷父亲每天晚上要在瓜田里守夜，有时文谷也会来陪父亲守夜，那时，看着瓜田里的萤火虫飞过，看着天上的月亮照着瓜田，这一幅夜景，像丰子恺笔下的画一样美丽。

那天晚上，文谷父亲从茶馆回来走向那座瓜棚去了。无数个夜晚他都是独自守在瓜棚里的，而今晚，他又独自走向了瓜棚。文谷难以猜测父亲走向瓜棚时怎么想的，或许他是去寻找瓜棚留给他的美好回忆，在崧塘边，在虬江边，两河交汇处的流水声，一种旷野的静美之境，他甘愿与大自然同化一起了。

文谷父亲的无言抗争，让他远离了这个是非纷纭的世界，却给人们留下了"谜"一样的悬念，更给后人留下了一个"被株连"的口实。

3. 天意不垂怜

　　许忠德夫妻对于雪娥的婚恋，听从了吴其峰的意见，不再放任自己的女儿。夫妻俩费了好多的口舌，要雪娥放弃自己的选择，该说的几乎全说了，他们没有料到雪娥竟然丝毫不为所动，夫妻俩简直无计可施了。

　　吴其峰只得亲自出马与雪娥缠斗。

　　几天来，他一直做雪娥的思想工作，几乎使出了全套的功夫，利诱、威吓、忆苦思甜、利害比较等，能用的方法都用上了，该说的道理都说透了，但雪娥的坚定让他感到很失败，他觉得工作已经无法进行下去了。但他不甘心，思来想去，他突然想到了一个人，想到这个人时吴其峰欣慰地笑了，他像捞到了一根救命稻草一样，一种胜利在握的自信让他脸上露出了微微的笑容。

　　吴其峰想到的这个人，就是雪娥的姑姑、许忠德的妹妹许玲宝，她解放前参加了地下党组织，现在是县里一个部门的领导。

　　许玲宝的出面，会不会让许雪娥改变自己的主意呢？

　　恰在此时，天裂开了一条缝，一缕阳光从厚厚的云层里照了下来。

　　上面开始招收工农兵大学生了！

　　招收工农兵大学生，是实行群众推荐、领导批准、和学校复审相结合的办法，学生来源不受年龄和文化限制，招收有丰富实践经验的工农兵。

　　上海师范大学首先开始招收一批工农兵大学。

顾尔尔兴奋地将这个告诉文谷时，文谷也一下跟着兴奋起来。

文谷想，他如被录取工农兵大学生，他的政治条件就彻底改变了，他与雪娥之间的恋爱关系，正处在危险的节骨眼上，如能成为工农兵大学生而得到社会的认可，一场山雨欲来风满楼的危机会因之而得到化解。

莫非天开眼了？

文谷清醒地意识到，这次工农兵大学生的招收，对他来说是多么重要！虽然一系列的打击，让他感到被推荐为工农兵大学生近乎一种奢望。但他内心还是希望出现奇迹，这个时候，他多么需要命运出现转机的一道曙光啊。

顾尔尔为文谷从公社拿来了申请表格。

文谷认认真真地填好了表格。文谷将表格拿到顾尔尔小屋，与他一起协商和斟酌了一番。顾尔尔认为，文谷的机会还是蛮大的，因为文谷的创作在公社还是有一定的影响，而雪娥现在是公社的团委副书记，不少人都知道了文谷和雪娥的关系，看在雪娥的分上，文谷的希望不应该是渺茫的。

听了顾尔尔的分析，文谷也有了一定的信心。

雪娥也知道了招收工农兵大学生的事，她也支持文谷报名。

但文谷与公社很隔膜，或许是因为自卑，或许是他去 H 学校读书后，他与西虹公社很少有关系了。他从不去公社走动，他只是以自己的努力和实力，让人们对他产生好感。文谷拙于自我表演和自我推销，也不会走后门搞关系。

有人隐隐约约地暗示文谷，大队有人去公社知青办询问了工农兵大学生招收情况。对此，雪娥一点不知道。文谷有点担心地与雪娥说起，她说应该相信组织，雪娥的天真和单纯再一次表现出来。

为了自己的前途，文谷第一次来到公社，跨进了知青办的大门。

文谷找到知青办韩主任，他第一次厚着脸向韩主任介绍了自己的经历，他的特长，他下乡后努力工作的情况。韩主任听了他的介绍，说你的情况我们原先不太清楚，现在知道了，你回去吧，公社讨论时我会把你的特殊情况介绍的。

顾尔尔回来告诉文谷，文谷的名字也在招收后备人选中，文谷听了着实很高兴了一阵子。

好消息并不随着文谷美好的愿望而来。

不久工农兵大学生的录取名单公布了，结果是：

顾尔尔录取了，文谷名落孙山。

消息传来，文谷为顾尔尔高兴，却为自己的失败感到前所未有的沮丧。

那时的政治形势下，出局的结果文谷应该预料到的，但文谷因为对自己的前途抱有幻想，因为希望生活中会出现奇迹，所以他对自己的落败没有思想准备，于是，当这种期望像肥皂泡一样破灭时，他受到了又一次的沉重打击。

那几天，顾尔尔处在无比的喜悦之中。

文谷却沮丧至极，他的面前一片黑暗……

恶果接连而来。

工农兵大学梦的破灭，使文谷与雪娥的恋爱也走到了崩溃的边缘。

吴其峰加快了工作步伐，他找来许玲宝做雪娥工作，在许玲宝的好说歹说下，雪娥的防线终于开始动摇了……

在这样的节骨眼上，又一件好事光顾到雪娥身上了。

上海市一所名牌大学特招以基层干部为对象的工农兵大学生，青浦县仅有的一个名额，上级指名荐送许雪娥。

文谷和雪娥的人生轨迹出现了一个奇妙的"V"字状，文谷不断地从高处向下走，雪娥却不断地从低处向上行。文谷霉事相继，雪娥好事接踵。

雪娥被荐送名牌大学读书的消息不胫而走，不久全大队都知道了，全公社也知道了。让人惊奇莫名的是，她去这所名牌大学，不是读政治，也不是读中文，而是读外国语。外国语中，竟是很冷门的法语！

接到去上海读书的正式通知后，雪娥约文谷在普江庙学校一个教室里长谈了一次。她决定听从姑母的劝说，改变自己的立场——暂时不谈恋爱。因为，发生在她身上的事情，让她感到太突然了，她简直有点眼花缭乱，她对自己的前途一点也没有把握。她也不知道自己将会变成一个怎样的人。

或许她的这个决定是痛苦的，她是有个性和主见的人，一般情况下，她不会轻易改变自己的想法，但她没有想到组织上会这么培养她，她以前的行为都以自己是一个村姑为前提的。是的，她原想与自己中意的人一起过平常普通的生活，哪怕这种生活是清苦的也好。但现实生活不允许她这样选择，更不允许她选择一个政治上存在莫须有"问题"家庭的人。或许正如她姑母所说，她太任性了。姑母在政治生活上显然更成熟，姑母的话让她冷静下来思考自己所固执坚持的是否应该？是否值得？最后，她终于感觉到自己还是年轻幼稚，在姑母语重心长推心置腹的劝导下，她终于向姑母表示暂不谈恋爱了。

阳光渐渐西斜，阳光从窗玻璃后面透进来时，给人一丝温暖的感觉。

雪娥与文谷进行的谈话，显然有点意味深长。

谈话中，她更多的是在为文谷考虑，她知道文谷已经遭受了太多的打击，她的改变或许会让文谷遭受再一次打击。因此，她反复表示了自己的无奈，并说有什么困难，她会帮助文谷的。

文谷说这样很好，他们之间其实有天壤之别。他们这样分手，很理性，也不伤感情。文谷说他不应该成为她发展路上的绊脚石，他没有那样自私，她的父母（也包括吴其峰和她的姑母）对她寄予厚望。

当夕阳渐渐收去最后的余晖时，他们的谈话也进入了尾声。

文谷和她都有一种解脱的感觉。

过了没有多久，雪娥报到的日期到了。

这一天，大队部办公楼前拉起了一条红色的横幅，上面写着："热烈欢送许雪娥同志光荣去某某大学读书深造!"人们像过节似的汇聚到大队部，人人脸上都洋溢着艳美的笑容。孙德华书记像自己家里办喜事似的，穿着一新，他今天的心情特别好，去某某大学读书深造，全县只有一个名额，而这个名额就在北星大队，这对他来说，不是莫大的光荣吗？吴其峰也一早来到了大队部，那条横幅就是他组织人拉出来的，他对着横幅反复地看了又看，脸上的欣喜也是不可抑制的。雪娥上大学读书，他感到自己是有功之人，前一阵劝说雪娥，他花了多少的心思？今天的结果，在他看来，也是对他前一阵工作的一种酬报，为此，他是感到特别高兴的。大队部的场地上人越聚越多，吴其峰看看手表，为许雪娥送行的时间快到了，他朝姜家村的方向看了看，不远的龙沟路上，有一簇人敲锣打鼓地在向大队部而来，他知道那是他派去接许雪娥的青年们，"咚咚——哐！咚咚——哐！"欢快的锣鼓声越来越近，那群青年来到大队部场上时，人们看到在青年们的簇拥下，雪娥的胸前戴着一朵大红花，那大红花映得她的脸红扑扑的。她今天也是穿着一新，但吴其峰发现，许雪娥的衣服很朴素，她的裤子和衣服都是农村的手织土布做的，这些土布的花色很别致鲜艳，但穿着一身土布衣服去高等学府读书，雪娥似乎在向人们宣告，她还是一个村姑，她不会忘记自己的家乡，不会忘记农村，不会忘记父老乡亲。看到这一点，吴其峰感到特别高兴的，他觉得组织上的选择是正确的，他相信雪娥不会"一年土，二年洋，三年不认爷和娘"，她会永远保持贫下中农的本色。

那天，文谷也来到了大队部，看到那么多人在围着雪娥送别，看到孙德华书记和吴其峰他们向在场的送别人群发表简短讲话，文谷识相地远离人群，文谷只能在心里默默地祝福雪娥，祝她前程似锦，幸福安康！

然而，回到家里，文谷却挺不住，一个头晕，他竟然倒在了床上！

大学梦的破灭，恋爱梦的破灭，这双倍的打击，让文谷遭受了雷击似的一下子瘫倒了！文谷躲在房间里，痛定思痛，不禁独自暗泣。母亲在外间纺纱，被文谷的哭声所感染，不由得也哭泣起来……不懂政治为何物的母亲，终于感受到了政治的无情！那些天，文谷竟然一连三天，茶饭不思，人一下子瘦了下来。母亲将烧好的粥送到床前，恳求文谷吃。为了不让白发苍苍的老母伤心，文谷接过粥碗喝了一点。母亲看到文谷喝了一点，才接过碗，步履蹒跚地走出房间……

全大队都在疯传文谷病倒的消息！可是此时，除了母亲，又有谁能垂怜于文谷？！

闷睡了三天三夜，文谷从工农兵大学生梦幻般的云端里，飘飘然地跌落下来，他终于回到了生他养他的这块土地上。傍晚，他一个人悄悄地来到崧塘边，看着缓缓流淌着的崧塘水，他回忆起从小在崧塘河里学游泳，玩水仗，捉鱼虾，摸螺蛳，现在别人都嫌弃他，只有崧塘河没有嫌弃他！他捧起一掬水，泼在自己的脸上，河水滋润着他的脸颊，清醒着他的头脑。甜蜜的恋爱的梦幻已经随着那一阵阵锣鼓声远云了，他终于回到生活的现实中来了。

是的，天意不垂怜！大学梦断，恋爱崩溃，一场大病，仿佛是人生的一次蜕变，仿佛是火中的一次涅槃，他在崧塘边终于艰难地又挺起了一个男人的脊梁……

第十三章　永泉哥之死

1. 陆嫂

陆嫂是永泉哥的妻子，她是一个很平凡的女人，一生平平淡淡，没做过什么轰轰烈烈的事，她的一些平凡小事，因其太平凡而未给人留下什么印象。

陆嫂是一个温顺的女人。她娘家就在陆家宅，文谷大嬷嬷所嫁的吴淞江边上的那个村。文谷懂事的时候，陆嫂已经是永泉哥的妻子了。她是怎么成为永泉哥妻子的，是不是大嬷嬷做的介绍，文谷都不知道。陆嫂平时话不多，她做事很认真，也很勤快，家务事做得井井有条，对长辈也很孝敬。她对永泉哥是很敬重的，永泉哥是她的骄傲，是她生活的价值之所在。所以，永泉哥一天到晚在外面忙大队的工作，陆嫂就一心一意做好家里的事，除了出好队里的工之外，她还带好两个孩子，照顾好自己的公公，种好三分三自留地，养好圈里的猪，做好一日三餐，余下的时间，忙针头线脑。尽管忙，但从不见陆嫂对永泉哥有丝毫怨言。

陆嫂是个很大度的人。文谷家不是烧菜的油盐酱醋没有了，就是干活的农具家什不完全，甚至客人来了，招待客人的茶叶也拿不出。每逢这种时候，总是去永泉哥家里"借"。而这种借，总是有借无还的。陆嫂总是说："你自己拿呀。"拿了东西，文谷要说一声"谢谢"，陆嫂说："自己人，谢啥呀！"与陆嫂在一起，真像在自己家里一样。

三年"困难时期"，文谷母亲养不起猪，想养一只羊，但苦于没有羊圈。陆嫂知道了，让在她家小屋猪圈旁拦个羊圈。有了羊圈，文谷母亲就养了一只羊。有时一连几天下雨，草吃完了，羊饿了就咩咩叫，陆嫂对文谷开玩笑："我家的猪饿了不叫，你家的羊怎么会叫的呀？"

永泉哥成为大队掌门人后，事事带头，兴修水利那阵，寒冬腊月他敲开冰下河运泥，陆嫂知道了，叮嘱永泉哥说你要保重身体呀。1958年时，永泉哥在全公社擂台上豪情满怀地放"卫星"，陆嫂听了，叮嘱永泉哥说，你不要开空头支票呀。"四清"运动中，永泉哥成了运动对象，他怎么也想不通。工作组说，你没有拿过集体一分钱吗？永泉哥被呛得说不出话来，这不是在吹毛求疵吗？十几年中，谁不会有这样那样小差错啊，金无足赤，人无完人，不是完人就是罪人吗？

下台后，永泉哥是不去蟠龙镇了。北星大队各生产队的人，凡购买生活、生产用品，都去蟠龙镇，爱吃茶的都去蟠龙镇茶馆消磨辰光的，去蟠龙镇，会遇上太多的熟人，大家会用怎样的眼光看他，怜悯？同情？抑或是鄙夷？永泉哥都不希望看到，他将自己圈定在姜家村这个小小的天地里，他无异于将自己隐居了起来，与世隔绝，这样他或许可以自欺欺人地感觉舒服一点。

这反映出永泉哥是很在乎自己的过去，他在用这种方式维护着自己的辉煌历史，他不让自己的现在去破坏自己在人们印象中过去的形象。如果他对自己的现在很无所谓，他把荣辱看得很淡很淡，他就会超脱许多，他遭受的打击就能化解许多。但他太在乎了，他放不下自己遭遇的不幸，于是这种不幸在他的心头就作为一种压力，在这种压力下，他的身体支持不住了。从医学的角度说，怒伤肝，长期存在于永泉哥心头的不平和怨怒，让他的肝脏受到了致命的损伤。

生产队劳动回来，他总是大汗淋漓。陆嫂朝自己的男人看一眼，嘴上不说，却是心疼。陆嫂不知，此时永泉哥已经病得很重了，只是他用意志力扛着自己岌岌可危的身体。一天晚上，永泉哥又感到不适，陆嫂让女儿凤娣去大队请赤脚医生。文谷知道了，就陪凤娣一起去大队。走到大队部，只见那里一片黑漆漆的，没有一个人影。大队卫生室里也没有动静，文谷用手轻轻地敲敲窗，也没有反响。大队有两个赤脚医生，夜里他们应该轮流值班的，这会儿赤脚医生去了哪里呢？会不会出诊了？正在这时，有个男人从南面小路上走过来，他问："你们找谁呀？"凤娣说："我们来找赤脚医生，我阿爸身体不好。"那男人说："噢，赤脚医生在王家塘吧。"

王家塘是大队部南面不远的一个村子，于是文谷和凤娣一前一后朝王家塘找去。一会儿来到王家塘了，凤娣对环境比较熟，在黑暗中带着文谷一会儿东一会西地走，打听得女赤脚医生在孙德华书记家里，他们就朝孙书记的家找去。永泉哥当书记时，他家里也人来人往的，有的来要求工作，有的夫妻有矛盾了要求大队出面调解，一茬一茬的人络绎不绝的。永泉哥下台后，家里再也没有人来了，门前冷落车马稀，永泉哥本人也成了一个边缘人。全大队的中心都转移到孙德华书记家去了，看看，找赤脚医生也要去他家找了。

找到孙书记家，凤娣大胆地上前敲了门。

有个女人启开门，探出头来问道："谁呀？"

凤娣上前说："我呀，婶婶，大队赤脚医生在这里吗？"

女人见有人找赤脚医生，知道一定是病家了，就忙说："在的，在的。"一边回头向屋里说："周医生，有人找你。"

这时传来赤脚医生周秀英的声音了："书记，就这样，我先走了。"随着声音，赤脚医生周秀英背个药箱走出门来了。

她就随了凤娣和文谷一起向姜家村赶来……

其实，永泉哥的病已不是赤脚医生能看的了。

那天，文谷和永泉哥在窑厂卖泥，他满脸虚汗，脸色苍白得吓人，终于体力不支，突然跌倒在了泥山上。众人连忙扶起永泉哥，让他不要挑了，回船上休息。有人提出说，要不要请赤脚医生？永泉哥摇摇头不让请，以为熬个时辰好了；却熬不过，找来赤脚医生看，这回赤脚医生说快送医院查一查。医院一查，医生拿了单子找到陆嫂，嗔道："晚了！"

2. 真病吭药医

永泉哥患了肝硬化，而且已经到了晚期！

直到此时，永泉哥才无奈地住进了医院。

永泉哥不让送本公社的西虹卫生院，而是送了近邻的赵巷公社方家窑卫生院。方家窑卫生院是个很一般的卫生院，但在农村，这样的卫生院却给了农民极大的慰藉，因为除了特别严重的疾病，卫生院一般是能够医治的，而且卫生院的乡村医生中，有时会潜藏一两个乡间神医，他们医术高明，一般还有家传秘方，有些大医院花上万元钱看不了的疾病，到他们手里花几毛钱就药到病除了。由于这些乡间神医的存在，卫生院虽身处草野，却也有远道而来的病人前来求诊。永泉哥不幸罹夺命之疾，大家知道后都恨上天不公，于是寄希望能遇上这样的乡间神医，希望命运之神能给永泉哥一个绝处逢生的机会。文谷知道这样的祈望是很渺茫的，因为方家窑卫生院未必有这样的神医，有这样的神医也未必能治愈永泉哥这样的疾病。

人类在自然灾难面前往往很无力，人类在各种疾病面前也只能听天由命。永泉哥病床边柜子上放着好多药瓶，陆嫂按时让永泉哥吃药。看着永泉哥艰难地将大把的药吞下肚中去的时候，文谷看了心中不由得一阵一阵酸楚，他知道病入晚期的永泉哥，这些药只是一种象征性的努力，它们一概无济于事了。吞下这些药，只是心存一丝侥幸，只是自欺欺人地希望会有奇迹发生。

然而，真病吃药医。

眼看着永泉哥的病一天比一天重了。

他的脸色黑黑的，眉毛浓而竖起着，一股冷峻肃杀的寒气，像冬天的朔风一样，令绿色的芦苇枯黄，令蓬勃的草叶萎地。

终于，医院动员家属让永泉哥回家去吃药……

这是一种无声的宣判！

永泉哥却很平静。他知道这一天迟早会到来的，他等着医生的这一声宣判。他轻声对陆嫂说：我们回去吧。

陆嫂心里清楚"回去"意味着什么。她似乎不能接受她的侥幸就这样过早地破灭了，哪怕这种不可能实现的侥幸能多延续一些时间也好，然而，命运就是这样残酷无情，像稻草一样被陆嫂紧紧抓在手里聊以自慰的侥幸心理，随着医生的一声宣判而被无情地夺走了！陆嫂去盥洗室时，她的泪水忍不住夺眶而出。文谷对陆嫂说："嫂，你不能哭，永泉哥会伤心的。"

陆嫂点点头，她用毛巾擦去泪水，但她红红的眼眶却是难以掩饰的。

大家用一条小船接永泉哥回家。

他们沿着崧塘河弯弯曲曲的河水回家。永泉哥躺在船舱的藤椅上，身上盖了厚厚的被子，小船在河面上缓缓地前行，他似乎躺在母亲的怀里，崧塘河就是生他养他的母亲，此时此刻，人们似乎听到了崧塘河水在无声地呜咽……或许，这是永泉哥一生中与崧塘河的最后一次接触了。

终于，小船从水路驶进了姜家村的东浜，人们将永泉哥从小船里挽扶起来，跨上一级一级的水桥石，坚硬的水桥石此刻也成了软心肠，桥石上的水滴就是它的泪滴……

永泉哥回家后，看望他的人很多。天天晚上，会有许多村人围在永泉哥的病床前，都知道永泉哥活一天少一天了，大家都愿意多陪陪永泉哥。这样的时候，尽管病痛时时袭来，永泉哥表现得很开心。村人的理解，这是一种最好的宽慰啊。

那天，潘白云也来看望永泉哥了。

潘白云或许早就想来看望永泉哥了，但是他迟迟迈不出这一步。

村上人一个接一个都来看望永泉哥，他不来未免显得他太没有人情味了。一个村上的人，抬头不见低头见。村人之间，大家总是一家有事全村相助，谁都是出劲出力的啊。虽然邻居之间免不了有点小矛小盾小疙瘩，但像俗语说夫妻"船头上相打，船艄上白话"一样，过几天邻居间的矛盾就消解了，心中的怨气就没有了，一个村上生活，地久天长的，为一点小矛盾做冤家，闹别扭，犯得着吗？远亲不如近邻，有事还不都是邻居在帮忙吗，邻居才是自己最亲近的人啊。

潘白云之所以迟迟未来看望永泉哥，因为他们之间发生过非同一般的故事。潘白云从城里下放回到村里后不久，"四清"运动开始了，他没有置身事外，而是表现活跃，积极协助工作队搜集永泉哥的线索，揭发批判不遗余力，在批斗永泉哥的大会上，他不顾情面，"冲锋陷阵"，配合工作队揭发批判，他将此视为自己表现立功的机会。潘白云没有白努力，他的批判揭发终于让永泉哥遭到了厄运。潘白云是"有功之臣"，运动后理应得到组织重用。然而出乎他的预料，他反而遭到了与永泉哥相似的厄运。村人是看着永泉哥一步一步成长起来的，他毕竟为村人做过许多好事，在村人中的威望，不是哪一个人一句话就能全部抹杀的。当潘白云依仗工作组的支持，积极地表现，终于让永泉哥无言以对而招致厄运，将这一切看在眼里的村人，无不对永泉哥的不公遭遇表示极大的同情，而对潘白云乘势踏沉船的表现感到寒心。事情就是这样，人在做，天在看，永泉哥被开除了党籍，成了一个"下台干部"，潘白云也遭到了报应，运动后期重划阶级成分时，他入赘的家庭，村人一致为他补划了富农成分，这无疑给潘白云套上了一个"紧箍咒"。工作组撤走后，潘白云的尴尬处境于是可想而知了。

这样的结果，让潘白云感到了头上三尺有神明。他内心不能不沉思自己的所作所为，但一切悔之已晚。每逢三夏或三秋誓师大会，村人都去大队参加誓师大会，只有他们两个人，一个永泉哥，一个潘白云，一个在村东，一个在村西，他们没有资格参加誓师大会，他们在自己的家屋前，无奈地准备着三夏或三秋需要的农具。这样的时候，村里没有人，村里很安静。两个曾经剑拔弩张的人，这会儿只能静静地品尝对决后留下的伤痛。很长一段时间后，潘白云慢慢地融入村人中了，他终于知道，自己膨胀的私心，让自己跌倒了。是的，永泉哥是大队的支部书记，是"四清"运动的对象，工作队对永泉哥的不合作态度很反感，永泉哥的倔脾气一定会让他自己粉身碎骨，他以为这是一个机会……然而他错了，他终于熟悉永泉哥这个人，待他熟悉永泉哥的时候，一切都已经晚了！极度的摧残和伤害，永泉哥因此身罹重病，一天一天地即将走向生命的终点。这一天，他步履沉重地从西场走向东场，来到永泉哥家的门前，跨进那一根已经有点发亮的门槛，来到了永泉哥的病榻前。或许他希望得到永泉哥的宽恕，或许他知道自己犯下了终生后悔的罪孽。自从被划上了富农成分后，他的子女没能好好地上学，他的家庭也一直笼罩在"黑四类"的阴影中。

在永泉哥的病榻前，他没有更多的言语，一切言语都是多余的……

一天，永泉哥家里又来了一个客人，这是一个特殊的客人。他是永泉哥的一个政界朋友，还在任上。他没有来过永泉哥家，但他时刻关注着永泉哥的病情。不久前，他终于去找了公社党委书记，叙说和回顾了永泉哥的功绩，以及他现在的病况。这位书记听了后，委派他代表组织向永泉哥表示道歉。来到永泉哥床前，他向永泉哥叙说了这个过程，并正式代表组织表示了道歉。然后他们私聊了一些话题。这个客人从永泉哥的房间里走出来时，他的脸色很凝重，他与永泉哥说了些什么外人不得而知，但他清楚这是与永泉哥的最后道别，或许他们一定说了心里认为最值得说的话，也或许他们什么也没有说，因为是太熟悉的缘故，相互间看一眼就明白了对方想说的话。客人与陆嫂打了招呼，关照陆嫂要照顾好自己的身体，要带好孩子。说这些话的时候，客人的眼眶也红了。

永泉哥的父亲——白发苍苍的老父亲心疼地抱着永泉哥，他知道儿子就要先他而走了，白发人送黑发人的悲伤，让永泉哥的父亲——文谷的伯父老泪纵横！

伯父讷讷地对文谷说："当初太出劲出力，结果弄坏了身子。"

伯父不知道，文谷知道，永泉哥的病，不在于他当初的出劲出力，而在于他出劲出力之后却遭到了无情的打击。

永泉哥走了，那年他只有 49 岁！文谷心中了留下了无法抹去的伤痛：生命竟这样被摧残！而生命又是如此脆弱，如此不堪一击！

3. 人间真爱

永泉哥去世后,文谷的伯父不久也去世了。

陆嫂带着永泉哥的两个孩子,把他们抚养成人。

凤娣已出落成一个大姑娘,村上一个大妈悄悄找到陆嫂,给凤娣提亲,男方是大妈的一个外甥,小伙子虎背熊腰,人很壮实,为人朴实厚道。陆嫂一口应了这门亲事,于是不久,凤娣就出嫁了。

永泉哥的儿子原来跟着一位泥水匠学手艺,后去公社一个建筑队工作。又后来生产队里的男劳力都各走门路去了社办厂,队里的农活只能留给妇女和老人了,面对这种局面,他和另一位在公社工作的青年一起相约回到队里,他们弃工务农的事迹,在公社引起了好评,公社的广播喇叭连续报道了他们的事迹。曾经有人请他去大队工作,他婉言谢绝了。永泉哥临终时,对儿子有交代。他要儿子平平淡淡做人,实实在在做事。

陆嫂晚年过着平凡而又平实的生活,她不求闻达,也不求奢华,她只需粗茶淡饭。她就这样一天又一天地过着她的日子,就像村后的崧塘河一天又一天地流动着。陆嫂后来患了高血压病,又后来中风了……

永泉哥去世后,陆嫂和凤鸣都说他们将永泉哥的骨灰盒埋到村后竹园里了,文谷信以为真。几十年后,陆嫂去世,凤鸣忽然拿出了永泉哥的骨灰盒。文谷奇怪了,已埋到竹园的永泉哥的骨灰盒,怎么又出现了呢?

原来,永泉哥去世后,他的骨灰盒,陆嫂一直舍不得埋掉,她一直摆在身边,这样,她的有生之年,就一直陪伴着永泉哥,她仿佛还和永泉哥生活在一起！几十年过去了，她一直珍藏着的，是她一个普普通通的女人对永泉哥的那一份眷恋，那一份朴实的真爱！

真正的爱，平平淡淡，却感天动地！

陆嫂去世后，凤鸣将陆嫂和永泉哥的骨灰合葬在了一起。

第十四章　男婚女嫁

1. 开始相亲了

顾尔尔走了，雪娥也走了，文谷一个人待在生产队里，一切都那么无望，一切都那么孤寂。

文谷有时会不知不觉走到崧塘河边，看着崧塘河里的流水发呆。

崧塘河的水是活水，它直通吴淞江，吴淞江是直通大海，水流随着潮汐一会儿来，一会儿去，来去交替的时候，水流就会迟缓下来。河面上浮着的水草，不知从什么地方漂来，又随着水流漂向不知名的远方……文谷多么希望自己也成为这样一叶水草，随着河水逐波漂流，流向梦幻般遥远的地方。

这样呆呆地看着，一直到太阳落下山，天渐渐的黑下来。

有人提醒文谷母亲说，当心你儿子寻短见啊。

文谷母亲也有些担心。她知道儿子内心的痛苦，有痛苦就要发泄，不发泄反而会出事的，所以她不劝止文谷，但她一个农妇，她能有什么办法宽慰儿子呢？一次，文谷发现母亲手里拿了一本书回来，她将书递给文谷，这是她从邻居家借来的，她知道他喜欢看书，知道儿子手里有了一本书，就会一头沉浸到书之中，大字不识的母亲竟然为儿子借书！她有这样的办法，希望儿子能渡过情感的难关！

日子一天一天过去，文谷的年龄也在上去。

这时母亲焦急，兄长文麦也焦急，大阿姐文菊也焦急了。文谷与雪娥之间的故事已经结束，文谷明白，他应该找一个对象，以此让自己与过去告别。于是，得到文谷默许的亲人们，开始积极地为文谷物色对象了。

当时的处境，文谷的找对象显然处于最不利的当势。讲究实际的人那儿，文谷没有物质条件；讲究前途的人那儿，文谷没有政治条件。在农村，像文谷这样的年龄也已经偏大了！三种劣势状态下，文谷的找对象就变得谈何容易？

福海母亲吴妈妈是热心人之一，她出身于金更巷村，回娘家时，发现村上有一个姑娘正当龄，她就想起了文谷。一天晚上，她把文谷叫去，给文谷介绍姑娘及其父母的情况。过了几天，大队普江庙学校操场上放电影，她约文谷和那姑娘见面。文谷来到电影场，看电影的人山人海，这使文谷想起了与雪娥在蟠龙学校操场上看电影的情景，那时众多的电影观众仿佛是他们的掩护，他们让文谷和雪娥在电影场一角可以自由地交谈，一种青春的情愫在他们心中荡漾，就在这样的场景中，他们各自表白了自己的誓言，文谷也立下写作淞塘地区《沙家浜》的志愿。然而今天，仅仅过了一年不到时间，一切已时过境迁，文谷的心境也发生了"天上人间"似的反差。由于电影场人多，吴妈妈一直扯着文谷的衣角，她怕挤散了找不到文谷，她让文谷随了她走。他们在人缝里挤来挤去，一直到学校的一个屋角处，文谷发现有个姑娘已经等在那里，她就是他今晚相亲的对象。文谷不由自主瞅了她一眼，但文谷觉得这样瞅人不礼貌，就立刻将眼光移开了。文谷这样的拘礼，让他一直很吃亏，他没有看出姑娘对他的感觉怎样，只感觉她皮肤黑黑的，眼睛很亮，长得不怎么漂亮，但有农村姑娘的那种粗犷和健康。文谷对吴妈妈说，只要人好，愿意一起吃苦，那就行了。姑娘也不好意思瞅文谷，后来听吴妈妈说，姑娘听了吴妈妈的介绍，对文谷的感觉不错。但姑娘母亲嫌文谷家穷。听到这样的回音，文谷就"主动"地回绝了对方，文谷觉得自己没有理由让人家姑娘陪着他一起吃苦，这样吴妈妈的介绍就没有成功。

文麦也托亲戚给文谷做介绍。那天他带文谷去观音堂镇上，在凤溪河一幢临河小屋里相亲。文谷随了文麦走进小屋里，文麦说相亲时男方应该先到，应该等候女方的来到，这样表示男方诚心，也表示对女方的尊重。他们坐下不久，媒人带着姑娘及她的父亲来了，他们走进小屋后，媒人张罗着让父女俩坐下，并请人泡上茶。

媒人介绍双方的出席人，然后就寒暄，说一些无关紧要的话，也说一些双方熟悉的话题。慢慢地，说话转入正题。问起年龄、家庭情况、文化程度、工作经历等。这是一种老式的婚姻介绍方式，姑娘父亲像盘问似的问文谷各种问题，文谷感觉很别扭，好像文谷不是在与姑娘谈对象，而是在接受姑娘父亲的考试。文麦看文谷的倔脾气要上来了，用眼睛示意文谷耐住性子，好好回答。姑娘父亲以这种方式在观察文谷的应对能力，但文谷不喜欢姑娘父亲这种考官似的盘问。媒人似乎看出了文谷的不耐烦，连忙接过姑娘父亲的话，介绍起姑娘的情况，说她很小就没有母亲，家里的家务活全是由姑娘做的云云。姑娘一声不响，大约碍于父亲在场的缘故，她一句话也没有说，这让文谷对她的性格脾气一无所知……

回家的路上，文麦问文谷感觉怎样？文谷说，一点感觉也没有。

一次，曹影虹带信给文谷，要给文谷介绍一个对象。

曹影虹知道文谷的光辉经历，她给文谷介绍她夫家村上的一个姑娘，这个姑娘是个高中生，还是大队团总支书记，有能力有才华，还说文谷你们两人应该很般配，这是曹影虹高看文谷了。听了曹影虹的介绍，文谷知道这个对象不合适，但曹影虹坚持要他们见见面，她说，说不定你们会一见钟情的，不要放弃这个机会哦。曹影虹让王家骥一起参加见面，因为这个团总支书记是王家骥高中时同学，曹影虹想，王家骥一起参加文谷会自然一些。蟠龙大寺边的银杏树下，这个姑娘来了，因与王家骥是同学，两人倒是很热络，有话可说，却把文谷晾在了一边。姑娘只问了文谷一句话，问文谷在哪里工作，文谷说在生产队当社员。文谷没有说自己当政治队长，文谷感觉拿政治队长的身份来炫耀，不如说当社员更实在。姑娘就问了这一句话，再没有第二句话了，她与王家骥聊高中时的一些事，聊回乡后的一些事，故意说说笑笑，好像根本不是来相亲的，好像今天是与老同学的一次不期而遇。

姑娘走后，王家骥对文谷摇了摇头。

文谷说："曹影虹，你乱点鸳鸯谱啊。"

王家骥笑笑说："这世道婚姻很现实的，曹影虹与郁小青也很般配，但就是有情无缘啊。"

2. 村里姑娘"小芳"

　　文谷的大阿姐文菊出嫁在蒋浜村，姐夫是个本分人，讷于言而勤于行，见到人不开口，你叫他，他只是微微对你笑一下，然后顾自做手中的活。大阿姐则不然，张家姆妈李家阿婆叫得应天响，人缘好，左邻右舍都称她蒋家嫂嫂。那时没有计划生育，她接连养了四个孩子，亏得她风风火火会做事，白天在生产队里劳动，回到家里灶前灶后忙，把个家料理得缸是缸甏是甏，场光地净，窗明屋亮。文谷小时候常去蒋浜玩，因为大阿姐把文谷这个小兄弟视如己出。

　　文谷大阿姐三间朝南的瓦屋低矮，屋西有一块蛮大的竹园，一棵棵竹竿又粗又圆，有三四米高，竹叶密，叶荫浓，夏天时村人纷纷躲那炎炎的烈日，相约着去竹园里，妇女们搬只矮凳围成一圈做针线活，男人们饭后泡壶茶摊张席子睡个午觉，有时孩子们也来凑热闹，猴子似的比爬竹竿，大阿姐心痛竹竿受损，板起脸凶那些调皮鬼。

　　文谷投亲插队后，大阿姐常来看文谷，新买的锄头和铁搭正愁没有竹柄，大阿姐知道后，第二天即来文谷家了，她从田埂上走过来时，肩上扛着的，正是两根青皮壮节的上好竹柄，她说这是姐夫在自家竹园里垦的。从大阿姐手里接过两根竹柄时，文谷感受到一股深深的亲情。姐夫和大阿姐对竹园十分爱护，不在垦挖期不肯随便垦挖，那样会招致竹园早败，而这次却为文谷去垦挖了。

　　大阿姐的隔壁邻居，是一户李姓人家，夫妻俩养了一个儿子，丈夫李惠和是个老实巴交的人，从小死了父亲，十多岁就去学艺做工谋生路，闲时学艺，忙时帮人家做农活，什么重活苦活都做过。由于娶不起女人，就"弟换亲"，用妹妹与人家互调，调来的妻子叫陈兰妹，出生在一户贫苦人家。夫妻两人对自己的小日子很珍惜，克勤克俭，恩爱有加。养了儿子后，希望有一个女儿，却一直没有生养，听说徐家汇教堂有个育婴堂，收有不少遗弃女婴，周围人家想要女儿的，可以去抱。于是陈兰妹与村上几个要好的女人约好，一起赶去育婴堂，向育婴堂的嬷嬷表达了领养的意愿，并答应一定会好好养育，这才由女人们各自选抱一个女婴。陈兰妹抱回一个女婴，回家后开心得不得了，与丈夫左看右看地欣赏，一边给女儿起了个名字叫"小芳"，一边找出布料，动手给小女孩缝制了新衣服。夫妻俩有了儿子又有了女儿，在农村就叫子女完全，这是很美满的事。

转眼之间，十几年过去，女儿小芳已经长成一个大姑娘了，她爱梳两条大辫子，和村上抱来的几个女孩一样，在生产队里成了一等劳动力了。父母们对抱来的女儿从不提及她们的身世，村上人也不敢说出"抱来"的真相，因为在父母们看来，她们与自己亲生的是一样的，他们在她们身上，花费了与亲生女儿同样的心血和爱心。而作为女儿，尽管隐隐约约知道自己是抱来的，但她们不相信自己是抱来的，因为她们感觉自己的父母就是自己的亲生父母。所以在蒋浜村，任何人都不说有关"抱来"的话，因为这是犯大忌的。

攀过房亲是农村中的一种习俗，两个家庭由于种种原因，如两家父母之间交情好，或一方算命需要找一个某种属相的人来抵消人生的坎坷，或攀龙附凤的需要，都会以攀过房亲的形式攀为亲戚。文谷读小学的时候，由于母亲与大阿姐邻居陈兰妹很说得来，于是陈兰妹提出要母亲将文谷过房给她，两家攀过房亲，母亲听了一口同意了。陈兰妹对此事很郑重其事，专门办了酒席，请了亲戚朋友，举行了一定的仪式，还根据习俗隆重地给文谷另外题了名。这样文谷一年中总要去寄娘家一两次，看到陈兰妹总要热情地叫一声寄娘。文谷上海读书回来过寒假，也会去寄娘家，这时寄娘就很认真地对待文谷，给文谷送生活用品，还送上一个红包之类。在文谷心里，知道寄娘和寄爹对自己是很真心的。

落魄回乡后，文谷没有去过寄娘家，文谷认为没有面子。

看到文谷的年龄在一年年上去，大阿姐对文谷的婚事很焦急。

大阿姐为文谷央人托媒时，一个邻居戏言说："过房妹妹不是很好吗？"

大阿姐听了，眼睛一亮，不由埋怨自己：怎么就在身边的人，自己就不去想呢？但她不知文谷的寄娘肯不肯，大阿姐决心尝试一下。

小芳正二十出头的花季年龄，她一直在蒋浜生活，在父母的羽翼下躲避着风雨，在小姐妹中嬉戏成长，她读书不多，但她是父母的乖女儿，一切事情总是听父母的话，对自己的婚事，她更听从母亲作主。那时早有人给她提亲，陈兰妹一个也没有同意，她以女儿年龄还小为理由，没有答应。大阿姐走进寄娘家低矮的小屋时，她的心其实是忐忑不安的。在寄娘家，大阿姐远弯兜转，说起了一些其他的话题，然后说起了文谷，最后才说出了为文谷提亲的事。文谷不知道寄娘当时是如何表态的，但寄娘是从小看着文谷成长的，知道文谷的为人，也知道文谷的遭际。或许她说要与寄爹商量一下，其实她与寄爹之间，寄爹总是以她的主意为主意的，商量只是一个说辞而已。这个说辞并不是推脱之辞，因为事情来得太突然，她来不及反应，她要思考一下。

寄娘要为女儿找一个终身可托之人，她一直没有同意别人的提亲，大阿姐给文谷做介绍时，她的心动了。她知道文谷目前的处境，但生活在社会底层的人，择偶的标准和要求是不一样的，他们知道自己不会在政治上飞黄腾达，他们比较注重于人的本分和老实，因为这才是最重要的。她不知道女儿心里是怎么想的，一般的事她可以为女儿作主，但婚姻毕竟是终身大事，还得女儿自己同意。她相信自己的选择，于是她找女儿谈了这件事。小芳听了母亲的意见，惯于依赖母亲的她，竟然不无害羞地说："我听妈的。"女儿的话，让母亲脸上露出了一丝欣慰的微笑。

真是踏破铁鞋无觅处，得来全不花功夫。文谷与小芳本来是熟悉的，本来就认识，文谷去她家时，她总是亲热地叫文谷哥哥。文谷觉得她诚实朴素，真像后来的一首歌《小芳》中所唱的那样，在那个苦涩的年代里，只有像小芳这样的人，才会给文谷以温柔和生活的甜蜜，和文谷风雨同舟一起度过那个年代。

3. 社办厂

七十年代开始，社队办厂在上海市郊大地掀起。农村的公社或大队以自己的土地和劳动力资源优势，与国营厂办起联营厂，这样，农村中不少公社和大队由于社办厂办得好，经济上出现了前所未有的大发展。文谷所在的西虹公社由于地处上海近郊，占有地理上的优势，社办厂发展较快。那些洗净泥土走进社办厂劳动的人，都是来自各个大队的能人，在这样的群体里面，自然感觉就不一样了。在生产队的人都希望有机会去社办厂，前任队长许忠德因为年龄渐大，大队照顾他到公社药厂去当了工人，他去社办厂上班时，大家都露出很艳羡的目光。

不久，公社与上海粮食传动机械厂谈成了联营协议，准备办一个粮食传动机械厂的附属加工厂，要抽一批有文化的青年。孙德华书记就将文谷的名字报了上去。文谷去公社报到时，看到许多和自己一样的男女青年，他们被通知先去上海培训。

文谷黯淡的生活出现了一道曙光，尽管这道曙光很微弱，不太亮丽，但毕竟让文谷的生活轨迹产生了变化。寄娘陈兰妹更是喜在心里，她决定将女儿许配给文谷的那一刻起，她也期望文谷的生活会有好的变化，而文谷果然调进社办厂去了，这或许是孙德华书记出于对文谷的同情，而文谷的中专文化在乡村同龄人中毕竟出类拔萃，上面或许也正需要这样的青年。

在上海学习的日子，他们每周日总是回家的，回来时文谷总会去寄娘家。文谷与小芳的恋爱关系公开了，文谷来到蒋浜时，有许多乡邻来看热闹，也有人会开开玩笑。时间久了，大家也就习以为常了。寄娘总是让寄爹去街上买一点好吃的菜回来，这样的时刻，家里弥漫着一种温馨的气氛。

小芳一直在乡下，很少有机会去上海玩，于是趁一个星期天，文谷带小芳去上海。他们一起去了外滩，看黄浦江，看江里的大轮船。外滩人很多，鳞次栉比的高楼大厦让外滩蔚为壮观。十六铺码头上，去浦东的轮渡鸣着汽笛出航了，文谷指着轮渡对小芳说，今后江上造了桥就用不着摆渡了。文谷在上海读书时常来市区，常去的路一条是南京路，一条是福州路，福州路上有上海著名的旧书店，文谷常去旧书店里淘书，有时一个整天就在旧书店里看书，然后买几本书，捧着书回到远在杨浦区的学校里去。文谷对小芳叙说当时的情景，自己也不免沉浸到那些美好的读书时光中去了。

从外滩回到上海的上只角徐家汇，他们去一家老式的饭店里用餐。这家饭店是徐家汇的老饭店，处在闹市区，由于价廉物美，吃饭的人特别多。里面的掌勺沈师傅入赘在姜家村，所以文谷对他熟悉。进入饭店，文谷就去找沈师傅，正在厨房间配菜的沈师傅听说有人找他，放下手里活走出来，一看是文谷来了，颇为惊讶地说："文谷是你呀，来上海啊？啥人一起来的啊？"当他看到文谷身后有一个姑娘跟着，立刻明白了过来，笑嘻嘻地说："你们坐，我给你们弄菜。"

文谷就和小芳找了一个靠边的台子坐了。一会儿，服务员将菜端了过来，对文谷说："沈师傅关照的，账他会结的。"

文谷一迭声说："那怎么行啊，账还是我们自己结。"

服务员说："那你们吃了饭自己去与沈师傅说。"

吃了饭，文谷去找沈师傅，但沈师傅不在了，另一位师傅说："沈师傅家正好有点事走一下，你们走好了，你们的账他已经结掉了。"

文谷说："我们来吃饭，沈师傅结账，我们不好意思的。"

这位师傅说："你们乡下出来难得的，你们不要客气了。"

文谷只得让这位师傅谢谢沈师傅。

这顿饭让文谷吃得很开心，因为在上海有自己熟悉的人，这样大的上海就会变得很亲切，好像自己与上海有了关联了。

去上海学习的有二十多个青年，女青年只有三个。公社指定文谷和另一位女青年担任负责人，负责安全和生活方面的事。来到位于长寿路桥塊的工厂，文谷们被分工学习各自需要学习的技术：车工、铣工、滚床工及专用车床工等，一个星期下来，他们都能独自上机器操作了。

他们的一日三餐在厂的食堂里，所以除了上班时间，就有很多空余的时间。农村青年都很淳朴的，大家都很守纪律，也很懂礼貌。大家知道这样的学习机会不容易，个别青年出点小事情，大家都会指责和批评他，下次这个青年也不会去犯事了。周六下午他们都回乡下家里去，周日下午返回厂里。男青年们都住在厂区的一幢旧楼里，二十多个青年住在里面，很热闹的。厂里的师傅看到他们年轻有朝气，都很喜欢他们。有的师徒之间成了很好的朋友，经常来往。

六个月的时间说过去就过去了，十月一日后，他们就不再去上海，而是来到厂里上班。但这时的"厂"，只是一幢空壳子，原来是一座公墓房子。房子周围用上千块水泥方块垒成了围墙，围墙中形成了一个很大的场地。这时，上海厂里运来了一批机器，文谷他们上班后，首先将这些机器浇了座基，然后在师傅的指挥下，将机器一台一台地安装好。装好机器，走好电线，于是，厂就建起来了……

于是，文谷他们每天去厂里上班。

文谷去厂里有很长的一段路，条件好些的人家都有自行车，这样上下班就很容易，否则在路上要耽搁很多的时间。文谷一时买不起自行车，只能天天步行。小芳知道后，对母亲提出帮助文谷买一辆自行车，这样省力省时间。母亲听了女儿的话，知道女儿的心偏到文谷这里了，笑着说："好啊，借钱给他买吧。"

小芳笑着说："对，让他赚了钱还。"

不久文谷就有了一辆崭新的永久牌自行车。

过了一段时间，寄娘带讯让文谷去她家。文谷心想是不是小芳身体不好还是有什么事？心里有点急，下了班就直接去了寄娘家。来到寄娘家，一切都好，问寄娘有什么事，寄娘只是笑，说没有什么事啊。文谷听说没有什么事，心就放了下来，就想骑了自行车回家去。寄娘说不急，吃了晚饭再回去吧。于是文谷停了自行车，留在寄娘家吃晚饭了。晚饭吃到一半，寄娘对小芳使个眼色，小芳就站起来，走进房里去了。过了一会儿，小芳走了出来，手里拿了一只小盒子，她把小盒子交给了母亲。寄娘接过小盒子，笑眯眯地说："为了让你上下班晓得时间，小芳给你买了一只上海牌手表。"

说着寄娘将小盒子拿过来，递给了文谷。

文谷感到不好意思，自行车是必需品，手表对他来说则是奢侈品了。

文谷看一眼小芳，说："你把我武装到牙齿啊？"

小芳不好意思，只是说："这是妈的主意。"

文谷在同伴中间，一下子提高身价了，当时流行的三大件，文谷已经有了两大件，这是很不容易的。这些有形的物质，蕴含着小芳的一片深情。

　　由于文谷去上海培训时是带班者，回来后组织上安排他担任厂里的团支部书记。他们厂是为上海传动厂加工产品的，利润不高，但生产任务却很重。由于都是清一色的青年，文谷在团支部的工作上花了较多的心思，出黑板报、组织大合唱、组织篮球赛等，还以青年职工中存在的一些现象，创作了小戏《交接班》进行排演，此剧本还被县文化馆群众文艺杂志采用发表了，这对文谷他们都是很大的鼓励。厂里青年的劳动热情都很高，大家开展生产竞赛，你追我赶，呈现出一片热气腾腾的景象。

第十五章　问世间情为何物

1. 顾尔尔赖婚

顾尔尔去师大读书后，女队长王月梅心里就暗暗有点忧心了。当初她答应顾尔尔与女儿谈对象，因为顾尔尔就插队在生产队里，顾尔尔就在身边。丈夫反对女儿与他谈对象，就是怕顾尔尔是知青，一旦上调或提升了，难保他不会变心。女儿是农村人，顾尔尔是城里人，毕竟二者差距还是很大的。但现在他们已经谈对象了，王月梅就只能寄希望于顾尔尔是个有道德的人，不会见异思迁，不会这山望着那山高。

顾尔尔去上海读书后，每个星期天总会回到姜家村，他不回青浦县城的那个家，这让王月梅的忧心渐渐放了下来。她觉得顾尔尔还是靠得住的，他不会做陈世美。每次顾尔尔回来，王月梅总是要杀鸡，备好菜好饭招待未来的女婿。顾尔尔也乐得享用女队长的拿手菜，一边和许品香谈情说爱。

这样持续了一段时间后，顾尔尔回姜家村的次数减少了，逢上星期天，他会预告许品香，说这个星期青浦家里有事不来了，又说这个星期学校组织活动不来了。这样的借口多了，王月梅放下的心又悬起来了。晚上，丈夫许宝国就会在床边长叹一声，他隐隐觉得，当初的担心看来不是多余的。当时，他是多么竭力地反对啊，他站在屋门口大声呵斥自己的女人，全村人都知道他反对女儿的恋爱。但他孤掌独鸣，全村人都笑他老脑筋，全家人都说他不入潮流，然而现在怎么样，不幸而被他说中的事实就要出现了！人啊人，不要被一些新潮的现象迷糊了啊。他断定女儿已经上当了，他早洞察了顾尔尔这小子的"贼心"，妻子王月梅还存在侥幸心理，但这件事肯定坏在妻子王月梅手里了。事已至此，他还能说什么呢，他于是只能长叹一声了。听到丈夫的长叹，王月梅像被丈夫用刀刺了似的心疼，她也隐隐觉得事情有变。她觉得人心难测，当初她完全相信顾尔尔的表白，因此她不顾一切地反对丈夫的阻挠。现在村上人都知道了，事情也公开了，一切都不能遮遮掩掩了。如果顾尔尔变心，不但女儿会受到沉重打击，她也会因此被丈夫耻笑，在村人面前抬不起头来，默默地吞下自己酿成的苦酒。现在，她唯一祈求的，希望顾尔尔是个道德君子，他不说谎，他确是有事而不来的。

然而顾尔尔到姜家村的次数越来越少了，他的事越来越多。王月梅是天高皇帝远，她一个生产队长，怎么能知道身处上海高校里准女婿的事呢？顾尔尔偶然回来一次，女队长于是更热情的招待他，示好于他，她想用自己的真心来感动他，她真的只差不能挖出心来给他了。

然而一切都在发展。该来的终究要来。

顾尔尔恐怕已经吃厌了女队长的鸡，村上人注意到，一段时间已经听不到王月梅家的杀鸡声了。顾尔尔很长时间没有回姜家村了。在他为期两年的培训学习快毕业前，顾尔尔干脆不回来了，连信也不来了，他终于拉下了脸来。在这一批工农兵大学生中，文谷的好友王家骥也在里面，他有机会见到顾尔尔。文谷将顾尔尔在姜家村已经有未婚妻的事告诉了王家骥，听了文谷的话，王家骥大吃一惊地说，肯定出事了，顾尔尔与一个县城的女培训生搭上了关系，他们两个人同出同进，看样子好像在谈对象了。顾尔尔有了新的女朋友，他自然不来姜家村女队长王月梅家了。

女队长与顾尔尔之间，已经没有了讯息来往，犹如风筝断了线。

无奈之下，女队长找到文谷（文谷是媒人之一啊）。但她没有责怪文谷，她知道责任不在文谷身上，一切苦果由她自己栽种的。她只是请文谷约见一下顾尔尔，她要见一见顾尔尔，她要问问他，当初他是对她怎样表态的。她知道事情已经无法挽回，但从道义上顾尔尔是应该受到谴责的。文谷看到王月梅队长的脸，那张脸充满了失望和无奈，她显然消瘦了许多，她怎么也想不通，怎么可以这样恩将仇报，怎么可以这样欺侮人呢？文谷不由得同情女队长起来。顾尔尔对文谷也一再表态不会变心，然而他公然变心了，他也是一个对朋友不负责任的人。

于是在一个星期日，文谷来到蟠龙镇，找到了王家骥。文谷将女队长女儿的事与他说了，希望他帮助将顾尔尔请来蟠龙镇，找一个地方，让女队长与他见见面，让女队长当面听听顾尔尔怎么回答她，究竟是什么原因他要变心，他要抛弃她的女儿。

王家骥答应为女队长请顾尔尔。

不久，王家骥给文谷来信，说顾尔尔答应到蟠龙王家见面。

这次特殊的见面，王家骥将地点选择在自己家里，并为此精心地做了准备。

文谷陪着王月梅来到王家后，文谷和王月梅队长都怀着一丝希望，希望这次见面能让顾尔尔转变态度。

然而等了半天，顾尔尔最终没有前来。他食言了。

女队长苦笑笑说："他不敢来的。"

顾尔尔知道，他是来接受道德审判的。在仁慈厚善的女队长面前，他没有胆量，也无地自容，他只能选择逃避。

顾尔尔另觅新欢，抛弃了他游戏似的恋爱。

而这一切，都是在爱情的名义下进行的。

2. 红红的扁豆花

文谷和小芳的婚姻也到了成熟的季节。

厂里青年听说文谷要结婚了，大家都关心文谷的婚事。

由于经济条件有限，文谷决定把婚事办得简约一些，对此小芳没有意见。国庆节办喜事那天，姜姓本家都合了灶，大家回到了一种大家庭的感觉中。福桂和福海尤其卖力，他们忙这忙那，像自己家里办喜事一样。文麦和陆嫂更不用说了，他们给文谷提醒这样那样的事，生怕在婚事的进行中出了什么差错。大阿姐文菊和小阿姐文兰给文谷做了一身的确良衣裤。

传动厂的青年都一窝蜂来了，团支部书记办喜事，他们也当作大事的。文谷去大队请吴其峰，吴其峰说有空就来，但你不要等着。文谷隐隐觉得吴其峰有可能不会来的。结果吴其峰真的没有来。文谷想，吴其峰大概是因为把文谷与许雪娥的恋爱破坏了，所以不好意思来参加文谷的婚礼。

从太阳升起到太阳下山，一天的时间太短暂了。

文谷的结婚就在日出到日落的过程中结束了。

于是，文谷和小芳的小日子就开始了。

勤劳朴实的小芳让文谷的生活变得很温馨。

结婚后，小芳在生产队劳动，文谷天天去社办厂上班。

岳母将属于小芳的一块自留地给了他们，那地块在蒋浜村，小芳和文谷就一起去蒋浜的自留地上种番薯，秋天收获的时候，他们装了满满一车的番薯回家，将番薯叶装回家作为猪的饲料。

他们旧屋前的场角有一个石灰池，里面化了将近两吨的石灰，这是文谷准备以后翻造老屋用的。刚结婚没有钱翻造老屋，于是有机会买到的石灰先买回化好保存在石灰池里。那时建筑材料紧张，等翻造老屋时去买，一时会买不到，于是有什么能买到的文谷就先买了储存着，用这样积少成多的方法，孕育着翻造老屋的美梦。

石灰池挖出来的泥土，堆在石灰池周围，于是石灰池周围形成了一圈隆起，这隆起可以防止小孩不慎跌进石灰池。正是秋天，小芳见一圈隆起面积不少，就在隆起上随意地点种了扁豆。扁豆又称沿篱豆、蛾眉豆、羊眼豆，富含蛋白质和多种氨基酸。扁豆的荚果椭圆形，扁平微弯。扁豆长得快，不经意间，石灰池周围的扁豆茂盛地生长了起来，文谷用竹竿在周围搭了棚，扁豆就一个劲地蔓生上去，扁豆藤爬满了棚架，红色的藤上长出了无数绿色叶片，那些叶片簇拥在一起，森森的像一片绿色的云。绿叶的下面，从叶片间窜出一茎一茎的扁豆花，像一张张笑脸从绿色的云中钻出来。小芳点种的是红扁豆，因此石灰池的隆起上扁豆花全是红色的，那一片红色的云，盖住了绿色的云。不久，红红的扁豆花长成了一荚荚扁豆，扁豆长大长成熟时，成串成串的扁豆又红又肥，文谷和小芳就去采摘了。扁豆长得让人满心欢喜，文谷做梦也想不到，石灰池隆起上的扁豆，采也采不完，摘也摘不光，今天采摘了，过了几天，又长得满架满棚了。扁豆棚就在旧屋门前，开出门来，天天看到这一片红红的扁豆花，就像天天看到一片大红的喜报似的。扁豆多得自己根本吃不了，就给寄娘家送去，文谷和小芳也拿去蟠龙集市上卖。小芳还养着一窝鸡，鸡长大了，也捉去蟠龙镇上卖。那时，文谷和小芳挑着满担的扁豆，提着笼里的鸡，来到蟠龙集市，文谷感觉自己的生活很充实，也很红火。其实那些扁豆卖不了几个钱，一两只鸡也不会有多少钱，只是这劳动的过程，让文谷感觉到了生活变得那么的充盈而富有幸福感。幸福不是财富可以买来的，幸福是一种无法言说的感觉，它既是精神的，也是物质的，但也不完全是。幸福只是一种感觉。睡在席梦思上的人未必感觉幸福，吃着南瓜汤的人未必不幸福啊。是的，文谷他们生活在一种感觉中，因为青春，因为勤劳，他们感觉自己的生活幸福而红火。

次年，文谷和小芳爱情的结晶——女儿出生了。

女儿是在公社卫生院里出生的，负责接生的医生是当地人，她很和善，小芳待产两天还没有动静，女医生笑着说："这孩子架子大来。"

八月十九日夜，又是风又是雨，一夜风雨不停，卫生院外面的池塘也涨满水了，这让文谷想起杜甫"巴山夜雨涨秋池"的诗句，女儿就在这风雨交加的日子里出生了。

几天后，小芳要从卫生院回家去了。文谷回队里摇了一只小船，从姜家村出发，一直摇到公社所在地西虹镇。小船的舱中放了一只藤躺椅，产妇娘小芳躺在藤椅上，文谷的寄娘一直在卫生院陪着小芳，这时她抱着外孙女，随着文谷和小芳一起回家。有了女儿，文谷一家的生活变得热闹起来了，妻子又是喂奶，又用奶壶喂奶粉，寄娘陪伴在妻子身边，母亲则帮助做饭做菜，一家人虽然不富裕，但日子过得就像门前红红的扁豆花一样，充满吉祥的意味，幸福而又甜蜜。

第十六章　祸福相依

1. 曹影虹家事

曹影虹嫁给沈小毛后，放弃了裁缝的手艺。丈夫是队里的小拖拉机手，经常外出装运货物。沈小毛瘦长个子，皮肤黑黑的，两个眼睛却很机灵。他身上穿得很邋遢，衣服裤子常常弄得机油牛油脏兮兮的。但沈小毛为人很和善，村人有什么难事要他帮个忙，他总是笑嘻嘻地说："好的呀，没问题。"这样日长世久，村里男女老幼没有人说他不好的。妻子曹影虹为了照顾他放弃裁缝手艺，村里人都知道，大家越加对沈小毛敬佩了。

但老天也是不睁眼的，沈小毛这样的好人，却在一次运输途中出了车祸，他为了不撞倒别人，将拖拉机朝路边龙沟里斜了下去，结果自己撞断了三根肋骨，撞残了一条腿，幸亏及时送到医院，医生全力抢救，才算捡回了一条命。

沈小毛车祸后，就不能再开拖拉机了。在生产队里，沈小毛的生产能力也受了影响。

那天文谷从厂里下班回家，他骑了辆崭新的永久牌自行车，在蟠龙镇西边的电灌站那儿，突然遇到了曹影虹。文谷停了自行车叫："曹影虹——"

曹影虹见是文谷，也立定了下来："文谷，你也进社办厂了啊？"

文谷笑笑说："是的啊，我在粮食传动机械厂。"

曹影虹羡慕地说："你们都开心。"

文谷好久不见曹影虹了，便问："你还可以吗？"

曹影虹说："哪像你们，我是苦命啊。"

文谷吃惊地说："你——遇到什么事了？"

曹影虹就把沈小毛车祸、家庭经济困难的事说了一下。她说家里的经济本来很差，小毛落了个残疾，经济更受影响了。家里有一个婆婆，还有两个女儿，一家五口，日子怎么过呢？

文谷听了很是同情。他想了想，忽然说："曹影虹，你是我们西虹公社的人，我们公社的福利企业很好的，你去通通关系，让小毛去福利厂上班呀。"

曹影虹听了，为难地说："进勿去的啊，能进去的话勿要太好啊！"

文谷想起了郁小青，曹影虹与他曾经相好过，现在郁小青是西虹公社玩具联营厂的技术副厂长了。开始辰光，由于郁小青技术好，又好学，在厂里一直受到技术副厂长田华的压制。郁小青感到自己出身不好，人在矮檐下，不能不低头啊。但他没有消极怠工，他相信手里有金刚钻，才能揽瓷器活的道理，所以在业务上一直很刻苦。为了设计玩具，他还私下去县城拜了画院的一位老师，利用晚上时间去学画。他的刻苦好学终于被上海师傅发现了，上海师傅向联营厂双方主管领导荐举郁小青，上海师傅的话派了用场，不久，联营厂人事作了调动，擅长走关系的田华被调离了，郁小青被任命为联营厂的技术副厂长。虽然去年冬天因为陈萍的事情，他被诬为破坏水利建设，郁金鑫告他趁自己在水利工地之机强奸妻子陈萍，公社让他停职检查。其实所谓强奸是近乎诬告了，事实是陈萍对丈夫当年的骗婚耿耿于怀，而对李代桃僵的郁小青真情难了。了解真相后，大家对郁小青还是谅解的，对陈萍的婚姻悲剧也是同情的，于是郁小青就恢复原职了。

文谷这样一说，倒是启发了曹影虹。她回蟠龙镇娘家，也听说了师兄郁小青的事。她对自己的这位师兄一直很敬重的，她知道请他出面说说，照顾小毛到西虹公社福利企业去说不定会成。于是，曹影虹对文谷说："谢谢你的好意！我回家与小毛商量一下再说。"

说罢，两个人就分手了。

曹影虹回到家里，将文谷的话想了又想。她感觉求其他人都可以，唯有求郁小青有点不妥。她与郁小青之间曾经有那样一段过去，尽管她是在母亲的压力下中断了与郁小青的恋情，但毕竟她是有负于郁小青的，让郁小青情感上受到了沉重的打击。如今自己有了困难（而且是为丈夫沈小毛的事去求人），郁小青会出力相助吗？或许郁小青看在她的面上会出力帮忙，但曹影虹心里感觉总不是滋味。她思考再三，想想还是算了。

曹影虹嫁给沈小毛后，像中国传统女性一样，抱着嫁鸡随鸡嫁狗随狗的心态，精心地操持着这个家，特别有孩子后，她更是一门心思地经营这个家了，没有更多的精力去想其他。沈小毛车祸致残后，眼看着她的家庭经济每况愈下，现实的困难实实在在地摆在那里。

在找或不找郁小青的问题上，曹影虹思来想去，眼前的家境还是让她抛开了自己的顾虑，决定向受到自己伤害过的旧情人郁小青迈出一步。不管成不成，她也要试试看。

曹影虹找到郁小青厂里，看到郁小青的玩具厂规模好大，厂长办公室也很气派，曹影虹不禁感叹，谁能知道当年的郁小青能成为今天的郁小青呢？

郁小青看到曹影虹来了，放下手里的工作，陪她参观了玩具厂的车间、仓库以及琳琅满目的产品陈列室，最后带她来到了技术科，这里有几个年轻的姑娘正在精心设计新的产品。回到办公室后，郁小青又是泡茶又是让座，还让接待小姐拿了一箱浙江的天台橘过来，他说："这橘子皮薄肉甜，很好吃的。"说着剥了一只递给曹影虹，曹影虹推开郁小青递过来的橘子说："师兄啊，今天我是来求你一件事的！"曹影虹说出此行的关键的一句话后，留心地看郁小青的反应。

郁小青将剥好的橘子放一边，他注意到曹影虹的脸色很憔悴，就问："师妹你说，什么事？"

曹影虹就将丈夫车祸致残，家中儿女婆婆生活困难等事说了一遍。又将路上遇到文谷，他建议她寻求郁小青帮助的事说了一遍。

郁小青听罢，内心被曹影虹的不幸打动了心。

自从和曹影虹分手后，郁小青再没有去关注她的事，偶尔听到她的一星半点的信息，他也没有放心里去。一个人有一个人的生活，过去的事就让他过去吧。所以，几年来，他不想关注曹影虹的事，甚至有意地不去关心，这是他的一个痛，他不想再揭开自己的伤疤和痛点。

听了曹影虹叙说的一切，他愧疚地说："想不到师妹家中发生了这么不幸的事！我一定尽力帮忙，但能不能帮上忙，也说不定啊。"

说罢，郁小青当着曹影虹的面，拨通了残疾人福利企业负责人的电话，电话中，他将曹影虹的事说了一遍，并说曹影虹是蟠龙镇人，是他的师妹。对方与郁小青的关系看来是很好的，只是对方说，他那里是完全支持的，但要郁小青向分管残疾人企业的公社副社长说一声，副社长同意了，就来报到好了。

于是郁小青给副社长打电话，电话打通了，说副社长出去开会了，要三天后才回来。

郁小青就说："师妹，你先回去，你这事我会尽力争取的。"

曹影虹见郁小青出力，心里十分感激。一再地说："谢谢，谢谢师兄！"

曹影虹回到家里后，与丈夫沈小毛说了白天的事，沈小毛很开心，觉得曹影虹学了手艺虽然没有派上用场，但有这样一个师兄帮忙，也是不容易的。

过了几天，郁小青就给曹影虹来了电话，让沈小毛去西虹福利厂上班。

沈小毛的事顺利解决，曹影虹心里很高兴。

俗话说，祸不单行，好事成双。郁小青好事做到底，他打电话对曹影虹说："你丈夫来西虹公社工作了，你留在凤溪那里也不方便，反正你裁缝手艺学得很好的，你就来我们玩具厂上班吧，我们也需要像你这样的人啊。"

曹影虹听了，一迭声地表示感谢。

为了方便上班，她就和丈夫商量，全家搬去蟠龙镇住了。

尽管曹影虹丈夫残疾了，因为郁小青的帮助，曹影虹家的日子倒是渐渐好了起来。

但自从到了玩具厂上班后，曹影虹就与郁小青天天见面了。不见面的时候，过去的一切渐渐的淡化了，甚至忘记了。天天见面后，过去的事就霎时间又回来了，那一幕一幕的事，就像电影镜头似的出现在曹影虹的眼前。曹影虹其实对自己的婚姻是不满意的，从外表上看她似乎对自己的婚姻很满意、很知足，而骨子里却有着难言的痛楚。近来，她常常在梦中想起她的初恋，她与郁小青的恋爱足足谈了四年，四年中，她与郁小青之间虽没有太多的卿卿我我，然而他们有共同的语言，有共同的理想，她与他在一起，总会感到身心愉悦，然而她最后拗不过沉重的母爱，只能放弃了自己的初恋。与沈小毛结婚以来，她与他只是过着柴米油盐的夫妻生活，虽然丈夫为人老实淳朴，但她与他之间，没有多余的话可说。他对工作出劲出力，正如一条牛似的出劲出力，他就是那样的一条牛啊！

思来想去，她的这一切遭遇，都是缘于她的这个家庭。人的出身是不能选择的，出生于这个家庭，是上天给她的安排。有人说，出身不能选择，前途是能够选择的。曹影虹心里冷笑，前途能选择吗？她的婚姻就不能选择！

人啊人，有时只能听天由命的。

李克勤忽然接到公社通知，让她去公社走一趟。

从公社回来，李克勤泪流满面。

一封人民来信，揭发李克勤与刑释分子许耀武旧情难了，沆瀣一气。

公社接到人民来信后，找李克勤谈话了。

曹影虹回到家里，看到母亲在哭，不知道母亲为了什么事。听到有人写了母亲的人民来信，曹影虹说："你真是没事找事，什么事不可以做，偏偏去照顾一个刑满释放的人啊？"

李克勤的行为是颇为另类的，她怎么去照顾一个伪军连长、一个刑满释放分子呢？许耀武的亲属都不愿意照顾这个霉老头子，她竟然去！这是什么感情啊？在当下，这样的霉老头子躲还怕躲不及呢，还去照顾他？这可不是学雷锋啊！

不知道谁写的人民来信，没有这封人民来信，或许事情也就这样过去了，天高皇帝远呀，这么偏僻的乡村中，一个病入膏肓的糟老头子，一个女人甘心情愿地去照顾服侍他，照顾就照顾了。但偏偏有人多管闲事了，写人民来信，说这不是照顾，是反动阶级惺惺相惜，是阶级斗争新动向！

曹影虹埋怨母亲："我们是什么人家，规规矩矩还来不及，还去招惹是非！"

沈小毛劝道："影虹，不要说妈妈了。"

李克勤无奈地说："影虹，是我又要连累你们了！"

公社找李克勤谈话后，这件事的影响更扩大了。

人们的好奇心在于，李克勤为什么在晚年还要去报答许耀武？当年许耀武究竟与她发生了哪些恩怨？于是尘封的历史被再一次翻阅，不胫而走的流言蜚语满天飞。

文谷也很快知道了这件事，他不由得也为曹影虹担心起来

曹影虹在玩具厂工作，背后总有人指指戳戳。一次她走过一群女人，她们也在议论她和她的母亲。她隐隐听得她们在说：

"知道吗，日本人把她放在春凳上……"

"那个连长，就是现在这个老头子，当时常常去她家……"

流言传进曹影虹的耳朵，她的脸霎时红了，她几乎不敢抬头，她用草帽将自己的脸遮掩住，她甚至看到有人簇拥在一起，就感到害怕，就绕着圈子离开……

流言也传进了学校。她的女儿回家来，向她哭诉："妈妈，他们说你是奶奶与日本人养的，骂我是小日种……"

流言蜚语，几乎让曹影虹受不了了！

李克勤想不到自己一个出乎良心的举动会让他们的家庭遭受如此的猜疑和指责，她不但被公社找去问话，女儿和孙女也埋怨她不该招惹是非。

她该怎么办？此时她真有生不如死的感觉！

2. 仗义执言

文谷他们从上海学习回来后，就正常开展了生产。生产任务紧张时，文谷他们采用三班制，分为早班、中班和夜班，做到停人不停机，夜以继日的生产，帮助上海厂解决难题。在三班制的日日夜夜中，夜班是最辛苦的，晚上十一点半上班后，要到次日早上七点半下班。厂里是清一色的青年，大家都拼了命地工作，生产的产品数量你追我赶，逐日攀升，大家好像暗中在较劲似的。

文谷是中专生，文化程度相对高，上海带队回来，成了厂里的团支部书记，负责厂里的产品检验，也是生产的实际负责人。由于生产任务重，厂部从其他社办厂调来了几个车床工，其中有一个女青年叫陶顺顺，二十岁左右，人很清瘦，却操作着一台 630 机床，这是一部大机床，加工的零件都是"大块头"，零件在车床搬上搬下吃力，她却灵敏机巧，借势用力，应付自如。文谷当着车间质检，特别关注她的产品质量，常常去陶顺顺那里走走，因为质量检验是应该有提前量的，不要等出了问题才检查出来，那样已经造成损失了。如果发现得早，可以及时纠正，可以避免不必要的损失。与陶顺顺接触多了，文谷知道这个陶顺顺还真有点背景，父亲是个老革命，参加过抗美援朝，是侦察班的班长。文谷对陶顺顺说："什么时候看看你父亲。"

陶顺顺笑笑说："有啥看头啊，还不是有鼻头有眼睛？"

文谷说："你是自家的宝贝不晓得金贵。"

陶顺顺："平常老百姓一个，有啥金贵啊？"

那天，文谷在另一个车间检验，忽听得有人说："陶顺顺的父亲来了。"

文谷问："在哪儿？"

答："在陶顺顺车间里。"

文谷就赶紧去陶顺顺的 630 机床那儿。还没有走进车间，却见车间外有一只猪郎，被拴在一根石柱上，正在哼哧哼哧地叫唤，似乎在寻找自己的主人。

文谷走进陶顺顺的车间，只见 630 车床那儿有一个老头，文谷一见，不禁大吃一惊：他不是自己见过的牵猪郎老陶吗？

老陶也发现了文谷，他愣了一愣说："哎……你怎么也在这里？"

陶顺顺说："爸，他是我们的团支部书记姜文谷。"

老陶笑笑说："我们在……对了，在蟠龙镇上见过面的。"

文谷说："对对，老陶你是好酒量！"又说，"想不到你就是顺顺父亲啊。"

陶顺顺自嘲地说："我爸他是牵猪郎的老革命。"

老陶白了女儿一眼："牵猪郎怎么了，不也是革命工作？"

陶顺顺说："是的是的，谁说不是啦？"

老陶见女儿这么说，才笑了："我牵猪郎多自在，云游四方，来去无踪。"

老陶对文谷说："女儿在这里工作，我来看看。"

文谷说："老陶，你要多来来。——对了，下次我们团活动，你来讲讲革命故事。"

老陶笑笑说："不行不行……我只会瞎吹吹。"

老陶说着出了车间，去牵他的猪郎了。

老陶走后，午休时大家围着陶顺顺要她说说她父亲的故事。

陶顺顺难为情地说："我说不来的……不过有一件事，我知道的。"

大家便怂恿陶顺顺说。

陶顺顺说的故事是这样的——

这是不久前发生在空军在西虹公社建设战备跑道时的事。

那天老陶又喝点酒了，他牵着猪郎从这个村弯到那个村，一会儿，他从旁边的村里转身来到沪青平公路上了。沪青平公路是一条连接上海、青浦和江苏平望的公路，这条路很长，也很宽阔，已有相当的历史了。作为一条交通命脉，解放前它就是一条战备公路。老陶一脚踏上这条公路，心里就有一种豪爽的感觉。站在路上，向东西两边望去，只见公路由东蜿蜒而来，向西飘然而去。公路上来来往往的车辆很多，有公交车，有货车，也有小轿车，各式各样。日军当年打进上海后，就是沿着这条公路一路向西，进入中国腹地的。日军占领上海后，就将这条公路作为运送军用物资的要道。为此，顾复生的抗日支队组织了火烧公路桥的战斗，在沿路的几座大桥堆上木柴，浇上汽油，点上火一举烧毁。那时老陶还年轻，他摇着大木船，将燃料预先运到预定的公路桥底下，置放妥当，但等红色信号弹在夜空中升起，他们就立马动手点火，几十里长的公路，十几座大桥一夜之间全部烧毁。日本鬼子大吃一惊，他们做梦也想不到，国民党正规军败退后，公路两边竟然还存在这样一支部队！

每次来到沪青平公路上，老陶总会情不自禁地想起当年的一些战斗。那时他们在公路南北两侧，猴子似的灵活机动，穿梭往来，瞅准机会就给日寇一家伙。

今天，老陶的心情有点不好，他的脾气本来有点偏，碰上点不开心的事，他就会发偏，就会粗口骂人。他从公路走下一条支路后，仍旧慢慢悠悠地赶着猪郎往前走，那猪郎去吃路边粮食时，他用树条子甩甩，赶猪郎回路中走。正在这时，后面驶来一辆吉普，驾驶员看到有只猪郎在路中间走，就"叭叭"两声按响了喇叭。老陶被两声喇叭响吓了一跳，回头看是一辆吉普，心里想"你神气格啥"，这时吉普又是"叭叭"地响了两声，催老陶让路。老陶心里就火了："你叫我让路，我偏不让!"于是他赶着猪郎大摇大摆地在路中慢悠悠地走。老陶的模样惹恼了吉普司机，他跟在老陶后面，见老陶没有让路的意思，就停了车，跳下车来，"噔噔噔"快步走到老陶前面，拦住老陶说："你耳朵聋啦?"

老陶瞪着眼睛说："耳朵聋了又怎么啦?"

他不理睬司机，只管自己往前走。

吉普司机一把拉住他，悄声对老陶说："我们首长有急事呢!"

老陶说："他有急事关我什么事?"

吉普司机说："老同志，你怎么不讲理?"

老陶听司机说他不讲理，脾气正要发作，吉普车上的首长已经走下车了，他匆匆几步走上前，来到老陶面前，忽然这个首长大着嗓门惊呼："老班长，你好!"说罢，给老陶"啪"地行了一个军礼。

吉普司机惊呆了，想不到这个貌不惊人的老头竟然还是首长的"老班长"!

老陶也被眼前的情景搞迷糊了，他仔细盯着来人看了看，似乎有些面熟，但一时想不起眼前的这位首长是谁? 这位首长上前紧紧地握着老陶的手，说："老班长，我是王强啊!"老陶终于想起来了，说："你……你就是阿强?"王强点点头说："对对对，我就是阿强啊!"老陶终于认出来了，眼前的首长，就是抗美援朝时他侦察班的战士阿强啊！多年不见，王强现在已是大校军衔，是驻上海空军的一位首长，这次为在西虹公社建设空军战备跑道来进行实地考察。

王强也是西虹人，抗美援朝报名参加志愿军，在葫芦岛进行新兵训练后，被分配在老陶的侦察班。老陶的过往，是在抗战胜利后随新四军北撤，参加了莱芜战役、孟良崮战役等，战功赫赫。后又参加抗美援朝，任侦察班班长，在朝鲜战场多次立功。

王强惊讶地说："老班长，你怎么在赶猪郎啊？"

老陶说："怎么，我不可以赶猪郎啊？当年在支队时，我就是赶着猪郎游东荡西收集情报的。"

王强笑了："原来这是您的老本行啊？"

听说王强是来为战备跑道选址的，老陶就将猪郎拴在路边的一棵树上，随后乘上吉普车，带了王强前去考察地形。

文谷后来也听说了老陶的其他一些故事。

老陶从朝鲜战场回国后，作为有功之臣，也得到了政府的安排，但他每一次的任职时间都不会太长，因为他耿直，因为他脾气倔。他嫉恶如仇，在他负责公安工作时，将一些有罪于人民的一一处理，后来就被调动工作了；统购统销时期，他负责粮食收购，他将吃不饱饭的农民的缴粮任务全免了，结果影响了粮食收购任务的完成；后来，他去煤炭部门负责一个门市部，见到熟人，他将国家的紧缺物资——煤，不是斤斤计较，而是随意多给……他掌握不好政策，他重情面，一系列的事情，让他在和平时期变成了一个"劣迹斑斑"的人。这样，他的官不是越做越大，而是越做越小，最后沦落为一个普通的老百姓了。

但他耿直的本性难改，嫉恶如仇不变，甚至时时与当地政府官员较劲。实在不行时，他就拿出他的法宝——他房间的五斗橱里有着二十多枚当年的勋章，这些金灿灿的勋章，每一枚背后都有着一个惊险的故事。他拿了这二十多枚的军功勋章，往办公桌上一掷，说："老子革命时，你还在穿开裆裤呢！"见到这么多勋章，一枚一枚，金灿灿的，人家有点傻眼了，原来这个倔老头子来历不凡，是个货真价实的老革命啊！不看人面也得看看这些勋章的面吧，于是老陶的事就顺利解决了。

这天，文谷去陶顺顺处检验产品时，陶顺顺关了车床，拉住文谷悄声问："最近外面大家都在传一件事，你听说了吗？"

文谷说："什么事？"

"蟠龙有个女老人，去照顾一个刑满释放分子。"

文谷说："你也听说了？"

陶顺顺说："我爸爸说，这个女老人是个好人。"

文谷说："你爸爸认识这个女老人吗，她叫李克勤，是蟠龙镇上的。"

陶顺顺说："爸爸说，爸爸班里的战士王强，就是不久前来考察战备跑道的空军首长，他的父亲没有读完师范就爆发了抗战，于是辍学，不久参加了顾复生部队，后来成了我们这个地区的负责人，后来被汉奸告发，被日本鬼子伏击，受伤被俘，日本鬼子对他严刑拷打，还诱以高官厚禄，他父亲矢志不屈，结果在狱中自尽完节了。"

文谷说："这么说王强是烈士之后？"

"他还有个姑姑也是个师范生，她与一个男同学有恋爱关系，但这个男同学在抗日战争爆发后，当了汉奸，他姑姑一气之下，就与那男同学断绝了关系，她的弟弟——也就是王强父亲牺牲后，他姑姑就入尼姑庵出家了。"

文谷感觉陶顺顺的故事很近，就发生在身边似的。便问："他姑姑现在还在吗？"

陶顺顺说："爸爸说，他姑姑后来被迫还俗了，在一个生产队参加劳动。现在去了蟠龙镇上的那个尼姑庵，她省吃俭用积攒一些钱，等有机会准备修缮尼姑庵的。"

文谷想起章德文说的故事，陈萍去蟠龙镇相亲时，遇见的那个师太，是不是就是王强的姑姑呢？

陶顺顺说："你知道吗，蟠龙镇那个照顾刑满释放分子女老人，和王强姑姑是好姐妹。她是个好女人。可现在全公社流言蜚语满天飞，话说得很难听的。"

文谷点头说："我也知道她是好女人。但流言无影无踪，你有什么办法？"

陶顺顺说："爸爸气得不得了，昨天他又在家里擦他的那些宝贝勋章了。"

陶顺顺对父亲拿勋章去压人，心里是不满意的，她觉得过去的功劳已经过去，不能躺在过去的功劳簿上。但有时父亲在不得已时，用这些勋章去帮老百姓讨个说法，她还是支持的。所以看到父亲又拿出了勋章，她知道父亲一定又遇上什么事了。

昨天，老陶问她："近来你听到些传言了吗？"

顺顺说："什么传言？"

老陶说："去帮助一个生了病的刑满释放分子，被说成阶级斗争新动向！"

顺顺说："什么阶级斗争新动向，我们都当笑话呢。"

老陶脸黑黑地说:"笑话?你们还有点良心吗?"

顺顺见父亲突然变了脸色,吓了一跳:"怎么,我说错了吗?"

老陶气呼呼地说:"那女老人是为报答当年救命之恩才去照顾他的,说这是阶级斗争新动向,还有点人性吗?"

顺顺说:"我哪里知道事情真相啊。"

老陶就说:"这个女老人是被日本鬼子上门蹂躏的,她无脸见人,就投了河,后来被人救起后,被送去王强姑姑的尼姑庵出家的。送她去王强姑姑尼姑庵的人,就是这个刑满释放的人!"

顺顺听了,不禁说:"这个刑满释放的人……倒还是有点良心。"

老陶说:"好有好报,恶有恶报,老古话啊。"

顺顺:"那你想怎么办?"

老陶说:"我要去公社,为这个女老人说句公道话。"

顺顺高兴地说:"这件事,我支持爸爸!"

老陶听了顺顺的话,笑了:"这还像我的女儿!"

不久,文谷就听到了老陶去公社甩军功勋章的事。

见了现场的人说:只见老陶走进公社院子,嚷嚷着要见公社书记。办公室主任老张出来拦住老陶说,有什么事办公室里说。老陶说,不行,这事得与姓孙的说。姓孙的?老百姓明白姓孙的就是党委书记,老张笑笑说老孙有事忙着呢,什么事你给我说吧。老陶双眼一瞪说,给你说有屁用!老张知道老陶的脾气,也不光火,耐着性子说:老陶,你有话好好话嘛。老陶说,你给我去把姓孙的叫来!老张见老陶今天非见老孙不可的样子,知道不让他见是过不了门了。只得口气转和缓地说:我去叫孙书记,你有话好好说呀。

一会儿，孙书记出来了，他是一个老山东，人高马大。他与老陶打过几次交道了，熟悉老陶的脾气，所以上来笑着说：老陶啊，什么事你说。老陶就嘟嘟囔囔地说开了，归拢成一句话，你们还是不是人，你们还有没有人性！

　　孙书记听了老陶的话，想不到他今天是来为一个女老人伸张正义的，他听了老陶说的故事，心里其实也佩服这个女老人的报恩之举的，但他作为一个书记，他的话不能随便说，他被造反派批斗过，也是心有余悸的，他说：老陶你说的这事我也听说了，你这样说一说我们就更清楚了。有人写了人民来信，上纲上线了，我们党委会研究一下，也认为并不是这个事，没有想到社会上传言这么多，适当场合老张你给下面吹个风，把老陶说的情况说一说嘛。

　　老陶大闹公社大院，办公室主任老张被骂、孙书记赔笑脸说软话，这事第二天传遍了全公社，老陶一下成了个新闻人物。这样一来，之前的那些传言终于被压下去了，人们不再说李克勤的闲话、不再消遣李克勤，人们的兴趣都围绕在老陶大闹公社大院的故事上了。

　　老陶大闹公社大院的事在传动厂里也传得沸沸扬扬，因为陶顺顺是厂里的职工，大家对老陶的议论就更多了。青年们听了陶顺顺的解释，大家了解了李克勤故事的来龙去脉，大家都转而同情起李克勤了。

　　陶顺顺在厂里工作要强，从不叫苦叫累。自从老陶大闹公社大院后，文谷对她也刮目相看了，有其父必有其女，陶顺顺性格中的要强好胜、正直善良其实有着她父亲影子的。

　　文谷时不时与陶顺顺说起他的父亲，陶顺顺并不把她父亲当成一个传奇人物，因为一直生活在一起，传奇也会变得平淡的。但陶顺顺无意中说出的一些生活细节，也让文谷对老陶肃然起敬的。陶顺顺说，他父亲晚上睡觉的时候，总是将鞋子头朝外放的，为什么？因为夜里一旦有事，他可以摸黑穿上鞋子，如果鞋子头朝里，人就要反身穿，这样就耽搁了时间。作为侦察班长，一旦发现敌情，时间就是胜利的保证，一秒钟也不可耽搁的。这个战争年代养成的习惯，她父亲至今还保存着。

一次，陶顺顺突然对文谷说，她去看望曹影虹了。

文谷说："你看到她了？"

她露出很天真的笑容说："她长得真蛮漂亮的——她母亲也一定很漂亮吧？"

文谷说："你们说什么了？"

她摇摇头："没说什么呀，她不认识我。"

文谷说："我们是师兄妹。她很聪明，但命不好。"

陶顺顺笑了笑，也没有说什么。因为父亲闹了公社大院，才知道了李克勤的名字，才知道她有个女儿曹影虹，才对曹影虹这个人起了好奇心。

3. 郁小青与两个女人

西虹公社社办厂有四个特点：活人做不过死人（指公墓），好人做不过"坏人"（指残疾人企业），男人做不过女人（指女性编织企业），大人做不过小人（指玩具企业）。郁小青的玩具厂，因此在公社是很受领导重视的。

一个人一生中如果出现了贵人，这个人的命运就会发生惊人的变化。曹影虹就是碰上了郁小青这样的贵人。

尽管母亲的事让她沮丧，由于老陶的仗义执言，一切都消弭于无形了——就像冬天时的一块冰，遇上一团火后迅速被消融了一样。于是她就专心于厂里的工作。郁小青将曹影虹安排在技术室，这里主要负责出样和创新产品。这是玩具厂的核心部门，曹影虹受此信任，既感到荣幸，也感到身上担负的责任重大。郁小青感到玩具厂的生存发展，产品的创新是关键，所以他有机会就带曹影虹一起出去学习参观，以开拓她的视野。

一次，他带着曹影虹去参加一个交易会。

交易会在南方的一个城市，他们在宾馆里住下后，就急急地去交易会的现场观察，因为是第一次参加这样的大型交易会，他们心里都没有底。各路人马络绎不绝地来了，第二天，他们早早地来到自己的摊位，将设计的样品放到自己的展示台上，前来观看的人不少，但他们看完后就走了，对样品的情况连问也没有问一声。一天一天，一个星期的交易会很快就要结束了，而他们连一块钱的订单也没有拿到。郁小青有点沉不住气了，他急得如热锅上蚂蚁团团转。曹影虹也陪着郁小青焦急。正在这时，一个外国客商走累了来到他们摊位边休息，郁小青抓住机会与之搭讪，得知这个外国客商还没有找到中意的商品，曹影虹将自己随意画的两个清朝人模样的玩具草图递给外国客商看，外国客商问她："能做出样品吗?"曹影虹点头示意说："能!"这天晚上，曹影虹和郁小青两个人忙了一通宵，精心做出了三十多只样品，第二天当样品出现在按约而来的外国客商面前时，他们终于赢得了来之不易的一声"OK"，于是一笔八十万元美元的订单就这样拿到了!

这真是一个天大的喜事，郁小青和曹影虹回到厂里，职工们听到消息，将他们当作功臣似的团团围了起来，纷纷向他们表示庆贺!消息传到公社，分管副社长也打来了电话，向郁小青表示祝贺。郁小青不敢独占功劳，他实事求是地说："这也有曹影虹的功劳，没有她的草图设计，就没有这一笔生意!"

曹影虹显然具有玩具设计天赋，尝到甜头，她对设计这一行更加痴迷起来。郁小青发现了曹影虹具有难能可贵的童心，这种童心对玩具设计是尤其珍贵的。为了进一步提高曹影虹的设计能力，他送她去上海大学补习班进行学习，一边学习绘画技巧，一边进修设计专业。经过三个月的填鸭式学习，曹影虹仿佛换了一个人，她仿佛经历了一次蜕变，由一个农村妇女变成了一个知识女性。为了进一步发挥曹影虹的才华，郁小青向公社有关领导建议提拔曹影虹为联营厂技术科长。

一位公社领导找郁小青谈了话，他表扬了郁小青在玩具厂的功绩，也表扬了他善于用人和善于培养人才。说到最后，这位领导终于说到了关于曹影虹提拔为技术科长的事。

郁小青一听就知道曹影虹的事黄了。

这位领导说："曹影虹人是不错的，她的技术可以用，但技术科长嘛，以后再考虑吧。"郁小青一听就傻掉了，他知道还是曹影虹的家庭出身影响了她的发展。但郁小青认准了一个死理，谁对厂里的经济发展有作用，他就要用谁。厂里有些干部公社派来，完全是安排个职务，他们没有什么本事，还必须尊重他们的意见，他的行为也时时受到他们的掣肘。而像曹影虹这样的业务骨干，明明可以提拔的人，却以这样那样的借口不提拔。无奈之下，郁小青任命曹影虹为技术室负责人。他这是有点阳奉阴违的做派，因为技术室负责人与技术科长职务名称不同，所做的事是一样的。

曹影虹为了感谢郁小青的知遇之恩，在工作上就格外卖力，职工们都看出她是一个知恩图报的人。

还有一个女人向着郁小青。

陈萍自从与郁小青有了那一次后，对郁小青一直怀有一种畸形的爱恋。

当郁小青为此而受到免职处理后，她对郁小青感到很过意不去，她将这一切归咎于自己的独眼丈夫郁金鑫，如果丈夫不去公社闹，郁小青就不会受处分。由此，她对丈夫越加看不顺眼。为了有更多的机会与郁小青在一起，她向郁小青提出去玩具厂做工。郁小青感到很为难，他知道郁金鑫这里就通不过！陈萍说，郁金鑫不让她去玩具厂，她就与他离婚。

郁小青知道陈萍的性格很烈的。于是，郁小青向公社提出厂里人手不够，要招收几个职工。玩具厂发展形势确实很好，公社同意玩具厂自主招几名工。这样，陈萍也就进入了招工的名额。陈萍对丈夫说："如果想不离婚，就让我去玩具厂，如果不让去玩具厂，我们离婚。"因为离了婚，郁金鑫就管不了她的事了。归根结底，陈萍是一定要去玩具厂的。郁金鑫在陈萍给出的选择题面前，他只能选择同意。

陈萍如意进入玩具厂，她感觉郁小青对她还是有情有义的。

进厂后，陈萍被分配在填料车间。陈萍工作很出力，在工人中人缘也很好。

曹影虹被提拔成技术室负责人，让陈萍有点妒忌。曹影虹是郁小青的师妹，郁小青这样器重曹影虹，一方面曹影虹的确有能力，另一方面，凭着女人的直觉，陈萍觉得郁小青与曹影虹关系非同一般。

陈萍与郁小青的畸形感情是公开的秘密了。有人挑动陈萍说："当心红过头啊。"所谓"红过头"，暗指曹影虹与郁小青的关系会超过陈萍。陈萍受了一些人的挑唆，醋意越来越大，时不时找借口去郁小青办公室。

郁小青终于忍不住对陈萍说："没有什么事就不要来办公室，影响不好。"

陈萍笑笑说："来看看你还不好啊？"

陈萍还是常常来办公室。

陈萍的反常行为曹影虹早就看在眼里，她知道陈萍在防备她。曹影虹知道陈萍是真心爱着郁小青，谁叫郁小青当初冒充郁金鑫去相对象呢，人家相中的是你郁小青，人家爱的是你郁小青啊。所以陈萍与郁小青之间，错在郁小青，曹影虹认为陈萍是受害的一方。陈萍对自己的妒忌和醋意，让她感到陈萍这纯然是一个女人的小心眼，她与郁小青之间，只有恩，曹影虹今天的出类拔萃，全是郁小青培养和提拔的缘故，是郁小青为她的成长创造了条件，为她发挥优势搭建了一个平台，她从心底里感恩郁小青。

第十七章　无语话凄凉

1. 团支书

　　文谷所在厂的两位领导都是公社派来的，两人都是复员军人。党支部书记沈金根看文谷为人淳朴厚道，在青年中有威望，团工作搞得生动活泼，有意培养他，将他从质检工作中调出来，再次赴上海，学习车床维修技术。文谷有电工学基础，车床上电器故障他也能"吃"下来，这样他在技术上就比较全能了。但一段时间后，老沈又找文谷谈话了，让他重新负责产品检验，厂里产品质量屡屡出现问题，成了生产上的一个瓶颈。

　　他们厂加工榨油机零部件的原材料，是每周用大卡车去上海厂里运来的，在运来原材料的同时，把加工好的半成品运去。文谷负责产品检验后，发觉这个工作不好做，因为上海厂原来的验收师傅调人了。尽管厂里对产品把关很严格，但产品运到上海后，上海厂派专人进行验收，验收师傅自然不会每只产品检验，他是抽查的，一旦抽查到有不合格的产品，就不分青红皂白全部退回，就像一粒老鼠屎坏了一锅粥一样。产品运回厂里，文谷还要重新检验一遍，而这往往是检验不出什么问题的。对一个产品的检验标准，其实也有松紧的问题，上海厂师傅松一点就过去了，严一点就不合格，松严的尺寸全在上海检验师傅的嘴上。所以，文谷这里始终是被动的，不但要承担责任，有时也会成为上海检验师傅心情不好时的出气筒。

　　检验中掺杂入了上海师傅的个人因素，产品的合格与否，其实就与质量关系不大了。文谷觉得这样下去，自己会一直处于被动。于是他将自己的一个想法告诉了老沈。得到老沈支持后，就由他出面邀请上海负责验收的师傅下乡来，帮助指导工作，以提高产品的合格率。一方面让上海师傅对厂里的工作有直接的了解，另一方面，也加强了与上海师傅感情上的联络和沟通。文谷与上海师傅的个人关系渐渐好了，这样，许多事情上海师傅会站在文谷的立场上，帮助他想办法了。如果真的出现质量问题，大家一认真、一攻关就解决了。所以，事情是人做的，人的因素在事情中会有很大的作用。学诗的工夫在诗外，产品检验的工夫也不仅仅在检验的技术上。自此以后，厂里运去上海的产品几乎没有被退回来的，即使偶尔有一点问题，上海师傅也会当场帮助想办法解决，而文谷则将有关问题带回厂里，召开会议及时研究解决。于是，厂里的生产走上了良性发展的轨道。

文谷不但在生产上起到了重要的作用，在团工作上也很有作为。厂里的青年都还没有成家，他们年轻有热情，文谷根据青年的这一特点，组织开展各种适合青年人特点的活动。例如出黑板报，组织篮球赛，组织春游或秋游，青年们将厂作为自己的家，下班后也不想回去，愿意做团活动的义务员。在公社社办厂五四青年节大合唱活动中，文谷他们的大合唱一举夺冠！于是，传动厂声名鹊起，传动厂走出的青年，要技术有技术，要形象有形象，要素质有素质，青年中形成了一股生产的热气、青春的朝气和向上的正气，其他社办厂的青年见之无不艳羡万分。

老沈在较长时间的考察后，向公社农机厂联合党支部提出发展文谷入党。他找文谷谈话，引导文谷向组织靠拢。对此文谷感激支部对他的培养，这也是他梦寐以求的。本来，他被一系列的挫折打掉了自信，只感觉自己已经是一个没有前途的人了，然而粮食传动机械厂支部的信任和培养，让他感到自己遇上了伯乐，他的人生还是有希望的。于是他在厂里更是全身心投入，他感觉自己已经与厂融为一体了，车间里一部部冷冰冰的车床、铣床、专用车床等铁家伙，在他看来，仿佛都是他身体的一部分，它们是有温度的，有情感的，好像骑手的坐骑一样，他们是一个整体。而厂里的青年职工，他们都是他的兄弟姐妹，他们朝夕与共在一起，三班制的艰辛，超额完成任务的喜悦，他们利益相关，休戚与共！在这样的环境里，文谷似乎忘掉了之前的一切耻辱和沦落，他仿佛回到了一个温暖的集体之中。在这样的状态下，老沈的关注和鼓励，让文谷感到这是来自党组织的关注和鼓励，组织就在自己身边，组织的温暖切切实实地弥漫在他的周围。社会上一度在批判入党做官论，其实人人都知道入党就是一种进步，就是要承担更多的责任，而在文谷的内心，他还有一点小小的私心，他希望通过入党，通过加入组织成为组织里的人，从而让笼罩在身上的政治阴影随之而散去。文谷父亲这样一个普通农民，遭遇到不是问题的问题，没有问题的问题，看不见摸不着的问题，结果演变成了一个说不清道不明的问题，渐变成了一个切切实实的真的问题，从而成为一种口实，成为一种"株连"。老沈和文谷的想法不谋而合，他说："我知道你的情况，现在这种情况是说不清楚的，通过加入组织，这些事情也就不必说清楚了。"听到老沈这样说，文谷真的很感激他。

在老沈的鼓励下，文谷终于写了入党申请书。农机厂联合党支部讨论通过了文谷的入党申请。得知消息的人向文谷漏风并表示祝贺。文谷心里大受鼓舞，一时间心的天地里洒满了阳光。

那一段日子，文谷似乎又找回了人生中曾经有过的那种幸福时光。

文谷几乎将自己的家也忘记了。因为三班制的缘故，中班下班已是夜里十时了，换换衣服洗洗脸，吃一点夜宵，已是半夜了。厂里有宿舍，睡在厂里省得路上来去浪费时间了。如果轮到夜班，夜里十时接班，一直到天亮六时，下班后整理整理，再回家也做不了什么，因为一夜未睡，总要在白天补睡一会。三个班中，只有早班正常一点，其他两个班都把人的生物钟搞乱了。但那时文谷他们都年轻，不知道累，熬一熬就过去了。文谷的大部分时间不回家去，文谷做厂里的团工作，因为他不是脱产的，他用自己的休息时间去做青年工作，一点也不占用上班时间。

2. 远方来信

一天，老沈从办公室走进车间来，将一封信交到文谷手里。

文谷一看信封，信封上印着上海复旦大学几个字。

这是雪娥的来信。

老沈似乎有点疑惑，他不知道文谷怎么会有复旦大学的来信。

文谷想不到雪娥会给他来信。分手时，文谷对她说，我们不要再联系了，这对我们都有好处。雪娥会意地点点头，表示同意。之后，他们都遵守着约定，相互之间没有信息来往。文谷只是从她的家人或朋友中，知道一些她的情况。或许，她也会从家人和朋友那里，知道一点他的情况。

文谷悄悄地找个地方，将信小心翼翼地从裤袋里摸出来，拆开信封，抽出信笺，文谷的眼睛急不可耐地细细读了起来。

雪娥在信中这样写道：

文谷：你好！

由于我们约定相互不通信息，所以进入上海这座著名高校以后，我没有给你写过一封信。但这么多时间过去了，我有许多话憋在心里，总想与你谈谈，每当我提起笔来时，又不甘心地放下了。今天又是一个假日，宿舍窗外，阳光很好，大操场上还有男生们在打篮球，远处的湖畔，有几个男女学生在树荫下散步。我想，还是打破我们的约定吧，我忍不住又提起笔来，想与你说说我的心里话。

进入上海这一所高校，对许多青年人来说，是梦寐以求的事，这是多么的荣耀和幸运的事！是啊，刚开始的时候，我也是这样的感觉。没有组织的培养，怎么有可能跨入这样的高等学府呢？所以，当我带着行李走进大学校门时，一股幸福之感不禁油然而生！

作为工农兵大学生，我们班级中的同学参差不齐，这不但表现在学历的高低不同上，也表现在年龄的大小不一上。班级中有的是孩子的妈妈，有的是妈妈的孩子，有的是品学兼优的高中生，有的是像我这样不及格的小学生（初中上了没有几天学校就停课闹革命了）。或许由于我们都在各条战线上表现良好，或许我们的出身都是响当当的红色家庭，所以我们都被录取进了这所大学。想不到我们学习的不是中文，上级让我们学习外文，老师说这个领域特别需要掺沙子，需要工农兵学生学成后去占领，因此我们毕业后，大部分将进入外交部所属各部门工作，有的可能分配去国外大使馆。我们都有力不胜任的感觉，所以大家的学习都是拼了命的，我学习的是法语，像我这样中文也还没有学好的人，怎么能学好外文呢？老师鼓励我们说，世上无难事，只要肯登攀。因此，我从来也没有让自己泄气，而是用加倍的时间努力学习。我们乡下有句老话说，麻袋绣花底子差，麻袋上怎么能绣花呢，我们这些小学底子的学生就是这样的麻袋啊。所以，我感觉有点身心疲累，学习的成绩总是上不去。老师们的拔苗助长，让我们这些学生有些受不了了。

两年的学习时间一晃就要过去，凭我现在的情况，毕业后如果分配到外事部门，我不知道怎么能胜任工作？这正是我日夜所担忧的事！

听说你找了对象，结了婚，还生下了一个可爱的女儿，我真心地向你表示祝贺！从你回乡的第一天起，我就感觉你是一个淳朴、厚道、聪慧的人，你的经历已经说明了这一点！由于家庭的变故，你的前途受到了影响，我感觉到你回乡后的心情很不好，你有点沮丧，有点灰心，对自己的前途好像失去了信心。那次在林家桥轧青玉米萁的工地上，草草地午餐后，你横卧在玉米萁堆上，一脸的困顿，我知道这并非是繁重的劳动导致的，而是你对自己的前途感到了渺茫，我给你舀来一杯冷饮时，我看到了形迹邋遢的你内心的失意，但我从你的困顿相中，看到了你的眼睛里透出的智慧光亮。是的，你感受到了人世的苍凉，农村的艰苦生活更使你处在一种最落魄的境地，但即使在这样的落魄中，你仍然想依仗努力实现自己的价值。在蟠龙镇看电影《沙家浜》时你对我说，你早就想以家乡的题材写一部长篇小说，你在不断地收集材料，你还对我说江南的农民英雄不像北方的（如《红旗谱》中的朱老忠），江南的农民英雄身材并不是高大的，但他们同样让日寇丧魂落魄，同样在群众中有着极高的威望，你给我说了顾复生的故事。我相信你会成功的，因为你的心里有着一股浩然之气，因为你对家乡满怀热爱之情。

尽管你现在还受着政治上的牵连，但我们还是要"相信群众相信党"，我想你也会的，我相信"莫须有"的罪名总会得到澄清的。说实话，我一点不在乎你的"政治前途"，我相信的是你这个人。三十年河东，三十年河西，人的命运是会变化的。然而，由于种种原因，我们终于分了手！我们在一起的时候，我就有一种信任和依赖兼而有之的感觉，与你在一起，我就有许多话要说，与你一起说话也是一个幸福的过程。你的诚实，你的博学，你的灵敏，对我来说都是值得羡慕的钦佩的。但有些东西是不能强求的，正如我对你的爱慕，命运注定了我们是没有结果的。因此我深深地羡慕现在成了你妻子的那个女人，她是幸福的！

文谷，我现在对自己越来越没有自信了。外面的人看我一定是很光鲜夺目的，然而我心里却有着一种恍惚和疑虑，我们都是农村的人，我们都是很实在的人，我总感觉现在的自己很虚幻，盛名之下，其实难副，好像就是说的我们这些工农兵大学生，好像就是在说我。因此，我有时晚上会做噩梦，我梦见自己来到一个悬崖边上，再往前就是万丈深渊了，但有人催着我们往前走，我鼓起勇气向前跨出一步，我就"哗——"的一声，一失足掉进深渊里去了……每次我都在这可怕的梦中吓醒，醒来时我浑身汗湿一片！

再过几个月我们就要毕业了。我不知道自己会被分配去哪里？

看看，与你一说话我就止不住自己的笔了，我似乎还有许多话要对你说！好吧，先说这些吧，有什么新情况，我再向你"汇报"。

顺祝

工作顺利，合家幸福！

雪娥

看完雪娥的信，文谷不由得为雪娥的命运产生了些许担忧，她是个聪明人，她对自己的预感应该不会有错。文谷在心里默默地祝福她，不求她荣耀满身，但愿她顺顺利利！

当天夜里，文谷又没有回家，他躲在车间的一角，在工具箱上掀亮了工作灯，拿起笔来给雪娥写回信。他想告诉她，他目前的处境已经有了转变，他已经成了家，已经有了宝贝女儿，他原来的那一副困顿相，现在已经没有了。他对生活重新有了信心，特别是农机厂党支部已经通过了他的入党申请，他很快就要成为一名党员了！

中班的职工们吃了夜饭后，又开始生产了，一台台机床又轰鸣起来。

文谷写了几句，感觉不到位。他想还是先别回信吧，入党的事，等上级党委正式批准后，给雪娥好好写一封回信，将这个消息告诉她。

想到这里，文谷将开了头的信纸撕了。

他从车间里走出来，天已经暗下来了。他从场地上走到了围墙大门外，附近有一个飞机库，这是一个像 U 形飞碟形状的土墩，一个有缺口的圆形土墩，中间是空的，可以隐藏飞机。这样的飞机库这里有十几个，分散在各处，它们是与那条战备飞机跑道配套的建筑，这是王强那次考察后的结果。现在中苏之间紧张的气氛淡了下去，他想，打仗对老百姓总是不好的，他想起了顾尔尔说过的话，他说如果打仗了，他就亏大了，他还没有享受过人生的爱情，于是就有了顾尔尔与许品香仓促的恋爱。

文谷想，有时等待还是需要的。

3. 风吹草动

文谷还沉浸在农机厂党支部通过入党申请的喜悦中，文谷感觉周围的一切变得那么美好。于是他对老沈有一种知遇之感，他是文谷人生中的一个贵人。从 H 学校待分配开始，文谷可谓遭遇了一系列挫折，遭受了世人的冷淡、鄙夷、歧视。因此，文谷对自己的入党，有着强烈的求得政治上解脱的欲望，他希望随着入党问题的解决而随之让绑在身上的政治绳索自然松懈！或许这样的入党动机不太纯洁，但当时文谷真的就是这么想的。因此，对于是否入党，文谷一直是悬着一颗心，尽管农机厂联合支部已经通过，公社党委如何审批，还是一个未知之谜啊。

在漫长的等待后，该来的不幸还是来了！

不久，西虹公社党委对新一批入党名单进行了审批。讨论到文谷时，农机厂党支部汇报了文谷的情况，也谈到了文谷从 H 学校投亲靠友的事……

公社党委孙书记是山东过来的南下干部，他们那时都是当地的进步青年，因为革命形势发展很快，干部奇缺，组织上动员他们报名南下，编入了接收新解放区的干部队伍，他们随军南下，边南下边接受培训，学习管理地方的经验。他们来到青浦后，就按预定的分配，接收了各乡各镇的管理。

孙书记听了农机厂党支部书记的汇报后，他沉思了半晌，他说："这种人一有风吹草动会怎么样？"

一句话，把全场问哑了。

因为谁也不知道，也不能保证，一有风吹草动，文谷他们会怎么样。于是全场鸦雀无声，没有人吱声。

文谷不认识孙书记，孙书记也不认识文谷，孙书记的判断和担忧，完全出于一种革命的原则。他的话让其他委员无话可说，于是文谷入党的事就这样被搁置了起来。既不反对，也不批准，而是一个疑问，于是对文谷的审批就这样结束了。

这对文谷无疑是又一次沉重打击。老沈原本想培养文谷，或者说是想做一件好事，弄巧成拙，结果却是给了文谷又一次伤害！于是，他满怀歉意地找文谷长谈了一次。那天天很好，傍晚，太阳快要下山的时候，就在厂区一块草地旁，那里有一口井，他们井旁一块石凳上坐下。他对文谷说了事情的全过程。他的原意，以及他的努力，以及最后的令人不堪的结果。他为文谷的今后着想，建议文谷从技术上多花些力气，以技术立足。并表示有可能的话，他会利用机会向公社领导反映情况。老沈的话是真诚的，他的话推心置腹，他已经尽力了。

文谷再一次受到了歧视，其实阴云没有散去，而是像幽灵一样在人们的头上游荡。它将出现在文谷心头的阳光，再一次遮蔽了。

老沈原想把文谷培养成厂的负责人，现在，他只能劝文谷向技术发展。

文谷只能接受现实，于是他的人生开始转向。

文谷说，我在 H 学校学的电机电器，我还是做电工吧。

老沈笑笑说，也好，你结合自己特长，在电工方面钻研一下，做一个有本事的电工，在农村也是很"吃香的"。

为此，厂里腾出了一间电工间，让文谷做一个专职电工。文谷对电工技术有基础，所以他的角色转变很快。他静下心来，复习有关的《电工学》，除了厂里各种机器的电器由他维修抢修外，他还帮助职工修电风扇或电动机等。电工间，一时成了文谷躲避政治歧视的小天地，他以自己的技术，支撑着自己的脊梁。

厂里的青年都知道了文谷的遭遇，大家为他打抱不平。但人微言轻，他们有什么办法，他们只能用同情和惋惜表示着对文谷的支持。不久，文谷辞去了团支部书记职务，这样，他尽可能地让自己变成了一个纯粹的乡村电工。

4. 电工间的日子

上海农村有电灯是很早的，那时桃满很年轻，他跑前跑后在田野里忙碌着，和一群人一起树电线杆子，架电线，将"电"引进每个村子。后来，北星大队在崧塘筑起了一所电灌站，桃满就成了电灌站的职工了。那时，全大队水稻的灌溉全由电灌站负责，所以在电灌站工作，责任很重大的。桃满学习电工技术很钻研，所以技术很好，电灌站出点什么问题，只要桃满一到，就立马解决了，这样桃满的威信也很高了。那时有一句话，"吃煞饲养场，睏煞电灌站"，因为电灌站农忙时只要机器没有问题，能正常打水，工作人员没有多少事的。而农闲时，主要对机器进行维修，工作也不忙的。所以在电灌站工作的人，是很受人羡慕的。

桃满的奶奶是个光荣奶奶，她生了十二个孩子，其中有两个儿子参加了中国人民解放军，后来又全部赴朝作战，其中阿三在朝鲜战场牺牲了，胜利归来的阿四回国后没有回到家乡，分配去了浙江工作，担任着领导职务。桃满家里客堂墙壁上，挂两个穿军装的桃满叔叔的照片，黑白的照片放大后，看上去很有历史感。文谷和桃满是隔壁邻居，他的家在中场，从文谷家八尺间弄堂穿过去，就是桃满家了。桃满也姓姜，但桃满家的姜不与文谷一个祖先，可能桃满的祖上是后来迁移过来的。中场过去就是西场，就是众多的许姓人家。桃满家人丁旺，桃满奶奶十二个孩子有男有女，她骂子女时，来不及一个一个骂，而是一句话统骂，她骂他们"多多乱乱"。由于家境困难，桃满家的女孩子有的从小就送人，有的长大出嫁，男孩子长大也出去做上门女婿。文谷母亲常去桃满家与他奶奶说话，文谷因此也常常去桃满家玩，那时文谷发现墙壁上挂着的那两幅照片，桃满奶奶给文谷说浙江工作的阿四几次接她过去享福，她去了不习惯，还是回家里来了，外面金窝银窝，总不如家里狗窝。她的大儿子伯琴，就是桃满的父亲，在家里进进出出忙碌，阿三周年忌日的时候，桃满奶奶众多子女都要回家里来，不回来的话，桃满奶奶会不开心的。这一天，文谷家八尺间弄堂里，伯琴就要来来回回走好几趟，要上东浜的水桥去淘米、洗菜。文谷母亲会问："伯琴，今天做啥呀？"伯琴就会摇摇头说："不高兴。"大家听了愕然："为啥不高兴呀？"伯琴笑着解释："今天是阿三周年（即忌日），亲亲眷眷没有告都来了，来了人兴了，所以'不高兴'。"大家听了恍然大悟，被伯琴的幽默逗笑了。

因为军烈属家庭的关系，桃满被培养为农村电工，村人都心服口服。在大队电灌站工作一段时间后，桃满被调到公社油脂厂。油脂厂很大，他培养了好几个小青年成了电工，这样他就成了师傅，徒弟们都叫他姜师傅。传动厂创办时，请桃满负责电线线路的设计和架设，桃满带了一帮徒弟风风火火地过来，他是总指挥，勘察了车间的位置及所用电量，画出图纸，然后一声令下，徒弟们像孙悟空变出的小活猕一样，爬高的爬高，打洞的打洞，拖线的拖线，一片忙碌景象。

文谷当了专职电工后，常常去桃满的油脂厂，因为厂里的电线都是桃满架设的，凡有什么问题，文谷就去请教他，桃满往往想一想，然后告诉文谷说，应该是什么地方出了问题，应该怎样怎样。有时，桃满也会到文谷电工间来，看看文谷在做些什么。桃满文化程度不高，他很羡慕文谷读了那么多书，因为这个时候，文谷在认真钻研《电机学》，农村都以电为动力了，电动机成为农村最普遍使用的电器，如脱粒机、大炮机、运输船、抽水机等，都得用上电动机。如果掌握高超的电动机维修技术，会很吃香。

　　文谷一边学习理论知识，一边请教桃满，拜他为师，学习实用的技术。农村电工有一套自己的土方法，很管用。文谷在桃满的土方法基础上，结合理论知识，探索一种新的方法。他将坏了的电动机，拆开来，卸下线圈，依样画葫芦地选铜线，绕线圈，然后在电机上嵌线，再按顺序烘漆、上漆等。当第一台电机在桃满指点下，文谷独自维修成功"起死回生"，文谷感到无比兴奋。此后，文谷尝试着维修一台台电动机，老式电动机已经没有铭牌，文谷通过查找有关资料，有的则依据电动机尺寸，参考理论知识，设计新的参数。这样的电动机，桃满没有本事修。桃满见文谷能修，说还是你有本事，边说边拿起文谷的《电机学》翻看，但翻了几页，他就放下了，因为他看不懂。

　　文谷和桃满在电工间里一边聊天，一边将修好的电动机接上了电源，文谷将开关一揿，电动机霎时转动起来，随即发出沉闷的"呜呜"声。那声音在电工间里回响，在文谷听来，那声音像是一曲美妙的音乐，它是轻快的，也是有力的……

第十八章　秋气侵人夜正长

1. 钣金工

人倒运的时候，吃豆腐也会砸牙！

文谷在电工间的快乐日子并不长久。老沈是复员军人，按政策他要上调去青东农场工作，他由一个农村干部而成为国家干部了。这是老沈人生的一个转机。临走之前，老沈来到了电工间，他来向文谷辞别。

文谷说："老沈，祝贺你啊！"

老沈笑笑说："也是机会巧啊。"停了停，老沈说，"听说你的电工技术越来越好了，H学校出来的毕竟不一样。"

文谷说："老沈，也是你给了我这样的条件，要谢谢你呢。"

文谷让老沈在一边的电工椅上坐，老沈不嫌脏，一屁股坐下了。

老沈东拉西扯地说了一些话，他身子往前靠了靠，忽然压低嗓音悄声说："文谷，你的事没有办好，我觉得对不起你。现在我又要走了，公社副书记罗蕙找我谈关于我上调之事，我趁机对罗书记谈了你的事，我要求她关心一下你。她表示同意，我把这个情况告诉你，你如果有什么事，可以去找她。"

老沈对文谷说这些话时，神色很凝重。老沈来到传动厂，负责全面工作，说实话团支部做了大量工作，因为厂里是清一色的青年，青年发挥了生力军的作用，年年圆满完成了公社的生产指标，这在全公社有口皆碑，都说传动厂的青年团结，生龙活虎，充满正气和朝气。老沈说："你作为团支书，为传动厂的创建和发展作出了重要贡献。"让文谷从事技术工作，在老沈是没有办法的办法了。言语间，老沈流露出不安内疚的神色。

老沈说："我走了，你要与后来的厂领导搞好关系啊。"

文谷说："老沈你放心，我会的。"

他的临别赠言，出自肺腑，饱含真情。

文谷感动说："老沈，谢谢你一直以来对我的关心和爱护。"

莫非老沈是有预感的？老沈走后，后来的厂领导真对文谷冷漠了起来。

公社任命原来的副厂长为厂长，而原来的副厂长显然与老沈心有芥蒂，因而老沈一走，文谷在电工间的日子难过起来。

这样的情况下，文谷只能选择离开。

文谷斗胆找工业公司领导表达了他的想法。

文谷找的正是前来看望永泉哥的那位特殊客人，他不让文谷多说什么，他似乎什么都知道。

不久，文谷被调至西虹公社农机厂，分配在负责农具改革的钣金小组里。

文谷离开的这天，陶顺顺正在她的 630 机床上做生活，她"啪"地关了机床，用回丝擦了擦手上的油污，走过来说："姜师傅，你真的走了啊？"

文谷笑着点点头说："走还有假的走吗？"

陶顺顺肯定知道了底细，她是个有情义的姑娘，她过来帮文谷拿了电工包说："我送送你。"

文谷说："不影响你上班，我自己好拿。"

陶顺顺脸不悦地拉下来了："送送你也没有资格啊？"

文谷赔笑："哪里哪里，我是不麻烦你啊。"

陶顺顺二话不说，拿了电工包就朝厂门口走去。那电工包很沉，里面全是电器和工具。

一个昔日的团支部书记，临走时大家都不敢送，只有这个莽丫头敢站出来！文谷回头望一眼这个自己白手起家一手打理的厂，不禁有一种悲壮的感觉涌上来。

俗语说，"孵生不如孵熟"，去一个新单位，不如留在老单位。老单位的人都熟悉了，去新单位，一切得从头开始。农机厂与传动厂是一个联合支部，大家都知道文谷的情况——他的能力和他的落魄。灰灰地离开传动厂，再去农机厂，一些人误以为他去农机厂寻找"发展"机遇，这会影响到一些人的利益，所以，农机厂里存在着一种异样的目光。

一个公社的农机厂，农具改革只是一个好听的名字。对于农具的改革，并没有具体的任务。但这里却聚集了一些有经验的师傅，他们有的擅长钣金工，有的是技术高超的电焊工，有的会动脑子爱发明创造。文谷来到小组后，组长对文谷还是赏识的，组长知道文谷的事，他对文谷说："以后一起搞搞技术好了。"或许文谷自己被主流社会遗弃始终心存不甘，对自己的遭遇也并不死心，他一直积极进取，奋发向上，希望得到组织的认可。这一切似乎只是为了证明，而不是为了利益。然而一次次的打击，让他不能不对自己的努力产生了怀疑：什么才是真正属于自己的？他原想寄身于技术之中，那技术就是一只茧，他将自己禁锢在茧之中，作茧自缚，以为茧中是一方净土，他可以在其中独善其身。然而，谁能知道，即使在茧中，他也逃不了人世的是非和缠绕！

一段时间，他跟着组长一起制作一种手推铁皮车。

组长是个老练的钣金工，他经验丰富，工作驾轻就熟。文谷边做下手，边留心学习。组长对文谷很宽松，不给文谷任何指标，让文谷能做什么就做什么。这个组的师傅资格都很老，厂长室对他们也一口一声"某师傅"，极显尊重之意。

农机厂工人的年龄相对大一些，他们社会阅历多，为人处事也老练得多。姜家村一个退伍军人许雪青（许雪花的哥哥）也在农机厂，他在金工车间做车床工。因为是同乡，他有时就到钣金小组来看看。

许雪青高中毕业后就参了军，他参加的是铁道兵部队，所在的部队派到西北边疆祁连山那儿，几年的军旅生活让他的性格产生了很大的变化。许雪青是烈士许忠义的遗腹子，部队生活让他锻炼得性格更加豪爽刚毅。复员后回到家里，他忽发奇想，自己买了一只扳网，去较偏远的崧塘河边搭一间小草屋，就在草屋旁下起网，以捕鱼为生，过起陶渊明式的世外桃源生活。他母亲派了许多亲戚朋友找他，好说歹说劝他，他就是不回头，后来大约是生活维持不下去了，他才听劝回来了。回来后却自作主张，将自家的房子拆下来，很大的梁木卖给了一个生意人，价格还特别便宜，生意人不敢要，怕他反悔，也怕村人说他巧取豪夺。许雪青说，你怕什么，我说卖就卖了。村人以为他不懂，就去劝他，他不听别人的劝，一个叔叔出面阻拦他，他眼睛一瞪，吓得叔叔也不敢再说话了，结果粗大的梁木被商人拖走了。拆了大房子后，他将剩下的砖木造了三间小屋，这样又多了一些砖木出来，他就将这些砖木送人。村上的人都不敢要他的砖木，怕以后出问题，于是他就去邻村送，缺砖木的邻村人就将信将疑地来运砖木了。邻村人多少要他收一点钱，他说送就送了，他不收钱的。邻村人就千恩万谢将这些砖木运了走。这时他的叔叔站在一边，也不敢前去劝说了。许雪青在村人眼里是个有传奇色彩的人，大家都有点怕他，把他当作一个另类，不敢与他多说。

后来，公社给他安排农机厂工作，让他做车工。许雪青对车工喜欢，他爱琢磨，一些零配件做得很好，有时抽空给人车一些小玩意，也很有创意的。

许雪青对文谷却是另眼相待。自从文谷调到农机厂后，与许雪青接触的机会多了，他们一起上班一起下班。文谷新到农机厂，人生地不熟。许雪青是个老职工，又是复员军人，他在农机厂虽然不是领导，领导见他也要让三分的。他对文谷很关照，有了许雪青的关照，文谷在农机厂用不着担心被穿小鞋了。

文谷学过高等数学，学过车工、电工、机修工，在农机厂农机改革小组里，一些零件就由文谷直接去加工。一次，某生产队机动运输船（俗称"挂艄机"）上的一只伞齿轮打坏了，那齿轮是伞面斜齿，加工这种齿轮，需用高等数学计算出滚床的齿轮搭配，整个农机厂里，没有人会这种计算方法。以前厂里有一个人，这个人是工程师，临走时没有将这个技术传授给厂里。文谷经过琢磨后，无师自通地摸索出了这个计算方法，为生产队的挂艄机加工了一只伞齿轮！

农机厂里就出了新闻了：文谷居然怀有前工程师的秘宝，不得了！

厂里一个年轻的副厂长对文谷亲近起来。

一次，青浦机械厂要求加工一个很大的铜质蜗轮，因急用，时间上催得很紧。这个副厂长将文谷找去他的办公室，笑着问能不能加工这蜗轮。

文谷发现副厂长笑得很诡秘。文谷说：可以试试看。

副厂长立即说：好的，你要负责啊。

文谷知道负责的含义，但有了加工挂艄机伞齿轮的经验，他就大胆地上了。

文谷从没有加工过这样大的蜗轮，而且是铜质的。如果加工失败，那是他很难负责的。但，文谷想人家这样急，就没有考虑那么多，找了一个安静的地方，开始计算。计算的时候，文谷十分认真，真是一丝不苟，有的甚至计算不止三遍，他知道这不是闹着玩的！经过精密计算，文谷将铜蜗轮搬上了滚床，一切准备就绪，揿动了启动按钮。滚床开始一圈一圈地滚动，文谷的心一直揪得紧紧的，因为斜齿轮加工，如果计算失误的话，那斜齿会因差动产生误差而将"齿"全部滚光，最后不是齿轮而是一个"光盘"！

在加工即将结束之前，许雪青匆匆地冲进来了。

他看到，滚床边围着一大群人，大家都紧张地期待着最后的时刻。

庆幸的是，这个巨人似的蜗轮加工成功了！结果丝毫不差，正确无误！

围观的人群发出一阵欢呼声，许多人向文谷投来了庆贺和佩服的目光。

年轻的副厂长也笑了，只是笑得有点尴尬，眼中流露出一丝不易察觉的醋意。

事后，许雪青将文谷拖到一边，悄悄地责怪文谷："你为什么答应做？如果做坏了，你知道什么后果？"

文谷惘然地说："我不知道啊。"

许雪青愤愤地说："告诉你，做坏了你将被以破坏生产论处！说不定还会吃官司！"

文谷愣愣地问："你怎么知道？"

许雪青说："这你不要管……好好，告诉你吧，否则你不相信。厂部一个搞卫生的阿姨告诉我，她听见副厂长他们说，做不好让他吃不了兜着走，他想出风头，办他个破坏生产！"

许雪青早就认为副厂长心术不正，他是通过亲戚关系爬上来的。他知道文谷在技术上有竞争力，处心积虑地想给文谷穿小鞋。

文谷对许雪青的话将信将疑。

文谷成功加工蜗轮的事，很快传遍了全厂，也传到了公社工业公司办公室。

第二天，副厂长拿了一只挂艄机伞齿轮找文谷，让文谷帮助计算一下。他请文谷去他的办公室，还殷勤地亲自给文谷泡了茶，文谷有点受宠若惊。文谷走进厂长办公室，在办公桌上摊开了稿纸，一页一页地计算起来。副厂长很认真地看着，还一边夸奖文谷有才华，是厂里的人才。算了将近一半的时候，许雪青忽然冲了进来，对文谷说，你们组长有事让你马上去一下。文谷还犹豫着，许雪青拉了文谷就走。来到农具改革小组，却不见组长。许雪青紧绷着脸对文谷说："你不要太傻噢，他在偷你的技术，你把技术教会他，他就会骑到你头上来的！"文谷听了傻了，文谷对这个副厂长不了解，他想年轻厂长想学总是好事，想不到这里的水还这样深呀。文谷领会了许雪青的意思，于是回副厂长办公室后，装作很热情地给他计算，但在解说时有意把关键的地方不说，只用心算不写过程，这样副厂长怎么也看不懂了。

最后，副厂长只是得到了文谷的计算结果，对计算的过程看得云里雾里，他只能笑着悻悻然地送文谷出来了。

2. 钱烨夜话

随着时间的流逝，周围的人事在悄悄地发生变化。

凤娣已经出嫁了，她已经养了一个大胖儿子。顾尔尔变心后，品香受了刺激，王月梅的一个亲戚将她介绍给邻县诸翟镇的一个青年，他们与青浦县这边消息相对闭塞，品香的事也就没有人知道了。雪花经人介绍，与一个复员军人谈起了恋爱，那个复员军人长得很帅，是个打篮球的好手，复员回乡后，成了油脂厂的一个职工。邹亚勤还没有谈对象，最近经人牵线，与一个外地青年谈起了对象。钱烨一直在追求宣传队里的钱翠娥，但钱翠娥既没有回绝，也没有答应，钱烨以为钱翠娥是在考验他，不料，终于漏出消息，钱翠娥已经与邻县一个青年谈得差不多了，那个青年的家庭经济条件很殷实……这些消息逐渐传到文谷耳朵里，让文谷不由感叹，世事和人生就像崧塘河一样，似乎没有什么变化，其实河水天天在流动。

一天，钱烨突然来到文谷家里，手里还拎了一袋苹果。

文谷对钱烨的突然而至有点意外。文谷说："还买苹果做啥?"

钱烨笑着说："叔叔给侄女几只苹果不应该吗?"

他将苹果塞到文谷妻子小芳手里："给宝宝吃的。"

文谷就给钱烨泡茶。文谷朝小芳说："去烧几个菜，今晚我与钱烨难得喝一盅。"

小芳就拿了一只篮头去竹林后的小菜地了。

钱烨也不推辞，就与文谷南讲三北讲四地瞎聊山海经。

钱烨是大队文艺宣传队乐队里吹笛子的，他的笛子吹得很好，他对上海的笛王很崇拜。他与文谷是普江庙学校的校友，他比文谷高一级，与文谷沾亲带故，还是远房亲戚，所以在宣传队时二人常常在一起，创作组成立时，文谷常与钱烨一起商量题材和情节，有时谈得天晚了，他就不回家去，就和文谷睡一张床上，他们之间可说是无话不谈。

钱烨给文谷说了钱翠娥的事。他与钱翠娥都是大队宣传队的人，长期在吴其峰麾下效力，他与钱翠娥谈对象已经好长时间了，但他万万没有想到，钱翠娥会突然变卦。钱翠娥这个人淳朴敦厚，怎么会突然间会变得这样无情无义？他嚷嚷地自责："我不识人，我真失败！"

文谷知道钱翠娥的背叛让钱烨很受伤，文谷安慰说："女人的心难以捉摸，吃一亏长一智，以后小心就是了。"

天渐暗下来时，小芳的菜已经弄好了，她炒了一个青菜，一个韭芽炒蛋，有一条咸鱼一直舍不得吃，这时正好拿来烧了个竹笋咸鱼块。

一会儿小芳上了菜，文谷和钱烨就咪起小老酒。

他们边喝边聊。钱烨神秘兮兮地说："今天来，告诉你一件事。这件事，外面还没有人知道呢。"

文谷问："什么事？"

钱烨说："吴其峰要调走了！"

文谷惊奇地说："吴其峰调走？调哪里去啊？"

钱烨说："公社文化站当站长。"

文谷笑一笑说："他当文化站长很合适的。"吴其峰一直从事文化工作，他的宣传队和故事队在公社和县里有点名气，公社将他调去当文化站站长，倒是人尽其才了。

钱烨说："吴其峰本人并不想去文化站的。"

文谷奇怪了："为什么呀？"

钱烨用肯定的语气说："这么多年了，我还不知道吴其峰的心思么，他是个官迷——搞文化只是他仕途的敲门砖，小小的文化站长不是他的目标，再说文化站长专业性太强，一般的人做不了，做得了的人钻进去出不来。"

文谷想，钱烨说的话还真有点道理，文化站长这个职务肯定不是吴其峰所喜欢的。文谷说："钱烨，这样的机密，你怎么知道的啊？"

钱烨笑笑说："你还记得章德文吗？"

文谷说："怎么不知道，他还为我改过故事《女队长》呢！"

钱烨悄悄说："章德文要提拔为北星大队书记了。"

文谷吃了一惊："那孙德华书记呢？"

钱烨说："孙书记年龄大，文化低，早有传言说他要下来了。这次是真的下来了。"

文谷说："别瞎说。"

钱烨说："谁瞎说，这是铁板上钉钉的事了。"

"你听谁说的？"

钱烨说："告诉你吧，公社党委已找章德文谈话了，决定让他接任孙书记。"

文谷探问道："章德文对你说的？"

钱烨爆料说："当初的绯闻事件，其实是吴其峰开坏章德文而策划的。"

文谷想起那次在普江学校对卢丽媛的帮助会。文谷说："你说这话，何以见得？"

钱烨说："章德文对那次帮助会一直耿耿于怀，他虽然对卢丽媛有好感，但绝没有非分之念。他一直觉得这个传言来得蹊跷，后来终于弄明白，这是学校里一个有体罚行为的老师，被他委婉地批评了，这个教师心怀不满，就抓住章德文与卢丽媛走得较近，甚至有些亲昵行为，捕风捉影地制造了他们有不轨行为的绯闻。吴其峰让这个老师向孙德华书记反映，于是就有了孙德华书记派吴其峰处理绯闻的事。吴其峰利用绯闻，借题发挥，收到了"打碎水缸隔壁阴"的效果，让章德文有口难辩吃了哑巴亏。"

文谷听了，吃惊地说："竟有这样的事啊？"

钱烨说："章德文吃了亏后，就对吴其峰一直小心提防，收集了他的一些证据，向公社党委作了反映。于是吴其峰自己也没有想到，他被调离北星大队，调去文化站当站长了。"

文谷笑笑："这是用人所长。"

钱烨轻蔑地说："但他的仕途恐怕也到此结束了。"

文谷说："那倒不一定，文化人也有飞黄腾达的。"

文谷忽然发觉，吴其峰虽然心计很深，章德文也不是省油的灯。谁笑到最后，谁就笑得最好，在北星大队这个舞台上，章德文显然比吴其峰棋高一着。章德文自从绯闻事件后，一时抬不起头，在大队干部身后有时也在吴其峰的身后，鞍前马后为他们拎包。然而，他不显山不露水，却是他的韬晦之计，他在不断地学习，不断地积累，时机成熟、机会到来时，他就主动出击了！章德文的这一招，让吴其峰思想麻痹了，于是不知不觉中落下不少把柄，这些把柄落到了章德文手里，吴其峰自然而然被"弹劾"了。

钱烨的酒吃得差不多了，他忽然对文谷的遭遇大发感慨。

钱烨舌头有点大了，他说："文谷啊，一个人的命运真是谁也说不定的，就像你，原来去上海 H 学校读书时多么风光啊，还不是因为伯父的事一落千丈吗?"他疑惑地问:"你回来干啥?家乡的人也是狗眼乌珠看人低啊!"

联想到回乡后遭遇到一次又一次打击,文谷心里不禁有点后悔,如果当初由H学校分配去外地,会是另一种人生际遇了。文谷说:"凭我的个性,如果不是那封迟到的信,我是一定会去外地的。"

"迟到的信,什么迟到的信?"钱烨好奇地问道。

文谷说:"当时我待分配在家,学校通知我去参加分配会议的一封信在大队里被耽搁了,信到我手里时,学校的分配会议已经开过了!"

钱烨仿佛被什么浇醒了酒似的,他说:"等等,你说通知你开会的信耽搁在大队了?"

文谷回忆说:"我接到信赶去学校,分配会议早已开过了,滞留在学校的待分配生都东南西北出发了!"

钱烨忽然想起似的说:"对了,你的那封信我看到过的,信封上还有一个急字。"

文谷惊讶地说:"是呀,是一封急件。"

钱烨说:"我真的见到过,我想给你带回来,吴其峰说他会给你送来的,过了二天,我发现信还在他这里,我说这封信怎么还没有送啊?吴其峰支支吾吾地说,他原本想带给你的,后来有事就忘了带了。他将信交给我,让我带给你。我看到你们村的姜道芳,就让她带给你了。"

文谷怀疑:这信是不是吴其峰有意给耽搁的?嘴上却说:"说不定吴其峰是好心,忙了事耽搁了信。"

钱烨说:"我有点怀疑,他不该耽搁了两天还没有送,明明是一封急信!"

听了钱烨的话,文谷苦笑说:"他可能没有想到,这么一耽搁,把我给耽搁回来了!"

钱烨说:"害人之心不可有,防人之心不可无,这个人还是要防着点,否则会吃亏。"

文谷想,钱烨的话还是有道理的,知人知面难知心啊。

文谷原以为迟到的信是上天开的一个玩笑,现在看来,或许还是人世有人作祟。

钱烨的酒喝得也差不多了,文谷送钱烨回去的时候,钱烨舌头有点僵僵地说:"今天的话,只有你我兄弟知道啊!"

文谷说:"自然,只有你我兄弟知道。"

第十九章　文化站

第十九章　文物制度

1. 鹬蚌相争

上级为丰富农村文化生活，每个公社文化站在原有十六毫米电影放映机的前提下，另外配备了一台七点五毫米电影放映机。这是一种适用于农村的小型电影放映机，它的特点是轻便自如，只要做两个小铁框，将机子放入小铁框里，自行车书包架两边一挂，即可下乡放映了。有了放映机，还要放映员，于是公社党委在全公社范围进行挑选了。

文化站是农村的一个文化阵地，也是乡村文化人的栖息地，也是一些略有姿色的乡间女人养尊处优的地方。文化站的工作相比农田的劳作要轻松得多，也体面得多，人们对文化站工作的人既羡慕又忌妒，一旦文化站有招人的名额，人们无不趋之若鹜。

文谷在农机厂大显身手，为机械厂成功加工大蜗轮，这个消息虽然厂里人人皆知，却被副厂长他们尽力封锁在厂的围墙之内。然而，他们想不到，这样的封锁却帮了文谷大忙。

这天，公社党委会在大院子会议室里举行，会议的议程一项一项地进行着。最后，讨论到了关于文化站增加一名放映员的事项。这时，会议气氛忽然变得轻松起来，大家都看到了农村文化工作的发展，上级的重视和关心，文化站要增加工作人员了，不管是谁去工作，都是一件好事呀。但会议的表面轻松，却掩盖不了一些与会者内心的紧张。一些人已经知道今天会议要讨论文化站招人的事，会外早有人到他们这里走动请托，他们今天可是重任在肩，为自己的亲戚或朋友、战友或是部下，他们要力争这个名额。力争要有力争的理由，于是他们要想方设法整理出一套说辞，此外还要争取会上的支持者，一个人说毕竟孤掌难鸣，有人声援自己的说法才更有分量。

一进入实质性的讨论，会议的气氛立即转了，刚才的轻松变得又紧张了起来。最后形成了两个对立的名额，双方各不相让，僵持不下。会议开到这里，似乎难以开下去了。

这时，紧靠着书记坐着的副书记罗蕙看到会场这个局面，她知道会上双方提名的人选是一个也不能选择的，因为选了这一个就得罪了另一个，选择了另一个得罪了这一个。怎么办？她脑子里突然想起了一个人的嘱托。

传动厂党支部书记老沈去青东农场报到时，专门去了罗蕙家里，他来向她告别。说话间，老沈向她又郑重其事地提起了一件事，他向她说到了文谷的情况，关于文谷的工作和表现，关于文谷的知青身份……恳切要求罗蕙给予重视。

罗蕙说："文谷是回乡青年啊。"

老沈笑笑说："我原也以为文谷是回乡青年，因为他是本地出身的人，但情况是这样的……县知青办里有文谷名字。"

听了老沈解释，罗蕙"哦"了一声，说："原来文谷是投亲靠友的知青啊。"

罗蕙笑着又说："你对文谷还真挺了解的啊。"

老沈笑了："厂里我是书记，做车床不行，做人的工作是我的本行啊。"

罗蕙说："好了，放心吧，你说的事我知道了。"

这时，罗蕙想起了老沈的拜托，她想起了这个名叫文谷的人。她想，与其让他们双方争执不休，还不如让这个文谷去文化站吧。这时，会场还在沉默，罗蕙笑了笑说："你们都提了人，都说是最合适的人选。我也提个人吧——"

大家见副书记罗蕙要亲自提名了，就屏了呼吸，听她提的是哪一个人。

罗蕙提出了文谷的名字，她介绍了文谷的大概情况，还特别强调了文谷是投亲插队的知青这一点。显然，副书记罗蕙与文谷没有任何关系，她的提名完全出于公心。于是，罗蕙的话说完，其他党委委员以热烈的掌声表示了同意。僵持着的双方见大势已去，也鼓掌表态同意。

鹬蚌相争，渔翁得利，党委会决议写下了文化站招收放映员一名，后面括号里写下了文谷的名字。

农机厂接到通知时，副厂长他们有点措手不及，于是连忙向公社工业公司负责人老卢去电话，说文谷是有技术的人，厂里要用的。

老卢说：你们现在说已经晚了，党委会已经决定了。

副厂长听了老卢的话，不禁有点懊悔。当初意在封杀，结果却是适得其反。从办公室出来，副厂长直接走到了农具改革小组，他对组长说，看来你这里是出人才的，文谷同志要调走了。

组长知道文谷要调去文化站，连连说："好事好事！今后我们看电影方便了。"

副厂长上前握住文谷的手，热情地说："文谷同志，恭喜你调去文化站工作，只是我们这里少了一员大将啊！"

文谷已知道将调去文化站的消息，但没有正式通知，还有点将信将疑，见副厂长这样说，知道是事实了。

文谷话中有话地说："副厂长，如果有需要我的地方，我会随叫随到的。"

副厂长笑笑说："不敢不敢，哪敢劳动你大驾啊。"

2. 乡村播火者

文谷对进入公社文化站没有思想准备，一旦成为事实后，他很感激老沈，他觉得，老沈他们代表着社会上一种正直的力量，这是社会公平和正义的基石。想到这一点，长期积压在心底的腌臜之气，似乎得以吐了一吐。

吴其峰这时已经在文化站站长岗位了，看到文谷去文化站，他很高兴，热情地招呼文谷，安排文谷学习放映技术，还请人烧了一对铁框，不大不小刚好放入八点七五毫米放映机及附件。说实话，吴其峰对文化工作还是尽心尽力的，在北星大队时，他的工作有影响也有成绩。由于爱好文化工作，他对文化站的工作有想法有点子。有时工作得晚了，就住在文化站不回家，因此惹得妻子猜疑心越来越重。

尤其引起吴其峰妻子疑心的是，卢丽媛随了吴其峰也调来文化站了，她被分配在图书室，负责图书借阅和管理。

卢丽媛的绯闻事件发生后，章德文就与她保持了距离。

章德文开始对卢丽媛比较接近，他感觉卢丽媛热情单纯，故事讲得好，做代课老师，也很努力进修。她人长得漂亮，大家都喜欢有事无事与她聊上几句，章德文也是这样。由于是章德文提议将他聘为代课老师的，卢丽媛对他就很感激，有时表现出一种很亲昵的样子。章德文没有想到，正是这一点，竟会让人利用了。

其实，吴其峰对卢丽媛倒是怀有一种畸形的情感，他对卢丽媛有好感，但作为有妇之夫，他又不能不考虑影响，于是他往往在卢丽媛面前始终一种正人君子的样子。绯闻事件的发生，他顺势打击了章德文，但也伤到了卢丽媛。事后，他向卢丽媛表示了歉意，希望得到卢丽媛的谅解。卢丽媛是聪明人，她自然原谅了他，她知道吴其峰心里是有她的。在大庭广众之前，她自觉地与吴其峰保持距离，而在一些私密的场合，她才会表达对吴其峰的爱慕和敬佩。

吴其峰调去文化站工作，他将卢丽媛也调去文化站工作了。章德文对她保持着距离，保持着真正的冷淡，她的代课老师资格一直得不到转正，她不愿意继续等待了。于是她向吴其峰提出，要求吴其峰将她调去文化站工作。吴其峰知道，如果卢丽媛再留在北星大队，她没有好果子吃了。去文化站，他需要一个贴心的人，况且卢丽媛故事讲得好，也是大家公认的，把她调进文化站，完全是工作需要，别人不会有闲话。以后国家重视文化工作，有什么转正名额，也可帮助卢丽媛转正。于是，吴其峰向公社提出了调卢丽媛的要求，公社也一口同意了。

文谷调去文化站时，卢丽媛已经在图书室工作了。

文谷负责的是八点七五毫米的新放映机，这与十六毫米的放映机比起来，气派小得多，放映的操作也简单得多。经过一番琢磨和学习，他很快就掌握了八点七五毫米机的放映技术。吴其峰将放映员分成二组，文谷和沈惠书一组，放映小机，朱正荣和小高为一组，放映大机。

放映员的组成也很奇怪，除了文谷一个知青外，其余三个全部是复员军人，而且是海陆空三军，可见去文化站放电影也要有一定的资格和来历。沈惠书个子不高，性格开朗，为人随和，热情肯干。文谷与沈惠书一组，两个人合作得很默契，很快成了好朋友。

沈惠书年龄不大，但是老放映员了。文谷开始跟沈惠书学习，在沈惠书的指导下，掌握了放映现场的一切操作。农村都在露天放映电影，来到村场上，文谷就和沈惠书忙忙碌碌地竖杆子，张幕布、拖电线、挂音响，装电影胶卷……一会儿，喇叭里已放出音乐，喇叭开得很响。这其实也是一种广告，"喇叭响，脚底痒"，听得喇叭响，村里村外的人就知道今晚放电影了，就抓紧干完手里的农活，抓紧回家吃了夜饭，女人则抓紧时间梳妆打扮一番，然后就从村道上络绎不绝地赶来看电影。首先来的往往是放学时路过这里的那些孩子，晓得村里今晚放电影，回家三口两口吃完夜饭，端了凳子来抢占最佳位置了；接着上了年纪的戏迷们，怕晚了黑灯瞎火看不清，也早早地赶来了。场上一老一小两群观众，闹喳喳的一片喧声。天擦黑时，各村的主力喂罢猪羊、笼好鸡鸭，一切家务就绪后男男女女说着笑着一路熙熙攘攘地来了。场上的人越聚越多，夜幕四合时，村场上已是黑压压沉甸甸的一片人群了。

有人就嚷起来："小沈，快开映呀。"

沈惠书说："开映了，开映了。"

话音未落，真的就开映了。沈惠书"啪"的一声揿动开关，一束强烈的光束就照亮了银幕，机子"咝咝"地走着，一会儿就出现了电影片名《奇袭》。观众中有的早已看过两三遍了，但他们仍像第一次看似的，兴致盎然而又聚精会神。电影给僻远的乡村带来了宁静中的一份惊喜，淡泊中的一份期待，带来了与外部世界的一份沟通。

这时电影片子少，放来放去就那么几个电影。但只要放电影了，村人总是欢天喜地，像过节一样，甚至请久不晤面的亲戚前来，一起叙叙旧，说说话，然后吃了夜饭一起去村场上看电影。文谷刚开始放电影时，感觉放电影这工作真是幸福，一般人千载难逢难得看上一次电影，而自己却能天天看电影，这难道还不让人艳羡吗？再说放电影走乡串村，今天这个村，明天那个村，有的村请放映员去加场电影，这是放映员额外的工作，去村里放映是给村里面子，所以村人也将放映员当作贵宾一样，备了好菜好饭招待，村里的领导还陪着一起吃，给足了放映员面子。文谷放电影后，姜家村请文谷回村里放过一场。一般电影都是在大队放映的，有时也安排去大的村子放映，照顾村人看电影。但像姜家村这样的小村，从来没有放过电影的，所以他们迫切要文谷去放一场。文谷听了，觉得这是应该的，虽然自己辛苦一点，但对姜家村来说，这是历史上的第一次，这让他们感到无上的光荣和自豪。于是，文谷与沈惠书一说，沈惠书大力支持。由于路远，地区偏僻，所以二人还开了电影船去。姜家村像逢了大喜事，全村男女老少全部出动了，大家帮助搬东搬西，只要文谷开口，用不着他动手的，早有村人风一阵似的去忙了。周围村里的人听说姜家村放电影了，也都赶来看电影，所以小小的村场上挤满了人，这一个晚上，在姜家村人的心里是难以忘却的，他们激动，兴奋，又分外地感到自豪。

日子一天一天地过去，初时放电影的新鲜感逐渐淡去。文谷初时的那种幸福感，也一天一天的淡去了。因为，对于乡村的电影放映员来说，这工作还是比较艰苦的，他们天天晚上都要出去放映电影，其间也会遇上不可知的许多困难和辛苦。

一天晚上，文谷和沈惠书、朱正荣一起出去放电影。因为小机去崧塘桥放映，去崧塘桥是水路，小机就和大机同行了。平日里电影船是专配给朱正荣的大机的，今晚他们搭乘朱正荣的电影船，朱正荣去三湾放映，去三湾要经过崧塘桥的。

一会儿，朱正荣启动了柴油机，电影船就"啪啪啪"驶离河岸，驶出西虹镇，驶进长着一片碧青水稻的田野间。这里虽属水乡，但没有大湖大海的浩渺，全是些肠子似绕来绕去的河汊，水面本不宽阔，又植了一方方水浮莲、水花生等水生植物，水面便愈见狭窄，电影船穿行其中，磕磕绊绊的常被牵扯。文谷就站到船首，横着长篙，不时拨开那些碍事的水草。

田野里郁郁葱葱，有鸟啼声从远处传来，水天河色很静谧，电影船的"啪啪"声，在傍晚的霞色里便不显得喧闹，只是偶尔惊飞了水湾处芦苇丛或蔺草丛里的野鸟。

电影船驶了一程，沈惠书替下朱正荣当起"老大"。文谷发觉沈惠书对电影船的脾性摸得蛮熟的，转弯、过桥，比朱正荣平稳多了。

这样开了一段时间，崧塘桥到了。电影船就靠上河埠头。一群姑娘妇女正在埠头洗浣，见来了电影船，热情地招呼着，仿佛来了谁家的亲戚似的，有的心急的忙着报讯去，于是河埠头涌来了更多的人，河埠头就像燃起了一堆火了，这火又渐渐蔓延开去，僻远的沉寂的乡村就很快整个儿沉浸在一片热烈的气氛中了。

这天夜里放完电影已很晚了，文谷和沈惠书赶紧收拾停当，将机器搬去河埠头。朱正荣的电影船还没有开过来，文谷们就喘了口气，隐在夜色里等。等了一会儿，传来了电影船的"啪啪"声，果然是朱正荣来了。临近，电影船晃悠着靠上了河埠头，文谷和沈惠书就把机器搬到了船上。

沈惠书说："我来驶吧。"

朱正荣说："你不说我也要你驶，我快累煞了。"说着，朱正荣一屁股坐到舱板上，靠着船舷歇歇气。

夜色四合，河面漆黑昏暗，感觉中有迷蒙的雾气在四周弥漫。电影船驶离崧塘桥，驶入白天所见的那一片碧青的田野后，水雾气更浓了。沈惠书熟谙这里的水路，船驶得极安稳轻滑，遇上过桥或折弯，才让文谷亮手电照照明。

又驶了一程，朱正荣起身来换沈惠书休息。

朱正荣边掌舵，边东拉西扯地说着闲话，扯了一会儿，大家都觉得有些倦了。

文谷打了个呵欠。

静了一会儿，朱正荣说："谁讲个故事醒醒神？"

文谷说："我不会讲故事。"

朱正荣说："谁会讲呀，瞎吹吹。"

文谷说："那你先吹一个。"

朱正荣说："瞎吹吹啊。"咳嗽一下，他就吹了解放前这里一个湖匪的故事。朱正荣吹完，说："文谷，你吹一个。"

文谷暗示朱正荣别说了，指指沈惠书，朱正荣听到了一阵轻微的鼾声。

文谷将一件棉大衣轻轻地盖到沈惠书身上。

沈惠书这几天真是太疲惫了！他家的老屋因相邻的家拆了造新房子，他家不拆会坍倒，被迫拆了，他就四处借钱来造房子，夜里还天天深更半夜放电影。

朱正荣听见沈惠书打着鼾声，就噤了声。

过了一刻，朱正荣悄声说："你知道吗？吴其峰的老婆蛮凶的。"又说，"他老婆怕他在外面有野心。"

文谷说："吴其峰会有野心呀？"

"疑心是女人的通病嘛。"朱正荣说，"听说他在婚姻上是蛮失意的。"

文谷说："怎么回事？"

朱正荣说："吴其峰年轻时谈过恋爱，但没有成功。现在的这个，是'父母之命，媒妁之言'，强扭的瓜不甜。"等了等，朱正荣忽然没头没脑地说："卢丽媛快结婚了吗？"

在农村，卢丽媛也可算是个老姑娘了。曾有人给她说过几个对象，她总是横挑鼻子竖挑眼的不顺心，渐渐岁数就搁大了。她却不急，调侃说：世上有我这样的老姑娘，就有般配我的老青年。文化站的人心里都亮着一盏灯，卢丽媛和吴其峰关系有点暧昧。最近卢丽媛与部队一个转业军人对上了象，两人进展蛮快，传说去了几趟上海，快要结婚了。

朱正荣说："卢丽媛一结婚，对吴其峰是一个打击。"

文谷望了望仍打着鼾的沈惠书，他睡得很沉。

朱正荣说："吴其峰为什么不离婚呢，离了婚就可以娶卢丽媛了。"

文谷说："搞文化工作的人离婚结婚最犯忌，人家会给你戴一顶'喜新厌旧'的帽子，你还想在文化站混下去？"

朱正荣说："吴其峰妻子常常来文化站。"

文谷说："她是火力侦察呀。"

是的，人生有时就如一副牌局，想要的牌要不到，不想要的牌捏在手里。文谷想起了他和雪娥的事，他想，自己又何尝不是如此？

说了一会儿，终于睡意又袭来，文谷打了个呵欠，裹紧棉大衣依着机器打盹，恍恍惚惚也进入了梦乡。

"文谷！文谷！"

不知过了多少时间，文谷突然被一阵急促的喊声惊醒了，只听见沈惠书在惶急地喊"快，手电筒！"

文谷忙找到手电筒亮起来，揉揉惺忪睡眼仔细一看，顿时吓得三魂丢了二魄！只见电影船像即将下潜的潜艇，整个船体全浸没在水里，船舱里的水已漫向船板上，文谷的大衣也湿漉一片。

调下来休息的朱正荣也惊醒了。

沈惠书有点心慌，以为自己驾驶不慎弄漏了船，情势危急，三个人睡意顿消，分头找盆具舀水，然而水越舀越多，船似乎正在慢慢下沉。

朱正荣说："是不是撞在了石头上?"

沈惠书说："我……我也说不清……"

朱正荣说："没撞的话，说不定是老漏漏了。"

文谷说："什么老漏?"

沈惠书定定心，觉得自己未撞着什么，他想老漏漏水的可能是有的，他说船舱中有个老漏，因没有经费，漏一直没有修，用一块石头压着堵漏，大约是老漏又漏了。这样一想，他说声"我去试试"，就奋不顾身跳进有齐腰深水的中舱，往下一摸，果然是压漏石动了，水汩汩地涌动着从老漏里进来，他就挺起身，脱了衣裳，将衣裳揉团一下，俯身塞堵老漏。朱正荣也跳进舱里来帮忙，文谷在船舱上面照手电，他们要什么递什么，忙碌了好一阵，漏总算堵住了。

三人再拱着屁股往外舀水，一盆一盆水"哗——哗——"地舀泼到河里去。

水，越舀越少，船身又渐渐浮出水面。

舱里的水舀净时，手电光里，文谷见沈惠书的衣裳堵在那个很大的老漏里，一块石头压在上面。沈惠书还赤着膊呢，文谷脱了衣服给他穿。

一场惊险，吓得文谷浑身酥软，睡意早已无影无踪，少了件衣服有些发冷，就裹了件下半截湿漉漉的棉大衣。便想，原以为放电影是桩惬意的美事，其实深更半夜吃夜露，还要受意想不到的惊吓，真是一行不晓得一行啊。

一会儿，看着东天有些发亮，以为天快亮了，精神愈加亢奋，驶过去，发觉是公社铸件厂的白炽灯，过了铸件厂，又是一片黑暗了。

文谷看看表，午夜零点多一点……

3. 人生只有单程票

一天，吴其峰把文谷叫进他的办公室。

他显得特别客气，递了一支烟给文谷。文谷感觉到他的行为有点反常。

因为雪娥的事，文谷与他之间，彼此心知肚明存在着一种芥蒂。尽管他是代表着组织，出于对雪娥的爱护，但他的行为对文谷无疑是一种深深的伤害。所以，来到文化站后，文谷与他始终保持着一种距离。他知道文谷是罗蕙副书记点名进来的，这样文谷的背后有一棵大树撑着，他就一反常态地对文谷表示得很客气。然而他表面上越客气，越让文谷感到他的虚伪。于是，在文化站内，文谷尊重他又与他保持一定的距离。

文谷说："吴站长，有什么工作你说。"

吴其峰笑笑，颇为殷勤地给文谷点燃了烟："没事没事，都是老弟兄了，我们聊聊。"说着又泡了一杯茶递文谷。

接着又关心地问："晚上放电影还适应吗？"

文谷说："在传动厂时三班制，夜班最辛苦了，放电影最多相当于中班，没有事。"

吴其峰吸了口烟，吐出一个烟圈。文谷发现他的烟瘾挺大，搞文化工作，毕竟动脑筋的事多，或许他的烟瘾也就越来越大了。

吴其峰想了想说："与雪娥还有联系吗？"

文谷说："基本没有了。她大学毕业前给我来过一封信。"

吴其峰说："她与我原来联系很紧密的，后来慢慢也稀了。"

吴其峰是雪娥的恩人，他将她提拔为大队团总支书记后，就开辟了雪娥后来的前途。所以，吴其峰无疑是将雪娥当作了自己最得意的作品。吴其峰知道是他一手拆散了文谷和雪娥的关系，他知道文谷心里会恨他。或许是为了解除他与文谷之间的这一芥蒂，他又提起了雪娥。

吴其峰说："雪娥毕业后被分配去中国驻法国大使馆工作，工作了一段时间，因为男朋友的原因，她要求回到国内。他的男朋友是大学读书时的一个同学，男朋友出身于高官家庭，他对出身于农村的雪娥情有独钟，尽管男朋友的父母不支持他们的婚姻，但在男朋友的坚持下，他的父母看到雪娥淳朴敦厚，也就作出了让步。"

显然，吴其峰对雪娥了解得很多的。

文谷说："雪娥应该有一个好的婚姻。"

吴其峰说："是啊，可有时也事与愿违啊！"

文谷说："怎么，雪娥的婚姻有什么不顺利吗？"

吴其峰说："听说——我只是听说，她结婚后的生活不太好。"

文谷问："她现在在哪里工作？"

吴其峰说："她回国后，组织上安排回母校教书。后来，由于身体状况，她在母校的图书馆工作。"

文谷说："雪娥身体有什么状况啊？"

吴其峰说："不太清楚，听说还挺严重的。"

文谷听了，吃了一惊，雪娥的情况，她的家庭包瞒得严严的，从来没有听到她有什么状况啊。

吴其峰叮嘱文谷："雪娥的情况，对外暂时不对人说啊。"

文谷说："我知道。"

吴其峰找文谷，将雪娥的情况告诉文谷，这里有什么玄机吗？

没有不透风的墙，雪娥得病的消息还是在家乡传开了。

终于知道，雪娥得的不是一般的病。

她患上了一种奇怪的疾病，她的精神稍受刺激，就会发病，而发病时她自己一点也不知道，发病起来，像疯了似的，痛苦万状的她，人人见了都会心碎！

一次发病后，雪娥要回乡下家中来。父母都劝她不要回来，还是在夫家养病为好。因为她回来，他们会感到没有面子，当初光光荣荣出去的，全大队、全公社都知道。他们不愿让雪娥的现状让更多的人知道，他们想让有关雪娥的传闻越少越好，因为，他们认为这是让他们很丢面子的事啊！但面子毕竟是小事，女儿的身体才是大事！在雪娥的一再坚持和要求下，她的父母无法拒绝，终于答应她回家养病……但他们不让她回自己乡下的这个家，让她去县城姑姑的家。

雪花去县城陪了几天姐姐，回来后，她来到西虹公社文化站。她找到文谷，将他拖到一边，悄悄告诉他雪娥在县城姑姑家的情况，她说，雪娥希望能与他见见面。

文谷听了雪花的介绍，知道了雪娥得病的缘由。

雪娥的丈夫出身于高官家庭，当年他之所以看中她，完全是被她农村姑娘的纯朴所吸引，他对十里洋场上女性的娇生惯养厌烦了，而雪娥这样的纯朴姑娘，仿佛弥漫着青杏般香味的稻穗一样，这是另一种完全不同的风韵，因此他热烈地追求她。雪娥是个聪明的姑娘，预感到高官子弟有着所有纨绔子弟一样的通病，她就婉拒了他的追求。让一个村姑拒绝，这让高官子弟太出乎意料了，一般的姑娘都求之不得，而雪娥竟然拒绝了！雪娥的拒绝刺激了高官子弟，他装儒雅，装谦谦君子，在他韧性的追求下，雪娥的堤防终于松懈了，她以为这是真心，以为这个高官子弟是真诚爱她。于是，她终于撤去自己的戒备，她脸上天然的笑容流露了她觉得幸福的梦幻感。她终于走上了红地毯，扮演起一个高官子弟的妻子的角色。

婚后没有多少日子，由于没有生养孩子，公婆对她很嫌弃。不一样的生活理念，不一样的生活层次，关键是，工农兵大学生，一个虚假的光环，让她跨进了一个不该跨进的家庭，在这个本不属于她的家庭中，她始终难以水乳交融，她甚至成了这个家庭的累赘。尽管她穿上旗袍高跟鞋，她的纯朴的乡村气息却根深蒂固；她的大学生的魂时时附不上小学生的体，她在这两个角色之间徒劳地往返。幸运于她仅仅成了一种标签，作为一个本质上的村姑，她离开了生她养她的熟地，离开了如鱼得水的环境，她便时刻面临了生活的危机。她仿佛被投入了一座荒岛，成了一个孤独的漂泊者；她又似乎误入一座地狱，成了一个精神上的苦役犯。是的，不该得到的她——得到了，该得到的她却永远得不到。

丈夫让她在家里像保姆一样地做家务，她就是他家的保姆。而他却在外面勾搭娇艳的女人，甚至公然将女人带进家，当着她的面与那个女人亲热。一切的一切，与一个淳朴的村姑所能接受的距离太远了，她尽管忍耐了又忍耐，然而她的忍耐被视为了她的软弱无能，他更加肆无忌惮，无法无天，人格的凌辱和羞耻，生活的背叛和嘲弄，终于使她的神经崩溃了！

文谷想，于情于理，他应该去看看雪娥的。

趁着去县城电影站调电影片子的机会，他让雪花约雪娥在县城曲水园见面。

曲水园是青浦县城的一座古园林，这里小桥流水，假山叠翠，树木扶疏，池荷挺秀。文谷在录取 H 学校后，曾经来过这个园子，那时他的心里满怀阳光一片灿烂。落魄回乡，他心境暗淡，满目是秋色的惨淡和落叶的凄惶。参加宣传队后，他的心情变了，特别和雪娥来县城演出时，他和雪娥在园中排练，那时他心中重新洒进了一片温馨的阳光。今天，他又一次来到园中，园中的景色依旧，然而他却感觉时过境迁，往昔一切美好的东西似乎已经渐渐远了。

文谷看到了一个熟悉又有点陌生的身影。

雪娥的穿着已经洋化，一头乌发瀑布似的掩去了半面，袅袅的旗袍和尖跟皮鞋，将文谷的记忆推向遥远。目光期待她曾有的笑意时，她却显得有些木然……文谷不禁愕然，她就是昔日那个聪慧纯情的少女吗？她就是那个给文谷鼓励、给文谷帮助的那个团总支书记吗？一路顺风一路高升，无限的幸运加到了她的身上，然而正如中国一句古语所说，"福兮祸所倚"，在这样大福大贵的命运中，谁也不知道，却已经潜伏了一个可怕的祸患！

强烈的刺激终于使她精神分裂了，当初幸运地去上大学时欢送她的亲人中，为她敲锣的、打鼓的，对她羡慕乃至妒忌的，若干年后的今天，谁会不瞠目结舌于她的遭遇！谁不会痛心疾首于昔日那个聪慧少女的逝去？！一群失望的目光，对她意味着什么，意味着鞭笞般的痛苦，意味着一片难以逃离的沼泽地！

选择曲水园，或许在雪娥没有什么深意，这只是一种偶然的巧合。然而，在文谷看来，这或许是一种命运的暗示。人生总是走着曲折的路，曲水流觞，是否预言着人生的偶然性和不可预知？

文谷想，雪娥的内心一定怀念着她美好的过去。家乡的一草一木，父老的一笑一颦，家乡曾经的桩桩件件事情，都是那么的温馨，那么的令人留恋。她进入了一个天堂般的世界，在那个光怪陆离的世界中她不适应，也没有她的位置！她多么希望重返这个充满梦幻的水乡，崧塘河的流水映过她的倩影，大学校园的教室飞扬过她的歌声，曲水园中曾孕育着她的梦境……在这样的环境中，她的疾病或许有望好转？

聪明的雪花借口要看看曲水园的景色，走开了。她把空间留让给雪娥和文谷。

这么长时间没有见过面，文谷发现雪娥变化太大了，不但是她的外表，更是她的精神状态。她的外表有点洋化，而她的精神却没有以往的朝气和热情。她与文谷对视了一眼，文谷感觉那目光有点陌生……

文谷的到来，让雪娥仿佛回到了过去的岁月中了。出现在她面前的文谷，还是一如以往，憨厚而朴实。她知道文谷已经结婚生女，现在文化站放映电影，微笑着看着文谷说："还是你这样好。"

雪娥一开口，文谷才感觉到了过去的那个雪娥！那声音如过去一样，还是那么有磁性，还是那么熟悉的水乡口音。或许她从雪花处已经完全了解了文谷现在的生活，"还是你这样好"，说明了雪娥喜欢文谷现在这样的生活，她不喜欢也不需要大福大贵，但命运推着她往前走去，让她走进了那一片霓虹般的生活中。

文谷说："雪娥，听说你得病了？"

雪娥说："不要紧的，这次回来，我感觉身体比在上海要好多了。"

文谷说："那你多住一段时间。养好病再回去。"

雪娥说："姑姑也这样说，她让我再住一段时间。"

她记起了希望文谷写水乡《沙家浜》的事，说："文谷，你的那本水乡《沙家浜》的小说怎么样了？"

文谷似有歉意地说："还没有动笔呢，还在收集资料……"

雪娥说："不急不急，但你写好了，不能忘记给我看的啊。"

文谷说："那当然，你一定是第一个读者。只是我恐怕写不好……"

她笑笑说："你行的。"

文谷说起了他在文化站工作，还顺便说到了吴其峰。文谷说："吴站长找我谈过话，告诉了我关于你的一些情况。"

"是吗?"雪娥有些惊愕地说，"你要与他搞好关系啊，他也是为我好。"

文谷默默地点了点头。是的，吴其峰的拆散和干预他与她的关系，并不是因为个人的恩怨，而是代表着组织在维护一种观念以及与这种观念相维系的一种利益。文谷说："你放心，我会注意的。毕竟他是站长啊。"

雪娥的思维还停留在关于《沙家浜》话题中，她对文谷的这部长篇小说似乎寄予厚望。她说："你在文化站，方便你写作收集有关资料的。"

文谷说："是的啊，我放映电影游动性很强，这样也方便我收集资料。"

雪娥似乎也很有信心，她说："说定啦，你不要忙了小事把这件大事忘了啊，到时我要看的啊。"

文谷感觉到雪娥似乎又有了在蟠龙镇电影场上时的精神，他也不由展颜而笑了："一言为定啊，我写好后会第一个送给你看的!"

雪花不知什么时候已经回来了，她笑着站在一边听他们说话。她后来告诉文谷，只有见到文谷时，雪娥才有这样的精神状态。

聊了一会，雪花怕雪娥太累了，就让文谷告辞，雪花说："隔几天你调片时我们再到曲水园见见面。"

文谷说："好的，反正我们调片节奏很快的，差不多隔一个星期就要调一次的。"于是，三人说好后就分手了。

看着雪花陪着雪娥远去的情状，文谷的眼眶里不由得忽然湿润了。

以为是福，收获的却是意想不到的祸，他真的没有想到雪娥会有这样的一天！他在心里默默地为她祈祷：天真无邪的村姑——你回来吧，健康美丽的雪娥——你回来吧！

隔了一周，文谷再次去县城调片，他想与雪花联系再去看看雪娥时，电话中雪花很无奈地说，因为再次发病，雪娥已经被送回上海她的那个家了。

文谷走后不久，雪娥的病再次发作了。

看着痛苦无状的雪娥，她的姑姑也懊悔不及，但一切已经无法挽回。人生只有单程票啊，他们无奈地将她送回了婆家。

第二十章　非常时期

1. 擦枪起火

文谷和朱正荣一班，准备去迮庵放映电影。公社食堂吃了晚饭，收拾一下，就准备下电影船出发了。

电影船就停在文化站北边小港里，那里有一座水泥桥。文谷和朱正荣从桥堍走下去，刚要走上电影船，突然旁边的高音喇叭响了起来，朱正荣感到有点奇怪，才下午四点钟，怎么这个时候高音喇叭会响呢？一般都有这个习惯，非播音时段喇叭响起来，总有什么重要消息。朱正荣立定了脚步，对文谷说："听听看，有什么重要消息？"文谷也就立定在朱正荣的后面。然而高音喇叭没有说什么，只是响起了音乐。那音乐不是一般的音乐，而是低回凄婉的哀乐。听着哀乐，朱正荣说："中央又有领导人去世了！"于是，文谷和朱正荣站到一边，听听中央哪位领导人去世了。

随着哀乐结束，高音喇叭里传来了女播音员低回沉重的声音，她告诉大家，伟大领袖毛泽东主席去世了。

消息像晴天霹雳一样响在人们的心头！

朱正荣回头对文谷说："今晚不能放电影了！"

对了，毛主席逝世，停止一切娱乐活动。文谷想，朱正荣的政治敏感性很强，文谷还没有反应过来，朱正荣就将眼前发生的事与自己的工作联系起来了，毕竟军人出身呀。

于是，这一突发事件放了文谷和朱正荣的假。

毛主席逝世，各地举行了隆重的悼念活动。青浦县在曲水园凝和堂里设了祭奠的灵堂，各公社派了代表参加悼念活动。文谷和朱正荣、沈惠书也都去了。长长的队伍，无尽的思念，黑臂章，小白花，成了那些特殊日子的记忆。

西虹公社大礼堂也设了灵堂，各大队派代表前来进行悼念活动。

这一年，周恩来、朱德和毛泽东先后逝世。

随之而来的，是基层也明显地感知到了紧张的氛围。上级指令上海民兵进入战备状态，公社武装部里的枪械被全部取了出来。这些枪一直在仓库里，上着油，用油纸包着，上级让把这些枪擦去牛油，一旦有情况，可以随时取用。

擦枪的工作落在了电影队身上。毛主席逝世后，电影不能放映了，再说电影队里有海陆空三军复员军人，对擦枪的事是内行的。文谷不是军人，但是电影队的，所以一起加入了擦枪队伍。

文谷第一次做这样的工作，感到有点新鲜。平时枪里上满了牛油，现在形势紧张了，要将牛油擦去。怎么擦法呢？朱正荣是老大哥，他说在部队时，就用机油放在一个大铁盆里，下面生火，将机油烧烫，然后将枪放入铁盆中去，浸在发烫的机油中，这样，枪膛里的牛油会随着机油的热量而烫掉。他说，只是他们部队这样做时，是在野外的。大家觉得这个办法好，擦枪的速度会快得多。朱正荣说部队是在野外进行作业的，这句话大家没有引起足够重视，朱正荣本人也没有重视到这一点。于是大家采用了朱正荣的方法，选择的地址却是武装部军火仓库旁边。这个地址的选择，后来差点酿成大祸。

商议定当，于是大家分头行动，一会儿就找来了一只浅口的铁皮盆，盆子很大，几支步枪放在里面两头不碰。在铁皮盆里倒入机油，找来一只煤炉，生火后置于铁皮盆底下。这样，随着煤炉的燃烧，铁皮盆里机油的温度也随之升高了。看看差不多，就将枪支一支一支地放入铁皮盆中。浸了一会，将枪支取出，枪里的牛油真的炀了，再用棉纱团轻轻地将余下的牛油擦去。一段时间后，几支枪支已经擦好了，擦好的枪支枪管铮亮，木质的枪托闪闪泛着亮光。这时，大家收获了劳动的成果，都很高兴地一边说笑一边擦着枪。

然而，危险的事情就在这时出现了！

随着炉温的升高，铁皮盆里机油的温度也在升高。温度升高后的机油，有着极强的渗透力，带着热度的机油从铁皮盆子的边缘向上渗透着，不知不觉中，铁皮盆子的浅口已经到处是机油了，那浅口油油的，只要给一点火星，它就会燃烧起来的。这时，铁皮盆子底下的炉火越烧越旺，那炉火的火舌舔着铁皮盆子，由于有油的作用，它就慢慢地舔上来了。突然，一簇火星窜上了铁皮盆子的浅口，那火立即向盆子里滚烫的机油扑去，顿时，一盆子的机油立时燃烧起来了。这火开始在盆子里燃烧，盆子里不见机油只见绿荧荧的火了。眼见这一幕的朱正荣知道事情不好，他怕浸在盆子里的枪被烧坏，立即去盆子里捞枪。谁知盆子这时变成了一个火盆，高温的机油立即发起威来，人的手立即被灼热的火烫得吃不消。朱正荣的手被烫得本能地缩了回来。但理智告诉他必须将枪支取出来，于是他咬牙将手再次伸进铁皮盆子里去。这次他捞到了枪支，但枪支只拖出了一半，他就被烫得放了手，被拖出铁皮盆子才一半的枪支，撂倒在铁皮盆子上，一下子，铁皮盆子被枪支搁翻了，一大盆的机油，带着火泼出了铁皮盆子，机油四下漫游起来。这时，火已经越来越旺，满屋子的烟和火随着滚烫的机油大面积燃烧起来，站在门口的人被滚烫的烟火逼向门外去。朱正荣心里慌了，他知道一场祸已经闯下了！

这时，公社大礼堂里正在传达上级指示，内容也是关于加强警备的。

听到机关里起火了，大会就暂停了，人们纷纷冲向机关，知道是油引起的火，有人关照不能用水去浇，只能用黄沙去灭。正好机关场上有一堆黄沙，于是人们用各种工具装了黄沙向楼上传去。因为起火的地方在二楼。人多势众，大火很快被扑灭了。

朱正荣当时很害怕，生怕此事会有人找他算账，因为这个办法是他想出来的，而擦枪的事是由他负责。文谷也有点害怕，因为三个军人一个文人，文谷的政治条件最软，柿子拣软的捏，怕自己背黑锅做替罪羊。

然而此事后来却是风平浪静。

在当时情景下，公社领导可能觉得多一事不如少一事，出了这样的事，能瞒还是瞒掉算了，否则上级追究起来，也是吃不了兜着走。再说，三个军人都是有来头的，文谷也是公社副书记提名而来的。于是，大家都好像没有发生什么事一样，事情就无声无息地过去了。

2. 阿梅回来了

　　一段时间没有放映电影后，电影机上灰尘蛮多，文谷就在文化站里擦洗电影机。这一段时间人心很乱，大家还没有从毛主席逝世的悲痛中走出来，不久却传来粉碎"四人帮"的特大消息。下午两点钟的时候，文谷听到有人在文化站门外找他，听声音是个女同志，但不知是谁。一会，吴其峰过来叫文谷了，他说："有个女同志找你。"文谷就放下手中的活，下楼去门口一看，想不到是陶顺顺在找他。文谷惊讶地说："陶顺顺，你怎么来找我啊？"

　　陶顺顺笑了："我不可以来找你的啊？"

　　文谷解释说："不是不可以，我是说……你有什么事找我啊？"

　　陶顺顺说："今天还真有事找你来了。"

　　文谷以为陶顺顺在说玩笑，就说："什么事，你说？"

　　陶顺顺一把拉文谷走出文化站外，悄悄对文谷说："我爸叫你与我一起去趟蟠龙镇。"

　　文谷说："去蟠龙镇？做什么？"

　　"我也说不清，你去了就知道了。"

　　既然是老陶叫去，文谷想那去就去吧。

　　于是骑了自行车，随陶顺顺直奔蟠龙镇去。

　　一路上，文谷心里还是很疑惑，老陶这老头为人正直，资历很深，但他与老陶没有交往啊，叫他去蟠龙镇会有什么事呢？

来到蟠龙镇，陶顺顺带文谷来到十字街头，然后向西街走去。

来到西街春来茶馆旧址地方，陶顺顺折向一个弄堂里。

文谷说："陶顺顺，我们去什么地方？"

陶顺顺回头笑笑，说："马上到了。"

这地方文谷来过，他与王家骥一起来寻找春来茶馆，朱宏林老头的家就在这里。

七转八弯走了几步，陶顺顺真把文谷带到朱宏林家来了！

朱宏林正和几个老人在屋后院子里吃茶，文谷一眼看见老陶也在里面。陶顺顺看到父亲，叫了一声："爸，我把你找的人带来了！"

陶宝根已经看到文谷了，他站起身来，说"小姜同志，今天我们第三次见面了。"

文谷感到很奇怪："老陶，你找我啊？"

老陶说："今天请你来，有重要的事情问问你啊。"

说罢，老陶将文谷带到那几个老人旁边，介绍说："他就是姜文谷，解放前是这里春来茶馆姜小阿弟的小儿子。"

文谷一眼认出了座中的一个老人朱宏林。

朱宏林看见文谷，说："我们认识，他来过我家，问过我春来茶馆的事。"

老陶指着另一个人说："小姜同志，这个人你认识吗？"

文谷摇摇头说："不认识。"

老陶说："他就是老首长黄友梅同志，与你父亲是好朋友。"

文谷听了心里大吃一惊：今天怎么回事，大名鼎鼎的阿梅怎么会出现在这里？

老陶见文谷脸上疑惑，笑着说："我们老朋友一起来喝口茶。"

对老陶的话，文谷有点半信半疑。

阿梅是顾复生手下一名得力干将，文谷发现他个子不高，身体也不魁梧，但在文谷的印象里，他是那么神奇，他与日寇作战总是连得胜仗，日军听见他的名字也会感到害怕。文谷知道，北撤后他参加过多次重要战役，在一次战斗中还负了伤……解放后，他解甲归田，在江苏省一个分管农业的领导岗位上。眼前的阿梅，与文谷想象中神勇的阿梅，好像有点距离。

朱宏林给文谷也泡了一壶茶，让文谷参加他们的茶会。

老陶让陶顺顺先回去，老陶对女儿说："你的任务已经完成了。"

陶顺顺对文谷挥挥手说："那我先走了。"

文谷也朝陶顺顺挥了挥手。

阿梅人有点清瘦，有点像电影《英雄儿女》中的那个政委。他戴着一顶鸭舌帽，帽檐下一双眼睛炯炯有光彩。他让文谷坐下后，老陶介绍了他与文谷三次相遇的经过，一次是在蟠龙饭店里，他吃酒吃得酒痴糊涂；一次是去传动厂看女儿与文谷相遇；这次是第三次了。阿梅听了老陶的介绍，对文谷客气起来。说到文谷父亲，阿梅有些叹息地说："我在南京，讯息不通啊，否则我可以作证，你父亲对革命是有功的，他为我们做了不少好事。"

朱宏林说："许多好人为革命做出了牺牲，他们不但没有得到回报，有的还遭到了误解和冤枉。"

阿梅说："就是老顾这样的人，前不久也是受到了批判的。"

阿梅说的老顾，就是这里的农民领袖顾复生。

说话中，文谷知道阿梅真的与父亲很熟悉。

聊了一会儿闲话，老陶有点言归正传的样子，他说："文谷同志，你们那天一起擦枪，结果着了火？"

老陶是本地人，他耳聪目明，什么事瞒得了他的眼睛啊？

文谷说："是的老陶，那天差一点酿成大祸！"

文谷把事情的经过大致地说了一下。

文谷想，阿梅不可能为这事来调查的吧。

朱宏林看文谷有点疑惑的样子，解释说："阿梅好久没有回老家了，这次回来，会会老朋友，聊聊天，蟠龙镇是阿梅闹革命的根据地啊，他就想回来看看，几十年没有回家了，做梦也梦到家乡。"

阿梅是本地人，因为长期在外，所以说话的口音变了，文谷感觉他身上的气质也与常人不一样，是一种经历了大风大浪锻炼的人才有的那种沉稳与睿智大气。

文谷虽然与阿梅初次见面，但他一点也不感觉到陌生，却有一见如故的熟悉。于是文谷说了因父亲而从 H 学校回乡的事。阿梅听了文谷的话，久久没有发声，最后他说："我们还是要相信群众相信党，这样的局面会过去的，这样的经历算是命运对我们人生的历练吧。"

文谷点点头："比起你们老革命，我们这点冤屈算得了什么啊。"

朱宏林爆料说："小姜想把青浦革命斗争的事迹，写一部小说。写一部崧塘地区的《沙家浜》。"

老陶开玩笑说："那你父亲的春来茶馆，与阿庆嫂的差不多了。"

阿梅听了，很高兴地对文谷说："我回南京后，会向老顾汇报你的想法，他会支持你这个想法的。不过……我认为现在时机还不成熟，待时机成熟了，我们再一起聊聊。"

文谷兴奋地说："感谢首长的支持和鼓励。我会认真采访和搜集有关资料，做好准备的。"

阿梅说："你小说里也要写你父亲这样的老百姓，没有他们的支持和牺牲，我们的革命是不可能成功的。"

听到阿梅这样评价父亲，文谷心里十分激动，表态说："首长，你的话我记住了，我会努力的！"

正在这时候，门外忽然传来了"笃笃"的敲门声。

朱宏林前去开门，进来的人有点风尘仆仆，嗓门很高地说："阿梅，你回来了也不说一声啊，害得我从县里赶过来！"

文谷看看这个人有点脸熟，想不起在那里见过。

阿梅对来人很熟，笑笑说："时间有点紧，所以不打扰你了。"

来人不高兴地说："我们老同学，多少年没见面了，怎么来了可以不见面啊？"

阿梅笑笑说："好好，是我不好，向你认个错总可以了吧？"

来人诡谲地批评说："你这样是错的嘛！"

来人落座后，朱宏林给他也泡了一杯茶。

阿梅说："大老朱，你的性格还是没有变，风风火火的。"

大老朱对着大家点点头，笑了一笑。

他一笑，文谷忽然想起来了，他就是县文化馆的朱老师！

文谷说："朱老师，你还认识我吗？"

大老朱听文谷这样说，想了想，却摇摇头："想不起来……"

"我是北星大队宣传队的，与章德文一起的。"文谷特意提到了章德文，因为章德文与大老朱是一个村的。

大老朱想起来了，"噢，你们来县里演出过的对吗？"

文谷高兴地说："朱老师你好记性。"

"哪里哪里，老了记性差了。"

阿梅说："你们认识啊。"

文谷说了朱老师在曲水园为大家拍照的事。

阿梅说："大老朱是个老革命啊，现在成了摄影家了。"

大老朱谦虚地说："我是三脚猫，瞎弄弄。"

文谷介绍说："首长，朱老师是上海有名的摄影家了。"

大老朱的性格很开朗，说话粗喉咙大嗓门，他的摄影技术甚是了得。

阿梅说，他和大老朱是县师范的老同学，大老朱是地下党党员，他们读书时感情很好，阿梅秘密参加了青浦县的抗日武装，和阿梅一起去的，还有好几个同学呢。想当年，他们一个个都是热血青年啊！

阿梅说，他们的事情真可以写一本书。可惜他不会写，大老朱只会摄影也不会写。

大老朱感慨地说："我们不说，好多故事会湮没了。"

老陶说："小姜同志是个文化人，他想写我们这里的《沙家浜》故事，我们知道的事不要烂在肚子里，要讲给他听听。"

阿梅忽然想起似的说："是啊，像周政委这样的人，应该写到书里去的。"

3. 周政委的故事

阿梅讲起了周政委的故事。

阿梅说，周政委本名周奋，出身于江苏梅村一个农民世家，1937 年"八一三"淞沪抗战爆发后，参加抗日救亡宣传活动，发动群众抗日。"皖南事变"后，他随淞沪中心县委撤退到青浦，在淀山湖一带开展活动。为了加强青浦地区的抗日斗争，周奋受命前来组织抗日武装。他以粮油收购商的身份，来往于黄渡、重固、白鹤、朱家角等镇，了解日伪据点布局情况。为了适应水网地区打游击，他白天学游泳，晚上走村串户，联系群众。当时，我在蟠龙短枪班潜伏，得知日伪军在天主教堂藏有十几条枪支，就让春来茶馆的交通员将情报送给了顾复生。老顾早就想让我拉一支部队，苦于没有枪。得到消息，老顾和周奋组织部队去天主教堂进行起枪，这些枪就成了我们部队最早的资本。我将部队拉起来后，老顾派周奋任我们部队的政委，我们部队主要活动在蟠龙镇地区，这里交通方便，地点隐蔽，群众基础好，吃住能解决。不久，部队发展到二十余人，有二十多支枪。部队里大都是当地青年，大家地形熟悉，敌情熟悉，所以我们接连打了几个胜仗。这样一来，日伪军就开始注意我们这支部队了。这里有一个故事，由于我们的行动神出鬼没的，总是打一仗换一个地方，敌人在明处，我们在暗处，我们能打他，他却找不到我们，敌人对我们恨之入骨，后来想出一条毒计，他们在我们部队安插了一个内线，这样，我们的行动被敌人掌握了。我感觉总有一双眼睛在盯着我们，我们的行动敌人往往很快就知道了。有一次部队在驻地刚住下来，敌人就知道了，派大队人马追踪包围上来，亏得哨兵及时开枪报警，我和周政委分头带战士从东西两个方向突围，趁着夜色我们突出了重围，但还是有一个战士牺牲了。我和周政委分析出现了内奸。内奸不除，后患无穷，部队会遭受更大的损失。于是周政委想出了一条计策。我们发现参加部队的郑医生行动有点诡秘，行踪可疑，于是故意将部队袭击蟠龙镇伪军许耀武的假计划泄漏给郑医生，他信以为真，秘密将情报送出了。许耀武接到情报后，将伪军拉出蟠龙镇设下埋伏，想把我们部队一网打尽。我们知道了许耀武的诡计，这个披着医生外衣的特务也终于暴露了身份。

这个郑医生本来在蟠龙镇行医，他的特务身份暴露后，就偷偷溜回了蟠龙镇，在许耀武的保护下，深居简出，生怕被我们镇压。我们决定将这个特务医生引出蟠龙镇，然后将他解决。但派谁去引蛇出洞呢？大家一时犯了难。正在这时，春来茶馆的伙计送来一条消息，说这个特务医生一个亲戚的儿子满月，要办满月酒，这个亲戚是在伪县政府里做的，估计这个特务会去赴宴。得到情报，我们都很高兴，于是让春来茶馆的伙计进一步摸清他的行走路线、乘坐的交通工具等情况，后小伙计送来情报，说这个特务医生在八月半乘木棚船走水路去崧泽村亲戚家，于是我们在他必经的路上，设下埋伏。记得那次伏击战，老陶你也去的。

老陶说：是的，我也去了。那天夜里，看到那条小木棚船从蟠龙江那边摇过来了，我们埋伏在一个河面狭窄的转弯处，小木棚船来到面前时，我们埋伏在那里的五六个战士一窜而出，喝令小木棚船靠岸检查，小木棚船发觉情况有异，急忙掉头想逃走，这时，岸上五六个战士手里二十发子弹的盒子枪一齐喷出子弹，一阵乱枪，结束了这个特务的性命。

阿梅接着说：后来，周政委由于操劳过度，积劳成疾，感染疟疾，他带病坚持，终于病重卧床不起。当时日伪封锁得紧，我们这里缺医少药，无法医治，于是由地下党用农船将他送到上海红十字会医院（今华山医院）治疗。住院期间，不幸被特务发现。上海特务机关悄悄包围了医院，想以周奋为诱饵，抓捕上海地下党前来联络的人员。正在这时，中共浦东地委驻上海联络站派党员罗晓路等两个同志前来为周奋送钱并探望，周政委暗示罗晓路自己已被敌人盯住，但罗并未发觉，继续往前走来。在这样的紧急关头，周政委毅然从医院窗口跳出，以自己的牺牲，保护了党和同志！

大老朱说，周政委我见过一面，看上去像一介书生。

朱宏林说，我曾和文谷父亲去过阿梅部队，也见过周政委。

听阿梅讲的关于周政委的故事，文谷对周政委这个人不由肃然起敬，知识分子在那样的乱世，毅然投身革命，将自己的青春和生命献给了革命事业。文谷不由联系到了自己，比起周政委这样的先烈，自己今天受的一点委屈算得了什么呢?!

听罢阿梅的故事，老陶说："小姜同志，以后有机会去南京，听阿梅再讲，他有一肚皮的故事哩。今天我们就这样吧。"

文谷悄悄问老陶："首长这里住多少天啊?"

老陶笑着说："首长有事，他就要走的。"

文谷知道，有些事不能多问，就依依不舍地向几位前辈告辞了。

后来知道，阿梅这次前来青浦，是无事不登三宝殿。因为南京的顾复生想以访友的名义回青浦了解"四人帮"粉碎后上海地区的情况，而老顾当时身体不好，就委托阿梅回家乡访查，于是就有了阿梅回蟠龙访友之事。而文谷也由于擦枪起火事件而被老陶找去了解情况，由此让文谷与传奇人物阿梅有了一次面对面的接触。

无巧不成书，听了阿梅的故事后不久，恰逢1976年国庆节，林家桥的程桂华一天找到文谷家里来了，与他一起来的，还有雪花和她继父——在十牧场门房间的老周。

　　文谷离开十牧场后，程桂华一直留在牧场做工，他与门房间老周很谈得来，于是两个人攀起了过房亲，程桂华将女儿过继给老周，他们已经成了亲戚了。

　　程桂华说："文谷，国庆节休息，我到老周家来玩玩。我们都说起你，我带他一起来看看你。"

　　文谷高兴地将三个人让进自己简陋的屋里，一边说："谢谢老周啊，你为姜家村做了不少好事。"

　　老周操着一口江苏盐城口音说："不用谢啊，我又不是外人，我也是姜家村人啊。"

　　文谷想起似的说："对了，老周，不久前我遇到了阿梅首长，他讲起了周政委的故事——你哥哥周奋的事迹。"

　　老周名叫周勇，是周奋的弟弟。

　　老周说："那时我盐城家里很穷的，父母供他读书不容易，想不到毕业后他投了新四军，被上级派到这里来搞抗日武装了。"

　　文谷连忙给老周端凳，让他坐了说。又给三人泡了茶。

　　老周说："我因为哥哥在这里，所以也来参加了部队。哥哥牺牲后，我想家里父母没人照顾，我就回家去了。想不到回到家里，还乡团将我父亲杀害了，我母亲生了病，不久也去世了。家乡不是我的久留之地，我就重新回到观音堂这边来。但我回来后，部队已经转移，没有办法，我就在你父亲帮助下，搞了一条小船，帮助人家运货，以撑船为生。"

　　程桂华说："老周，你那时撑船也是苦的。"

老周说："哪能不苦啊，风风雨雨，起早摸黑，没有办法啊。"

程桂华问："你后来怎么又去部队了？"

老周说："后来遇到一个地下党的同志，知道我在撑船，就将我找去，让我辗转回到了部队。"

文谷说："后来怎么又来姜家村了呢？"

老周说："解放后，我去观音堂烈士陵园清明节为哥哥扫墓，守门人是我撑船时认识的一个朋友，他知道我一直还没有成家，就牵线把我介绍给雪花妈妈。"

雪花说："文谷，女方媒人是你父亲啊。"

原来，许忠义不幸牺牲后，文谷父亲心中很内疚，那次探营，他忘了许忠义亲属的嘱托，忘了劝许忠义回家的事。这样他就觉得很对不起许忠义的妻子陶宝妹。文谷父亲与陵园看门人也是朋友，说起周勇的事，文谷父亲就帮忙牵线做了红娘。

因为与父亲"隔膜"了好长时间，文谷还真不知道这件事。

文谷说："这么说，我们还是很有缘的啊。"

老周说："有机会我要去南京看看阿梅，看看老顾。"

文谷笑着说："我陪你一起去，听他们讲故事。"

雪花说："你们都去，我也一起去，南京我还没有去过呢。"

程桂华说："阿孃呢？"

程桂华说的阿孃，就是文谷母亲，他父亲与文谷母亲是兄妹。

母亲和小芳从自留地里劳作回来了，看到程桂华，母亲说："阿桂，你来了！"

阿桂说："阿孃你还在忙啊？"

母亲和小芳忙着准备做饭。文谷母亲说："吃了饭走啊！"

阿桂笑笑说："阿孃还是老样子！"

第二十一章　云开日出

1. 末班车

1976 年年底，又一次知青招工的机会来了。

这一年文谷已经三十岁，按照政策，还有最后一次招工机会，过了三十岁，就没有戏唱了。听到消息，文谷的心动了。

文谷有些犹豫，公社刚将他从农机厂抽调到文化站，工作还不久，却又提出要招工，会不会让人觉得不知足？但最后的机会失去就再没有了，文谷甚至觉得，这次招工就是给他这样的知青一次机遇，如果前怕狼后怕虎，将永远失去机会了。他没有过多的时间可以思考，他必须做出决定，机不可失，时不再来。况且，这一次招工，一是招工人，二是招教师。虽然社会上将教师贬为"臭老九"，文谷对教师职业却有着出自内心的尊重，因为就是许多教师将他培养成一个有文化的知识青年的。文谷读过闻一多先生的《红烛》，觉得闻一多先生的《红烛》就是写给人民教师的一支颂歌。如果自己能成为一名人民教师，那是人生的最大荣幸了。强烈的愿望让文谷下定决心，不顾忌闲话，也不怕说他不知足，甚至也做好了由此离开文化站的思想准备。

关乎一生的大事，他不能不谨慎行事。

文谷写了一张张草稿，寻找着种种事由。他的口头表达能力不好，一时之间说不清楚，只能多花工夫想清楚，自己应该怎么说。他考虑了种种反对的意见，对这些反对的意见，也想出了应该辩驳的理由。这样想了几天，才稍稍觉得有点把握了。

负责此次招工的是公社党委的一位领导。文谷当政治队长的时候，曾经参加这位领导主持的在蟠龙镇天主教堂的培训，在生产队长一级的培训中，文谷这样文化程度的人几乎是没有的，加上王家骥的简报屡屡突出表扬文谷，因而使文谷在那次培训中，给这位领导留下了很好的印象。

仅凭这些条件能行吗？文谷心里没有把握。

怎么找领导谈呢？他想还是去领导家里谈较好，在办公室谈有点公事公办，在家里谈有一种亲切感，更有一种找领导和找朋友兼有的那种感觉。文谷鼓起勇气，走到了公社领导生活的大院子外面。领导们都在院子里生活，文谷只要一步跨进去，就可以到领导的家了。但这一步不好跨啊。如果失败了，那就是前功尽弃，就是全盘皆输了。

文谷犹豫着，徘徊不前。

正在文谷犹豫的时候，忽然听到了一个清脆悦耳的声音："咦，文谷你怎么在这里呀？"一个有点陌生有点熟悉的声音，文谷抬头一看，眼前一亮，紧靠大院子边上一间小屋里，有一个如花似玉的姑娘出现在面前。

原来是初中比自己低二届的一位女同学。文谷与她没有什么接触，但知道她的名字，因为长得漂亮，学校里人人都认识。

文谷高兴地说："哎呀，赵白葭，你住在这里？"

赵白葭说："是呀，我住在这里呀。"

赵白葭认识文谷。读初中时，老师将文谷作为书包翻身的典型，表扬文谷读书用功勤奋什么的，所以文谷的大名在同学中很响。

赵白葭好奇地问："你是想找哪个领导吧——我看你来回走了好几回了。"

被赵白葭点破，文谷有点不好意思了："嗯……也没有什么大事，有件小事——对了，白葭，你认识某领导吗？"

赵白葭点点头说："我与他们是隔壁邻居啊，怎么不认识？"

听赵白葭这样说，文谷忽然想请赵白葭帮个忙了，文谷想请赵白葭带自己进去，这样他的胆子会大一点，再说由熟人带进去，容易说上话。但不知道赵白葭肯帮这个忙吗？

文谷试探着说："白葭，有件事，你能帮我一下吗——带我去见某领导。"

赵白葭说："为什么事呀？"

文谷就将自己的事从头至尾简要地给赵白葭说了一遍。赵白葭听了文谷的故事，产生了同情，或许是当年文谷的荣耀和后来落魄的故事感动了她，赵白葭二话不说，放下手里的饭碗，就带文谷向大院子走去。

她径直带文谷走进了某领导的屋子。

某领导也正在吃饭，看到赵白葭走来，他很出乎意外，但他们很熟悉的，某领导亲切地说："小赵，你饭吃了吗？"

小赵点点说："吃好了呀——来找你有点事。"

这时，某领导注意到了赵白葭身后的文谷。他看了看文谷，问赵白葭："你们有什么事？"

赵白葭就将文谷介绍给某领导。某领导是公社分管政宣的干部，也是文化站的顶头上司，他自然认识文谷，他对赵白葭说："他——我认识的。"

赵白葭就对文谷说："什么事你说吧。"

文谷按照预先想好的话，说了自己想申请此次招工的事。

某领导听了文谷的话，似乎感觉文谷有点这山望那山高、不安心工作，所以说了许多让文谷安心在公社文化站工作之类的话。

形势非常不妙。

赵白葭这时表现出了女性的独特优势了，赵白葭的表现非常出色，她帮助文谷说了好多好话，她大打悲情牌，说了文谷当年的曲折经历，她的话听起来好像不是文谷在要求招工，而是赵白葭在竭力推荐人才，在主张公道。她特别说文谷投亲插队已经八年，转眼就将三十岁了，对文谷来说这是最后一次末班车。赵白葭并不是为自己争取什么，而是在为他人仗义执言，因此她的话有情有理，让某领导一时难以反驳。

　　某领导见赵白葭说得十分恳切，他如果一口回绝，好像显得他太不讲人情了，于是笑了笑说："想不到你对姜文谷还这么了解！好吧，我们党委研究研究再说。"

　　形势有了转机。

　　这时，赵白葭又打起了人情牌，她再三要求某领导，说我们都是熟悉的，此事一定要多关照。

　　这位领导似乎不能不领赵白葭的情，他笑着允诺说："放心，放心，我会尽力的。"

　　走到大院子外面，文谷对赵白葭十分感激。

　　赵白葭说："我会再盯他的。"从她说话的语气中，文谷感觉赵白葭不但义气，而且对这位领导是能够说上话的。

　　文谷千恩万谢地告别了赵白葭。在回家的路上，文谷感觉今日上天给他安排了一个贵人来帮忙了，没有赵白葭的帮忙，今天的事肯定会黄。

　　不知赵白葭后来有没有盯这位领导，她又是怎么盯的，文谷都一概不知。但文谷感到赵白葭已将文谷的事当成她人生中所做的一件好事去办，这是文谷真切地感受到的。一句"我会再盯他的"，让文谷深深地对赵白葭产生了由衷的感激！

　　不久，文谷招工审核通过，当上了一名人民教师。

长达八年的投亲插队生涯终于画上了句话，久久地被人冷眼歧视的另类地位终于在这天被改变！得到消息，长期压抑在文谷心头的阴霾终于被拨开，一直阴雨连绵的潮湿的心空，终于出现了难得的晴朗和阳光！那一霎间，文谷几乎想疯狂地去田野里狂奔呼号，他要告诉崧塘河的流水，要告诉姜家村的一草一木！他决定写一封信告诉雪娥，他要告诉她，他久久地盼望的这个幸运终于来到了！但这是一个多么遗憾的、迟到的幸运，如果这个幸运早一点来，文谷与雪娥之间的命运一定会是另一个样子！然而时间不能倒流，遗憾早已铸成，一切都无可挽回了！但雪娥，请你还是和文谷一起分享一下他的幸运吧，因为这个幸运对于文谷来说，实在太珍贵了，因为难得，所以珍贵呵！因为难得，所以不同寻常呵！世界上同样一件事，对不同的人来说，其价值是绝对不一样的！当一个人民教师，或许对一些人来说是稀松平常的事，对一些人来说还是嗤之以鼻的事。而对文谷来说，这是多么光荣和荣幸的事啊！

　　文谷对赵白葭是充满了感激之情的，文谷感觉到了她的纯朴无邪，以及她心灵的美丽，她无求于文谷，却为了争取文谷的权益而仗义执言，她是我们这个社会的公正和良心。当文谷后来去找赵白葭谢谢她时，她去了上海的男朋友家了，据说她的男朋友是一个军人，不久后她就成了家，过着很幸福的生活。文谷想，像赵白葭这样的女孩子，她们的心灵充满阳光，她们的生活一定会是美好的！

　　文谷感叹，由于赵白葭的帮助，他终于搭上了知青上调的末班车。或许世上的事一定要遇对人，遇不对人再努力也是白费，遇对了人，往往就能事半而功倍。

2. 雪娥之殇

吴其峰已经得到通知，文谷以知青身份上调，即将离开文化站，去当一名人民老师了。

他看到文谷的时候，向文谷表示祝贺，但他的笑容明显很尴尬。

卢丽媛看到文谷时，向文谷露出很羡慕的神色，她说："文谷，我知道你有这一天的。看看，不是被我说着了吗?"

文谷说："谢谢你的吉言!"

卢丽媛说："喜事呀，你要发糖的啊!"

文谷说："一句话!"文谷从袋里拿出一张十元票交给卢丽媛，"你帮我办一办吧。"

卢丽媛接过钱，媚眼笑成一条线："谢谢你啊!"

文谷说："反正也要吃你的喜糖了，不用谢的。"

正当文谷处在一片喜悦中时，却传来了一个可怕的消息!

文谷听到这个传言，不知真假，他冲到站长吴其峰办公室，他惊愕地问："吴站长，外面关于雪娥的传言……是真的吗?"

吴其峰黯然地说："看来是真的，我电话打去药厂，问她父亲，但雪娥父亲不在，药厂领导说，他女儿去世了，他请假回去了。"

文谷说："这不可能，不可能的!"文谷想，一个星期前在曲水园见面时还好好的，怎么可能去世呢?

文谷说："我不相信！"

吴其峰说："雪娥得的病很怪，发起来很厉害的。"

文谷说："这不可能！"

文谷离开站长室，他骑上自行车，直接去药厂找雪娥父亲的领导询问情况。

来到药厂，药厂的一位领导说："老许女儿去世了，是病亡。"

听了这样的消息，文谷如闻雷击似的，但他还是不相信，他希望这是误传！

雪娥父母和雪花他们都去了上海。

一切消息都中断了。

在这样的煎熬中，日子在一天一天过去。

终于，雪花与她在油脂厂的未婚夫来到文化站找文谷了，文谷看到雪花和她的未婚夫时，发现他们两人的手臂上都戴着黑袖套。文谷眼睛发黑了一阵，他知道先前的那不是传言，那真是噩耗！

文谷将雪花和她的未婚夫引进放映员休息室。

文谷急切地问雪花："雪娥她真的……走了？"

雪花的眼圈还留着泪痕，她点点头说："姐她走了！"

文谷问："她是怎么走的啊？"

文谷感觉太奇怪了，他难以接受，在曲水园里她还好好的啊！

雪花说："姐是生病走的。"

文谷有点不相信地说："生病走的？"

雪花看了看文谷，支支吾吾地说："是……是生病……"

雪花知道雪娥与文谷之间的关系，她今天来一方面是告诉文谷这个消息，一方面也是完成雪娥托她转交给文谷的一样东西。说着，她从随身的一个包内，伸手去拿一样东西。文谷看着雪花从包内拿出了用一张旧报纸包着的东西。雪花将报纸揭去，包内露出了一本书，文谷惊讶地发现，这是他借给雪娥的那本《林海雪原》！

这本书是文谷读小学四年级时，他的小学语文老师送的，那时这本书刚刚出版，语文老师见文谷喜爱读书，就将自己买的这本新书送给文谷了。这本书陪伴了文谷许多美好的读书时光。那位语文老师是位优秀的教师，被分配到文谷就读的乡校来教书，但在"文革"中，她被造反派揪出来批斗。当文谷成为另册中人回到乡下时，文谷亲眼看到她被造反派揪着游街的情景！后来，她难以忍受种种莫须有的罪名玷污她的人格，选择以死抗争。每当看到这本书，文谷就会想起这位小学语文老师，这本书上留着她的手温，留着她对莘莘学子的一片爱心。

文谷将这本书借给雪娥看时，文谷也曾对她说起小学语文老师的这个故事。

当时，雪娥拿着书沉思了半天，她正处在组织的关爱和培养之中，她或许难以想象人世间人与人之间的这种冷漠和残酷。但这个故事她一定听进去了。她知道这本书是文谷的心爱之物。它是文谷留存的对小学语文老师的一份珍贵的纪念，文谷一般是不肯借人的，但对雪娥是个例外。正由于此，雪娥也将这本书看作不是一本普通的书。由于她忙，她一直没有时间看书，看完这本书她拖了好长时间。看完之后她就想还给文谷，文谷问她好看不好看。她说好看，真想还看第二遍。文谷说那就留在你身边吧，你慢慢看好了。文谷想，他没有对雪娥送过什么有意义的礼物，这本书如果她喜欢就留在她身边吧，因为这不是一本普通的书。雪娥似乎接受了文谷的想法，所以这本书就一直留在她身边，文谷也渐渐地将这本书忘了。

今天忽然看到这本书，文谷不禁有些激动了。

这本书，似乎是他们恋爱的一个媒介，也是他们两人纯洁爱恋的一个见证。

雪花告诉文谷，她去上海看望堂姐时，雪娥将这本书托她转交给他。

在雪花看来，这是一本普通得不能再普通的书了。她不知道这本书对于雪娥和文谷来说意味着什么！

文谷接过这本书，书上干干净净，没有一丝污渍，只是由于年代较长的缘故，书的封面已经破旧了，书的封底下方已经破损一角，书的内页已经发黄。在《白茹的心》这一节，雪娥折了页，文谷估计她显然是喜欢这一节，看了好几遍。

文谷谢谢雪花为他带来了雪娥的消息，也带来了雪娥还给他的书。

雪花和她的未婚夫走后，文谷的心里一直很郁闷。

上调带给文谷的兴奋一下子消失殆尽了。

文谷本想给雪娥写一封信，给她报告他人生中发生的重大转折。但笔还没有提起来，雪花带来的消息让文谷茫然，文谷已经无法给雪娥写信了。

雪娥，你不是说过，文谷的《沙家浜》写好后，你要当第一个读者的吗？文谷的书还没有写，你怎么就这样走了呢？

在家中，小芳见文谷有点心神不宁的样子，不解地问："出了什么事吗？"

文谷说："没、没有什么事啊。"

聪明的小芳怎么不知道，但她没有点破。她知道文谷与雪娥的事，雪娥去世的事她肯定听说了，村上的人都知道了，她不可能不知道。

过了几天，文谷忽然收到了雪娥一封来信。

这是雪娥去世前写给文谷的。显然，这是她的一封遗书了。

这封信是她从邮局寄出的，她用什么方法，让这封信滞留了一周的时间。

文谷迅速地将信从头到尾看了一篇，文谷的心在悸动，不由自主地看起了第二遍，雪娥的信是这样写的：

文谷：你好！

当你接到这封信时，我已经去了另一个世界。

是的，疾病让我不堪忍受现在的生活。而让我更加不堪忍受的，是人间的卑鄙和龌龊。我跨进了一个不该跨进的家庭，我允诺了一个不该允诺的人！而这一切，或许都是我咎由自取的。走到这一步，如果追溯起来，我以为还是因为被一些人太看重了的缘故，我身不由己地让他们把我从一个幼稚的农村姑娘快速地"培养"成了一个团干部，一个大学生，一个"人上人"。一路走来，我不但感到力不从心，更感到我是在获取不该得到的社会荣耀。

文谷，我与你走了完全不同的两条路，你走的是一条下坡路，你在不断地滑入人生的低谷，我知道不但很少有人帮助你，而且一路上还不断有人落井下石。而却有人给我打开了一条上升通道，我像乘了电梯一样，用不着费力就不断地上升上升，我的脚下铺着红地毯，面前弥漫着光怪陆离的彩色的肥皂泡。然而高处不胜寒，我好像患上了恐高症，我害怕在高处逗留！

所以，我决定要回来了，我将以最快的速度回来，这次，谁也阻挡不了我的回来！

我要回到我们的小村去，回到我们的大学校，回到普江学校我们聚会的地方。你还记得吗，天井西侧那间粉墙小屋，我们曾经在那儿，围坐在一张奶黄色办公桌旁，大队的土秀才们也说正经，也开玩笑，我那时穿着灰蓝的土布衣裳，你也是穿的这样的土布衣裳，但大家不觉得寒碜，我们一起讨论你创作的故事《女队长》，大家有什么说什么，说错了也不会计较。你还记得我们在养鸡场你帮我练讲故事的事吗，那时我们是多么单纯，尽管我对你有好感，你也对我流露出爱慕的眼神，但我们只是心有灵犀一点通，却连手也没有握一下！你读了那么多书，你的老师夸你是一个优秀高才生，而你满腹才华却无处可施，英雄无用武之地，你去学艺，被我劝回来了，你听我的劝，我感觉你不应该仅仅是农村的一个手艺人，你应该有更大的作为，我相信你会的，所以如果说我对你曾经做过什么好事的话，这也许可以算一件。但那时你还在受磨难，你回到大队后，尽管你的工作和创作很出色，但大队还是因为你的家庭问题而冷落了你，让你受到了再一次的打击，而将我阴差阳借地抬上了团总支的宝座，我也因此开始了被拔苗助长的历程。你在这样困难的情境下，却没有放弃，却试图在力所能及的范围里去实现一个知青的价值——你想创作一部反映家乡抗日斗争的长篇。听到你这样的想法，我为你高兴，我相信你会实现这个美好的理想的，我期望着读到你的这个长篇。我知道，这样的事不可能一蹴而就的，但我有耐心等待！

阴差阳错，我走进了上海市的名牌高校，在高校学习的日子里，我时时地想起你，想你当年在那所神秘的学校读书的情景，你的优秀鼓励我去争取更好的成绩。

现在好了，一切都过去了！

你的那本《林海雪原》我托雪花带给你了。我想你会珍惜它的，这不但因为这本书是你的至爱的老师送给你的，还因为是你借给我的，而我至少看了不下两遍，甚至有的章节反复看了不知有多少遍，书上留有我的温度，也留有我们纯洁的情愫。

我祝你早一点写出那本你心中想写的书，只是你写好了，我遗憾不能做你的第一个读者了！

我想象着回归大地的快乐，我会成为绽放在大地上的一朵鲜红的花！

看完雪娥的信，文谷不禁将信紧紧地攥在手里。

从信中，文谷发现了一个天大的秘密，雪娥并不是病死的！她说她"高处不胜寒"，她说她想象着"回归大地的快乐"，不，雪娥显然是以另一种方式离别人世的！高处……回归大地……鲜红的花……啊，莫不是她是从高处跳下来的?！

文谷想起，雪娥说她家住在十一楼。

那么，雪花和雪娥的家人为什么都说雪娥是生病走的呢?

面子，他们还在维护自己的面子！

文谷拿着信，找到了雪花。他追问说："雪花，雪娥究竟是怎么走的?"

听文谷这样说，雪花知道瞒不过去了，她无奈地："文谷，姐她跳了楼！"

"跳楼！"文谷不相信地问。

雪花肯定地点了点头。

雪花气愤地说，她和未婚夫不久前去看她的堂姐时，雪娥还好好的，一点没有看出有什么异常。雪花的言下之意，堂姐是被她的婆家人害死的，因为没有任何证据，话不能这样说。但雪花的怀疑也不是毫无来由。

她知道，雪娥在婆家是受虐待的，遭受着的其实是一种不堪忍受的冷暴力。她不堪忍受之下，终于选择以跳楼的方式离开了这个世界！

他们都去参加了雪娥的追悼会，那个追悼会弄得很草率，马马虎虎，悼词也简简单单的几句。雪娥的婆家一点也不伤心，他们把一切都推给她的病，似乎与他们没有任何的关系。但雪娥的病是怎么得的，还不是因为他们对她的虐待和冷暴力吗？雪花对堂姐的死颇为愤愤不平。雪娥的父母和他们的亲属都是乡下的平头百姓，他们斗得过权势熏天的那家人吗？他们自知与雪娥的婆家人斗是以卵击石，不是他们的对手，于是，他们只得作罢，只得息事宁人，他们要求婆家人好好地处理雪娥的后事。婆家人虽答应了，但却做得大打折扣。追悼会就是一个例子！

但他们在家乡却不敢说出雪娥跳楼的真相，他们觉得这样没有面子，雪娥没有面子……

听了雪花的话，文谷一时噎住了。

文谷想，雪娥将《林海雪原》托雪花还给他，如果雪花知道这本书上负载着的意味深长的意义，她敏感一点的话，应该预感到隐藏着的危机，这明显是雪娥临行前的一种交代！但雪花只知道这是一本普通的书，她怎么可能解读出还书的这个行为隐藏着惊人的危机呢？！

遥望南天，文谷仿佛看到雪娥从十一楼的高空坠下。

他的眼前，霎时幻化出一大片各种各样的鲜花，其中一朵特别硕大特别鲜艳，他感觉那是雪娥所化……

3. 青出于蓝溶于蓝

　　1976 年的最后一天，文谷在知青办韩主任处拿了报到通知，来到母校西虹中学报到。这一年，距离 1964 年他离开母校，已经过去了十二年。其中四年，文谷是在 H 学校度过的，而之后的八年，则是落魄回乡的岁月。

　　乡间的八年生活，成了文谷生活的重要组成内容，成了文谷永远无法磨灭的记忆。这八年，留给文谷的是荣耀后的沉沦，是人间的冷暖炎凉，是繁重的体力劳动，是向往上进却得不到理解的、被边缘化的苦闷，是青春的热情和世俗的无情！

　　这是百味杂陈、感慨万千的八年。

　　而这一切，随着文谷搭上"末班车"而一去不返。

　　生活的光明和希望又出现在文谷的世界里。

　　刚回乡那时，母校老师听到当年的学生落魄回乡的消息，他们都感到万分惊讶。但文谷的回乡究竟是为了什么，他们都猜测不出来，有人不知从哪里得来的消息，说文谷是害怕外地艰苦而回来了。

　　这或许是一种善良的误解。

　　八年时间中，文谷没有去过母校，因为他感到无脸见自己的老师。文谷觉得自己辜负了老师的培养。报喜不报忧的观念，是将自己的成绩向自己的亲人汇报，让亲人一起分享成功的喜悦；而一旦遭受磨难，那就咽下肚去，自己一个人品尝！

文谷来到学校，第一个碰到的竟是杨一经老师。

杨老师现在仍是学校的负责人，但他的名称变了，不叫校长，叫召集人。贫下中农管理学校，真正的主人是贫下中农了，老师都要接受贫下中农再教育。杨老师看到文谷，他已经知道这次招工，文谷成为人民教师了，名单已经到了学校。

杨老师笑着上前，双手握住文谷的手："来报到的是吗？"

文谷脸上露出了难得的笑容，握着老师的手说："是的，来报到。"

杨老师庆贺地说："你终于出来了！"

文谷心情复杂地说："是的，终于出来了。"

杨老师拉着文谷，走到办公室去，让文谷先去办了报到手续。

办手续时，一个老师说："文谷，人家都说你不肯去外地才回来的，有这回事吗？"

文谷苦涩地笑笑："老师你是知道的，我不是个怕吃苦的人，我怎么会害怕去外地呀。"

老师说："是呀，人家这样说，我没太相信——那你为什么回来的呢？"

文谷说："说来话长了。"

一边闲聊，一边办手续。文谷的手续一会就办好了。

办了手续，想去杨老师办公室坐一下，不料杨老师有事让人叫走了。

文谷就走出教学大楼，想还是回文化站去一下，那里有许多东西要整理一下，有的事要交代一下。

刚走到校门口，杨老师回来了。杨老师说："没有事的话到我办公室坐一下。"

文谷说："刚去你办公室，说你有事走了。"

一边说，一边随了杨老师走。来到办公室，杨老师让文谷沙发上坐下，泡了茶递给文谷。

文谷起身接过茶杯，然后坐下。

杨老师说："大家都说你害怕外地艰苦才回来的，我不相信，外地再苦，不会比你家的条件再苦的。"

杨老师来过文谷家，吃过文谷家的糠菜饼，知道文谷家的困难处境。

文谷说："杨老师，我是受'株连'回乡的。"

杨老师看了文谷一眼，反问说："你家不是三代贫农吗？"

文谷说："是三代贫农。但父亲在'四清'中惹事了。"

"你父亲？是……"杨老师从未听文谷说过父亲的事。

文谷就将父亲的事从头至尾简要说了一下。

杨老师听了，半晌不语。

文谷无疑是杨老师的得意门生，杨老师没有想到文谷会遭此一劫，八年来的荣辱和沉浮，也是一个传奇的经历了。虽然这个经历没有轰轰烈烈的大事发生，但对一个人来说，这种情感经历，是刻骨铭心，终生难忘的。好在现在一切都将过去。杨老师安慰文谷说："好了，过去的就让他过去吧！一切向前看。"

文谷点头说："是的，我会好好工作的。"

杨老师说："我是相信你的，学校的老师们也相信你的。"

听了杨老师的话，文谷感到无比开心，文谷感到至少在自己的母校，他始终没有被遗弃，始终没有被边缘化！

现在他要加入这个队伍了，作为青出于蓝的他，却感觉自己慢慢地将溶入这一片蓝色之中，开始一段新的人生……

第二十二章　尾声

文谷当上人民老师的喜讯传得很快，文谷原来所在的传动厂的朋友也都知道了，农机厂的师傅们也都知道了，几个朋友给文谷打来电话，表示祝贺。不久，在青东农场警察中队当指导员的老沈也知道了，他也给文谷打来了电话，向文谷表示由衷的祝贺。文谷想，他进入文化站，就是因为老沈临走时向公社副书记罗蕙说明了他的情况，如果不进入文化站，就可能没有今天的上调了。文谷在电话中向老沈表示了谢意，老沈说他这样做完全是应该的。

　　由于公社的玩具厂发展很快，原来的厂发展成为玩具一厂和玩具二厂。曹影虹在郁小青的大力推荐下，成了二厂厂长了。知道文谷由知青上调为人民教师，她邀约郁小青一起为文谷置了一桌酒，她说我们三个是师兄妹，尽管文谷半途而废了，但毕竟随陆师傅一起学习过的。文谷说如果这样，还叫上王家骥吧，王家骥是我们的同学，他现在是蟠龙中学的老师。

　　郁小青自从与曹影虹的恋爱失败后，一直不肯找对象，在农村他可以算一个大龄青年了，但他不急，似乎还在等什么。文谷觉得，是金子总会发光的，以郁小青的才华，一有机会他就会鲤鱼跳龙门的。

　　听了文谷的提议，曹影虹同意了。

　　这天晚上，他们在公社招待所的食堂里聚餐，郁小青还带来了陈萍。

　　陈萍现在是郁小青没有名分的妻子似的，郁小青走到那里，他都是带着她的。他感觉亏欠陈萍，而陈萍对他又一往情深，虽然这样的情况有点另类……

在公社招待所，文谷发现一个很熟悉的女人的身影，她也看见他了，说："咦，你们怎么在这里啊？"

原来是许品香，一问，她出嫁到邻县后，由于当地收入不好，她又回到本公社了，在他哥哥帮助下进招待所做杂务工。她看到文谷他们在这里吃饭，不好意思打扰，说了几句话就走了。王家骥问文谷："她就是许品香啊？"

文谷说："是的，被顾尔尔始乱终弃的许品香。"

王家骥听了，无奈地摇摇头说："顾尔尔在上师大进修时的女朋友，得知他在农村有过女朋友，也与他分手了，顾尔尔后来在县城另找了一个女子为妻。"

边说边劝酒，边喝酒边回味一路走过来的人生，文谷说到了雪娥的事，说到了吴其峰的事，说到了卢丽媛的事，还有章德文的事……不少的人生故事，就发生在崧塘河边，就发生的文谷周围的芸芸众生身上。一个时代，就像一个季节一样，一个季节过去，地上纷纷落下过季的枯叶，色彩斑斓得令人心碎；一个时代，就像一拨潮水一样，潮水涌过了，海滩上留下了一些泡沫和贝壳之类，它们会让人联想起海潮涌来时的那一幕壮观。

在秋叶面前，在海滩面前，一种人生况味，一种炎凉世态，在每个经历者心中都会深深镌刻……

2013.6.28 初稿

2017.2.23 二稿

2018.2.11—3.20 三稿于青浦耕乐斋

补　笔

1. 关于邱正农牺牲之谜

崧塘河一带用稻草盖的屋，人们称为草屋。每年在秋收后草屋都要覆盖新的稻草，因为老稻草风吹日晒后变薄变腐，下雨后会漏水。"盖草屋"是一门手艺活，没有一定经验是盖不了的。邱正农请了一个师傅来盖草屋，这个师傅在屋顶上先将旧稻草扒掉，然后铺盖上一层新的稻草。当他将屋顶上的旧稻草扒掉时，他从屋顶的缝隙中，向下观察到邱正农暗兮兮的房间里，床头的杂物间有一样东西，他睁大眼睛仔细一看，发现那里藏着一支枪！此人名叫蒋阿三，本是个游手好闲的人，他想自己有了一支枪，就可吃香喝辣，于是他就觑个空，将那支枪神不知鬼不觉地偷走了。有了枪他就到富户人家去抢劫，结果被日伪特务抓去蟠龙镇许耀武那里，一顿家生下去，此人就乖乖交代了这支枪的来路。日伪特务于是就采取行动，在邱正农家里进行搜查，一搜就将淞浦地区地下党的文件和党员名单搜了出来！于是日伪特务守候在邱正农家，那晚不知有变的邱正农一回家就被逮了个正着。

解放后，为搞清邱正农牺牲的秘密，负责党史的大老朱根据线索，赶到白茅岭农场，找到了许耀武，于是许耀武供出了蒋阿三之事。

2. 关于顾鞠仁与顾氏家谱

顾鞠仁在地摊上收到了顾氏家谱，他如获珍宝。他不断收集新的材料，将家谱补充得更赴完善。尤其珍贵的，他收集到了二十世纪三十年代顾复生父亲七十大寿时全家五十多人的一张合影照，从而让后人从照片上可以认识这个家族许多先辈的风采。抗日战争爆发后，这张照片一直深藏在镜框架的夹层里，顾鞠仁如获至宝，他知道这张照片来之不易。为此"文革"中他曾赴南京，请顾复生对顾氏家谱进行过目和补充。然而那时顾复生已经被打倒了，顾鞠仁知道不宜再见他。顾复生平反复职后，曾经回青浦县参加党史征集活动，顾鞠仁没有得到消息，于是错过了与顾复生的见面。又后来，顾复生年事已高，因病不幸去世，顾鞠仁永远失去了请顾复生过目和补充的机会。顾鞠仁将顾氏家谱秘不示人，只有姜文谷因写作需要，几次前来，他才拿出来让他观赏。

3. 对几个人物的点评

姜文谷：时代让他成为一个另类知青，遭受了生活中的种种磨难。拨云见日之后，他以知青身份上调当了老师，因爱好写作，又被调入县文化部门从事文学创作。工作与爱好相一致，是生活给予他的回报和补偿。他把写作崧塘地区的抗日斗争长篇，当成了人生最有意义的目标。

许雪娥：一个纯朴美丽的村姑，她的"幸运"其实是她人生的大不幸。

郁小青：一直在玩具厂工作，为当地税收创汇以及劳动力的安排作出了贡献。由于所谓经济问题的纠缠，他退出了联营厂，成为了西虹地区第一个私营企业家。由于世俗观念的影响，他最终没有与陈萍结为夫妻，对于陈萍，他一生有愧。

曹影虹：她独当一面地将第二玩具厂搞得风风光光，十几年过去后，随着国际玩具市场的变化，她的玩具厂面临转型的考验。她仍维持着与沈小毛的夫妻关系，恪守着中国传统女人从一而终的道德观念。

顾尔尔：去上师大培训后，他成了一名老师。他对许品香的无情无义，或许是他对命运的一种反抗，但毫无疑问，此事会令他一生愧疚，是他心底永远难以抹去的一道阴影。

卢丽媛：她终于把自己嫁出去了，一个大龄青年成了她的丈夫。她不再讲故事，但光荣的过去常常是她炫耀的话题。她满足于自己小家庭的生活，不再有更多的追求。

钱烨：这个愤世嫉俗的愤青，一生充满正义感。他像一只刺猬，让人感到不可亲近，他对看不惯的人与事，会时不时地刺那么一下。所以他是孤独的，也是另类的，但恰恰是他，代表着社会的良心和正义。一次不幸车祸，他终于甩手人间。

潘白云：他聪明多才，但聪明反被聪明误，一次选择有误，便是留下人生太多的亏欠。等醒来时，为时已晚，一次次的哑语失言，便是一种深深的自责。

吴其峰：他追随时代的潮流，胸怀理想，是农村青年中的浪漫主义者。他工作认真，但与现实生活时有悖离。以功利的观念处理生活中的人事，自然会与世俗生活相疏离。

作者于 2018.3.20

图书在版编目(CIP)数据

崧塘纪事/凌耕著. —上海:上海人民出版社,
2020
ISBN 978-7-208-16464-2

Ⅰ.①崧… Ⅱ.①凌… Ⅲ.①纪实小说-中国-当代
Ⅳ.①I247.5

中国版本图书馆 CIP 数据核字(2020)第 078017 号

责任编辑　陈佳妮　舒光浩
封面设计　胡　斌　刘健敏
封面题图　王文明

崧塘纪事
凌　耕 著

出　　版　上海人民出版社
　　　　　 (200001　上海福建中路 193 号)
发　　行　上海人民出版社发行中心
印　　刷　上海商务联西印刷有限公司
开　　本　890×1240　1/32
印　　张　14.75
插　　页　3
字　　数　355,000
版　　次　2020 年 7 月第 1 版
印　　次　2020 年 7 月第 1 次印刷
ISBN 978-7-208-16464-2/I·1891
定　　价　58.00 元